Nachtvo

Das Buch der T...

Cynthia Fridsma

2020

Cynthia Fridsma

Nachtvogel

2020

Urheberrecht © 2020 von Cynthia Fridsma

Dieses Buch ist ein Werk der Fiktion. Namen, Charaktere, Orte und Begebenheiten sind entweder das Produkt der Phantasie des Autors oder werden fiktiv verwendet. Jede Ähnlichkeit mit tatsächlichen Personen, lebenden oder toten, oder mit tatsächlichen Ereignissen oder Orten ist völlig zufällig.

Dieses E-Book ist nur zu Ihrem persönlichen Vergnügen lizenziert. Dieses E-Book darf nicht weiterverkauft oder an andere Personen verschenkt werden. Wenn Sie dieses Buch mit einer anderen Person teilen möchten, erwerben Sie bitte für jeden Empfänger ein zusätzliches Exemplar. Wenn Sie dieses Buch lesen und es nicht gekauft haben, oder es nicht nur zu Ihrem Vergnügen gekauft wurde, dann gehen Sie bitte zu Ihrem Lieblingshändler zurück und kaufen Sie Ihr eigenes Exemplar. Danke, dass Sie die harte Arbeit dieses Autors respektieren.

Weitere Informationen über den Autor finden Sie unter www.cynthiafridsma.com

Umschlagfoto: Sumala Chidchoi / 123RF Stock
Umschlagdesign: Cynthia Fridsma
Foto von Boston: Nelson48
Schrift: Cynthia Fridsma

Erstdruck: 2020

ISBN-13: 979-8622144608

Widmung

Dieses Foto der Skyline der Innenstadt von Boston wurde von seinem Autor Nelson48 bei der englischen Wikipedia der Öffentlichkeit zugänglich gemacht.

An die Menschen in Boston, die mich inspirieren, über eure schöne Stadt zu schreiben.

Vorwort

Nachtvogel ist mein deutscher Debütroman meiner englischen Vampir-E-Book-Miniserie *Nightbird*, die ich 2018 bei Amazon veröffentlicht habe und die auf meinem Debütroman *Hotel of Death* basiert.

Ich wünsche dir viel Spaß beim Lesen meines modernen Horrorromans über Vampire, Zombies und Werwölfe zu lesen. Eine Geschichte, in der sich keine Teenager in Vampire verlieben. Eine Geschichte, in der es nicht um Holzpflöcke, Weihwasser und Kreuze geht, weil sie in meinen Horrorgeschichten nicht funktionieren.

Der einzige Weg, das Böse zu bekämpfen, ist mit einem Maschinenpistole und einem Schwert, um ihnen den Kopf abzuschlagen. Die Ausrüstung jeder modernen Vampirjägerin und ihr Name ist Sybil Crewes. Sie ist Vampirin und Vollzeit- Vampirjägerin.

Ein Wort des Rates an meine lieben Leser: "Vampire sind keine romantischen Geschöpfe. Sie sind blutsaugende Monster! In diesem Buch werdet ihr keine Vampire finden, die sich in Teenager verlieben. Einige Szenen sind harsch und blutig."

Bitte lass mich wissen, ob du mein Buch gerne gelesen hast (oder nicht). Vielen Dank!

Goodreads:
https://www.goodreads.com/cynthia_fridsma

Facebook: https://www.facebook.com/cynthia.fridsma

Amazon:
https://www.amazon.de/s?k=cynthia+fridsma

Viel Spaß beim Lesen.
Cynthia Fridsma

Nachtvogel

1 - Der Angriff

Es war im Jahre 1775. Die Bäume hatten ihre ersten Blätter abgeworfen. Der Herbst nahte. Sybil lag unter einer Schlammdecke, als sie ihre Augen öffnete. Ekelhaft kroch sie hinaus und fegte den Schlamm von ihrem Lieblingskleid und stieß einen Finger durch eines der vielen Löcher.
"Das war mein bestes Kleid", klagte sie und erkannte ihre eigene Stimme kaum wieder. Sie blickte sich um. *Wie lange bin ich schon hier?* Stolpernd schlenderte sie den Hügel hinunter, gequält von einem stechenden Schmerz im Bauch. Mit dem Schmerz erinnerte sie sich an den massiven Missbrauch der Vergewaltigung durch zehn britische Soldaten. Ihr Verlobter war einer von ihnen gewesen.
Sie hielt den Atem an, als sie ihre Taille berührte. Sie fühlte sich schmutzig, beschämt und schwach. Diese Bastarde! Zehn von ihnen gegen eine Frau. Verdammte Feiglinge! Mögen sie tausend Tode sterben!
Idealerweise würde sie am liebsten in eine dunkle Höhle kriechen und tagelang weinen, aber ihre Tränen waren vertrocknet, und sie hatte keine Ahnung, wo sie war. Orientierungslos rutschte ihr Blick von links nach rechts. In der Ferne hörte sie einige Schüsse. Sie sah auf, als ein Ball pfeifend über ihren Kopf flog. Der Luftdruck der Explosion warf sie zu Boden. Schlamm regnete auf sie herab. Sybil erhob die Hände, um

sich zu schützen, und dann bemerkte sie ihre fleischigen Hände. Trotz des Schlammes konnte sie ihre Knochen durch die Haut hindurch sehen. Ihre Haut war so zerbrechlich durch den Mangel an Blut.

Von Übelkeit übermannt, schloss sie ihre Augen. Sie erinnerte sich, wie die Soldaten sie nach der brutalen Vergewaltigung gegen einen Baum stießen. Mit ihren Bajonetten stachen sie ihr in den Bauch, bis sie aufhörte zu weinen. Bis sie aufhörte, ihre Hände zu schwingen um sich zu schützen. Sie zwickte sich in die Augen. Dann erkannte sie den Ort wieder! Sie war nicht weit von der Stelle entfernt, an der sie sie zum Sterben zurückgelassen hatten.

"Der liebe Gott hat mein Leben gerettet", flüsterte sie und starrte auf ihre knochigen Finger. Der völlige Mangel an Blut hatte ihr kein gut getan. Schlamm und krabbelnde Würmer bedeckten ihr üppiges, kastanienbraunes Haar. Ihre Haut hatte jede Farbe verloren und war mit unzähligen Rissen und schwarzen Flecken bedeckt. Nur ein Gedanke hielt sie am Leben. Sie wollte sich an denen rächen, die ihr das angetan hatten. Wenn es nach ihr ging, dann war ihr fieser Verlobter der erste, der ging! McPierson war ein grausamer Sadist, und er war derjenige, der herausfand, dass sie Paul Revere die Pläne zum Angriff auf Lexington und Concord gebracht hatte.

Wegen ihrer Tat wurden die Revolutionäre gerade rechtzeitig informiert und der 19. April 1775 war eine der ersten Niederlagen der Briten im amerikanischen Unabhängigkeitskrieg.

Eine Spionin in Kriegszeiten wurde sofort auf der Stelle hingerichtet, aber weil sie seine Verlobte war, musste sie extra bestraft werden, meinte McPierson.

"Eine echte Dame ist keine Spionin, und schon gar nicht für diese dämlichen Bauern", waren seine Worte, als er sie in seinem Armeezelt schlug und brutal vergewaltigte.

Sybil wölbte ihren Rücken vor Schmerz, als ob alles gerade passiert wäre. In ihrem Kopf stellte sie sich die Soldaten in einem Kreis um sie herum vor. Sie stießen mit Bajonetten auf sie ein, ihre Gesichter verzogen sich in einem sadistischen Grinsen. Sie sank auf die Knie und sah die

Bajonette wiederholt kommen, während sie verspottet wurde. Einer von ihnen hatte sogar auf sie gepinkelt.

Im Hintergrund schrie jemand. Sybil blickte über ihre Schulter. Neben ihr stand ein britischer Soldat, der vor Schmerzen stöhnte. Sie betrachtete das Blut, das aus seiner zerdrückten Hand spritzte. Ein riesiger Hunger überkam sie beim Anblick des roten Stoffes.

Ich bin ein Vampir! Wie könnte ich das je vergessen? Deshalb lebe ich immer noch! Irgendwo in ihrem Kopf wusste sie, warum sie es vergessen hatte. McPierson hatte sie, seit ihrer Verlobung, mit einer Medizin gefüttert. Sofort verstand sie, dass es Blut gewesen war. Er hatte Blut mit Wein gemischt, um ihr das Gefühl zu geben, es sei ein Heilmittel, und sie war mehr als bereit, ihm zu glauben, denn das Gegenteil war zu schrecklich.

Sybil starrte den Soldaten an und schlug ihm ihre Reißzähne in den Hals, um sein Elixier zu saugen. Während sie sein Leben aussaugte und ihn wie eine ausgetrocknete Mumie aussehen ließ, fühlte sie sich großartig. Ihre Wunden heilten, und sie genoss die wohltuende Wärme des Soldatenblutes. Zufrieden wischte sie sich das Blut von ihrem Kinn und blickte auf ihre Hände, die normal aussahen. Um sich herum sah sie unzählige Leichen, teilweise im Schlamm begraben. Der Geruch von Tod und verrottenden Körpern zieht Insekten und Ratten an, die einzigen Gewinner des Krieges.

Nicht weit von der Stelle, hörte sie das Stöhnen der verletzten Soldaten, und sie konnte ihre Qualen praktisch spüren. Ein herabhängender Nebel gab der Umgebung eine traurige Betonung. Sybil ignorierte die Verletzten und ging weiter, bis sie den Geruch ihres Verlobten roch!

In der Ferne wurden Schüsse abgefeuert. Eine neue Explosion erschütterte den Boden. Ungestört setzte sie ihre Suche nach McPierson fort. Meilenweit atmete sie seine Essenz ein, während sie ihren Kurs an der Frontlinie fortsetzte.

Mehrere bewaffnete Männer in Zivil kamen vorbei, schossen auf die verwundeten Soldaten und durchsuchten ihre Taschen nach Schätzen. Manchmal benutzten sie ihren Gewehrkolben, um jemanden zu Tode zu prügeln. Sie brachen ihre Gewalt einen Moment lang ab, als sie vorbeischritt. Vielleicht aus Respekt, oder was auch immer, es war ihr egal. Sie hatten nicht ihr Interesse. Ihre Absicht war da draußen, versteckt im Nebel. Vielleicht war McPierson in einem Schützenloch. Sein Duft ließ ihr das Wasser im Mund zusammenlaufen. Dann stieß ein Junge, etwas älter als sechzehn, mit ihr zusammen.

"Entschuldigung, Ma'am", murmelte er und ging weiter.

"Es ist schon in Ordnung, Mike."

Er drehte sich um und starrte sie mit einem verwirrten Gesichtsausdruck an.

"Du siehst aus wie ein Mike. Aber du solltest besser einen anderen Ort finden, um dein Glück zu suchen. Hier herrschen nur Schmerz, Tod und Zerstörung. Wenn du hier bleibst, wirst du sterben."

Mike ignorierte sie und untersuchte die Tasche der Leiche. Alles, was ihn interessierte, war der Geldbeutel, den er gestohlen hatte. Dann ertönte ein Schuss. Eine Kugel durchbohrte seine Stirn, und er fiel mit dem Gesicht nach unten auf den Kadaver.

Sybil hatte geahnt, dass der Junge sterben würde. Ihr Blick glitt zu dem Scharfschützen.

"McPierson!"

McPiersons Augen waren blutunterlaufen vor Angst und machten ein Kreuzzeichen, während sie den Feigling, der sich in einem Schützenloch versteckte, schreiend anblickte: "Du bist tot!"

Sie roch seine Angst, süß wie Honig, während er nach seiner Pistole griff - KNALL! Ihre Ohren summten, als sie ihre Brust berührte. Blut glitt ihr durch die Finger. Sie leckte sich die Finger, grinste und sprang in das Schützenloch.

"Das kann nicht sein", rief McPierson und zog sein Schwert. Die scharfe Klinge schnitt ihr in den Hals. Sybil blinzelte McPierson zu, während Blut aus ihrem Hals floss.

Sein Gesicht war eine Grimasse der Angst, aber alles, was sie bemerkte, war seine Hauptarterie, die Blut pumpte. Sie atmete seine Angst ein. Adrenalin! Der Nektar für Vampire. Während er das Schwert zog,

packte sie ihn an seinem Handgelenk und zog ihn zu sich heran. Der scharfe Stahl der Klinge schnitt ihr bis in die Kehle. Seine Hand war nun nahe an ihrem Mund. Wütend biss sie ihm in die Hand. Blut tropfte über ihr Kinn. In einer roten Mischung aus seinem und ihrem.
McPierson weinte in Todesangst, als er den Griff zum Schwert verlor. Sie stieß ihn nach unten und zog das Schwert, das in ihrem Hals steckte, heraus und warf es weg. Mit einem blutigen Lächeln sprang sie auf ihr Opfer. Sie entblößte ihre Fangzähne in einem tiefen Knurren und zog ihre Fangzähne in seinen Hals …

***

Boston, heutiger Tag. Sybil Crewes tippte mit dem Bleistift auf den Schreibtisch, während sie den Monitor anstarrte. Ihre Freunde waren in London, aber sie war immer noch im Büro in Boston, um die Stellung zu halten. Sie atmete aus. Verdammt, sie hasste es, still zu sitzen und nichts zu tun.

Ihr Blick glitt zu ihrer Uzi-Maschinenpistole, die auf dem Schreibtisch neben der Tastatur lag. Sie nahm einen Schluck aus ihrem Becher, der mit einer roten Flüssigkeit gefüllt war. Sie erstickte fast. Sie stellte den Becher ab und blickte auf die Wand, die so dringend repariert werden musste. Der Putz bröckelte fast ab.

Sybil schielte auf die Kondensation an der Decke. Eines Tages hoffte sie, am Ende des Regenbogens einen Topf mit Gold zu finden, aber bis dahin … sie biss auf ihre Unterlippe. Um sich abzulenken, suchte sie auf dem Computer nach Musik - Jimi Hendrix. Sie grinste. Das war der einzige Silberstreif. Sie hoffte, den Auserkorenen bald zu finden. Dieses Leben, ein Vampir zu sein und das Blut der Unschuldigen zu trinken, hat sie nicht gewollt. Aber leider wurde sie durch das Necronomicon verändert. *Ein alter Fluch, übersetzt von meinem Vater.*

Sybil verengte bei dem Gedanken die Augen. Sie hoffte, dass ihr blonder Tech-Nerd, Felicity Walker, mehr Glück hatte, die Auserwählte zu finden. Dann runzelte sie die Stirn. *Ich habe noch nichts von ihr gehört.*

Felicity und Jason Weisshart - ein freiberuflicher Reporter, der Artikel über das Übernatürliche schrieb - folgten Harry Brown auf seinem Flug nach London.

Die Gedanken an Harry schürten ihre Wut. Harry Brown war ein ehemaliger CIA-Agent, der jetzt für ihren Erzfeind, den Sensenmann, arbeitete. Der Sensenmann benutzte das Necronomicon, um eine Armee von Zombies aufzustellen. Sybil war schon oft mit übernatürlichen Bedrohungen konfrontiert, aber sie hasste Zombies. Hirnlose Zombies, die nichts anderes wollten, als dein Fleisch zu kauen. Allein der Gedanke daran ließ einen kalten Schauer über ihre Wirbelsäule laufen und ihr Knochenmark durchschneiden. Igitt! Ekelerregend aussehende Zombies. Aber es wird alles mit dem Auserwählten enden, weil er, oder sie, der Schlüssel ist, um das Necronomicon zu vernichten. Es musste ein Nachfahre von James McPierson sein. Der Bleistift brach in zwei Hälften, als sie an McPierson dachte. Er war derjenige, der ihre Welt auf den Kopf gestellt hatte, als er das Necronomicon an Sybils Vater verkaufte. Sie warf die beiden Stücke in den Mülleimer und pumpte die Lautstärke der Musik auf. Als ein Piepton ertönte, blickte Sybil auf. Harry Browns Stimme unterbrach die Musik.

"Hallo, Herr Sensenmann? Ich habe den Auserwählten ausfindig gemacht."

Ein leichtes Lächeln formte ihren Mund, und sie dämpfte den Ton, während der Computer das laufende Gespräch aufzeichnete. Sybil öffnete ein neues Fenster auf dem Monitor, wie Felicity es ihr beigebracht hatte, um eine Karte mit Koordinaten zu erhalten. Erfreut nahm sie den Telefonhörer auf dem Schreibtisch in die Hand, um Felicity anzurufen.

"Sybil, ich hoffe, du hast gute Neuigkeiten?" fragte Felicity.

"Das würde ich sagen", antwortete Sybil. "Harry ist in der Weston Street."

"Bist du sicher?" fragte Felicity. Im Hintergrund hörte Sybil den Wind und einige Straßengeräusche. "Jason und ich behalten Harrys Hotelzimmer im Auge, und er hat sich noch nicht bewegt", beschwerte sich Felicity.

"Er hat sein Handy benutzt, das deine App aktiviert hat."

"Okay. Dann beeilen wir uns besser, danke!" Felicity hat aufgelegt.

Bald würde sie den Auserwählten haben. Unwillkürlich rieb Sybil ihre Zunge über ihre Reißzähne. Sich unruhig fühlend, stand sie auf und ging zum Fenster. Es wurde schon dunkel. Die Sonne stand kurz vor dem Untergang. Im Hintergrund spielte Jimi Hendrix *Machine Gun*. Sybil schloss ihre Augen, während sie Jimis Gitarrensolo genoss. Sybil war froh, dass sie in den 1960er Jahren einige Auftritte von Jimi Hendrix besucht hatte.

"Zu schade, dass du nicht mehr lebst. Deine Musik hat so viele Leute inspiriert. Du hast mich inspiriert. Der erste Schritt, um ein freundlicher Vampir zu werden. Wenn so etwas existiert", sagte sie mit einem schwachen Lächeln auf ihrem Gesicht. Es verging einige Zeit, bis Harry Browns Stimme die Musik unterbrach.

"Herr Sensenmann? Ich habe den Gebäudekomplex des Auserwählten zerstört. Ein ganzes Gebäude brennt, dank etwas C-4, das ich in den Kessel gelegt habe."

"Toll", antwortete der Sensenmann.

Sybil knirschte die Zähne zusammen, nachdem sie seine Stimme gehört hatte. Sie hatten sich mehr als zweihundert Jahre lang geliebt, bis sich die Dinge drastisch geändert hatten, nachdem der Sensenmann das Necronomicon in die Hände bekommen hatte. Er hatte ihr gesagt, er wolle damit Zombies erschaffen und alle Menschen wie Vieh in Käfigen sammeln. Er wollte sie füttern und ausbluten lassen, ihr Blut in Flaschen abfüllen und es an andere Vampire verkaufen.

Sybil hielt ihn auf, und plötzlich wandten sich die beiden Liebenden gegeneinander. Der Sieger stand noch nicht fest, aber vorerst hielt Sybil seine Armee von Zombies klein, so dass er seinen Masterplan nicht vollenden konnte.

"Oh, und ich habe zwei von Sybils Freunden gefangen genommen: Felicity Walker und Jason Weisshart", verkündete Harry siegreich und legte auf.

Das ganze Blut wich aus ihrem Gesicht. Unwillkürlich stellte sie sich Harrys Gesicht vor und benutzte ihn als einen Sandsack. Ihre Freunde waren in Gefahr, und es gab nichts, was sie dagegen tun konnte. Sybils Gesicht wurde warm. Sie schnappte ihr Handy aus ihrer kleinen Umhängetasche und wählte über Kurzwahl Felicitys Freundin, Vanessa Dogscape. Der dunkelblonde Datenanalytiker, der für die ATU-Anti-Terrorismus-Einheit in Boston arbeitet, konnte ihr helfen, weil das Telefongespräch zu kurz war, um Harrys GPS-Standort zu erfahren. *Vielleicht entdeckte Harry, dass sein Telefon von Felicity kompromittiert wurde.* Gott, wenn sie an Felicity dachte, tat ihr die Brust weh.

Sybil hatte ihr das Leben gerettet, als der Sensenmann Felicitys Blut trinken wollte, nachdem er sie als eine romantische Geste auf einen Tisch gefesselt hatte, weil Felicity eine *Buffy the Vampire Slayer*-Doppelgängerin war. Und Sybil war ein großer Fan der berühmten Fernsehshow aus den 1990er Jahren. Doch als sie Buffy auf dem Tisch liegen sah, umgeben von einem Haufen Kerzen mit klassischer Musik im Hintergrund, wurde sie wütend. Zum ersten Mal stritten Sybil und der Sensenmann und trennten sich, nachdem Sybil Felicity mit seiner eigenen Sense von den Seilen und dem hungrigen Vampir befreit hatte. Das war der Beginn von Nachtvogel, Sybils Organisation zur Bekämpfung des Bösen.

Nachdem Sybil Vanessas Handy angewählt hatte, ging es direkt zur Voicemail. Widerwillig hinterließ Sybil eine Nachricht und legte auf. Sie drehte sich vom Fenster weg, ihr Blick schweifte zu dem Becher auf dem Schreibtisch. Sybil schnappte ihn und trank ihn in einem Zug. Nachdem sie das Blut von ihrem Kinn gewischt hatte, atmete sie aus: "Ich brauche mehr Blut!"

Mit großen Schritten ging sie in die Küche und hielt die Becher in ihren Händen. Als sie sie auf den Tisch stellte, öffnete sie den Kühlschrank. Außer vier Dosen Cola und zwei Tomaten war er leer. *Warte mal, ist das ein Beutel mit Blut?* fragte sie sich und nahm ihn heraus. *Bäh, faule Tomaten.* Sie warf es schnell in den Mülleimer und blickte auf die Uhr an der Wand. Die Läden waren noch offen. Wenn sie sich beeilte, konnte sie beim Metzger Schweineblut kaufen.

Mit einem Seufzer blickte sie ihr Gesicht im Spiegel an und öffnete den Mund, um ihre Reißzähne anzustarren. *In den Filmen können Vampire ihre Reißzähne zurückziehen, aber in Wirklichkeit können sie es nicht.* Widerwillig nahm sie die Zange, die sich in der Nähe des Wasserhahns befand. Ihre Hand zitterte, als sie die Zange an ihrem Fangzahn - KNACK! Der Schmerz schoss durch sie hindurch, aber sie war noch nicht fertig und wiederholte die gleiche Übung. Ein Seufzer der Erleichterung ging durch sie hindurch, nachdem sie fertig war.

Aber die Wunden bluteten weiter, bis sie sie mit etwas Blut heilte. Sie griff den Becher vom Tisch und starrte auf den Boden. Es war noch etwas Blut übrig. Mit einem Finger wischte sie es ab und benutzte es, um die Wunden zu heilen. Wieder starrte sie in den Spiegel.

"So gut wie neu!"

Einige Stunden lang konnte sie als Mensch durchgehen. Nachdem sie sich den Mund gespült hatte, begab sie sich zum Ausgang, um in ihr Ford Mustang Cabriolet einzusteigen.

1

Wenige Minuten später parkte Sybil das Auto und lief auf die Metzgerei zu. Ein Schild in der Nähe des Eingangs lautete: JA, WIR SIND ÖFFNEN. Erleichtert öffnete sie die Tür und wurde mit dem Klang einer kleinen Glocke und einem Rauschen warmer Luft begrüßt. Der Fleisch-und-Blutgeruch erreichte ihre Nasenlöcher, als sie den Ladenbesitzer, Lewis O'Toole, anblickte. Er stand mit seinen lockigen braunen Haaren hinter der Theke und trug eine fleckige Schürze, die früher einmal weiß war. Er grinste sie an. "Na, wenn das nicht mein liebster blutliebender Kunde ist."

Sybil schielte ihn an, ohne zu wissen, was sie sagen sollte.

Sein Lächeln wurde breiter. "Ich nehme an, du bist hier, um Schweineblut zu kaufen, hm?"

Sybil nickte. "Ja, bitte, Lewis."

"Es geht mich nichts an", sagte Lewis und reichte ihr einen versiegelten Plastikeimer voller Blut, "aber warum willst du das?" Er kratzte sich am Hinterkopf und kicherte. "Du bist doch kein Vampir, oder?"

Lewis stellte ihr immer die gleiche Frage, und sie sagte ihm nie, wie Recht er hatte. Stattdessen lächelte sie schwach und gab ihm das Geld.

"Schönen Tag noch, Sybil", sagte er mit einem Augenzwinkern.

"Dir auch, Lewis, danke", antwortete sie und ging hinaus.

Ein Mann ging auf dem Bürgersteig an ihr vorbei, während sie vorsichtig den Eimer auf den Rücksitz ihres Autos stellte und zurück ins Büro fuhr.

Wieder rief sie Vanessa an, und wieder ging Vanessas Handy direkt auf ihre Voicemail. Diesmal legte Sybil auf, ohne eine Nachricht hinter zu lassen.

Als sie an ihrem Schreibtisch saß, nahm sie einen Schluck aus ihrem Becher und rieb sich die Augen. Ein plötzlicher Alarm erschreckte sie, und sie sah auf. Sybil beugte sich vor und starrte auf die Bilder auf dem Sicherheitsmonitor. Jemand näherte sich dem Gebäude.

Sybil schnappte ihre Uzi und rannte in den Aufzug. Aus diesem kam sie in einen langen Flur heraus, der mit identischen Türen an den Hotelzimmern auf beiden Seiten links und rechts vom ehemaligen Glanz des Gebäudes gesäumt war. Die letzten Gäste hatten vor etwa fünfzig Jahren eingecheckt. Sie und Frank waren unter ihnen, als sie sich noch nahe standen. Ein Schluchzen stieg ihr in die Kehle. Sie sah sich um und erkannte, dass bestimmte Ereignisse in diesem Hotel einen wichtigen Wendepunkt in ihrem Leben darstellten. Vor fünfzig Jahren war auf dem Flur in der Nähe ihres Hotelzimmers ein Feuer ausgebrochen. Sie und Frank - auch bekannt als der Sensenmann - waren dem Feuer nur knapp entkommen, als es eifrig an den Möbeln leckte.

Später erfuhren sie, dass sich ein Mann mit Benzin übergossen und sich entzündet hatte. Er war der verzweifelte Vater ein Teenager, dessen enthauptete Leiche am Straßenrand gefunden worden war. Sie und Frank waren sich der Tatsache bewusst, dass dieser Vater die beiden zusammen mit sich selbst verbrennen wollte, weil sie für den brutalen

Mord an seiner Tochter verantwortlich waren. Das arme Mädchen wurde zuletzt in ihrer Gesellschaft gesehen. Die Augen des Mädchens waren voller Angst und Sorge, bevor Frank ihr die Kehle aufschlitzte.

Sybil drückte die Augen zu, als sie sich an das Gesicht des Mädchens erinnerte und schluckte einen Kloß in ihrer Kehle, um ihre Tränen zu unterdrücken. Nach dieser schrecklichen Nacht wurde das Hotel geschlossen und nie wieder eröffnet, bis sie es im Jahr 2000 kaufte (mehr oder weniger mit einem Körnchen Reue wegen des Mädchens und ihres Vaters) und es als Fassade für Nachtvogel benutzte. Mit einem Seufzer schaltete sie mit ihrem Handy den Alarm aus und lief weiter, bis sie in der großen Halle war.

Nun ging sie zu der vergitterten Tür, die den Zugang zum Hotel ermöglichte. Durch die Gitterstäbe bemerkte sie eine Silhouette, die in der Nähe des alten Baumes stand.

"Hey, das ist ein Privatgrundstück", warnte sie. "Es ist strengstens verboten, diesen Bereich ohne meine Erlaubnis zu betreten!"

Sie öffnete die Tür und leuchtete mit der Taschenlampe ihres Handys auf das Gesicht des Eindringlings. Ihr Herz hüpfte vor Freude, als sie ihre lange verlorene Nichte erkannte und sie inbrünstig umarmte.

"Catherine, es ist so lange her!" Das letzte Mal, als Sybil sie gesehen hatte, wurden sie angegriffen. Sybil hatte versucht, Catherine zu helfen, aber zu der Zeit war sie von ungefähr zwölf hungrigen Zombies umgeben. Hässliche, verwesende Monster!

Sybil benutzte ihre Uzi, um die Zombies abzulenken und zu töten. Damals hatte sie entdeckt, dass eine Kugel in den Kopf einen Zombie nicht aufhalten kann. Sie kamen immer wieder. Sybil fand heraus, dass der einzige Weg, einen Zombie wirklich aufzuhalten, die Enthauptung ist. Etwas, das sie mit Hilfe eines scharfen Messers erreichte, nachdem ihr die Kugeln ausgegangen waren. Seitdem benutzte Sybil immer ein Schwert, um gegen das Böse zu kämpfen.

Nach dem Kampf war Catherine verschwunden. Nun, da sie Catherine direkt in die Augen sehen konnte, bemerkte sie, dass Catherines Gesicht mit Narben übersät war. Ihre Haut war an einigen Stellen ganz weggerissen. "Wo warst du die ganze Zeit? Nach diesem schrecklichen Kampf habe ich überall nach dir gesucht, aber ich konnte dich nicht finden."

"Ich war überall und nirgends", bemerkte Catherine. "Nach dem Kampf fühlte ich nicht mehr dasselbe. Ich fühlte mich, als wäre ich ein Freak. Außerdem war ich mir nicht sicher, ob ich mich nach all den Bissen noch unter Kontrolle hatte."

Sie deutete auf ihren Nacken und ihre Schulter und fügte hinzu: "Ich hatte Angst, dass der Virus mich infiziert hatte. Du weißt, dass ein Biss sehr ansteckend ist, ganz zu schweigen von mehreren Bissen. Es war einfach zu riskant."

Ein kalter Schauer lief Sybil über den Rücken, und sie wich vor Catherine zurück und runzelte die Stirn. Dann erinnerte sie sich daran, dass Zombies nicht sprechen konnten. Sybil entspannte sich.

"Entschuldige, Liebling. Die Tatsache, dass du reden kannst und ein normales Gespräch führen kannst, beweist, dass du immer noch du selbst bist. Komm rein und trink einen Kaffee."

Catherine nickte. "Es ist lange her, dass wir beide miteinander geredet und Kaffee getrunken haben."

"Du verdienst ihn mehr als jeder andere. Warum bist du nicht früher hergekommen?"

"Weil ich Informationen gesammelt habe. In den letzten zwei Jahren habe ich die Organisation des Sensenmannes infiltriert. Das war gar nicht so schwer, da ich wie ein Zombie aussehe. Alles, was ich tun musste, war knurren, und darin bin ich gut."

Catherine demonstrierte es, indem sie ihre Finger krümmte und Sybil anknurrte. Sybil klatschte Catherine in die Hände. "Bitte hör auf, du machst mir Angst."

"Sorry", entschuldigte Catherine, "aber das war der einzige Weg, um in die Organisation des Sensenmannes zu kommen. Du weißt, dass er nur mit Monstern arbeitet?"

"Das gilt nicht für Harry", erinnerte Sybil sie. "Er ist ein Mensch, kein Monster. Ich mag ihn nicht, aber wie ich schon sagte, er ist ein Mensch."

Catherine hob ihre Augenbrauen. "Harry? Du meinst Harry Brown? Sein Kopf ist voller Hirntumore. Er ist von den Medikamenten des Sensenmannes abhängig, die er im Austausch für seinen Dienst bekommt. Er ist ein Freak wie ich. Nur sein Aussehen ist viel, viel besser."

"Armes Ding, ich wünschte, die Dinge hätten sich für dich anders entwickelt."

Catherine seufzte. "Leider, aber ich habe Informationen. Nach zwei Jahren habe ich den Standort des Necronomicon entdeckt."

Sybil gab Catherine einen Kuss auf die Wange. "Das ist ja fantastisch! Mit dem Buch kann ich dem Fluch ein Ende setzen! Komm rein und erzähl mir alles darüber."

2

Einige Minuten später standen sie sich gegenüber und hielten schöne warme Tassen Kaffee in den Händen. Sybil nahm einen Schluck von ihrem. "Du sagtest, du weißt, wo das Necronomicon ist?"

"Ja, ich weiß, wo es ist. Bevor ich dir die Information gebe, möchte ich allerdings ein Geschäft mit dir machen."

"Nun, es kommt darauf an, was du willst", sagte Sybil lächelnd. "Wenn du Eine Milliarde Dollar erwartest, eine Villa mit einem Pool und jemanden, der dich liebt, dann fürchte ich, dass ich dir nicht helfen kann."

"Nichts in der Art, Dummerchen. Wenn du das Buch hast, dann heißt das, dass du das Hotel öffnen musst, stimmt's?"

"Ja, das ist richtig. Wir brauchen den Auserwählten und die Verwandten derer, die in den Fluch verwickelt waren."

"Nun, wenn ihr das Hotel öffnen wollt, dann braucht ihr eine Rezeptionistin. Das ist es, was ich will."

Sybils Augen wurden weit und sie bedeckte ihren Mund. Eine Zombie-Rezeptionistin würde die Leute abschrecken. Vielleicht an Halloween, dachte sie. Sybil sah Catherine genau an. Sybil würde alles für sie tun, aber sie musste realistisch sein. Vorsichtig, um ihre Gefühle nicht zu verletzen, sagte sie: "Wir müssten etwas für dein Aussehen tun, denn

… nun, seien wir ehrlich, mit deinem jetzigen Aussehen würdest du die Leute verscheuchen."

Catherine blickte auf ihre eigenen zitternden Hände hinab und ließ ein Schluchzen los. Sybil streichelte Catherines Gesicht sanft mit ihren Fingern. Catherine war ein ehemaliges Fotomodell. Ihr Gesicht war in verschiedenen Modezeitschriften, und sie bekam sogar ihr Foto in einer Ausgabe vom Playboy. Das war, bevor sie dem Nachtvogel beigetreten ist. Dann erhellte sich Sybils Gesicht, als sie über Dr. Carl Meaning nachdachte. "Es ist eine gute Sache, dass wir jetzt einen Arzt in meinem Team haben. Ich bin mir sicher, dass Carl Meaning einen Weg finden wird, deine Haut wiederherzustellen. Sobald sie wiederhergestellt ist, kannst du einen Job im Hotel bekommen", versprach Sybil und fügte hinzu: "Und natürlich müssen wir hier noch alles renovieren."

Sie gestikulierte herum. Es gab Löcher in jeder Wand und der Putz von der Decke hatte schon bessere Tage gesehen. An manchen Stellen hatte er sich fast gelöst.

Catherine sah Sybil mit Hoffnung in den Augen an und sagte ihr, wo sie das Buch finden konnte. "Aber Vorsicht, es ist schwer bewacht", sagte sie. "Ich hatte Wachposten für den Sensenmann … so entdeckte ich den Verbleib des Buches …"

Sybil nahm ihre Hände und drückte sie sanft zusammen, um sie zu beruhigen. "Es ist gut, dass du zu mir gekommen bist."

"Ich musste es tun. Wie sonst könntest du den Fluch beenden? Aber wenn du auf den Friedhof gehst, musst du dich auf das Schlimmste vorbereiten."

"Mach dir keine Sorgen. Jetzt, da ich weiß, wo ich suchen muss, werde ich alles in meiner Macht stehende tun, um es in meinen Besitz zu kriegen. Mach es dir bequem, dann werde ich Carl fragen, ob er dir Gesellschaft leisten will. Ihr zwei könnt dann darüber reden, welche Behandlung für dich die beste ist."

2 – Das Necronomicon

Es war weit nach Sonnenuntergang, als Sybil auf dem alten Friedhof ankam. Sie trug ihr Schwert auf dem Rücken, wie ein Ninja. Um die Schultern trug sie ihre Uzi-Maschinenpistole mit einer Schulteraufhängung, die es der UZI ermöglichte, senkrecht an ihrer Seite zu hängen. Die Standardausrüstung für eine Vampirjägerin.

Catherine hatte ihr gesagt, dass das Necronomicon hier irgendwo begraben sei. Sybil ging vorsichtig auf eine kurze Steinmauer zu und blickte zum Himmel hinauf, als graue Wolken einen Regenstrom freisetzten. Der Wind peitschte ihr Gesicht. Sybil musste die Augen zusammenkneifen, um zu sehen, und zitterte vor den kalten Regentropfen, als sie sich hinter der verwitterten Mauer versteckte und über ihren Rand spähte.

Vier Männer liefen auf dem Friedhof auf und ab. Sie holte tief Luft und schoss über die Mauer.

"Nun, was haben wir denn hier? Ihr Herren habt doch keine Angst vor Geistern, oder?"

Vielleicht waren sie hier, um einem geliebten Verstorbenen die letzte Ehre zu erweisen. Sie atmete aus. Zu dieser Stunde? Bei diesem Wetter? Nicht sehr wahrscheinlich. Als sie die Vierer beobachtete, drehten sich die Männer um und kamen langsam auf sie zu, knurrend wie tollwütige Hunde. Sie waren definitiv nicht hier, um ihr die letzte Ehre zu erweisen. Zunächst einmal gingen sie seltsam. Ziemlich steif und stolpernd. Das waren Zombies! Sie zog ihr Schwert. Sybils Lippen und Kinn zitterten, und das nicht nur wegen der Kälte. Ihr Herz klopfte wie verrückt in ihrer Brust, als die Zombies mit den greifenden Händen, die sie vor sich hielten, auf sie zu gestolpert kamen. Ihre Kiefer öffneten sich, als ob sie vom Geruch des Fleisches erregt wären.

Ein fauliger Gestank erreichte ihre Nasenlöcher, während sie dem Feind buchstäblich von Angesicht zu Angesicht gegenüberstand. Die Zombies befanden sich in verschiedenen Stadien der Verwesung. Verrottendes Fleisch, hohle Augenhöhlen, und einige Gesichter waren leicht mit Würmern bedeckt. Sybil hielt den Atem an und schwang ihr Schwert über ihrem Kopf. Mit einem kräftigen Hieb durchbohrte sie einen der Zombies in den Schädel.

Sie zog das Schwert heraus und erzeugte dabei ein unangenehmes Geräusch. Die Leiche fiel auf den Boden und fiel auseinander. Nur eine schmierige, schlammartige Substanz blieb zurück, die den Boden unter ihren Füßen besonders rutschig machte, während die anderen drei Zombies versuchten, sie zu packen.

Sybil verlor das Gleichgewicht und rutschte aus und schlug mit dem Rücken auf die klebrige Substanz. Ein Zombie fiel auf sie drauf. Würgend presste sie ihren Kiefer zusammen, während der Zombie versuchte, sie zu beißen. Die übrigen Zombies stolperten ebenfalls über sie. Sie lag nun unter drei hungrigen, knurrenden, beißenden Zombies. Ein paar Zähne kamen in die Nähe ihres Gesichts, und sie zog eine Grimasse, als ein paar Maden nahe an ihre Wange fielen. Sich groggy fühlend, verstauchte sie ihre Muskeln und schob den beißenden Zombie weg. Ihre Finger quetschten in die weichen Augenhöhlen des Zombies. Knochen knackten, es hörte sich an, als ob sie nach Holz schnappte, während sie fester drückte. Aber schließlich machte sie ihre Taille frei, blickte zur Seite und bemerkte, dass ihr Schwert im Schlamm lag.

Der rutschige Boden wirkte sich nun zu ihrem Vorteil aus, und sie kroch unter den durchnässten, faulen Körpern hervor. Ihre Finger erreichten das Schwert, während gleichzeitig ein Zombie ihr Bein packte.

Bevor er Schaden anrichten konnte, hob sie das Schwert auf und durchbohrte seinen Schädel. Sie stand auf und erledigte die beiden anderen Zombies auf die gleiche Art und Weise.

Sie schnappte nach Luft und wischte sich das Gesicht ab. Gott, sie sehnte sich gerade jetzt nach einem warmen, schaumigen Bad mit viel, viel Seife. Aber es gab noch viel zu tun, bevor sie zurück ins Haus gehen konnte.

Sybil hüllte ihr Schwert in die Scheide und nutzte den Regen, um die klebrige Substanz und die Würmer aus ihrem Gesicht zu entfernen. Sie fühlte sich trotz der Kälte ein wenig besser und blickte sich um, wobei sie ihr Handy als Taschenlampe benutzte, während sie durch das Land der Toten wanderte. Sie leuchtete mit ihrem Handy von links nach rechts auf viele nahegelegene Gräber, als sie hinter sich ein leises, wildes Knurren hörte. Erschrocken drehte sie sich um und starrte in die finsteren Augen der Wölfe.

Sybil wusste, dass Wölfe schneller und beweglicher waren, und kein Vergleich zu geistlosen Zombies. Ohne groß darüber nachzudenken, eilte sie zwischen den Gräbern hindurch auf ein riesiges Monument gotischen Designs zu. Dieses sah breit genug aus, um ihren Rücken vor den Wölfen zu schützen.

In der Nähe des Grabdenkmals fand sie sich einem echten Skelett mit glitzernden Augenhöhlen gegenüber. Es erzeugte ein schrilles Geräusch, das sie an das schreckliche Quietschen der Fingernägel gegen eine Tafel erinnerte. Es löste eine längst vergessene Kindheitserinnerung aus. Sie erinnerte sich an das Gesicht ihres sadistischen Lehrers von ihrem ersten Schultag. Seine dunklen glänzenden Augen hinter seiner Brille hatten sie vor Angst zittern lassen.

Sie zitterte unwillkürlich und atmete tief durch, als sie ihre Umgebung in Betracht zog: vor ihr lag das Skelett, hinter ihr die Wölfe. Es sah nicht gut aus, so oder so. Sie hatte nur sehr wenig Zeit, sich zu entscheiden, was sie tun sollte, denn die Wölfe würden in Sekundenschnelle über sie herfallen, und nach ihrem Knurren zu urteilen, meinten sie es nicht gut.

Sybil ging den Weg des geringsten Widerstands. Sie rannte auf das Skelett zu und riss ihr Schwert heraus. Mit einem heftigen Hieb schlug sie den Schädel des Skeletts nieder. Mit donnerndem Gebrüll fiel er auseinander. Das Einzige, was übrig blieb, war eine weiße Staubschicht auf dem Boden. Sie hatte keine Zeit, sich selbst für den Sieg zu loben; die Wölfe kamen schnell näher.

Glücklicherweise befand sie sich in der Nähe des Grabdenkmals. Es bot ausreichenden Rückenschutz. Sie schnappte nach Luft, als sie die Wölfe im Auge behielt, während sie sich an das Grabmonument lehnte. Auf ihrer Stirn brach Schweiß aus. Inzwischen krochen die Wölfe wie abgerichtete Polizeihunde vorwärts. Ihre Augen weiteten sich! Sie griff nach ihrer Uzi. Dann schoss sie in die Luft, aber zu ihrem Entsetzen reagierten sie nicht und krochen näher auf sie zu.

Ein Wolf war nun so nah bei ihr, dass er einen Sprung riskierte. In einem Reflex kickte Sybil seinen Kopf. Mit einem hohen Wimmern flog der Wolf durch die Luft und landete mit einem heftigen Schlag gegen einen nahen Grabstein. Der Wolf schüttelte den Kopf und sprang noch einmal auf ihr zu. Um Kugeln zu sparen, Sybil hatte keine extra Munition, fing sie ihn mit ihrem Schwert auf. Die scharfe Spitze stach mit einem krachenden Geräusch durch den Hals des Wolfs. Der Wolf schloss seine Augen, als sein Leben ausgelöscht wurde. Blut strömte aus seinem Nacken, während sich seine Haut kräuselte, bis er zu einem Menschen wurde, der vor ihr lag. Werwölfe!

Ein Knurren zu ihrer Linken erregte ihre Aufmerksamkeit. Ein Werwolf mit weißem Fell sprang sie an. Aus dem Augenwinkel sah sie einen anderen Werwolf, der dasselbe tat.

Mit einer einzigen Bewegung entleerte sie die Uzi. Die beiden Werwölfe fielen zu Boden, durchlöchert von Kugeln, beide kehrten in ihre menschliche Gestalt zurück. Fünfzig Kugeln wurden in weniger als einer Minute abgefeuert. Nun war ihre kostbare Uzi leer.

"Fick mich!" fluchte sie.

Die anderen Werwölfe knurrten und fletschten mit den Zähnen. Sie vermieden sorgfältig jeden Kontakt mit dem Schwert, das Sybil bedrohlich in ihre Richtung schwang.

"Verschwinde, wenn du die Nacht überleben willst!"

Als Antwort knurrte ein Werwolf, während die anderen heulten.

"Komm schon, hör auf damit", beschwerte sich Sybil. "Es ist nicht einmal Vollmond!"

Sybil setzte sich auf ihre Hüften und wartete, bis die Werwölfe näher kamen. Sybil stöhnte; diese Monster heulten weiter und blieben auf ihrem Platz, etwa dreißig Fuß von ihr entfernt. Ihr Heulen ging ihr auf die Nerven. Es verursachte ein leeres Gefühl in ihrer Magengrube. Wenn die Werwölfe plötzlich über sie herfielen und sie verwundeten, dann würde sie sich vielleicht in einen Werwolf verwandeln.

"Nicht in diesem Leben!"

Sie zögerte, in einem Korb zu leben und für den Rest ihres Lebens an einem Knochen zu nagen. *Das ist ein Hundeleben. Und was ist mit Flöhen? Bäh!*

Mit einer freien Hand rieb sie sich den Schweiß von der Stirn. Sie starrte die Werwölfe an, während ihr Herz wie verrückt in ihrer Brust herumlief. Sie stand auf und rannte ihnen nach, mit ihrem Schwert in beiden Händen schwingend. Ihr Herz verfehlte einen Schlag. Als sie näher kam, drehte sie sich umher, um ihren Rücken zu schützen. Die Werwölfe hörten auf zu heulen und sahen sie bedrohlich an. Sie kamen näher, formten einen Halbkreis und knurrten wie wilde Tiere, die sich bereit machten, sie anzugreifen. Sybil trat vor und drehte sich um ihre Achse. Sie schwang ihr Schwert mit hoher Geschwindigkeit und traf sie, wo sie konnte. Sie enthauptete zwei Werwölfe, deren Köpfe mit einem lauten Aufschlag auf den Boden schlugen. Einen anderen traf sie auf den Rücken, als er versuchte, sie zu schlagen. Dann zog sie das Schwert von seinem Rücken und starrte die übrigen Werwölfe an, die nicht mehr so scharf darauf waren, sie anzugreifen. Mit einem hohen Heulen zogen sie sich auf einen kleinen Hügel zurück, etwa hundert Meter entfernt.

Sybil erkannte, dass sie gewonnen hatte, und wischte ihr Schwert auf dem Fell des leblosen Körpers eines Werwolfs ab, bevor er sich wieder in einen Menschen verwandelte. Sie hatte Mitleid mit der Frau, die vor ihren Füßen lag, aber es war ihre eigene Schuld. Hätte sie Sybil allein gelassen, dann säße auch sie mit ihrem Rudel auf dem Hügel und würde den unsichtbaren Mond am Himmel anheulen.

Sybil hob ihr Handy auf (es funktionierte immer noch!) das sie während des Kampfes verloren hatte, und suchte weiter nach dem Grab, das Catherine beschrieben hatte. Ein paar Minuten später fand sie es. Es war an einem abgelegenen Ort in der Nähe eines verfaulten Baumes.

Sie sah sich um, um zu sehen, ob ihr einer der Werwölfe gefolgt war, aber dies war glücklicherweise nicht der Fall. Sie heulten immer noch auf dem Hügel, der versteckt war, wo sie stand.

Nachdem sie sich den Schweiß von der Stirn gewischt hatte, versuchte sie, ihr Schwert unter den kleinen Grabstein des Grabes zu stecken. Als sie ein zweites Mal gleichmäßigen Druck auf den Grabstein ausübte, bemerkte sie, dass er nachgab. Sybil drückte mit voller Wucht auf ihr Schwert, und sie erkannte freudig, dass sie bald das Buch haben würde.

3

"Ich habe es", schrie Sybil triumphierend, als sie das Hotel betrat. Sie hielt das Buch wie eine Trophäe über ihren Kopf, bevor sie es in eine große Schale legte. Catherine und Carl sahen zu ihr auf.

"Du bist viel zu lange weg ", sagte Carl mit einem besorgten Gesicht.

"Ja, was hast du erwartet? Der Friedhof wurde von Zombies, Skeletten und, zu guter Letzt, von Werwölfen bewacht."

"Scheiße", bemerkte Carl.

"Nun, das ist der Preis, den man als Vampirjägerin zu zahlen hat. Aber ich habe das Buch. Also, sobald der Auserwählte hier ist, können wir dem Fluch ein Ende setzen, und ich kann aufhören, ein Vampir zu sein! Ich sehe, ihr wurdet einander vorgestellt?"

"Carl und ich sprachen über eine Operation, während er meinen Hautzustand untersuchte ... ähm ..."

"Ich bin zuversichtlich, dass wir neunzig Prozent deiner Haut wiederherstellen können", sagte Carl und unterbrach sie. "Es wird mehrere Behandlungen benötigen, aber dann bist du wieder tipptopp!"

Sybil nickte. "Das sind gute Neuigkeiten."

"Ich denke schon", bemerkte Catherine mit einem tiefen Seufzer.

"Heute haben wir das Necronomicon bekommen, so dass der Sensenmann keine neuen Zombies erstellen kann. Aber in London wurden Felicity und Jason von Harry Brown gefangen genommen. Verdammt."

"Wie bitte?" fragte Carl, aber Sybil ignorierte ihn und biss sich auf die Unterlippe. Sie setzte sich auf die Ecksofa gegenüber von ihnen und dachte nicht an den fauligen Geruch, den sie verbreitete.

Als sie bemerkte, dass Carl häufig seine Nase berührte und in die andere Richtung schaute, bemerkte sie, dass sie trotz der Tatsache, dass sie klatschnass war, wie ein Zombie roch. Catherine war offensichtlich an den fauligen Gestank gewöhnt, weil sie nicht einmal mit der Wimper gezuckt hatte.

"Okay, sag kein Wort. Ich weiß, dass ich ein Bad brauche", murmelte Sybil und stand auf. Sie holte ihr Handy heraus. "Aber zuerst muss ich einen Anruf machen", kündigte Sybil an und holte tief Luft, "Wie ich schon sagte, Harry hat unsere Freunde in London gefangen genommen."

Carl und Catherine blickten auf.

"Nun, das tat er, nachdem er einen Gebäudekomplex in London niedergebrannt hatte."

"Wen wirst du anrufen?" fragte Carl.

"Vanessa Dogscape", sagte Sybil. "Du weißt schon, Felicitys Geliebte."

"Felicity ist lesbisch?" fragte Catherine.

"Sie ist es ja, und es stört mich nicht", antwortete Sybil und atmete aus. Sie wählte Vanessa an, und es ging direkt auf ihre Voicemail.

"Okay, ähm. Sie geht nicht ans Telefon. Gut, dann werde ich mich waschen und dann werde ich es wieder versuchen."

Sie sah Catherine an. "Danach gehen du und ich nach unten zum Bienenstock. Das Herz von Nachtvogel."

3 – Ich habe deine Freunde

Nachdem Sybil sich erfrischt hatte und vier fehlgeschlagene Versuche, Vanessa anzurufen, zog sie frische Kleidung an und ging nach unten ins Foyer. Catherine war immer noch da und sprach mit Carl.

"Catherine? Wirst du mitkommen? Du wirst feststellen, dass sich in den zwei Jahren, die du weg warst, viel verändert hat."

"Weißt du, ich kann Vanessa immer noch nicht erreichen", beschwerte sie sich bei Carl, der sich vorbeugte, um eine Zeitung vom Couchtisch zu holen.

"Das Hotel muss renoviert werden", flüsterte Catherine, während sie neben Sybil auf dem Weg zum Aufzug lief.

"Ja, ich weiß. Mach dir darüber keine Sorgen. Wir werden uns schon etwas einfallen lassen, und es wird schon gut gehen, meine Süße."

"Ich hoffe es", antwortete Catherine.

"Ich hoffe, dass du einen starken Magen hast", sagte Sybil.

"Warum?"

"Das wirst du noch früh genug herausfinden", sagte sie, als der Aufzug in Bewegung kam. Dreißig Sekunden später waren sie tief unter der Bodendecke. Catherine sah ein wenig mulmig aus. Sybil drückte ihre Hand, "das Gefühl verschwindet bald, und du wirst dich schließlich daran gewöhnen."

4

Die Fahrstuhltür öffnete sich. Sie waren neunzig Fuß tief unten, in dem Bienenstock mit seinen vielen Eingängen und geschlossenen Türen. Ein Filmplakat an der Wand erregte Catherines Aufmerksamkeit. *Resident Evil*.

"Oh, das ist eine Erinnerung daran, warum wir hier sind", erklärte Sybil.

"Ich erwartete, ein Poster von *Buffy the Vampire Slayer* an der Wand zu sehen", bemerkte Catherine. "Schaust du immer noch die Serie?"

"Das tue ich", gestand Sybil, als sie den Flur entlang gingen.

Catherine warf einen Blick über die Schulter zu Tante Sybil. Ihre Tante sah nicht wie ein Vampir aus, obwohl sie ein blasses Gesicht hatte. Aber das hatte nichts mit ihrem Vampirdasein zu tun. Sie wurde im Jahre 1750 geboren. Frauen waren damals keine sonnenbadenden Liebhaber. Eine blasse Haut zu haben, bedeutete damals Königshaus.

Sybil blieb stehen, um eine Türe zu öffnen.

"Also alles passiert hier?" fragte Catherine, als sie sich umsah. In dem Raum stand ein Regal, besetzt mit Computern. In der Mitte des Raumes stand ein Schreibtisch mit vier aufgereihten Monitoren davor. Die Monitore waren nicht eingeschaltet, bis Sybil ihre Maus auf den Kopf stellte, nachdem sie hinter dem Schreibtisch Platz genommen hatte.

Sybil murmelte aufgeregt. "Das ist so typisch für Felicity, die Maus so stehen zu lassen" - und grinste - "es macht keinen Sinn, die Maus andersherum zu benutzen. Wenn ich meine Hand nach links bewege, dann muss sich die Maus nach rechts bewegen, so einfach ist das. Das ist die einzige Weise, wie ich mit einer Computermaus arbeiten kann, hey, jemand versucht, mich über Skype anzurufen." Sybil klickte auf das kleine Symbol, um den Videoanruf anzunehmen. Das bekannte Gesicht eines kahlköpfigen Afroamerikaners mit Ziegenbart erschien auf dem Monitor - Harry Brown.

"Harry Brown", sagte Sybil mit einem sarkastischen Unterton, während sie in die Kamera blickte und spöttisch fortfuhr: "Wie geht es dir?

Ein kleiner Vogel sagte mir, dass du die Pille nimmst. Bist du immer noch ein Mann?" Auf Sybils Gesicht war kaum Sympathie zu erkennen.

Harry stöhnte. "Machst du gerne Witze über den Zustand von jemandem? Du weißt doch, dass ich krank bin, oder?"

"Ich mache nie Witze über die Gesundheit von jemandem. Außer im Moment. Aber du hast mein tiefstes Mitgefühl", Sybil ließ es fast so klingen, als meinte sie es ernst. "Wie immer. Es ist ein verstörendes Gespräch mit dir."

"Urkomisch, Sybil. Das Gefühl ist wechselseitig", bemerkte Harry.

"Gib dir selbst die Schuld dafür, dass du die falsche Seite gewählt hast", erinnerte Sybil ihn.

"Als ob ich eine große Wahl hätte!"

"Es gibt immer eine Wahl", antwortete Sybil, "und es tut mir leid für dich, wirklich. Aber für den Sensenmann zu arbeiten, wird nichts lösen."

"Zumindest werde ich nicht verrotten. Ich sehe immer noch gut aus, oder? Ohne diese Pillen wäre ich nicht mehr da, wegen der Tumore in meinem Gehirn" - Harry atmete tief durch - "aber ich habe dich nicht kontaktiert, um über meine Gesundheit zu diskutieren. Wir wissen, dass du das Necronomicon hast, und wir fordern es zurück."

"Leck mich am Arsch", antwortete Sybil.

Harry starrte ihr sprachlos an. Dann lehnte er sich hinein. "Wenn du das Necronomicon nicht übergibst, werden deine Freunde sterben."

Nachdem er gesprochen hatte, machte Sybil knurrende Bissbewegungen in Richtung der Webcam. Sie merkte, dass er ihre Reißzähne sehen würde, die einfach nachwuchsen. Normalerweise hasste sie das. Aber jetzt war sie froh, dass ihre Reißzähne sichtbar waren.

Harry lehnte sich in seinem Stuhl zurück und hielt für einen kurzen Moment die Hände vor sein Gesicht. Dann rieb er sich am Mund und atmete laut aus und sagte: "Ich habe deine Freunde, Felicity Walker und Jason Weisshart in der Weston Street in London gefangen genommen. Sie schnüffelten herum. Meine Vermutung ist, dass sie nach dem Auserwählten gesucht haben", fügte er hinzu und richtet seine Krawatte gerade.

"Fick dich, Harry."

"Sieh an, sieh an. Was für eine unflätige Sprache. Bitte halte es zivilisiert", höhnte er.

"Woher weiß ich, dass du nicht lügst?"

"Du kannst mich beim Wort nehmen, aber ich weiß, dass du mir nicht vertraust. Ich werde dich über eine Videoverbindung mit deinen Freunden verbinden, bitte bleib dran."

Sybils Magen kneift sich zusammen, als sie Felicitys zerschlagenes Gesicht betrachtete. "Felicity", sagte Sybil.

Felicity bekam einen Eimer mit Wasser ins Gesicht, schnappte nach Luft und öffnete die Augen.

"Sybil?" fragte Felicity.

"Ich werde dich da rausholen, ich verspreche es", versprach Sybil und wollte noch mehr sagen, aber dann tauchte Harrys Gesicht auf dem Monitor auf.

"Was hast du mit ihnen gemacht!" fragte Sybil.

"Ich habe nur ein paar Fragen gestellt."

"Das nennst du ein paar Fragen? Du hast sie gefoltert, du Dreckskerl!"

Harry kratzte sich am Nacken und lehnte sich näher an die Kamera. Er starrte Sybil direkt in die Augen, so weit man jemandem über eine Live-Übertragung in die Augen schauen kann.

"Gib mir das Buch, und im Gegenzug bekommst du deine Freunde. Wie auch immer, das Buch nützt dir nichts mehr, denn ohne den Auserwählten kannst du das Necronomicon nicht zerstören. Er ist bereits tot!"

"Wie meinst du das?"

"Habt ihr es nicht in den Nachrichten gehört? Ich habe eine Bombe in die Wohnung des Auserwählten gelegt", grinste er und fuhr fort, "das ganze Gebäude stürzte ein. Die Weston Street verwandelte sich in ein Inferno aus Feuer, Trümmern, Körperteilen und zerbrochenen Häusern. Es war ein zwanzigstöckiges Turmgebäude. Ich weiß nicht, welchen Trick du benutzt hast, um Jason von den Toten auferstehen zu lassen, nachdem ich ihn letzte Woche im Lagerhaus erschossen. Aber das wird bei Richard McKenna nicht funktionieren. Er wurde in Stücke gesprengt, und nichts in der Welt wird ihn zurückbringen. Aber vielleicht werden einige Teile von ihm wie Staub im Wind verweht und sind auf dem Weg nach Boston. Aber eins kann ich dir sagen, Sybil. McKennas Leichnam wird fast zur selben Zeit am Logan Airport ankommen, wie du und ich uns treffen werden. Ich verspreche dir, wenn der Sensenmann ihn in die Hände bekommt, wird er McKennas Leiche verbrennen. Vielleicht fragst du dich, warum ich dir das alles erzähle. Nun, der Sensenmann hat mir einen lebenslangen Vorrat an Pillen versprochen. Aber er hat gelogen. Jetzt ist es also Zeit für die Wiedergutmachung", kicherte er und blinzelte.

Dann arrangierten sie für morgen ein Treffen, achtzig Meilen von Boston entfernt am Flughafen Oak Bluffs.

4 – Die Veränderung

Catherine schaute Sybil an. "Scheiße, gerade als die Dinge so gut liefen", und wusste nicht, was sie sonst sagen sollte. Catherine rieb sich die Nase und fragte sich nur, wann sie ihre Haut wiederherstellen würden. Ihre Haut juckte schlimmer denn je, besonders ihre Nase. Sie kratzte sich wieder. Als sie auf ihre Finger blickte, wurden ihre Augen breiter. Ihre Finger waren mit Blut verschmiert. Catherine sank auf die Knie.

"Oh, mein Gott!"

Sybil sah zu ihr hinunter. "Was ist los?"

"Siehst du es nicht? Ich blute. Ich werde mich in einen Zombie verwandeln!"

Das Zittern schoss durch ihren Körper, sie fühlte sich gleichzeitig heiß und kalt. Sie kämpfte, um aufzustehen und warf Sybil einen Blick zu. Aber ihre Sicht war verschwommen. Als würde sie ohne Brille unter Wasser schauen.

"Beruhige dich, es ist nur ein Nasenbluten", sagte Sybil und drückte einen Knopf auf der Sprechanlage. "Carl, kannst du in den Computerraum kommen?"

Catherine wurde innerlich ganz warm und atmete schwer aus, während Sybil ihr Gesicht berührte. "Hier, trink das und versuche, dich zu beruhigen", klang Sybils Stimme, als käme sie aus der Ferne.

Mein Gott, was geht hier vor? wunderte Catherine sich. Wieder griff sie nach ihrer Nase und spähte auf ihre Finger. Noch mehr Blut! Ein kalter schweiß brach auf ihrer Stirn aus. Ihre Ohren summten. Sie rieb sich über ihr Gesicht - ihre Finger waren klebrig und feucht. Sie schnappte nach Luft und verlor das Gleichgewicht. Sie begrüßte die kalten glänzenden Kacheln unter ihrem Rücken.

"Komm, Catherine, versuch etwas zu trinken. Nimm dich zusammen."

Catherine hörte kaum, was Sybil sagte, während sie sich abmühte, nach oben zu schauen, nachdem sie Sybils Hand gefühlt hatte.

"Ich kann meinen Hals nicht bewegen; er ist verschlossen, und es tut höllisch weh!"

Sybil brachte ein Glas Wasser nahe an ihre Lippen. Nach einer Menge Anstrengung, wegen eines unangenehmen Kitzelns am hinteren Ende ihrer Kehle, nahm sie einen Schluck.

"Sybil, ich sterbe. Ich verwandle mich in einen verdammten Zombie! Bitte hilf mir", schrie sie. Dann wurde alles schwarz.

5

Catherine kämpfte, um etwas zu sehen, irgendetwas, aber alles war stockfinster. Die Dunkelheit erschreckte sie. Dann sah sie sich wegen eines Geräusches in der Ferne um.

"Hallo, ist da draußen jemand?"

Aber es gab keine Antwort. Nicht wissend, was sie sonst tun sollte, sprang sie auf das Geräusch zu. Sie bemerkte einen Lichtsplitter. Ein Hoffnungsschimmer ging durch sie hindurch, und sie erhöhte ihre Geschwindigkeit. Catherine nahm weitere Geräusche wahr und blieb stehen, als sie gegen eine Tür rannte. Verwirrt berührte sie das Hartholz und bemerkte einen kleinen Fensterrahmen. Von dort kam das Licht. Catherine stand auf den Zehenspitzen, um durch das Fenster zu spähen, aber es war beschlagen. Mit einem quietschenden Knacken, als ob es seit Jahren nicht mehr benutzt worden wäre, drückte sie die Tür auf und war fassungslos, Sybil zu sehen. Catherine rief ihren Namen, aber Sybil antwortete nicht.

Sie trat auf sie zu und merkte, dass etwas nicht stimmte. Sybil sah anders aus, und das nicht nur wegen der altmodischen Kleidung. Nein, sie war viel lebhafter. Sybil hatte sogar rosige Wangen, etwas, das Catherine noch nie zuvor an ihr gesehen hatte. An diesem Punkt traf es sie. Sie ist ja noch kein Vampir! Nach den Kleidern zu urteilen, entschied Catherine, dass sie in die Vergangenheit gefallen war!

Das gelbe Kleid stand Sybil sehr gut, entschied Catherine und wollte sie an die Hand nehmen. Aber ihre Hände gingen direkt durch sie hindurch, als ob Sybil ein Luftzug wäre. Dann kam Catherine zu dem Schluss, dass es umgekehrt war, nachdem sie versucht hatte, einen rostigen Nagel von den Holzbrettern aufzuheben.

"Vielleicht ist dies nur ein Traum", murmelte Catherine, während sie aufstand und sich in dem engen Raum umsah. "Ein sehr seltsamer Traum", ihre Augen verengten sich. *Dies muss ein Dachboden sein.*

Sie ignorierte Sybil und blickte zu einem bescheidenen Fenster. Das Fenster bot den Blick auf einen Hafen. Ein paar große Segelschiffe legten an, und Männer in altmodischen Kleidern liefen am Kai entlang. Es erinnerte sie an einige alte Gemälde, die sie in einem Museum gesehen hatte.

Im Hintergrund murmelte Sybil vor sich hin. Catherine drehte sich um und bemerkte, dass Sybil zu einem dunkelbraunen Schreibtisch gewandert war. Darauf lag ein Buch. Catherine fühlte einen Ruck durch ihre Wirbelsäule laufen, als sie es erkannte: Das Necronomicon!

"Nein!" rief sie aus, aber Catherine war sich bewusst, dass es nichts nützte, denn sie war nur eine Zuschauerin in diesem Stück ... in diesem Traum. Auch wenn sie sich nicht sicher war, ob es ein Traum war.

"Warum bin ich hier?" fragte Catherine. Natürlich antwortete niemand. Der Grund, warum sie hier war und wie sie hierher kam, war ihr also unbekannt. *Spielt hier jemand ein Spiel? Aber wo ist der Spieler?* fragte sich Catherine, als sie sich Sybil näherte, die sich einen Zettel neben dem Buch schnappte.

"Sieh und lerne", flüsterte eine Stimme.

Catherine blickte über ihre Schulter. Jemand war dort! Aber sie konnte niemanden sehen.

"Zeige dich?" verlangte sie. Ihr Herz klopfte in ihrer Brust. Dort erschien ein Schatten in Menschengestalt. Seine Anwesenheit elektrisierte alle Haare in ihrem Nacken. Erschrocken trat sie rückwärts. Der Schatten kam näher.

"Du wirst sein Beschützer sein", sagte der Schatten und berührte Catherines Brust. Eine Hitze brannte in ihrem Herzen. Eine Sekunde lang blickte sie auf das lächelnde Gesicht eines alten Mannes mit weißem Haar und faltigem Gesicht. Er fletschte die Zähne. Reißzähne!

"Lass sie das Buch nicht zerstören! Es wird das Ende meiner Tochter sein. Es wird das Ende für dich sein! Es wird das Ende der Hölle sein", warnte der alte Mann. Dann löste er sich in Luft auf.

Catherines Magen sank, und sie wollte vom Dachboden weg, Sybil mitschleifen, obwohl sie sie nicht berühren konnte. Ihr Blick glitt zu Sybil, die das Papier in ihrer Hand hielt. "Dominus lamia. Überprüfe mich. Muta mich. Lamia Domini maledicite mihi. Et serviet tibi usque in vitam aeternam Virginis nomine amen."

Sybil runzelte die Stirn, als sie sich auf den Schreibtisch setzte, der unter ihrem Gewicht leise knarrte. "Was für ein merkwürdiger Text, den Papa auf Latein geschrieben hat", sagte sie, während sie das Buch beiseite schob, das mit einem dumpfen Schlag herunterfiel. "Ähm ... locker übersetzt lautet er: Herr der Vampire. Höre mich an. Verwandle mich. Herr der Vampire. Verfluche mich, Herr. Gib mir das ewige Leben, und ich werde dir im Namen der Heiligen Jungfrau dienen, amen."

Sybil sprang auf ihre Füße und versteckte ihr Gesicht hinter ihren Händen, während sie das Papier losließ.

"Mein Gott, mein Vater betet den Teufel an!"

Catherine wusste nicht, was sie von der Szene, die sich entwickelte, halten sollte. Sie bewegte sich näher zu Sybil, die wie erstarrt da stand. Dann kam ein grüner Rauch aus dem Buch, begleitet von einem starken Wind. Ein unheimliches surrendes Geräusch erfüllte den Dachboden.

Die Möbel fielen um. Sybil hob in einer erschreckten Geste die Hände und schrumpfte weiter zurück.

Tausende von Stimmen murmelten: "Virginia Nomine Patris et maledicam tibi."

Der grüne Rauch breitete sich immer weiter aus, bis er den Dachboden einnahm. Catherine entdeckte, dass der Rauch klebrig wie Sirup war. Ihr Herz klopfte in ihrer Brust, während das Atmen schwer wurde, weil der Sirup ihren Mund bedeckte und ihre Nasenlöcher erreicht hatte.

Sie warf einen Blick auf Sybil, die versuchte zu fliehen, aber der Sirup hatte ihren Körper bedeckt. Plötzlich war es, als ob Sybil Catherine bemerkte, wie sie sich nach vorne kämpfte, während Blut ihren Mund und ihre Nase hinunterströmte. Sybils kalte Finger berührten Catherines Gesicht.

"Sybil?!" schrie Catherine, aber nur ein keuchendes Geräusch kam über ihre Lippen. Zur gleichen Zeit hörte Sybil auf, sich zu bewegen. Ängstlich hob Catherine ihre Hände, um Sybil zu berühren, als sie sich im Sirup auflöste.

6

Catherine öffnete verwirrt die Augen; sie starrte um sich herum und bemerkte, dass sie mit einer Infusion im Handgelenk im Bett lag. Sybil saß auf einem Stuhl neben dem Bett und hielt ihre Hand. "Virginia Nomine Patris et maledicam tibi", flüsterte sie Sybil zu.

Sybils Augen waren weit geöffnet. Catherine verstand ihre Reaktion nur zu gut und sagte mit heiserer Stimme: "Ich war dabei, Sybil, als es geschah! Du warst auf einem Dachboden, als du die lateinische Übersetzung gelesen hast, die dein Vater angefertigt hatte. Warum musstest du sie laut aussprechen, Sybil, warum? Das ist der Grund, warum du dich in einen Vampir verwandelt hast!"

"Glaubst du nicht, dass ich das inzwischen weiß? Verdammt, Catherine ... Ich weiß, ich hätte das nicht tun sollen. Das ist es, was dieses ganze Elend ausgelöst hat!"

Tränen glitten Sybil über die Wangen.

"Wenn ich das nicht getan hätte, dann wäre nichts von all dem hier passiert. Ich weiß das schon, aber ich konnte es damals nicht wissen. Wie hätte ich es wissen können? Jeder kennt einen Moment in seinem Leben, wo man denkt, wenn man die Dinge anders gemacht hätte, hätte man ein ganz anderes Leben führen können. Nur, du kannst leider nicht in eine Zeitmaschine steigen, um falsche Entscheidungen rückgängig zu machen oder was auch immer, weißt du."

Sybil warf Catherine einen Blick zu, die wieder über das Kitzeln in ihrer Kehle hustete. Sybil gab ihr ein Glas Wasser. Dankbar nahm Catherine ein paar Schlucke. Sie fühlte sich heiß und unglücklich, als sie Sybil anstarrte, die sie mit einem grässlichen Gesichtsausdruck zurückblickte. Mit gedämpfter Stimme fügte Catherine hinzu: "Ich glaube, ich habe deinen Vater gesehen! Er war dort auf dem Dachboden und sagte mir, dass du das Buch nicht vernichten sollst, weil es dein Leben und meins beenden wird" - Catherine atmeten tief durch - "Ich sah seine Reißzähne. Dein Vater, mein Urgroßvater, ist ein Vampir!"

Sybil starrte sie mit einem seltsamen Ausdruck im Gesicht an.

"Mein Vater, ein Vampir? Bist du verrückt?"

Sie stand auf und schlenderte durch den Raum.

"Nein, mein Vater wurde von einem wütenden Mob gehängt. Ich habe seine Leiche im Sarg gesehen", fuhr sie sich mit einer zitternden Hand durchs Haar.

Catherine schüttelte den Kopf.

"Ich sage dir, er war dort!"

"Ich-ich glaube dir nicht, und ich möchte lieber nicht mehr darüber reden", sagte Sybil und putzte sich die Nase. Jemand hustete im Hintergrund. Beide Frauen sahen auf. Carl stand in der Tür und betrat den Raum.

"Wie fühlst du dich jetzt?" fragte er Catherine und hörte auf ihr Herz.

"Kannst du tief einatmen und dann langsam ausatmen, Catherine?"

Sie tat, was er fragte. Carl nahm sein Stethoskop ab und leuchtete ihr mit einer Taschenlampe in die Augen.

"Kannst du dem Licht nur mit den Augen folgen?"

Catherine blickte auf das Licht, als er sich damit von links nach rechts bewegte.

"Jetzt muss ich deine Temperatur messen, und dann bin ich fertig."

Er zog ein Thermometer aus seinem weißen Laborkittel und steckte ihr die Spitze ins Ohr. Nach zwei Sekunden piepte es.

"Was passiert mit mir?" fragte Catherine.

"Es gibt keinen Grund zur Sorge", antwortete er ausweichend und murmelte etwas in Sybils Ohr. Sybil sah Catherine schockiert an. In diesem Augenblick fühlte Catherine, wie sich die Welt unter ihren Füßen öffnete.

"Oh, mein Gott, ich bin ein verdammter Zombie! Gottverdammt! Schlag mir sofort den Kopf ab", platzte sie heraus. Tränen kullerten ihr in die Augen.

Carl antwortete, leicht stotternd, "Nun, technisch gesehen lebst du ja nicht mehr. Dein Körper hat Zimmertemperatur. Aber sieh es mal positiv, denn du kannst immer noch normale Gespräche führen. Deine Reflexe sind alle in Ordnung, und du leidest nicht an Totenstarre. Ich kann dir versichern, dass du kein Zombie bist. Du wirst ein Vampir werden, wie Sybil, das heißt, du bist nicht wirklich lebendig und nicht wirklich tot."

"Hey, ich stehe genau hier, weißt du!" grummelte Sybil.

"Ja, tut mir leid, aber es ist, wie es ist. Außerdem bist du ein guter Vampir, einer, der das Böse bekämpft."

Catherine schluchzte. "Ich will kein Vampir sein!"

"Ich auch nicht", antwortete Sybil. "Ja, aber dein Aussehen ist ganz in Ordnung. Sieh mich einfach an." Catherine zerrte an ihrem Haar. "Ich habe stacheliges Haar, meine Nase blutet bei der kleinsten Provokation, und es juckt mich überall."

"Das sind die Bakterien in deinem Körper. Dein Körper widersetzt sich dem Prozess. Nach deinem Körper lebst du nicht mehr, und wenn du ..."

"Carl, bitte. Erspar uns den Vortrag. Keine Details!" unterbrach Sybil. "Kannst du den Prozess aufhalten?"

"Nein ... aber ich kann die Symptome lindern. Ich brauche nur eine andere Infusion zu machen, um alles in Catherines Körper zu reinigen."

"Kannst du ihre Haut wiederherstellen?"

"Das wird kein Problem sein."

"Nun, siehst du, Catherine. Bald wirst auch du wieder schön sein", bemerkte Sybil ermutigend.

"Blut ist schmutzig", erklärte Catherine und zog ein Gesicht.

"Zuerst ist es das", antwortete Sybil, "aber wenn du ein paar Kräuter hineintust, dann ist es besser."

5 – Alarmphase 1

Nach den Ereignissen des 11. September 2001 hat eine Abteilung des amerikanischen Geheimdienstes Central Intelligence Agency (CIA) die ATU-Anti-Terrorismus-Einheit gegründet - für Operationen, die militärische oder verdeckte Operationen bei hoher Bedrohung beinhalten, um Amerika vor der Bedrohung durch den Terrorismus zu schützen. Die ATU hat eine Niederlassung in Boston, New York und Los Angeles. Der Leiter der ATU-Niederlassung in Boston ist Jack Hunter.

7

Jack Hunter sprach am Telefon mit einer Sonderabteilung des MI6 - dem britischen Geheimdienst - über eine Explosion in der Weston Street in London. Zuerst fragte Jack sich, warum zum Teufel der MI6, auch bekannt als SIS, sich die Mühe machte, ihn wegen einer Bedrohung auf fremdem Boden anzurufen. Schließlich ist der Hauptzweck der ATU der Schutz der Vereinigten Staaten. Verdeckte Operationen in anderen Ländern wurden von anderen Agenturen durchgeführt. Aber er war ganz Ohr, als ihm gesagt wurde, dass der Angriff von Al-Qaida durchgeführt wurde, und sie hatten Gründe zu glauben, dass Boston das nächste Ziel war. Der MI6 behauptete, dass der ehemalige CIA-Agent Harry Brown für die Explosion verantwortlich war.

Jack konnte nicht glauben, was sie ihm erzählten. *Harry Brown arbeitet für Terroristen?* er runzelte bei dem Gedanken die Stirn. Jack kannte Harry noch aus den Tagen, als er Seite an Seite mit ihm in Mexiko arbeitete, wo es um Drogen und Terrorismus ging. Harry war ein wahrer Patriot. Sein Vater hatte in Vietnam gedient, und sein Großvater kämpfte im Zweiten Weltkrieg gegen die Nazis in Europa. Er brauchte echte Beweise dafür, ob Harry ein Landesverräter war oder nicht und ging die Treppe zum Arbeitsplatz hinunter.

Er blieb stehen, als er Vanessas Computer-Schreibtisch erreichte. Vanessa Dogscape war die Nummer eins der ATU-Datenanalytiker - gut mit Computern, aber mit einem Mangel an sozialem Verhalten. Vanessa konnte unhöflich sein, besonders wenn es um hohe Einsätze ging. Er warf der dunkelblonden, blauäugigen Frau einen Blick zu. Die grüne Bluse, die sie trug, sah großartig an ihr aus. "Vanessa, welche Informationen kannst du mir über die Explosion in der Weston Street, London, heute Morgen geben?"

"Kann das nicht warten? Ich bin gerade dabei, das Computernetzwerk zu analysieren", beschwerte sie sich.

"Nein, ich will, dass du das sofort überprüfst", bellte er.

Sie blickte ihn mit einem sauren Blick an. "Kann Rodrigues das nicht machen? Er ist qualifiziert genug, um ..."

"Ich bitte dich, mir den Gefallen zu tun!"

"OK, wie du willst, aber gib mir nicht die Schuld, wenn sich ein Hacker in unseren Server einschleicht, denn ich bin immer noch nicht fertig mit der Analyse des Netzwerks", beschwerte sie sich und stellte sich den drei Monitoren gegenüber, die auf ihrem Schreibtisch aufgereiht waren, um eine Satellitenverbindung mit London herzustellen. Sie stöhnte, während sie die Koordinaten der Weston Street eingab. Eine Karte erschien auf ihrem Monitor. Beide warfen einen Infrarot-Blick auf das Feuer, das sich ereignete. Vanessa wechselte zur Normalansicht und zoomte heran. Feuerwehrautos waren deutlich sichtbar.

"Ich werde nach einer Straßenkamera suchen", versprach sie.

Auf dem Monitor riss ein Feuer durch ein Hochhaus und schickte panische Bewohner auf der Flucht vor dem Inferno. Die Feuerwehrleute taten ihr Bestes, um das Feuer zu löschen. Trümmer prasselten herunter, während Flammen an den Seiten des Turms hochschossen.

Hitze durchspülte Jacks Körper. Die Bilder erinnerten ihn an den 9/11-Angriff im Jahr 2001. Er zog die Augen zusammen und lehnte sich nach vorne. Sein Gesicht war nahe bei Vanessa, als er auf den Monitor starrte.

"Kannst du zu der Explosion zurückgehen?"

"Es hängt davon ab, ob diese Straßenkamera die Aufnahmen tatsächlich speichert", bemerkte Vanessa. Eine Liste der Aufnahmen, in Form von Zeitstempeln mit Miniaturbildern, erschien auf dem Monitor zu ihrer Rechten.

"Diese gehen auf einen Tag zurück", sagte sie, "welchen möchtest du sehen?"

"Zeig mir die Aufnahmen von vor einer Stunde."

"Kein Problem", sagte sie. Vanessa rief die Aufnahmen mit einem Mausklick ab.

"Kannst du es kurz vor der Explosion beschleunigen?" forderte Jack.

Vanessa nickte. Der Eingang des Turmgebäudes war noch intakt, als jemand das Gebäude betrat. Kurz darauf kam ein Mann heraus, ein paar Minuten später folgte eine Explosion.

Auf Jacks Bitte hin verzögerte Vanessa das Filmmaterial.

"Das ist eine ungeheure Menge an Verwüstung da draußen vor Ort", sagte Jack. Seine Augen waren auf die Explosion gerichtet, die in Zeitlupe stattfand. "Vanessa, kannst du ein Standbild von dem Mann machen, der aus dem Gebäude ging?"

Das Bild war verschwommen. Vanessa fügte Filter hinzu, um das Bild zu verbessern. "Das kann eine Weile dauern", murmelte sie. Jack verschränkte seine Arme, während er auf ein besseres Bild wartete. Danach, was ihm lange Zeit schien, war es gut genug, um durch die Gesichtserkennungssoftware zu laufen. Aber Jack erkannte sein Gesicht sofort. "Verdammter Hurensohn, das ist Harry Brown!"

Es war immer noch schwer zu glauben, dass Harry den Angriff durchgeführt hatte. "Wird der Angriff bereits von Al-Qaida in Anspruch genommen?"

"Nicht dass ich wüsste, sorry", bemerkte Vanessa. Eine rote Flagge erschien auf Vanessas Monitor. Jack blinzelte auf den Bildschirm.

"Ich hasse es, dir das zu sagen" - Vanessa atmete aus - "aber es gibt eine Sicherheitslücke in unserem System. Ein Hacker versucht, auf wertvolle Informationen zuzugreifen. Hör zu, Jack, es tut mir leid, aber ich muss diesen Hacker festnageln!" Sie schob Jack sanft zur Seite, als sie einen neuen Bildschirm öffnete und eine Reihe von Befehlen eintippte. Vanessa tippte so schnell und öffnete so viele Bildschirme, dass es schwer für ihn war, zu sehen, was sie da tat.

"Hey, warum ist das Netzwerk ausgefallen?" beschwerte sich jemand im Hintergrund. Jack schaute sich über die Schulter und bemerkte Tony Rodrigues, der der zweite Kommandant war, wenn Jack mit Feldoperationen beschäftigt war.

"Jemand versucht, unseren Server zu hacken. Ich musste Maßnahmen ergreifen, um die Lücke zu schließen", erklärte Vanessa, während sie einen neuen Bildschirm öffnete. "Ich musste auch die gesamte Kommunikation abschalten, für den Fall, dass jemand hier wertvolle Informationen an den Hacker durchsickern lässt, oder im Falle eines kompromittierten Handys", fügte sie hinzu.

"Also, ich kann es meinem Mann nicht sagen, ich kann noch nicht nach Hause gehen?" fragte Jaqueline Mahoney einen schwarzhaarigen Senior-Agenten.

"Ich fürchte nicht", antwortete Vanessa. Dann erschien eine IP-Adresse, während sich inzwischen weitere Kollegen um Vanessas Schreibtisch versammelten und ihr über die Schultern blickten. Frustriert blickte Jack auf die Bildschirme. Solange die Systeme offline waren, konnte er einen Scheißdreck tun. Er brauchte eine Liste von Harry Browns Aufenthaltsort, aber jetzt musste er warten, bis Vanessa das System wieder online stellte. *Verdammt!* Wenn er den Hacker in die

Hände bekäme, würde er für diese Verzögerung teuer bezahlen. Das ist ein Versprechen, das er gab, als er eine Faust geballt hat.

8

Vanessa blickte erschöpft auf den Monitor, nachdem sie den Hacker festgenagelt hatte. Jack war auf dem Weg, ihn in Gewahrsam zu nehmen, und sie hatte die Server wieder online gestellt. Für die ganze Operation brauchte sie zwei Stunden. Nur noch ein paar Minuten und dann konnte sie nach Hause gehen. Sie hoffte, dass Felicity schon zu Hause war, sie sehnte sich nach ihrer Gesellschaft. Sie wollte mit ihr im Bett Löffelchen legen und die Dinge einfach die Dinge sein lassen.

Es stellte sich heraus, dass der Hacker ein Deutscher Student am MIT war, mit dem Spitznamen Coyote. Nur zu schade, dass er einen Bericht vom Fileserver herunterladen konnte. Er hat ihn an WikiLeaks durchgesickert. Der Bericht betraf den Terroranschlag vom 11. September 2012. Eine Gruppe islamischer Terroristen setzte die US-Mission in Bengasi, Libyen, in Brand. Während des Angriffs wurden vier Menschen getötet. Unter den Opfern war auch der US-Botschafter in Libyen, Christopher Stevens.

Es gab nicht viel, was sie dagegen tun konnte, da sie die WikiLeaks Webseite nicht hacken konnte. Sie wusste, dass der Architekt von WikiLeaks, Julian Assange, immer noch auf freiem Fuß war. Obwohl U.S.-Beamte seit November 2010 gegen Assange zu ermitteln begannen, um ihn nach dem Spionagegesetz von 1917 strafrechtlich zu verfolgen.

Vanessa atmete bei dem Gedanken an WikiLeaks und seinen Gründer aus. Es war kein Fall für die ATU. Aber sie hoffte, dass es ein Ende der Offenlegung von geheimen Dokumenten auf WikiLeaks geben würde.

Zumindest wird das Verhör für den Coyoten extrem unangenehm sein. Die ATU hatte eine spezielle, streng geheime Erlaubnis, Terroristen und potentielle Täter mit allen erforderlichen Mitteln zu verhören. Vanessa empfand keine Sympathie für den Hacker, der Regierungsgeheimnisse aufdecken wollte.

Es gibt einen Grund, warum die Informationen geheim sind, dachte sie und schloss die Augen. Am 11. September 2001 wurde ihr Lieblingsonkel, Onkel John, bei dem Anschlag auf das World Trade Center in New York getötet.

Sie spähte auf ihre Uhr; Vanessa konnte schon vor zehn Minuten nach Hause gehen. Ungeduldig starrte sie auf die Tür und wartete darauf, dass ihr Kollege von der Abendschicht auftauchte. Dann sah sie, wie er den Arbeitsplatz betrat. Vanessa wurde zunehmend zur Ablenkung getrieben, da Leonard regelmäßig zu spät kam. Warum sie ihn nicht schon gefeuert hatten, war ihr ein Rätsel. Verärgert stand sie auf und ging auf ihn zu, um ihm eine großzügige Portion Schelte zu geben.

Der große Kerl mit seinem Bierbauch spielte ihr immer auf die Nerven. Sie war kurz davor, ihm einen guten Vortrag darüber zu halten, warum er pünktlich hier sein sollte, als ihr Handy ertönte. Auf dem kleinen Bildschirm las sie "Sybil Crewes."

Vanessa drehte Leonard den Rücken zu, während sie zur Garderobenstange im Flur ging. "Sybil, ich habe einen schlechten Tag, und wenn du mir sagst, dass Felicity Überstunden machen muss, dann werde ich laut schreien, damit es jeder hören kann", schlug sie vor und zog ihren Mantel an und schloss die Tür, damit niemand das Gespräch belauschen konnte.

"Heute ist Felicity mit Jason Weisshart nach London gefahren, um in die Weston Street zu gehen", sagte Sybil.

"Aber-aber es gab einen Angriff! Ein Terrorist hat ein ganzes Gebäude in die Luft gejagt. Geht es ihr gut?" Es war, als hätte ihr jemand gerade ins Gesicht geschlagen.

"Felicity ist nicht verletzt", beruhigte Sybil. "Sie war dort, um nach dem Auserwählten zu suchen. Sie hat dir sicher etwas darüber erzählt, oder?"

"Ja", zögerte Vanessa, als sie sich daran erinnerte, dass Felicity ihr einmal von dem Auserwählten erzählt hatte. Was das genau bedeutete, war ihr nicht klar. Es hatte etwas mit Vampiren und anderen unirdischen

Kreaturen zu tun. Bis sie Felicity traf, glaubte sie nicht an das Übernatürliche. Aber jetzt wusste sie, dass sie existierten, und sie wusste auch, dass Sybil ein Vampir war! Vanessa erinnerte sich an Sybils Reißzähne. Seitdem dachte sie über gewisse Dinge anders. Jetzt wusste sie, dass die Monster, die sie in ihrer Kindheit gefürchtet hatte, echt waren, und seitdem schläft sie mit eingeschaltetem Licht, wenn sie allein ist.

"Nun, wir entdeckten eine Spur von ihm in London, und dann kam Harry Brown wie ein Springteufel aus der Kiste. Er hat sie gefangen genommen", antwortete Sybil.

Das brachte Vanessa zurück in die Realität.

"Scheiße!"

"Genau meine Gedanken."

"Gibt es etwas, was ich tun kann, um zu helfen?" fragte Vanessa, während sie zurück an den Arbeitsplatz ging und auf einen leeren Schreibtisch blickte. Er gehörte Karen Margs, aber es war ihr freier Tag, erinnerte sie sich. Ohne groß darüber nachzudenken, setzte sie sich hin und schaltete den PC ein.

"Du kannst zwei Dinge für mich tun. Erstens muss ich wissen, ob der Auserwählte noch am Leben ist. Sein Name ist Richard McKenna. Ich weiß, dass er in dem Hochhaus lebte, das Harry in die Luft gejagt hat. Nach meinen Informationen ist er noch am Leben, und wenn das stimmt, muss ich wissen, wo er sich aufhält. Dann überlege ich mir einen Weg, wie ich ihn hier in Boston bekommen kann! Zweitens frage ich mich, ob du mir morgen helfen kannst, wenn ich zum Oak Bluffs Airport fahre. Ich habe dort ein Treffen mit Harry Brown, um das Necronomicon für unsere Freunde einzutauschen."

"Ich werde es mir ansehen, und natürlich bin ich eifrig dabei, dich bei dem Austausch zu unterstützen. Dennoch kann ich dir nicht mehr Unterstützung geben, als dir ein Satellitenbild der Gegend zu schicken, es sei denn, du sprichst mit meinem Boss."

"Ich glaube nicht, dass das eine gute Idee ist."

"Ich auch nicht", stimmte Vanessa zu und blickte über ihre Schulter.

Obwohl sie noch von niemandem beachtet wurde, dachte sie sich eine Geschichte aus, falls jemand, insbesondere Jack, neugierig darauf war, was sie hier noch tat.

Dann dachte sie an ihre Mutter, deren Katze ihr immer Sorgen machte. *Sie ist die perfekte Entschuldigung.* Vanessa grinste und suchte nach einer Telefonliste von Tierärzten. Erleichtert legte sie sie in den Hintergrund ihres Computers und suchte eine Verbindung mit der Straßenkamera in London. Sie blätterte durch das Filmmaterial, bis sie Harry Brown bemerkte.

Besorgt warf sie einen Blick über ihre Schulter, aber niemand beachtete sie. Nach einem tiefen Seufzer vergrößerte sie das Bild und hellte es ein wenig auf. Nun konnte sie ihn trotz des gedämpften Lichts deutlich sehen und bemerkte, dass er eine Waffe in der Hand hielt. Nicht lange, nachdem sie sah, dass er zwei Personen zwang, in ein Auto einzusteigen. Zu ihrer tiefsten Angst erkannte sie Felicity und fühlte einen kalten Schauer über ihren Rücken laufen, während sie einen Klumpen schluckte. Sie beobachtete den Kombi, bis er am Blackwall-Tunnel in London außer Sicht verschwand. Eine Weile zögerte sie und fragte sich, ob sie Jack sagen würde, dass Harry Felicity entführt hatte. Sie entschied sich es nicht zu erzählen. Es könnte Felicity gefährden, wenn Jack davon wüsste. Auch Sybil würde es nicht gut finden, und Vanessa wusste einfach, dass sie alles tun würde, um Felicity zu retten, egal was passierte.

"Ich dachte, du wärst schon nach Hause gegangen?"

Erschrocken blickte sie hinter sich und bemerkte Leonard. Sie zog die Augen zusammen.

"Du solltest hinter deinem Schreibtisch sitzen, anstatt mich zu belästigen!"

"Du musst nach Hause gehen", konterte er.

"Ich könnte schon vor zehn Minuten nach Hause gehen, wenn du pünktlich wärst, du Arschloch. Wenn es nach mir ginge, dann könntest du dich als gefeuert betrachten", schnappte sie zu.

"Aber es liegt nicht an dir", sagte er verärgert.

Sie starrte ihn an. Er sollte in der Wand stecken, mit nur zwei Gucklöchern und einer Maus, die an seinen Füßen knabbert. Ohne ein weiteres Wort zu sagen, watschelte Leonard davon.

"Vanessa?"

"Oh, tut mir leid, Sybil. Ein Kollege belästigte mich an meinem Schreibtisch. Ich habe Filmmaterial gefunden, in dem Harry unsere Freunde mit einer Waffe bedroht.", sie seufzte. "Ich werde es dir direkt auf dein Handy schicken. Einen Moment bitte", sagte Vanessa und schloss ihre Augen. Felicity war in Gefahr. Sie biss sich auf die Unterlippe, als ihre Gedanken zu einem Monat zurückwanderten, als sie las, dass der Senat die Homo-Ehe gebilligt hatte.

Vanessa war nicht offen für eine Hochzeit, als Felicity aufgeregt darüber sprach, zu heiraten. Jetzt bedauerte sie ihre Entscheidung! Nach einem tiefen Stöhnen schickte sie das Video an Sybil. Dann entdeckte sie Jack, der in ihre Richtung kam. Ihr Herzschlag wurde schneller und ihr Atem wurde schwerer. Sie klopfte mit einem Fuß und spitzte die Lippen. Ihre Augen gingen zu Jack, der sie fast erreicht hatte, aber dann sprach Leonard mit ihm.

Vanessa atmete erleichtert. Das Video wurde gerade noch rechtzeitig verschickt. Dann löschte sie die Logdateien des Computers und öffnete die Liste der Tierärzte auf ihrem Computer.

"Mach dir keine Sorgen Mutti. Ich sage dir, dass Dr. Benson die höchsten Bewertungen als einer der besten Tierärzte der Innenstadt von Boston hat. Ja, Mutti, mit Kitty wird alles gut gehen. Es ist wahrscheinlich ein Haarballen oder so was. Ich weiß auch nicht. Mach einfach einen Termin bei Dr. Benson und alles wird gut werden. Ich muss jetzt gehen, Mami. Wir sprechen uns bald, okay?" fügte sie hinzu und legte auf.

In der Zwischenzeit lehnte Jack sich auf ihrem Schreibtisch vor.

"War das deine Mutter am Telefon?"

"Ja, sie sagte mir, ihre Katze sei krank und sie wusste nicht, was sie tun sollte. Sie war in allen Staaten. Ich gab ihr einige Telefonnummern des nächstgelegenen Tierarztes", log sie, während sie sich einige Tränen abwischte, die sie nicht unterdrücken konnte.

"Ich hoffe, dass mit der Katze deiner Mutter alles in Ordnung sein wird", sagte Jack und sah sie an, als ob er ihr nicht ganz glaubte. Allerdings hatte Vanessa einen Bildschirm mit allen möglichen Telefonnummern von Tierärzten geöffnet. Nachdem er gegangen war, erschien eine Nachricht von Leonard auf ihrem Bildschirm.

"Was sollte das alles?"

6 – Riff

Nachdem sie mit Vanessa gesprochen hatte, schaltete Sybil die Monitore aus. Der Computer selbst lief weiter, Tag und Nacht, weil er eine direkte Verbindung zum Internet hatte, um Informationen über das Übernatürliche zu sammeln. Sybil verglich den Computer mit einem Korallenriff, das ständig größer wurde, da die Anzahl der Botschaften zunahm.

Einmal in der Woche erstellte Felicity eine Liste der auffälligsten Fälle. Dann besprachen sie diese, um festzustellen, ob es einer weiteren Untersuchung bedurfte. Wenn ja, dann würde Sybil höchstwahrscheinlich in Aktion treten, besonders wenn Leben in Gefahr waren. Das war die Arbeitsagenda von Nachtvogel.

Sie ging zur Krankenstation und schaute besorgt zu Catherine, die neuesten Opfer des Necronomicon. Sybil blinzelte bei dem Gedanken mit den Augen.

Es stand eine Menge auf dem Spiel, und sie hatte Angst, dass sie versagen würde. Der Sensenmann hatte einen wichtigen Aktivposten in seinen Händen: ihre Freunde! Anstatt ihre Aufmerksamkeit auf McKenna zu lenken, musste sie sich mit mehreren Problemen gleichzeitig beschäftigen, und in ihrem Kopf stellte sie eine kleine Liste zusammen.

Catherine wird sich in einen Vampir verwandeln, aber mit dem Aussehen ein verdammter Zombie! Gott, sie hatte ihre Zweifel, ob Carl ihre

Haut wiederherstellen könnte. Die plastische Chirurgie war nicht perfekt. Dann war da noch Harry Brown, ein Ex-CIA-Agent, der abtrünnig geworden war - er lebte komplett von Pillen, die ihm der Sensenmann zur Verfügung gestellt hatte, und ja, die ATU war ebenfalls in den Fall verwickelt. Sybil erkannte, dass die Zerstörung des Necronomicon nicht so einfach sein würde, wie sie gehofft hatte.

Sie stöhnte, als sie sich umsah. Das Hotel musste wieder in seinem alten Glanz erstrahlen, und ehrlich gesagt, wusste sie nicht, wie sie das innerhalb von ein paar Tagen schaffen sollte. Alles kam in Bewegung, und sie musste schnell handeln.

Sie ballte eine Faust, als sie an die Liste mit den Namen und Adressen der Leute dachte, deren Vorfahren indirekt mit dem Fluch zu tun hatten. Sybil hatte die Namensliste letzten Monat von Felicity bekommen. Außer McKenna brauchte sie deren Blut, um das Buch zu versiegeln. Das einzige, was sie tun musste, war, die Einladungen zu verschicken, aber das machte nur Sinn, wenn das Hotel in tadellosem Zustand war. Wenn im Hotel alles wieder in Ordnung war, dann konnten die Verwandten zwar einchecken, aber nicht auschecken. Es war schwer für sie, ihr Leben aufs Spiel zu setzen. Aber es war der einzige Weg, den Fluch zu beenden. Wenn sie versagte, dann stand viel mehr auf dem Spiel als das Leben einiger weniger Individuen. Möglicherweise stand das Überleben der Menschheit auf dem Spiel.

Dämonen würden in der Welt umherstreifen, wenn die Tore der Hölle nicht rechtzeitig geschlossen würden. Der Sensenmann hatte das Tor mit der Erschaffung seiner Zombie-Armee angelehnt gelassen. Es wäre nur eine Frage der Zeit, bis das Tor weit offen stünde, mit allen Konsequenzen, die sich daraus ergäben. Sybil zitterte, als ihr ein Schauer über die Knochen lief, sie konnte nicht versagen ... die Einsätze waren zu hoch. Ihr Herz schmerzte, als sie in Catherines Gesicht blickte.

"Ich habe ihr Morphium gegeben", sagte Carl.

Sybil drehte sich um. "Ich danke dir."

"Keine Ursache. Ich bin froh, dass wir ihren Schmerz unter Kontrolle halten können."

"Ja, glücklicherweise. Die Dinge sind schlimm genug."

Carl nickte und flüsterte: "Es ist bemerkenswert."

"Was?"

"Na ja, du weißt schon. Narbengewebe verschwindet nicht einfach. Nicht einmal bei Vampiren. Ich meine, du hast deine heilenden Fähigkeiten. Wenn du Blut trinkst, heilen deine Wunden. Aber die Narben bleiben. Beschädigte Haut wird sich nicht wiederherstellen."

"Das ist richtig", antwortete Sybil, unwissentlich berührte sie die Narbe an ihrem Hals

"Wie deine Narbe."

Sybil seufzte. "Ich glaube nicht, dass ich dir jemals erzählt habe, was passiert ist. Es war 1775. Ich wurde von britischen Soldaten gefangen genommen, weil ich der Spionage verdächtigt wurde ..."

9

Sybil erzählte Carl die traurige Geschichte, als sie in den Wäldern als Vampir erwachte. Dieselbe Geschichte, die Sie, mein lieber Leser, am Anfang von Nachtvogel lesen konnten. Nachdem sie mit dem Erzählen fertig war, warf sie Carl einen Blick ins Gesicht.

10

"Du hast diese Geschichte noch nie erzählt", sagte Carl, als Sybil mit dem Erzählen fertig war.

"Ich möchte nicht darüber reden, denn es war alles sehr gruselig und schmerzhaft. Ich habe immer noch die Narben", sagte Sybil und entblößte ihren Hals.

"Wenn du möchtest, dann kann ich dir helfen, diese Narbe loszuwerden."

"Du meinst plastische Chirurgie?"

"Was sollte ich sonst meinen?"

"Nein danke. Ich habe diese Narbe schon so lange, wie ich mich erinnern kann. Aber um noch mal auf Catherine zurückzukommen: du sagtest, dass etwas seltsam war", sagte Sybil.

"Oh, ja, richtig. Wir sprachen über Narben, die für einen Vampir von Dauer sind."

Sybil nickte: "Ja, und damit sagst du also, dass Catherine wie ein Zombie durchs Leben gehen wird, während sie ein Vampir ist. Aber das wussten wir doch schon, Carl."

"Nun, das ist ja das Seltsame. Catherines Haut heilt."

"Wie bitte?"

"Sieh selbst", sagte er und entblößte Catherines Hals. Catherines Narben waren praktisch verschwunden. Wenigstens eine gute Nachricht. Wie war das nur möglich? Sie wollte es von Carl wissen, aber er konnte es nicht erklären. Er hatte ein paar Blutproben genommen, sie unter dem Mikroskop betrachtet. Aber er hatte keine Ahnung.

"Es gibt nur einen Weg, es herauszufinden", sagte Sybil. Sie nahm Catherines Blutprobe von seinen Händen und schlürfte sie in einem Zug. "Jetzt hast du zwei Patienten, die du beobachten kannst", grinste sie. Eine heitere Ruhe überfiel sie, zumindest für ein paar Augenblicke. Carl stand nur da und starrte sie verwirrt an. Sybil ignorierte ihn. Alles um sie herum sah magisch aus; es schien, als ob alles ein Licht ausstrahlte.

Catherine schlenderte auf sie zu.

"Catherine?"

Sybil wusste nicht, was vor sich ging, denn Catherine stand neben ihr, und sie legte sich ins Bett. Sybils Blick ging durch das Zimmer, und sie sah sich neben Carl stehen. Mit hochgezogenen Augenbrauen berührte Sybil ihr Spiegelbild. Ihre Hand ging direkt durch ihr Spiegelbild.

"Wie kann das sein?"

"Ich weiß es nicht. Vielleicht sind wir tot. Vielleicht sehen wir jetzt die Welt wie Gespenster. Das ist doch möglich, oder?"

Bevor Sybil etwas sagen konnte, gab es ein seltsames Geräusch. Die Welt veränderte sich vor ihren Augen. Was war gerade geschehen? Sie hatte keine Ahnung. Das Geräusch wurde immer lauter, bevor es in den

Hintergrund verschwand. Sybil starrte Carls Gesicht an. Ihr Gesicht wurde wieder kalt. "Ich sah Catherine."

"Das macht Sinn, denn sie liegt im Bett."

Dann erzählte Sybil ihm, was sie gesehen hatte. Er lauschte mit gerunzelten Augenbrauen, "Ich glaube, du hast eine Illusion erlebt."

"Eine Illusion, hörst du dich selbst? Deshalb wäre ich eine Illusion. Denn solche Dinge wie Vampire gibt es nicht."

"Nein, so meine ich das nicht. Ich meine, ich glaube, du hattest eine Art spirituelle Reise, wie sie manche Halluzinogene erzeugen können."

"Dann denkst du also, dass Catherines Blut eine Droge ist?"

7 – Blut

Der Sensenmann griff nach einem rasiermesserscharfen Messer. Ein Lächeln formte seinen Mund, als er die scharfe Klinge gegen die Handfläche drückte. Die Klinge schnitt wie Butter durch seine Haut. Blut tropfte zwischen seinen Fingern. Erfreut fing er etwas von seinem Blut in einem Reagenzglas auf. Dann starrte er die geknebelte Frau an, die er auf den Tisch gefesselt hatte. Sie versuchte vergeblich sich zu befreien. Das erregte ihn nur noch mehr. Diese Frau würde sein Abendessen sein, aber zuerst brauchte er etwas von ihrem Blut, solange sie noch unberührt war.

"Es ist alles okay", flüsterte er und streichelte ihr Haar sanft mit seinen blutigen Fingern. Die Haarsträhnen färbten sich rot. Die Kopiergerüche ließen ihm das Wasser im Mund zusammenlaufen, aber er schaffte es, seinen Blutdurst zu kontrollieren, bevor er mit seinem Messer in ihren Hals schnitt. Ein gequältes Stöhnen kam aus ihrem Mund. Ein paar Tränen liefen ihr über die Wangen, während er ihr Blut in einem neuen Reagenzglas sammelte. In einer fast zärtlichen Geste wischte er ihre Tränen ab und legte ein Pflaster auf die Wunde, während er immer noch gegen den Drang ankämpfte, sie zu beißen und ihr Blut zu saugen.

Der Sensenmann wandte ihr den Rücken zu und vermischte ihr Blut mit seinem eigenen. Durch das Mikroskop seines improvisierten Labors beobachtete er eine kleine Blutprobe, um zu sehen, wie sein Blut das ihre verdarb. Für einen Moment färbten sich ein paar Zellen schwarz. Für ihn war das das Signal für eine neue Zutat: Silberpulver. Die Zellen waren nun alle rot, mit einem silbrigen Schimmer. Zufrieden stellte er aus dem Rest fünf Pillen und eine Creme her. Die Pillen waren für Harry. Die Sahne war für ihn. Er entfernte das Pflaster, das er auf seine linke Wange geklebt hatte. Seine Haut war weich und glatt, wie es sein sollte. Das Mittel stoppte anscheinend nicht nur das Wachstum eines Tumors, sondern wenn es als Creme aufgetragen wurde, stellte es geschädigte Haut wieder her. Mit den Kosmetika konnte er viel Geld verdienen.

Er schmierte sich die Creme ins Gesicht und starrte die Frau an, die ihn mit hellen, ängstlichen Augen anblickte - die Augen eines Hirsches, eines sehr ängstlichen Hirsches. Sein Magen knurrte. Er ging zu ihr hinüber und löste den Knebel. "Bitte, lass mich gehen", flehte sie ihn an. Tränen rannen ihr über die Wangen.

"Dich gehen lassen? Aber wenn ich dich gehen lasse, dann werde ich verhungern!"

"Was?" fragte sie, aber er machte sich nicht die Mühe zu antworten und stieß ihr seine Reißzähne in den Hals. Endlich konnte er seinen Hunger stillen. Sein Verlangen erfüllen. Sein Opfer kämpfte, um wegzukommen, während er ihr heißes, klebriges Blut schmeckte. Ihre Kämpfe törnten ihn an. Er drückte seine Reißzähne tiefer in ihr Fleisch. Ihr Schrei klang wie ein Liebeslied. Dann wurde ihr Kampf schwächer und er blickte auf ihr runzliges Gesicht herab. Sie war immer noch in ihren Zwanzigern, aber nachdem sie so viel Blut vergossen hatte, verwandelte er sie in eine achtzigjährige Frau. Aber er wusste, dass sie wieder zwanzig werden würde, wenn sie etwas Blut getrunken hatte. Der Gedanke allein existierte ihn mehr. Er wollte nicht nur ihr Blut, er wollte ihre Weiblichkeit kosten. Aber dann hatte er sich genötigt, ihr etwas Blut zu geben. Oh ja, sie wird ein hervorragender Partner sein, sobald sie ihr Schicksal akzeptiert hatte, um für immer ihm zu gehören. Das heißt, bis er sie töten würde, natürlich. Sie zu töten war einfach. Alles was er brauchte, war seine Sense, um ihr den Kopf abzuschneiden. Aber für den

Moment würde er ihr ein neues Leben anbieten. Eine zweite Veränderung. Die meisten Menschen bekommen keine zweite Chance, das erkannte er, als er auf sie herabsah.

"Ich habe ein Geschenk für dich", lächelte er und biss sich in sein eigenes Handgelenk. Die Frau schüttelte den Kopf und schluchzte schwach. Mit einer fast teuflischen Freude drückte er sein blutiges Handgelenk gegen ihren Mund.

"Trink", befahl er ihr. Zuerst hielt sie ihren Mund geschlossen. Mit seinem Daumen drückte er ihren Mund auf und drückte sein blutiges Handgelenk wieder gegen ihren Mund. Das Blut tropfte ihr die Kehle hinunter, und schließlich saugte sie an seiner Wunde. Sie brachte ihn in Ekstase. Das Blut floss durch seine Adern in ihren Mund - genug! Er zog seine Hand zurück. Wieder biss er ihr in den Hals, und er genoss es, ihr warmes Blut zu trinken, bis sie sich nicht mehr bewegte. Bis er sich sicher war, dass sie tot war. Ihr Blut war ganz entleert, und nun hatte sie das Gesicht einer alten Mumie. In drei Tagen wird sie auferstehen und sich nach Blut sehnen, wusste er. Für einen Moment wanderten seine Gedanken zu Sybil. Sie rettete sein Leben, indem sie ihn in einen Vampir verwandelte, aber sie verriet ihn auch! Er schnitt das Seil durch, mit dem er sein Opfer gefesselt hatte, und ging zu Bett.

Der Austausch würde in wenigen Stunden stattfinden und er wollte dabei sein. Er erwartete, dass seine Haut bis zu dem Zeitpunkt, an dem er aufstehen würde, vollständig genesen sein würde. Dann konnte er sich unter die Tagesausflügler mischen, ohne zu viel Aufmerksamkeit zu erregen. Die Creme juckte, was ihn ärgerte, aber es war ein Teil des Heilungsprozesses. Wenn Sybil ihm während des Kampfes, als sie versuchte, das Necronomicon zu zerstören, niemals erosive Säure ins Gesicht geschüttet hätte, dann hätte er nicht im Schatten leben müssen. Die Säure verbrannte seine Haut und verwandelte sein Gesicht in ein Monster.

11

Alles um ihn herum glühte, als der Sensenmann erwachte. Sogar seine Hand strahlte mit einem silbernen Schimmer. Der Effekt war erstaunlich, und er amüsierte sich, indem er kleine Kreise in die Luft malte, als wäre er ein Zauberer. Jede Bewegung hinterließ eine Spur, die einige Sekunden lang anhielt, bevor sie verblasste. Schließlich hatte er genug von seinem Spiel und stand von seinem Bett auf, das eigentlich ein Sarg war. Er war seinem Status als Sensenmann verpflichtet, um das Stereotyp des Vampirs am Leben zu erhalten. Er fragte sich, ob sein Gesicht geheilt war. Es juckte nicht mehr.

Leider zerbrach er alle Spiegel in seiner Höhle, so dass er sein Gesicht im Spiegel nicht sehen konnte. Mit zitternden Fingern berührte er seine Wange. Die Berührung fühlte sich glatt an. Ein Gefühl der Euphorie durchzog ihn. Endlich brauchte er nicht mehr im Schatten zu leben. In ausgezeichneter Stimmung verließ er sein Schlafzimmer, das zu seinem Labor gehörte. Der Ort, an dem er sich ausruhen konnte, war eine kleine Steigerung zum Rest seines Platzes. Er schaute die leblose Gestalt auf dem Tisch an. In drei Tagen würde sie als Vampir erwachen, und dann hatte er einen neuen Gefährten. Er hoffte, dass sie sich amüsieren würden. Genauso wie er es anfangs mit Sybil hatte, als sie noch ein echter Vampir war, anstatt dieser schwachen Entschuldigung einer schweineblutsaugenden Kreatur. Er verlor seinen Respekt vor ihr, als sie Schweineblut trank und alle seine Projekte blockierte. Wenn sie das nicht getan hätte, dann hätte er eine große Armee von Zombies gehabt. Sybil beschränkte seine Armee auf ein Minimum, und er konnte keine neuen Zombies erschaffen, solange sie das Necronomicon hatte.

Seine Hand reichte bis zu seiner Sense. Er sehnte sich nach neuen Opfern und wäre beinahe darauf losgegangen. Der Nervenkitzel der Jagd, es schien ihm so lange her, dass er tagsüber auf die Jagd gehen konnte. Jetzt konnte er das wieder tun und Angst und Schrecken unter den Sterblichen verbreiten. Vielleicht würde er zu einem Outlet in der Innenstadt von Boston gehen oder vielleicht zu einer Bank. Es gab immer Menschen zu finden, neue Opfer, zu töten und Orte, an denen man sein konnte.

Er schnaubte bei dem Gedanken. Er würde mit seiner Sense hervorstechen, eines Schnitters würdig. Der Tod wurde als der Mann mit der Sense dargestellt. Mit dem Blut seiner Opfer konnte er eine Million Pillen herstellen, den klatschnassen Traum von Harry Brown; er scherzte. Zu seinem Entsetzen bemerkte er, dass seine Hand mitten durch die Sense ging!

Das war neu für ihn, und er fragte sich, was das bedeutete. Er ging auf sein Opfer auf dem Tisch zu und blickte die blonde Frau an. Er wollte durch ihr Haar streichen, aber seine Hand ging direkt durch sie hindurch.

Scheiße, was zum Teufel? Wütend trat er gegen den Tisch. Aber seine Füße traten durch eine Lücke, der Tisch blieb unberührt, und er fiel hin.

"Gottverdammt!"

Er stand auf, balancierte seine Hände zu einer Faust und stürzte an die Wand und ging mitten durch sie hindurch. Um ihn herum war alles dunkel. Er blickte von links nach rechts. Es gab nichts zu sehen! Er ging in irgendeine Richtung und gab auf, als er plötzlich auf dem Friedhof war. Das war an sich gar nicht so seltsam. Sein Versteck lag in der Nähe des Friedhofs. Hier, auf dem Friedhof, bemerkte er viele leuchtende Menschen. Sie starrten ihn an, ohne ein Wort zu sagen, mit einem düsteren Blick in ihren Augen. Es war ähnlich wie der Tausend-Yard-Blick, den er gewöhnlich auf den Gesichtern seiner Opfer beobachtete, bevor sie starben.

"Hey, trage ich deine Kleider oder was?" rief er, als er zu ihnen ging. Ohne zu sprechen, trennten sie sich, während er weiterging, durch die vielen Grabsteine, und dann wurde es ihm klar was diese Menschen waren. Sie waren Gespenster! Der Sensenmann schloss seine Augen und drückte seinen Arm zusammen. Es tut weh, also wusste er, dass dies kein böser Traum war. Er sah sich um und erwartete, wieder in seinem Versteck zu sein. Aber dies war höchstwahrscheinlich ein Stall, und er lag auf einem Heuballen. Er warf einen Blick auf seine Hände: sie glühten nicht mehr!

Ein zufriedener Seufzer neben ihm erregte seine Aufmerksamkeit. Er sah auf, Sybil lag neben ihm! Wo kam sie her und landete hier drin? Sie sah zufrieden aus und schmeichelte sich verführerisch an ihn heran.

"Ich liebe dich, Frank", erklärte sie.

Der Sensenmann sah sie erstaunt an und kicherte. Er fing sie ein und zwang sie zurück ins Heu. Er öffnete seinen Mund und erwartete, dass sie mehr oder weniger schreien würde. Das war es, was seine Opfer normalerweise taten, wenn er seine Reißzähne zeigte. Sie stieß ihn zurück und zeigte ihm ihre Reißzähne. "Dich in einen Vampir zu verwandeln, war das Beste, was ich je getan habe. Wenn ich das nicht getan hätte, wärst du gestorben. Als ich dich fand, warst du fast weg. Die Briten hatten es auf dich abgesehen, nicht wahr? Was haben sie getan? Haben sie dich gefoltert? Dein ganzer Körper war mit Blut bedeckt."

"Äh", war er so überwältigt, sie anzusehen, dass er nicht wusste, was er sagen sollte.

Sybil lachte. "Ich wette, du bist hungrig. Ich habe dasselbe durchgemacht!" Sie berührte sein Gesicht. "Was du brauchst, ist ein gutes Frühstück", winkte sie mit ihrem Finger, "Sieh hier, was ich für dich vorbereitet habe!" Sie zeigte auf einen Mann und eine Frau, die sie an eine Holzbalken gebunden hatte. Sie kämpften, um wegzukommen, während sie vor Angst weinten und um Gnade flehten.

"Welchen möchtest du essen?" fragte Sybil, während sie ihre Hälse entblößte. Er bemerkte den Blutfluss durch die Halsschlagader.

"Was denkst du?" antwortete er und ging zu der Frau hinüber, die ihn mit weit geöffneten Augen bat, sie gehen zu lassen. Aber der Sensenmann hatte nur Aufmerksamkeit für den süßen Duft, den sie verbreitete ... den Geruch der Angst und er sehnte sich nach ihrem Blut. Ohne zu zögern, schlug er ihr in den Nacken und saugte ihre Essenz aus. Er verwandelte sie aufgrund des Blutmangels in eine Mumie.

Nach dem Frühstück wischte sich Sybil den Mund ab. "Wir müssen sie jetzt töten", schlug sie vor und hob die Öllampe auf.

"Sie sind doch schon tot, oder?"

"Jetzt sofort, ja. Doch in drei Tagen sind sie Vampire, und wir bekommen ungewollte Konkurrenz."

Sie warf die Öllampe ins Heu, die schnell Feuer fing. "Kommst du mit, Frank? Dann machen wir einen Ausritt."

"Warte ... bitte nenn mich nicht Frank. Dieser Name passt nicht mehr zu mir. Nenn mich ... nenn mich den Sensenmann!" sagte er zu ihr, während er eine Sense aufhob, die gegen einen Holzkufen lehnte.

"Der Sensenmann?" wiederholte sie und schnaubte.

12

Der Sensenmann wachte mit einem Schock auf. Er sah sich um und bemerkte, dass er immer noch in seinem Versteck war; sein Gesicht juckte. Ein Seufzer der Erleichterung überkam ihn, "es war nur ein Traum, nicht mehr als ein Traum", beruhigte er sich, als er die klebrige Creme auf seinem Gesicht berührte.

Trotzdem erwartete er noch vor dem Morgengrauen positive Ergebnisse. Dann konnte er sein Versteck verlassen und es nur noch als Labor benutzen, während er in eine gemietete Wohnung in der Stadt zog. Es muss nicht eingängig sein, solange es alle Annehmlichkeiten dieser modernen Zeit bot. Aber der Traum erschreckte ihn. Nicht der Teil mit Sybil, der nur eine vage Erinnerung an 1783 war. Aber der Teil, in dem er nichts weiter als ein Lufthauch war. Besorgt blickte er auf seine Hände. *Glühten sie noch? Scheiße!*

Er stand auf und betrachtete seinen Sarg. Dort sah er sich selbst darin liegen! *Das verursacht die Sahne!* Erschrocken versuchte er, die Creme aus seinem Gesicht zu entfernen. Nun bedeckte die Creme auch seine Hände. Er rieb sich die Finger an der Hose und blickte zum zweiten Mal auf seinen Körper.

Ich sehe friedlich aus. Aber er würde alles in seiner Macht Stehende geben, um am Leben zu sein. Wie kann er sich jemals an Sybil rächen? Sie war sein Erzfeind. Doch es war nicht immer so. Melancholisch erinnerte er sich daran, dass sie über zwei Jahrhunderte lang nur ein Auge für einander hatten. Sie lehrte ihn alle Tricks, ein Vampir zu sein, er hatte von den Besten gelernt. Sie hatte ihm beigebracht, wie weit er trinken konnte, bis sein Opfer den letzten Atemzug tat.

"Oh, Sybil. Eines Tages sehe ich du wieder, und dann werden wir sehen, wer der Stärkste ist …" ein Geräusch hinter ihm ließ ihn springen. An der Wand bemerkte er ein helles Licht. Er ging darauf zu, streckte die Arme aus und genoss die intensive Wärme, die direkt überquerte ihn. Er ging ein paar Schritte vorwärts, und das Gefühl verebbte. Er öffnete seine Augen. Alles um ihn herum war weiß, und dann bemerkte er ein vertrautes Gesicht - Sybil! Sie sah ihm direkt in die Augen.

"Du!"

Sybil trat ihn in den Unterleib, und er stürzte nach hinten. Er hatte keinen Zweifel. Das war Sybil, wie er sie kannte, seit sie gegeneinander kämpften. Er kicherte und stand auf. Prompt trat sie ihn wieder und wieder fiel er hin. Ohne zu zögern, sprang er auf und wollte ihr in den Arsch treten.

Trotzdem war Sybil schnell. Sie sprang in die Luft, und er stand bereit, bis sie landete. Dann gab er ihr einen Karatetritt. Dieses Mal schlug er sie, und jetzt war Sybil an der Reihe, sich fallen zu lassen. Das verschaffte ihm nicht viel Zeit, denn im Handumdrehen war Sybil wieder auf den Beinen und griff ihn mit einem Tigersprung an. Ihre Schnelligkeit war sein Verderben, als er zu Boden stürzte. Sie endete auf ihm und drückte ihn mit ihren Knien nieder.

"Du hast das Blut gekostet! Sonst wärst du nicht hier im Jenseits. Oder, nein warte, du hast es dir ins Gesicht geschmiert."

Sie holte ein Taschentuch aus ihrer Tasche und wischte sein Gesicht ab. Er schaute sie verwirrt an.

"Genau wie ich dachte", schmunzelte sie.

"Was?"

"Deine Haut hat sich erholt! Hast du meine Narben gesehen?" entblößte sie ihren Hals. Die alte Narbe war verschwunden.

"Wie bist du an die geheime Zutat gekommen?" fragte er.

"Welche geheime Zutat?" fragte er.

"Nun, Blut, gemischt mit Silberpulver."

Sybil lachte.

"Ich weiß es nicht. Ich habe etwas Besonderes getrunken, das ist alles", stand sie auf und streckte ihre Hand aus. Ein paar Sekunden lang blinzelte er auf ihre Hand. Dann nahm er sie bei der Hand, und sie half ihm wieder auf die Beine, obwohl er es ganz alleine schaffte.

"Du glühst. Ich meine, dass du einen Silberglanz ausstrahlst", sagte er.

"Ja? Na ja, du siehst auch aus wie eine Glühbirne."

Er nickte leicht. "Ich habe nicht erwartet, dich hier zu sehen" - er gestikulierte um ihn. "Weißt du, wo wir sind?"

"Ich habe nicht die leiseste Ahnung. Ich schätze, es ist sicher zu sagen, dass wir irgendwo im Jenseits sind. Hör zu, wir können weiter streiten und kämpfen, aber keiner von uns hat die Zeit dazu. Du hast Harry Brown meine Freunde entführen lassen, und ich habe das Buch."

"In der Tat", sagte er entschieden, "und ich will es zurückhaben."

"Um Himmels willen, wofür brauchst du es denn?"

"Komm schon, Sybil. Das weißt du doch schon."

"Ja, um eine stinkende Armee von Zombies zu erschaffen und dann Blabla, Blabla, Blabla. Ich sage es dir schon so lange, dass das der Grund ist, warum ich dich verlassen habe."

"Warum willst du das Buch überhaupt zerstören?" verlangte er und war sich nicht sicher, was er mit Sybil machen sollte, denn er hatte kein Verlangen, gegen sie zu kämpfen. Wenn er die Chance gehabt hätte, in die Vergangenheit zurückzukehren, dann hätte er das Buch ins Feuer fallen lassen. Dann würde all dies niemals geschehen.

"Du weißt ganz genau warum", sagte sie. Ihre Stimme zertrümmerte seine Tagträume und zerrte ihn zurück in die harte Realität.

"Dafür haben wir hier drinnen keine Zeit", fuhr Sybil mit einer Handbewegung fort.

Er starrte sie sprachlos mit gemischten Gefühlen an, als sie weiterging: "Die Zeit tickt weiter. Tick tack! Tick verdammter tack! Wir müssen das Buch in ein paar Tagen vernichten, sonst öffnet sich das Tor der Hölle! Wegen dir ist das Höllentor angelehnt. Bald werden Dämonen auf der Erde umherstreifen. Sie klopfen bereits an die Tür. Sobald es geöffnet ist, sind du, deine winzige Zombie-Armee und ich nur noch eine Fußnote. Deshalb müssen wir das Buch zerstören, und ich brauche deine Hilfe!"

Ein seltsames, weißes Rauschen ertönte. "Ich nehme an, dies ist das Ende unserer Sitzung. Ich hoffe, wir sehen uns wieder, Frank", gab sie ihm einen Kuss, "hier, nimm das. Du brauchst es." Sie drückte einen kleinen Gegenstand in seine Handfläche. Wieder warf er ihr einen seltsamen Blick zu - *sie küsste mich!* Alte Leidenschaften und Erinnerungen kamen bei ihm zum Vorschein. Er wollte etwas sagen, aber bevor er es konnte, sagte sie: "Das wird dich daran erinnern, dass du keinen Traum hattest! Lass mich das Buch haben und komm wieder mit mir zusammen. Vertraue mir!"

Sie gab ihm einen zweiten Kuss, und dann verschwand sie und die Umgebung mit ihr.

13

Verwirrt blickte er sich um. Er war wieder in seinem Versteck. Er schaute auf seine Hände und sah einen kleinen Schminkspiegel. Sybil gab es ihm.

Es war kein Traum! Wir waren wirklich zusammen. Nun, nicht als ein Paar. Aber sie küsste mich. Was hat das zu bedeuten? Er zog die Augenbrauen zusammen und atmete tief aus. *Bedeutet das, dass wir wieder zusammenkommen können? Bin ich bereit, mein Leben aufzugeben, um an ihrer Seite zu sein? Nun, das ist ein echter Wendepunkt.*

"Liebst du mich?"

Der Sensenmann drehte sich um und sah Sybil an.

"Sybil?" sagte der Sensenmann.

"Ja, ich bin's", antwortete sie und trat näher auf ihn zu. Etwas war anders an ihr. Der Sensenmann hatte keine Ahnung, was es war, aber sie war anders. Und was macht sie in seinem Versteck? Wie hat sie sie überhaupt bekommen?

Sybils Augen glühten. "Liebst du mich?"

Er trat zurück, als sie sich ihm näherte. Er konnte sie riechen. Der ekelhafte Geruch des Todes erreichte seine Nüstern. Ihre glühenden Augen hypnotisierten ihn. Sie streckte ihre Hände aus. Ihre kalten Finger berührten seinen Hals.

Sie zeigte ihm ihre Reißzähne. "Liebst du mich?"

Er stieß sie weg. Sie lachte auf eine böse Art und Weise. "Stell sicher, dass du mich vernichtest, bevor ich dich vernichte!"

Dann war sie weg.

"Was zum Teufel?" rief er aus. Er fuhr sich mit einer zitternden Hand durchs Haar. Glühend rote Buchstaben wurden auf den Boden geschrieben. "Töte sie. Töte Sybil, bevor sie dich tötet?" las er.

Als er die Buchstaben berührte, verschwanden sie. Dann warf er einen Blick in den Schminkspiegel, den Sybil ihm im weißen Raum gab. Als er es aufhob, begann er sich über die Botschaft auf dem Boden zu wundern ... seit wann gehorcht er den Befehlen der anderen Seite? Es wurde ihm klar, dass das Necronomicon hinter dem Angriff steckte. Dann verschwanden die Buchstaben. Eine böse Stimme warnte: "Tot bei Tagesanbruch." Ihre Stimme hallte an den Wänden wider.

Dann blickte er sein Gesicht im Spiegel an und begann zu lachen.

"Die Ära des Sensenmannes ist vorbei!"

Er ergriff seine Sense und starrte die Frau an, die seine neue Geliebte werden sollte. Zum letzten Mal streichelte er mit der Hand durch ihr Haar. Dann schnitt er ihr mit seiner Sense den Kopf ab.

"Entschuldige, Liebes, aber ich wäre lieber bei Sybil", und er ließ seine Sense mit einer theatralischen Geste fallen.

8 – Aufwachen!

Sybil saß aufrecht im Bett und wischte sich den Schlaf aus den Augen. Sie hat letzte Nacht kaum geschlafen. Die ganze Zeit war sie mit ihrer Nichte im Jenseits und von einem Moment auf den anderen lief sie dem Sensenmann in die Arme.

Sie wusste immer noch nicht, wie er dorthin kam, aber sie erkannte, dass es kein Traum war, während sie auf das Gewebe schielte, das sie für sein Gesicht benutzte. Ein Gesicht, das ihr nur allzu vertraut war. Letzte Nacht bemerkte sie einen Unterschied in seinen Augen. Etwas vom seine alten er blitzte durch die Augen. Ihn so zu sehen, erfüllte ihr Herz mit Freude, und sie roch immer noch seine Essenz, aber da war auch noch etwas anderes, etwas Vertrautes. Sybil presste ihren Kiefer zusammen. Es erinnerte sie an Catherine!

In Eile verließ sie das Bett, um ihre tägliche Morgenroutine zu erledigen, wie Zähne putzen und Make-up aufzutragen, weil sie hübsch aussehen wollte, obwohl sie Harry sehen musste. Der Gedanke an ihn brachte sie aus der Fassung. Harry hatte Gewalt gegen ihre Freunde angewendet.

Wenn er hier war, dann beende ich wahrscheinlich sein Leben. Sie schüttelte den Kopf. "Wahrscheinlich nicht. Jeder verdient eine zweite Chance. Sogar jemand wie Harry Brown, glaube ich."

Sie schloss ihre Augen und griff nach der Haarbürste. "Autsch!"

Die Haarbürste steckte zwischen ihren Haaren. Widerwillig zog sie die Haarbürste von ihren Haaren, zog ein paar Haare heraus und rollte mit den Augen. Besorgt blickte sie in den Spiegel. "Alles ist in Ordnung", stöhnte sie und trug einen Lippenkonturenstift auf, gefolgt von einem roten Lippenstift. Im Kleiderschrank überlegte sie, was sie zu diesem Anlass tragen würde. Während sie in ihrer Kleidung blätterte, blieb sie stehen und nahm ein schwarzes, ärmelloses Oberteil, das sie mit einer auffälligen roten Lederhose und einer schwarzen Leinenstrickjacke kombinierte.

Sie blickte in den Spiegel. "Heiß und gefährlich, genau wie ich es mag", grinste sie. Als Dekoration wählte sie eine silberne Halskette mit einem roten, herzförmigen Saphir und nahm ihre Uzi-Maschinenpistole, die sie an ihre Schulter gehängt hatte, zusammen mit ein paar Handgranaten und Ersatzclips für die Uzi. Heute wollte sie sich auf alles vorbereiten. In der Halle stieß sie praktisch gegen Carl.

"Ich sehe, du bist für den Anlass gekleidet. Willst du, dass ich mit dir komme?"

"Nein, danke. Aber macht es dir etwas aus, dir das anzusehen?" fragte Sybil und bot ihm das Taschentuch an.

"Vergleiche diesen Blutflecken mit dem Blut von Catherine. Ich bin sicher, du wirst eine Übereinstimmung finden."

Er blickte sie mit einem verstörten Gesichtsausdruck an.

"Ich habe es benutzt, um es aus dem Gesicht des Sensenmannes zu wischen. Bitte fragt nicht danach", fügte sie hinzu.

14

Bevor sie auf dem Weg zum Oak Bluffs Airport sein würde, sehnte Sybil sich danach, zu sehen, wie es Catherine ging. Sybil ging in die Krankenstation und warf einen Blick auf Catherine, die im Bett lag. Sie ging näher heran und war erleichtert zu sehen, dass Catherines Haut völlig geheilt war. Catherine schlief immer noch tief und fest.

Und kein Wunder. Schließlich verbringen wir fast die ganze Nacht im Jenseits. Auch wenn Carl nicht so dachte. Er bestand darauf, dass es nur ein Traum war.

Um es in seine Worte zu fassen: "Es gibt keinen wissenschaftlichen Beweis für das Leben nach dem Tod. Nicht einmal einen Fetzen eines Beweises. Was du hattest, war kein Leben nach dem Tod. Es war nur ein Traum, Sybil. Eine Halluzination. Nicht mehr und nicht weniger."

Aber Sybil wusste, dass es keine Halluzination war. Manche Dinge passten einfach nicht zusammen. Wie das Taschentuch, das sie Carl reichte.

"Ihr Blut ist fluoreszierend", erklärte Carl.

"Was sagst du da?" bemerkte Sybil, als ihr Herz einen Schlag ausließ. Sie hatte nicht bemerkt, dass Carl den Raum betrat.

"Ich sagte, ihr Blut ist fluoreszierend", wiederholte Carl.

Sybil blinzelte ihn an.

"Sieh selbst", schlug er vor und zeigte das Reagenzglas, mit dem er eine Blutprobe entnahm. Es leuchtete auf. Sybil roch einen köstlichen Duft, und ohne darüber nachzudenken, schnappte sie Carl das Röhrchen aus den Händen und leerte es in einem Zug.

"Lecker", sagte sie. "Oh gut. Tut mir leid, es ist ja alles weg!"

Catherines Blut gab ihr das Gefühl, als hätte sie ein feines Glas Wein getrunken.

"Entschuldigung. Catherines Blut duftet wunderbar, wie Honig für die Bären. Du solltest besser eine neue Blutprobe von ihr nehmen, wenn ich fort bin", entschuldigte sie sich und kicherte beschwipst.

Carl sah sie sprachlos an.

"Kannst du sie aufwecken?" fragte Sybil, während sie vorsichtig Catherines Mund öffnete. Sie bemerkten, dass Catherine bereits zwei Reißzähne hatte.

"Denkst du, dass das klug ist? Sie wird hungrig sein."

"Bitte. Ich hole etwas Blut aus dem Kühlschrank und wärme es in der Mikrowelle auf Körpertemperatur auf."

15

Carl hielt Catherine Riechsalz unter die Nase und ging weg, nachdem Sybil mit einer Tasse Blut zurückkam und stellte sie auf den Nachttisch, als Catherine die Augen öffnete. "Wie lange bin ich schon hier?"

"Nur eine Nacht", sagte Sybil. "Du musst trinken."

"Was ist das?" fragte Catherine. Sie schürzte ihre Lippen, als Sybil ihr die Tasse anbot. "Es riecht."

"Es ist Blut. Ich weiß, dass es riecht, aber du brauchst deine Kraft."

"Also, ist es offiziell? Ich bin ein Vampir?" Catherine schmollte und stellte die Tasse hin, ohne sie zu trinken.

"Traurigerweise, ja. Aber jetzt siehst du wenigstens schön aus", erwähnte Sybil und brachte ihr einen Spiegel.

"Nun, das ist der einzige Vorteil", stöhnte Catherine.

"Trink es, solange es heiß ist", riet Sybil, als Catherine die Tasse nahm und sie mit einem trüben Gesicht zum Mund brachte.

"Gutes Mädchen", lobte Sybil, als Catherine ihr die Tasse gab und klagte: "Es ist ekelhaft!"

"Du wirst dich schon bald daran gewöhnen, Liebes. Wie fühlst du dich?"

"Müde, wir haben den ganzen Abend geredet."

"Das ist richtig", bestätigte Sybil. "Nur das war im Jenseits."

"Ja, in diesem weißen Raum mit nichts drin, außer uns beiden."

Sybil nickte und setzte sich aufs Bett, blickte Catherine an und lehnte sich an: "Erinnerst du dich zufällig an eine bestimmte Arbeit, die zu der Zeit sinnlos erschien? Als du für den Sensenmann gearbeitet hast, meine ich?"

"Nein", antwortete Catherine. Nach einem Moment sagte sie: "Ach, ja. Ich erinnere mich doch an etwas. Im ersten Jahr, in dem ich für ihn arbeitete, musste ich Silberstaub aus einer alten Silbermine sammeln. Das ist seltsam, oder?"

"Silberstaub?" Sybil hallte wider. "Hast du eine Ahnung, warum er Silberstaub brauchte?"

"Tut mir leid, keine Ahnung. Ich habe keine Ahnung ... vielleicht brauchte er ihn, um Waffen zu kaufen oder was auch immer", Catherine rollte mit den Augen und schüttelte den Kopf.

"Okay, trotzdem vielen Dank für die Informationen." Sybil hielt inne. "Ich muss jetzt gehen." Sie kündigte an. "Ich habe ein Treffen mit Harry."

"Deshalb bist du also bis an die Zähne bewaffnet."

Sybil lächelte: "Jawohl Fräulein."

Dann gab sie Catherine einen Kuss auf die Stirn, als Catherine ihr viel Glück wünschte. Im Flur drehte sich Sybil zu Carl um.

"Ich glaube, dass du in Catherines Blut Silberstaub finden wirst. Du wirst auch Spuren davon auf dem Gewebe finden, glaube ich."

"Ich werde es untersuchen. Kann ich eine Blutprobe von dir haben?"

"Sicher", sagte Sybil. Sie biss sich in ihr Handgelenk und ließ das Blut in die Tasse tropfen. "Bitte sehr", reichte sie ihm die Tasse und stieg in den Aufzug. Nachdem der Aufzug angehalten hatte, ging sie zuerst in die Küche, bevor sie in den Ford Mustang stieg, um einen Beutel Blut zu holen, weil ihr Handgelenk nach ihrer Blutspende für Carl immer noch blutete. Es war gut, dass sie kürzlich Schweineblut von Lewis O'Toole gekauft hatte und dann erkannte sie, dass sie noch mehr Blut von ihm kaufen musste, wenn Catherine dabei war.

9 – Was riecht so herrlich?

Catherine roch etwas Süßes. Ein Geruch, den sie nicht ignorieren konnte, es machte ihren Mund wässrig. Sie musste wissen, wo es herkam. Schnell riss sie sich die Infusion aus dem Handgelenk und stieg aus dem Bett. Sie wackelte ein wenig, Kribbeln und Nadeln in ihren Beinen. Es war ein unangenehmes Gefühl, und sie verlor fast das Gleichgewicht. Wenn sie sich nicht an der Bettkante festgehalten hätte, wäre sie gestürzt. Sie zog sich an der Bettkante hoch und setzte sich auf das Bett. Um die Blutzirkulation in Gang zu bringen, rieb sie ihre Hände über die Beine, bis die Nadeln und Nadeln verschwanden. Dann versuchte sie noch einmal zu gehen, indem sie ihre Arme ausstreckte, um das Gleichgewicht zu halten. Das Gehen wurde ein wenig besser. Im Flur schnüffelte sie an der Luft und bestimmte die Richtung, aus der sie kam. Am Aufzug bemerkte sie Carl.

"War das Sybil?" fragte sie.

"Genau. Ist es nicht besser für dich, wieder ins Bett zu gehen?"

"Ich habe schon mehr als genug Zeit im Bett verbracht, danke. Übrigens, ich rieche einen herrlichen Duft", sagte sie und befeuchtete ihre Lippen. Ihr Magen kündigte sich laut und deutlich mit einem grunzenden Geräusch an. Der Geruch kam von ihm und war unwiderstehlich lecker, den sie nicht ignorieren konnte, und mit gefletschten Zähnen trat sie auf Carl zu. Ihre Augen waren auf sein Gesicht gerichtet, und sie sah, dass ein paar Schweißtropfen auf seiner Stirn erschienen waren. Für einen Moment hatte sie den Eindruck, dass sie seinen Puls mit hoher Geschwindigkeit in seiner Brust pochen hören konnte. Unwillkürlich verglich sie seine großen, panischen Augen mit den Augen eines aufmerksamen Kaninchens, als sie sich ihm näherte. Es war, als ob sie durch ein Röntgengerät zuschaute, denn seine Halsschlagader hatte ein rotes Leuchten. Der Hunger nahm mit jedem Schritt zu, den sie machte, und sie wollte ihre Sehnsucht so schnell wie möglich stillen. Carl machte ein paar Schritte rückwärts, während Catherine ein paar Schritte vorwärts ging.

"Was hast du, das so köstlich riecht?" bettelte sie, den Mund wässrig. Für einen Moment benetzte sie ihre Lippen, während ihr Magen knurrte.

"Darf ich die Süßigkeiten, die du bei dir hast, essen?" fragte sie freundlich und spielte ihr süßestes Lächeln. Er drehte sich und raste und schrie um Hilfe. Obwohl niemand sonst in der Nähe war. Carl war schnell für sein Alter, aber er war kein Gegner für Catherine. Nach Luft schnappend stand er mit dem Rücken an der Tür zum Büro, während Catherine ihm den Weg versperrte. Zwischen ihren Armen gefangen, drückte sie ihren Kopf nahe an sein Gesicht. "Jetzt hast du keine Angst mehr, oder?"

"Bleib weg von mir, Catherine. Sybil wird dir nie verzeihen. Das weißt du."

"Tue ich das nun?" kicherte sie und stieß ihren Zeigefinger gegen seine Brust, "Sybil, Sybil, wo bist du dann? Komm schon, Miezekätzchen", antwortete sie spielerisch, als würde sie eine Katze rufen.

"Catherine, das ist nicht lustig!"

"Nur ein Scherz. Mensch, kannst du einen Witz nicht vertragen? Du nimmst immer alles so ernst. Außerdem will ich dich nicht beißen, aber ich will wissen, welche Leckereien du in deinem Becher hast. Ist es für mich?"

"Nein, es ist für die Forschung", sagte Carl.

"Forschung?" neigte sie den Kopf ein wenig, "was meinst du damit?"

"Sybil fragte mich, ob ich dein Blut untersuchen kann, um nach Silberfragmenten zu suchen, ich muss es mit Sybils Blut vergleichen."

"Aha, du suchst nach Unterschieden in unserem Blut", meinte sie, "das bedeutet, dass Sybils Blut in deinem Becher ist."

"Richtig", sagte er.

"Darf ich riechen?" fragte sie freundlich.

"Was? Nein!"

"Sei nicht so ängstlich. Ich will nur riechen", sie neigte den Kopf wie ein Raubtier und schnüffelte wieder. Es war zweifellos der beste Geruch, den sie seit langer Zeit gerochen hatte.

"Weißt du was? Sybil hat mein Blut getrunken, und es ist nur fair, wenn ich auch ihres trinke."

Sie wollte Carl die Tasse wegnehmen, aber irgendwie öffnete er sein Büro und schlüpfte hinein. Catherine versuchte, es mit Gewalt zu öffnen, aber er schloss die Tür ab. Wütend rammte sie ein paar Mal gegen die Tür. Doch es ergab keinen Sinn, da die Tür aus Panzerstahl bestand.

"Du musst irgendwann herauskommen, Carl. Ich werde nicht gehen, bevor ich einen Schluck getrunken habe. Außerdem kannst du jederzeit eine neue Blutprobe von Sybil bekommen."

"Aber Sybil ist nicht hier", hörte sie ihn hinter der Tür schreien.

10 – Flug nach Boston

Schließlich startete das Flugzeug mit einer zweistündigen Verspätung. Mit einem sauren Geschmack im Mund und Schmerzen in der Brust warf Richard McKenna einen Blick aus dem Fenster. Die letzten vierundzwanzig Stunden waren verheerend. Sein ganzes Leben wurde auf den Kopf gestellt. Das bittere Gefühl der Niederlage erzeugte einen schmerzhaften Kloß im Hals. *Warum geschieht dies?* wunderte er sich und kratzte sich am Nacken. Im Hintergrund ertönte ein leiser Piepton.

Richard blickte auf. Ein Hinweis auf einem kleinen Monitor an der Decke des Flugzeugs zeigte an, dass es sicher war, den Sicherheitsgurt zu entriegeln, aber er entschied sich anders und lehnte seinen Kopf gegen das kleine ovale Fenster. Der Flug von London nach Boston würde sieben Stunden dauern. Sieben Stunden, um über alles nachzudenken. Er holte tief Luft. Die Dame, die neben ihm saß, kaute auf einem Keks. Das knackige Geräusch war verstörend, und er setzte seinen Kopfhörer auf. Auch, um ihr zu zeigen, dass er an einem Gespräch nicht interessiert war, denn die schwarzhaarige Dame mit dem Muttermal im Gesicht sah aus wie eine Frau, die sich regelmäßig bei jedem über alles beschwert. Sie unterhielt sich bereits mit einem anderen Passagier, der ihr gegenüber auf der linken Seite saß, und stieß mit ihrem Ellbogen sanft gegen seinen Arm. Er beschloss, sie zu ignorieren, obwohl sie etwas sagte, das wie eine Entschuldigung klang. Sie war nicht die Art von Frau, die er in sein Schlafzimmer lassen würde.

Zu alt, über vierzig, zu schwer und reden wir nicht über den Maulwurf, oje. Für Richard war Sexualität eine Kunst mit einem großen S. *Frauen werden geboren, um Männern zu gefallen und um Kinder zu bekommen,* entschied er sich und kaute auf seiner Unterlippe, während er aus dem Fenster blickte und Musik aus dem Flugzeug hörte. Er hatte alles verloren, was ihm wichtig war, angefangen mit seiner Wohnung. Das zwanzigstöckige Gebäude brannte von Grund auf ab. Beamte behaupteten, es sei durch ein Gasleck im Heizungsraum verursacht worden, aber Richard wusste es besser. Verdammte Terroristen. Bei dem Gedanken zog er die Augen zusammen.

Letzte Nacht arbeitete er an seinem Buch. Eine neue Fortsetzung seines Bestsellers *Chasing Girls*, den er letztes Jahr geschrieben hatte. Der Erfolg seines Debütromans hatte ihn in so vielerlei Hinsicht drastisch verändert, und es gab Frauen, oft verheiratet, die ein besonderes Interesse an ihm zeigten. Und Gott, er liebte ihre Gesellschaft. Die Zärtlichkeit der Haut und das Flirten mit einer Frau, während er sich am Sex erfreute, und er speicherte Attribute in seinem Sammelband der Liebe. Schamhaare, Damenunterwäsche, Fotos. Alles ging im Feuer verloren, als er nach einem verstörenden Anruf seines Verlegers Donald Maryland, der entdeckte, dass Richard eine Affäre mit seiner Frau, der sexy Glory Maryland, hatte, auf dem Weg nach Maryland war. Richard schloss die Augen und erinnerte sich an die letzten vierundzwanzig Stunden, die zu seiner Niederlage führten.

16

Richard rieb sich kräftig die Augen, während er auf den Laptop blickte und vorlas, was er gerade geschrieben hatte.

"Eine junge Frau saß auf den Bürgersteigen in der Nähe eines alten Gebäudes. Seine Wände wiesen Spuren von Verfall auf und spiegelten sich in einer Regenpfütze. Vor dreißig Minuten hat es aufgehört zu regnen. Ein kalter Wind zerrte an ihren Kleidern, während Annie Kokain in einen Löffel steckte und es mit einem Feuerzeug zum Schmelzen brachte. Mit einer Spritze spritzte sie die Drogen in ihren Arm. Hinter ihr stand ihr Dealer, dem sie Sex im Tausch gegen die Drogen angeboten hatte. Ein scharfer Schmerz ließ sie in die kleinen Augen des Dealers aufblicken. Das Messer in seiner Hand durchschneidet ihr weißes Fleisch. Blut sprudelte aus der Wunde. Instinktiv presste sie die Hände um den Hals ..."

Scheiße, und jetzt? Richard fuhr sich mit der Hand durchs Haar. Wenn er das Buch nicht innerhalb der nächsten achtundvierzig Stunden fertiggestellt hatte, konnte er nicht mit der sexy Glory Maryland zusammen sein. Der Gedanke an die rothaarige Schönheit mit der großen Brüste - er wusste, dass es sich um Implantate handelte, ein Geschenk ihres Mannes, Donald Maryland. Aber das war ihm egal. Er liebte es, sie zu berühren und zu drücken, während sie sich bückte. Ihr nackter Körper unter seinem.

Er erregte sich und stand auf. Er verlangte nach Sex. Aber es war niemand da, und es wurde schon spät. Die Frauen in seiner Telefonliste waren richtig mit ihren Männern zusammen, und Glory würde erst kommen, wenn er sein zweites Buch beendet hätte.

Es wird Monate dauern, um das zu erreichen.

Dann ging er auf die Badezimmern, um ein Handtuch zu holen, mit dem er masturbieren wollte, während er an Glory, Joyce, Helen, Karen und ein Dutzend anderer Frauen dachte. Er ging zurück zu seinem Schreibtisch, öffnete einen Stapel Fotos von nackten Frauen, und während er seine Hose fallen ließ und das Handtuch zum Masturbieren benutzte, klingelte das Telefon auf dem Schreibtisch. *Ist es einer meiner Liebhaber, der sich nach meiner Gesellschaft sehnt? Ich kann so viel Spaß haben. Jetzt mit einer Frau zusammen zu sein, ist viel besser als ein Handtuch.* Richard leckte sich die Lippen und beschloss, den Hörer abzuheben, aber dann nahm der Anrufbeantworter den Anruf entgegen.

"Richard. Bist du da? Nimm den Hörer ab! Nun, wie du willst! Ich weiß, dass du eine Affäre mit Glory hast! Ich habe es schon eine Weile vermutet, konnte aber nichts beweisen, bis ich einen Privatdetektiv beauftragte ..." der Anrufbeantworter schaltete sich aus, während Richard mit weit aufgerissenen Augen auf das Telefon blickte. Das Blut zog sich aus seinem Gesicht zurück. Er verschluckte einen dicken Klumpen hinten in seiner Kehle. Das Handtuch fiel auf den Boden, während sein Herz heftig in seiner Brust klopfte.

Wieder nahm der Anrufbeantworter einen weiteren Anruf entgegen. "Richard. Du kannst nicht weiter Verstecken spielen! Du hast mich mit meiner Frau betrogen! Du hast meine Ehe ruiniert, und jetzt ist es Zeit für Rache! Hörst du mich!?"

Richard fühlte ein hämmerndes Gefühl im Nacken, in der Kehle und in der Brust, als er sich auf den Stuhl setzte. Der Anrufbeantworter nahm den dritten Anruf entgegen. Richard hielt sich die Hände an die Ohren. Aber er konnte den Ton nicht völlig blockieren.

"Richard? Bist du da? Donald entdeckte, dass wir ein Liebespaar sind, und er schlug mich, Richard! Hilfe!"

Alle Haare auf seinem Rücken standen unter Strom, als er Glorys Stimme erkannte. In einem Blitz der Wut schnappte er sich die fast leere Tasse Kaffee, die in der Nähe des Laptops stand, und warf sie gegen die Wand, wodurch ein brauner Fleck an der Wand entstand, der auf den weißen Teppich seiner Wohnung in einem zwanzigstöckigen Turmgebäude tropfte. Es bot einen atemberaubenden Blick auf die London Bridge und die Themse.

Er zitterte und fühlte sich schwindelig. "Reiß dich zusammen, Mann! Verdammt", rief er sich zu. Mit unruhigen Beinen humpelte er ins Badezimmer und schlug gegen die gekachelte Wand. Seine Ohren summten, aber er fühlte sich ein wenig besser. Der Schmerz in seiner Hand beruhigte ihn ein wenig. Er drehte den Kaltwasserhahn auf und ließ das Wasser über seine geprellten Hände laufen. Die Knöchel waren abgeschürft und bluteten ein wenig, aber es war nichts Ernstes. Er atmete ein paar Mal tief ein und spritzte sich etwas Wasser ins Gesicht. Dann warf er einen Blick in den Spiegel. Mit einem tiefen Seufzer trocknete er sein Gesicht ab. Er ging in die Küche, um ein Küchenmesser zu holen.

"Man weiß nie, wann ich es brauche", sagte er atemlos. Er nickte und verließ die Wohnung. Die Lichter im Flur flackerten, während er auf den

Aufzug wartete. Es sah aus wie ein Warnschild, aber er ignorierte es, als er hinunter zum Tiefgaragenplatz des Gebäudes ging, wo er in sein Auto stieg und mit hoher Fahrt zu Donalds Wohnhaus fuhr.

17

Mit quietschenden Reifen brachte Richard sein Auto zum Stehen, als er die Residenz von Maryland erreichte. In der Zwischenzeit hörte er eine Radiosendung über einen großen Brand in London, der durch eine Gasexplosion verursacht wurde. Er schenkte dem keine große Aufmerksamkeit und stieg aus dem Auto aus.

In der Einfahrt bemerkte er Glorys Auto. Die Windschutzscheibe war zertrümmert. Eine Axt war in das Glas eingeklemmt. Sein Blick glitt von der Axt auf das Haus. Obwohl Richard ein Küchenmesser in seiner Tasche trug, schien es klug, die Axt zu holen. Er drehte den Griff der Axt, bis die Klinge frei war. Mit der Axt bewaffnet, rannte er zur Haustür des Hauses. Sie stand einen Spalt offen. Seine Stirn war klamm vor Spannung, als er die Tür vorsichtig weit aufstieß und sich im Wohnzimmer umsah, das aussah, als hätte ein Tornado gewütet. Alle Möbel waren umgestürzt, und Donalds Stereoanlage wurde zertrümmert. Der große, sechzig Zentimeter große Fernsehbildschirm trug einen gewaltigen Riss.

Richard warf einen kurzen Blick auf die Möbel und stellte sich vor, wie Glory sich rechtzeitig wegduckte, während Donald seine Axt zertrümmerte, um sie in den Rücken zu treffen. Da Richard wusste, dass Donald privat gerne Nazi-Uniformen trug, stellte er sich Donald als Nazi verkleidet vor, während im Hintergrund eine Rede von Donald Trump - der sich wie Adolf Hitler verhielt - abgespielt wurde.

Wie auch immer, Donald verfehlte sie um ein paar Zentimeter, und stattdessen traf die Axt den Tisch. Glory kroch weg und schrie um Hilfe. Donald versuchte, sie mit seiner Axt zu schlagen. Aber sie entkam, und mit seiner Axt machte er einen großen Riss um das schokoladenbraune Ledersofa.

Dann glitt Richards Blick zum Telefon. Donald hatte die Axt auf das Telefon geschlagen. Glory gelang es zu entkommen und erreichte ihr Auto, und am Ende erwischte Donald sie und schleppte sie hinein. Aber wo war sie jetzt? Er sah sich um. Sie konnte nicht hier sein. Sein Blick ruhte auf der Küchentür. Unentschlossen stand er still. Was, wenn Donald auf ihn gewartet hat? Vielleicht würde er wie ein kleiner Teufel aus einer Kiste kommen, um ihn zu erschießen. Wie in einem Zeitlupenfilm sah er, wie die Kugel ihn in den Bauch traf. Der Aufprall ließ ihn vor dem Schmerz schrumpfen. Donald trat vor und schlug ihm mit dem Hintern ins Gesicht. Benommen sah er Donald an, der das Fass gegen seinen Schlaf drückte ...

Ende und aus, dachte Richard zitternd. Er drückte sein Ohr an die Küchentür und hörte ein leises Geräusch. Er runzelte die Stirn und beschloss, das zu tun, was ihm am meisten Angst machte. Mit einem festen Stoß öffnete er die Tür und stürmte herein. Er erwartete, dass Donald ihn jeden Moment mit seiner Schrotflinte erschießen würde. Aber er tat es nicht.

Keuchend sah er sich um. Alle Pfannen über dem Herd hingen ordentlich an ihrem Platz. Er starrte auf die Herdbrenner. Dann erkannte er den unverwechselbaren, eierartigen Gasgeruch. Er schaltete schnell alle Gasbrenner aus und öffnete ein Fenster.

Die kühle Brise, die im Inneren wehte, beruhigte ihn ein wenig. Er atmete ein paar Mal durch den Mund und starrte auf die angelehnte Kellertür. Ein Gerücht aus dem Keller regte seine Phantasie wieder einmal an.

Richard drückte seine Augen halb zu und sah, dass Donald Glory hinter einer Mauer baute, damit sie verhungern würde. Woran erinnerte ihn das? Rechts: Das Fass Amontillado, geschrieben von Edgar Allen Poe. Er zählte bis zehn, bevor er die Kellertür öffnete und ging Schritt für Schritt hinunter, die Unendlichkeit betrachtend. Mit jedem Schritt, den er machte, spürte er, wie sein Herzschlag zunahm. Er atmete durch seinen Mund und leckte sich gelegentlich die Lippen. Glücklicherweise leuchtete ein Licht auf und in der Stille dankte er dem Herrn für diesen kleinen Gefallen. Bei jedem Schritt wartete er ängstlich auf jedes Gerücht, bevor er weiterging. Auf der untersten Stufe erkannte er unmissverständlich das Geräusch eines tropfenden Wasserhahns. Nein, Wasserhähne, er verbesserte sich, während er versuchte, mehr Geräusche zu unterscheiden. Aber abgesehen von dem Tropfen, war es ruhig. Er atmete ein wenig aus und spähte um die Ecke. Der Geruch von Alkohol hing im Weinkeller. Donald war immer sehr sparsam mit seinem Wein, also warum roch es hier drin so verschwenderisch? Er schaute in den Keller und entdeckte, dass die meisten Weinflaschen heftig zertrümmert worden waren. Unter seinen Füßen knarrte das Glas, wenn er mit seinen Schuhen darauf trat. Es gab keine Spur von Donald oder Glory. Richard ging zurück ins Wohnzimmer und hörte Glory gedämpft schreien. Er erstarrte und schaute auf. Mit der Axt in der Hand rannte er in den Flur, die Treppe hinauf.

18

Auf der Treppe blieb Richard stehen. Es war stockfinster da oben. Richard presste den Kiefer zusammen. Sein Herz beschleunigte sich heftig, und er schluckte einen Kloß hinten in der Kehle. Seit er ein kleiner Junge war, schlief er bei eingeschaltetem Licht. In seinem Kopf warteten dort oben alle möglichen Gefahren. Dann schrie Glory wieder. Eine Welle der Wut durchbrach seine Mauer der Angst! Er rannte weiter die Treppe hinauf und schwang die Axt wild über seinem Kopf. Ein dünner Lichtsplitter leuchtete unter der Schlafzimmertür hervor. Glorys Schreie versetzten ihn in Raserei und trieben ihn dazu, die Tür mit der Axt so lange anzugreifen, bis sie zertrümmert war. Vor ihm sah er Glory auf ihren Knien. Er sah in Donalds wütendes Gesicht. Donald richtete eine Waffe auf ihn.

"Du kommst zu spät! Jetzt lass die Axt fallen, oder ich schieße dir ein Loch in den Kopf", schnappte Donald zu.

Ein kalter Schweiß brach auf Richards Stirn aus, während sein Herz in seiner Brust hämmerte. Er schloss die Augen und erwartete, jeden Moment erschossen zu werden.

Donald fuhr fort: "Ich kann sie niederschießen, weißt du?"

Richard öffnete die Augen, schielte zu Donald in seiner Nazi-Uniform - genau so, wie er es sich vorstellte - und presste den Kiefer zusammen, als Donald den Gewehrlauf gegen Glorys Kopf drückte und lächelte mit einem wahnsinnigen Grinsen, "es wäre so einfach für mich, den Abzug zu drücken und dann auch noch eine Kugel durch deinen Kopf zu feuern."

Donald zielte auf Richard, "Ich kann zusehen und mich amüsieren, während ihr beide sterbt! Aber das ginge zu schnell, denn ich will, dass du meinen Schmerz fühlst, Richard! Schau da durch, schau dir die Bilder auf dem Kissen an."

Donald gab einen Schuss ab. Die Kugel traf die Decke, und Richard zuckte zusammen, als ihm ein wenig Gips auf den Kopf fiel.

"Beeil dich. Ich habe nicht den ganzen Tag Zeit!"

Mit schweren Schritten schlenderte Richard widerwillig zum Bett. Er setzte sich hin und betrachtete die Bilder, die auf dem Kissen verstreut waren. Die Gesichter auf den Fotos waren seine Geliebten. Unter ihnen war diejenige mit Glory, die nackt vor der Kamera posierte, nachdem er Sex mit ihr hatte. Dies war eines seiner Lieblingsbilder, das er in seiner Sammlung hatte. *Wie kommt es, dass Donald es hat? Wie hat er ...* Der Druck der Waffe gegen seine Schläfe unterbrach seine Gedanken.

"Ich kann an deinem Gesichtsausdruck erkennen, dass du die Damen auf den Bildern kennst. Sieh genau hin, denn es wird das letzte Mal sein, dass du sie siehst. Sie sind alle tot. Hörst du mich? Sie sind alle verdammt tot! Und bald wirst du und Glory zu ihnen in die Hölle kommen, wenn es so etwas gibt!" Er schob seine Waffe unter Richards Kinn.

Tränen quollen in Richards Augen auf. Schweigend betete Richard ein kleines Gebet zu Gott, sein Leben zu verschonen.

"Ja, Richard, sie sind tot. Mit diesem Revolver habe ich sie wie tollwütige Hunde abgeschossen. Ich musste sie von ihrem Elend erlösen, und das alles nur wegen dir. Du bist derjenige, der meine Frau gefickt hat!" sagte Donald und lachte wie ein Verrückter. Dann richtete er seine Waffe auf Glory: "Ich weiß, sie ist deine Hure. Sie sind ja alle Huren. Und jetzt wirst du den Preis dafür bezahlen, du Bastard!" schrie Donald und fügte hinzu: "Du kannst nicht bestreiten, dass Glory deine Hure ist, ich habe die Bilder gesehen", knurrte er und zog einen Umschlag aus seiner Tasche.

Richard wollte aufstehen, weil Donald seine Augen von ihm nahm, aber Donald drehte sich um, als hätte er Augen am Hinterkopf. Er feuerte eine Kugel ab, die an Richards Ohr vorbeiflog.

"Beweg dich nicht, du kranker Scheißkerl", schnappte er zu. Donald machte ein paar Schritte rückwärts, während Richard mit zitternden Händen sein Ohr berührte. Er fühlte sein Blut zwischen seinen Fingern.

"Es ist nur ein Kratzer", sagte Donald mit böser Stimme, "Glory, steh auf und setz dich neben diesen Scheißkerl! Sofort!"

Doch Glory rührte sich nicht; sie weinte und flehte um Gnade. Ihre Bitten brachten Donalds Zorn auf sie. Ein Warnschuss schlug ein Loch in die Holzbretter in der Nähe ihrer Hände. "Tu, was ich dir sage!"

Er war verrückt geworden; Richard merkte es. "Donald, ich werde mich neben sie setzen. Sie ist gelähmt durch ..."

"Halts Maul, Arschloch", schnappte Donald zu, bevor er auf sie zuging. Er drückte seine Waffe gegen Glorys weinendes Gesicht. Ein kalter Schauer lief Richard über den Rücken, während er auf dem Bett saß und machtlos zusah.

"Gut", sagte Donald und sah Richard an. "Gut, ihr könnt zusammen sterben! Richard, geh da rüber und setz dich auf Händen und Knien neben deine Hure, wie der Hund, der du bist. Beweg dich langsam, oder ich erschieße dich." Donald trat zurück und warf Richard ein wachsames Auge zu. Mit zitternden Knien tat Richard, was er verlangte. Tränen liefen ihm über die Wangen.

"Diese Krokodilstränen werden euch nicht helfen, keinem von euch!" Donald warf die Fotos, eins nach dem anderen, auf Richards Kopf. "Öffne deine Augen und schau sie dir an!" schrie Donald Richard in die Ohren.

Nachdem Richard nicht sofort reagierte, gab Donald ihm einen Tritt in die linke Seite seines Unterleibs.

Ein Keuchen entwich aus Richards Mund, als er den Tritt aufnahm. Der Aufprall zwang ihn, gegen Glory zu stoßen. Er sah sie an und schluchzte: "Es tut mir leid, Schatz. Es tut mir so leid."

"Du solltest mir gegenüber dein Bedauern ausdrücken, Arschloch. Ich bin derjenige, der am Arsch ist", kommentierte Donald verärgert. Er drückte seine Waffe gegen Richards Stirn. Richard fühlte sich erstickt, was es ihm schwer machte, normal zu atmen.

"Schau dir diese Bilder an, du Arschloch!" forderte Donald und spuckte fast auf Richards Wange. Widerwillig schaute er auf die Bilder, die vor seinen Händen lagen. Donald drückte seine Waffe noch fester an seine Stirn, "Was siehst du?"

"Glory und ich", sagte er mit gebrochener Stimme.

"Sehr gut", antwortete Donald. Seine Stimme war jetzt ein wenig ruhiger.

Richard wollte aufblicken, aber es kostete ihn eine Ohrfeige. Dann lachte Donald. "Du hast mir geglaubt, nicht wahr, Richard?"

Mit rauer, rauer Stimme fragte Richard: "Was redest du da?"

"Von den Morden an deinen Mätressen. Lass mich dir versichern, dass sie alle noch am Leben sind. Ich habe eigentlich nie eine von ihnen besucht. Glory hat die Fotos deiner Geliebten aus deinem Fotoalbum genommen. Du kennst das, in dem du Fotos von deinen Eroberungen und andere Teile deiner 'Liebesopfer', wie Schamhaare, aufbewahrst. Du bist wie ein Sexbesessener. Wie viele Frauen hast du überhaupt in deinem Album gesammelt? Glory hat mehr als dreißig verschiedene Frauen gezählt. Kein Wunder, dass du keinen Stift zu Papier bringen kannst. Offensichtlich ist dein größtes Hobby Sex, du kranker Bastard!" Donald zischte, bevor er mit ruhigerer Stimme fortfuhr: "Was wir hier machen, ist nichts weiter als ein Akt. Glory und ich haben die Idee aus deinem Buch *Chasing Girls*. Hast du es nicht erkannt? Die umgestürzten Möbel und das Geschrei im oberen Stockwerk?"

Richards Herz erstarrte. "Was hast du gesagt?"

"Ja, es ist wahr. Donald und ich haben diese Szene zusammengestellt, damit du wieder aufs Pferd steigst und dich auf das Schreiben konzentrieren kannst", sagte Glory, während sie aufstand, "du hast nicht wirklich gedacht, dass ich dich liebe, oder?"

Sie lachten beide schaudernd über Richards verwirrten Blick. Glory schaute ihm direkt in die Augen: "Gestern Abend im Hotel hast du bemerkt, dass ich mir mein Telefon schnappte, als ich ins Bad ging. Das habe ich nach jedem Mal gemacht, wenn wir Sex hatten, damit ich Donald eine SMS schicken konnte."

"Manchmal rief ich dich an, nachdem ich Glorys Nachricht erhalten hatte und fragte dich nach dem Status deines Romans. Ich tat so, als wüsste ich nicht, dass du mit Glory geschlafen hast. Wir hofften, auf die eine oder andere Weise, dass du dich schuldig genug fühlen würdest, um mit dem Schreiben zu beginnen. Nur hast du es nicht getan. Siehst du? Wir sind verzweifelt. Du weißt, wie viel ich an der Börse verloren habe, und wir brauchen dringend einen neuen Bestseller. Dein vorheriges Buch war ein Bestseller, also haben wir keine Zweifel an deinem neuen Buch."

"Ja, Richard. Uns geht das Geld aus, und du bist der Einzige, der unsere Kastanien aus dem Feuer holen kann", bestätigte Glory. Sie stand neben Donald und blickte Richard an.

Verwirrt wich er ihrem Blick aus und starrte stattdessen auf den Boden. Sie hatte ihn auf eine Weise verraten, die er nicht erwartet hatte. Tränen brannten in seinen Augen. Es war schwer für ihn, sie zu unterdrücken, aber er wollte ihnen nicht die Genugtuung seines Kummers geben. Sein Herz klopfte in seiner Brust.

"Aber gestern hat sich alles geändert", fuhr sie fort, "denn anstatt mir dein Manuskript zu geben, hast du mich gebeten, dich zu heiraten."

"Genau, und da wussten wir, dass es an der Zeit war, unsere Strategie zu ändern, weshalb wir mit dieser Handlung begannen und Ian McArthur erzählten, dass seine Frau ihn betrogen hat. Weißt du, wen ich meine?" fragte Donald.

Richard nickte. Er wusste nur zu gut, wer Ian McArthur war: er war Helens Ehemann, der im Gefängnis saß. Helen erzählte Richard, dass ihr Mann wegen Diebstahls von Geld verhaftet worden war.

"Natürlich kennst du seinen Namen. Du hast doch seine Frau gefickt. Übrigens, wusstest du, dass Ian Mitglied der IRA ist? Er wurde nicht wegen Diebstahls verhaftet. Er war an dem Bombenanschlag auf die Londoner U-Bahn am 7. Juli 2005 beteiligt. Vielleicht denkst du: das war ein Terroranschlag von Al-Qaida. Aber was du nicht wusstest, war, dass er von der IRA koordiniert wurde."

Richard hörte kaum Donalds Stimme.

Er stellte sich immer noch vor, dass er an der Seite von Glory ermordet wurde.

"Hey, schau mich an, wenn ich mit dir rede!" Donald schob seine Waffe unter Richards Kinn. "Jetzt pass gut auf!"

"Leck mich am Arsch!"

"Oh, jetzt bist du wütend? Du bist derjenige, der meine Frau gefickt hat, richtig?"

Glory lachte laut, und sie bückte sich, um Richards Wange zu lecken, als ob es Eiscreme wäre. "Es war schön, bis du ernsthaft wurdest, Süße", sagte sie mit schwüler Stimme, "aber Donald ist mehr mein Typ, das ist alles."

"Danke, meine Liebste, jetzt. Wo war ich?" Donald runzelte für einen Moment die Stirn und sah verärgert aus, dann lächelte er: "Oh, ja. Wie ich schon sagte, Ian kooperierte mit Al-Qaida auf Befehl der IRA. Was glaubst du, was mit dir passieren wird, wenn er weiß, dass du derjenige bist, der seine Frau gefickt hat?"

Glory machte eine kleine aufschneidende Geste unter ihrem Kinn.

Donald nickte: "Er wird dich töten. Wir denken darüber nach, es ihm zu sagen, und wir haben bereits einen anonymen Tipp über den Verbleib des Liebhabers seiner Frau gegeben. Er kennt deine vollständige Identität noch nicht", kicherte Donald.

Glory fügte hinzu: "Hast du es nicht in den Nachrichten gehört? Es gab eine Explosion in der Weston Street. Das Hochhaus, in dem du wohnst, ging in Flammen auf" - sie schürzte die Lippen und imitierte das Geräusch einer Explosion - "in den Nachrichten sagten sie, es sei durch ein Gasleck verursacht worden. Aber wir wissen es besser, oder Donald?"

"In der Tat! Es war eine Bombe!"

"Was willst du von mir?" Richards Stimme war rau, und er erkannte sie kaum wieder. Wenn er nicht aufpasste, würde er jede Selbstbeherrschung verlieren. Er schluckte einen dicken Kloß hinten in seiner Kehle und holte tief Luft, um seine Wut zu unterdrücken - sie ziehen die Fäden.

"Ich möchte, dass du das Land verlässt. Wir geben dir einen Monat Zeit, um dein Buch fertigzustellen. Wenn du es fertigstellst, dann werden wir Ian nichts über dich erzählen, aber wenn nicht, dann erzählen wir ihm alles und geben ihm die Bilder, um es zu beweisen", warnte Glory mit einer eiskalt klingenden Stimme.

"Du hast keine große Wahl, nicht wahr, Richard? Wenn du hier bleibst, werden wir Ian die Bilder geben, und ich bin mir sicher, dass er seine Kontakte in der IRA bitten wird, dich zu töten. Also, wenn du dein Buch nicht in einem Monat fertig hast, musst du dich für den Rest deiner Tage verstecken. Ich wäre nicht überrascht, wenn er seine Kontakte in der Al-Qaida bitten würde, dich zur Strecke zu bringen. Dann gäbe es nicht mehr viele Orte, an denen du dich verstecken könntest", fuhr Donald fort.

19

Tränen liefen Richard über die Wange, während er zu seinem Auto zurückschlenderte. Glory, die Frau, mit der er gerne Sex hatte, hatte mit ihm gespielt wie er mit ihr. Eine Flut von Frustration ging durch ihn hindurch, und er trat Glorys Auto, um sich zu beruhigen. Er wischte sich die Tränen aus den Augen und stieg in sein Auto.

"Schweine!" schrie er, bevor er die Tür schloss und den Motor startete. Richard drückte das Gaspedal ganz durch und kümmerte sich nicht im Geringsten darum, was als nächstes geschah. Währenddessen schaltete er das Radio ein und hörte sich eine Sondernachrichtensendung an.

"Heute Morgen wachte London wegen einer Kesselexplosion in der Weston Street auf. Verschiedene Häuser sind durch die Explosion abgebrannt, aber die Feuerwehr hat das Feuer jetzt unter Kontrolle. Die Zahl der Todesopfer ist unbekannt, aber Beamte sagen, dass mindestens hundert Menschen in dem Feuer starben. Obwohl alles noch untersucht wird, gibt es keine Anzeichen für ein Verbrechen."

In einem Schock schaltete Richard das Radio aus. Zuerst dachte er nur, Donald hätte ihm eine erfundene Geschichte erzählt, aber jetzt war er sich nicht mehr so sicher und ihm wurde klar, dass er das Land verlassen musste, wenn er überleben wollte.

"Scheiße, Scheiße, Scheiße!"

Er riss das Lenkrad wegen einer scharfen Wende in der Straße. Die Scheinwerfer leuchteten in den Augen einer Katze. Wieder zupfte er am Lenkrad. Sein Auto zitterte, die Reifen quietschten, aber er behielt die Kontrolle über das Rad, während er der Katze auswich.

"Dumme Katze! Jetzt hast du nur noch acht Leben übrig! Ich hoffe, du hast daraus etwas gelernt", fluchte er lauthals.

Er fuhr weiter, bis er ein Hotelschild bemerkte. Er hielt an und reservierte ein Zimmer für die Nacht. Das kleine Hotelzimmer hatte eine wasserbefleckte Decke, ein schmutziges Fenster und einen abblätternden Linoleumboden. Er starrte auf die zerrissene Tapete und auf die abgeplatzte Schranktür, die schief hing. Im Badezimmer blickte er auf das mit Rost beflecktes Waschbecken hinunter. Ein tiefer Seufzer entging ihm, als er das Küchenmesser aus seiner Tasche nahm und seine Finger sanft über die scharfe Klinge gleiten ließ. Müde starrte er sein Gesicht in dem leicht zerbrochenen Spiegel an.

"Was für ein blutiges Durcheinander", schüttelte er den Kopf und drehte den Wasserhahn auf, spritzte kühl, aber trüb, Wasser auf sein Gesicht. Er stellte sich Glorys lächelndes Gesicht vor, während er Sex mit ihr hatte.

Er schrie, als ihr Gesicht verblasste: "Warum hast du gesagt, dass du mich liebst? Warum hast du mich angelogen?"

Sein Handy klingelte. Er ignorierte es, oder vielleicht achtete er nicht mehr darauf, als er die kalte Klinge des Messers gegen sein Handgelenk drückte. "Ein kleiner Schnitt und dann ist alles vorbei. Mein Leben ist sowieso keinen Penny wert, jetzt, wo die IRA hinter mir her ist."

Er wünschte, er hätte ein paar Pillen zu schlucken, anstatt sich die Pulsadern aufzuschneiden. "Sich selbst die Pulsadern aufzuschneiden ist ein fieser Weg. Wenn das Messer die Hauptarterie durchtrennt, werde ich verbluten. Ich falle auf den Boden und werde wahrscheinlich ein Handtuch benutzen, um die Wunde zu stopfen und um Hilfe zu rufen", sagte er flüsternd.

Da er das Tageslicht nicht sehen wollte, legte er das Messer mit zitternden Fingern nieder und warf einen Blick auf das fleckige Handtuch auf dem Handtuchständer. Er nahm es ab und warf es durch die offene Tür ins Schlafzimmer. Dann schloss er die Tür ab und starrte auf das Messer in der Nähe des rostigen Waschbeckens. Er packte es und holte ein paar Mal tief Luft. Tränen rannen über sein Gesicht, und er schloss die Augen, während er sich vorsichtig schnitt. Es tat ihm weh. Unwillkürlich öffnete er die Augen und bemerkte die ersten Blutstropfen. Ein paar tröpfelten auf die fauligen Badezimmerfliesen. Der Schweiß strömte über seine Nase und vermischte sich mit Rotz und Tränen. Trotz seiner Angst vor Schmerzen schnitt er sich erneut. Die scharfe Klinge schnitt durch die Haut. Ein scharfer Schmerz nahm ihn mit. Sein verschwitztes Haar klebte in seinem Gesicht. Irritiert rieb sich Richard die Stirn, während das Messer an den Badezimmerfliesen klapperte.

Tränen liefen ihm über die Wangen, während er blutverschmiert auf seine Hand starrte.

"Was habe ich getan?"

Verwirrt drückte er seine Hand auf sein Handgelenk. Es tat höllisch weh. Er blickte zur Tür und zwang sich, vorwärts zu gehen, aber ihm wurde schwindelig. Schwarze Flecken erschienen vor seinen Augen. Er fiel auf die Knie, als ihn die Dunkelheit umgab.

20

Richard fühlte sich, als würde er wie ein Drachen in der Luft schweben und öffnete die Augen. Um ihn herum war nichts als Dunkelheit. Völlige Dunkelheit und Stille. Dies war viel schlimmer als jenseits des Grabes. Wenn dies ein Traum war, dann wollte er jetzt aufwachen.

"Hallo, ist da draußen jemand?" schrie er.

Zumindest spürte er, dass er schrie. Aber es kam kein Ton von seinen Lippen. Es war, als hätte er seine Stimme verloren. Wieder schrie er, aber nein, er konnte seine eigene Stimme nicht mehr hören. War er blind und taub geworden? Er wunderte sich und versuchte sich zu bewegen, aber er war sich nicht sicher, ob etwas geschah, denn er fühlte nichts. Dann erinnerte er sich an seinen Selbstmordversuch. *Ist das wirklich passiert? Aber ich habe meine Meinung geändert. Verdiene ich nicht eine zweite Chance? Warum fühle ich nichts? Es ist, als ob ich ein Teil des Windes bin. Ich kann mich keinen Zentimeter bewegen. Was ist mit mir passiert? Was ist mit mir los? Warum kann ich mein Gesicht nicht fühlen? Meinen Körper. Ich bin gar nichts. Das ist das Ende. Aber warum kann ich immer noch denken? Bin ich nur gelähmt? Kann ich jemals wieder aufwachen? Ich mag die Kälte nicht. Ich mag die Dunkelheit nicht. Lass mich hier raus!*

Richard wollte tief einatmen. Nur konnte er überhaupt nicht atmen. Dann schrie er ganz laut. "Lass mich hier raus! Bitte!"

Unsichtbare Tränen benetzten sein unsichtbares Gesicht. Die Dunkelheit war überwältigend. Er stellte sich vor, wie sein Herz wie verrückt in seiner Brust klopfte. Aber es war nur in seiner Vorstellung. Er hatte keinen Körper. Er war nur ein Lufthauch. Vielleicht nicht einmal eine Luftblase. *Aber warum kann ich noch denken, wenn ich nicht mehr am Leben bin?* Er war nur von Dunkelheit und Leere umgeben. *Oh, warte. Nicht ganz.* Am anderen Ende war ein kleiner Lichtstrahl. Er fühlte sich wie in einem Tunnel. Angezogen von dem Licht, kam er in Bewegung. Schwebte er in das Licht, oder ging er in das Licht? Er war sich dessen nicht sicher. Einen Moment später war er in einem Wald und hörte die Vögel singen, um einen neuen Tag zu begrüßen. Richard fühlte die

Sonne auf seinem Gesicht, und er wanderte umher. Er erkannte diesen Ort aus seiner Kindheit wieder.

"Richard. Da bist du ja", hörte er eine vertraute Stimme und starrte in das freundliche Gesicht seines Nachbarmädchens. Sein Herz hüpfte vor Freude, und er kniete vor ihr nieder, um sie zu umarmen, als sie auf ihn zukam.

"Cathleen. Ich bin so glücklich, dich zu sehen!"

"Ich freue mich auch, Richard. Aber es ist noch nicht deine Zeit!"

"Hm? Was meinst du damit?"

Sie schenkte ihm ein freundliches Lächeln und stieß ihn nach unten. Der Boden verschwand, und er fiel in ein tiefes Senkloch. Verwirrt blickte Richard von links nach rechts. Wo war er? Wo war der Wald und wo war Cathleen? Sie war seine Jugendfreundin; er verbrachte so viele glückliche Momente mit ihr, als er noch ein Jugendlicher war. Cathleen ertrank, als er neun Jahre alt war.

Er verdrehte seinen Kopf und bemerkte, dass er immer noch im Badezimmer war. Dann glitt sein Blick auf das Messer in der Nähe seiner Füße. Er trat es weg und holte tief Luft. An seinem Handgelenk war eine dünne Schicht ausgetrocknetes Blut. Die Wunde war zu oberflächlich, um tödlich zu sein. Gott sei Dank. Obwohl die Perspektiven nicht so toll waren, wollte er nicht aufgeben. Wieder hörte er sein Handy. Es war immer noch in seiner Jacke, und er erinnerte sich, er ließ sie auf das Bett fallen. Er musste aufstehen, wenn er dem Ruf folgen wollte, und er zwang sich, weiterzugehen. Es war schwieriger als er erwartet hatte, wegen des Schwindels. Anstatt zu gehen, kroch er aus dem Badezimmer ins Schlafzimmer.

Sein Handy klingelte immer noch, als er sich an die Bettkante hochzog. Müde griff er nach seinem Telefon.

"Hier spricht Richard."

"Oh, hallo Richard, wie geht es dir? Ich bin's, John."

"John?" wiederholte Richard.

"Ja, du weißt schon. John aus Boston. Wir waren damals Studienfreunde."

Richard schüttelte den Kopf, um das Taubheitsgefühl in seinem Kopf loszuwerden. Dann erinnerte er sich an John. Big John aus Manchester, der nach Boston zog, nachdem er sich in einen Amerikaner namens Karl verliebt hatte. "Hallo, John. Es ist gut, deine Stimme zu hören."

"Sag mal, erinnerst du dich, dass ich dir in einer E-Mail gesagt habe, dass Karl und ich eine Kunstgalerie in der Innenstadt von Boston eröffnen würden? Nun, das wurde ein großer Erfolg! Nächste Woche feiern wir unser zehnjähriges Jubiläum, und es wäre uns eine Ehre, wenn du dich uns anschließen könntest."

Dieser Aufruf kam im richtigen Moment. Es war sein Ticket, um das Land zu verlassen. Anscheinend hat Lady Fortune das Gebäude noch nicht verlassen.

"Ihr könnt auf mich zählen", sagte Richard. "Bitte schick mir eine SMS mit der Adresse. Ich werde einen Flug nach Boston buchen, damit wir uns treffen können ..."

21

Richard lächelte schwach, als er an das Telefongespräch dachte, das er mit John geführt hatte. Momentan sein einziger Silberstreif am Horizont. Dann schloss er die Augen, als er an Donald und Glory Maryland dachte. Er machte eine Faust. Tränen benetzten sein Gesicht. Er rieb sich kräftig an den Augen und ignorierte die Dame, die neben ihm im Flugzeug saß - die etwas sagte.

Die IRA und Al-Qaida waren für die Bombenexplosion in London verantwortlich. Es war ein organisierter Angriff, weil er sich mit den falschen Frauen, verheiratet mit dubiosen Ehemännern, herumgetrieben hat.

Nachdem er mit John telefoniert hatte, informierte Richard die britischen Behörden über die Bombe, die im Inneren des Turmgebäudes gelegt worden war - und informierte die Polizei über Marylands Verwicklung in den Terrorismus.

22

Harry Brown hatte einige Söldner angeheuert. Seine beiden Geiseln, Felicity und Jason, waren gefesselt.

Einer der Söldner saß ihm gegenüber. Ein Mann mit breiten Schultern und einem unfreundlichen Gesicht. Harry hatte schon einmal mit ihm gearbeitet, und er wusste, dass er einer der besten war. Ein ehemaliger Paramilitär, der in Afghanistan gedient hatte.

Harry nahm einen Schluck von seinem Drink und seufzte. Er sprengte ein Gebäude in die Luft, tötete drei Menschen mit seiner 44er Magnum, während er das C-4 platzierte, und nahm die blonde Felicity und den nervigen Journalisten Jason gefangen.

23

Es war noch früh, als Harry in dem zwanzigstöckigen Turmgebäude ankam. Er wusste, dass Richard McKenna, der Auserwählte, dort lebte. Harry fragte seinen Betreuer nie, was dieses ganze Gerede über den Auserwählten bedeutete, und es war ihm auch egal. Endlich war seine Quest beendet. Es kostete ihn fast sechs Monate Forschung und gute altmodische Detektivarbeit, um den letzten Nachfahren von Captain James McPierson aus dem späten achtzehnten Jahrhundert zu finden. Harry hatte drei Nachfahren gefunden - und sie getötet, wobei er ihren Tod wie einen Unfall aussehen ließ - bevor er entdeckte, dass Richard McKenna der letzte in der Reihe war.

Sie waren alle potenzielle Auserwählte, die er zur Strecke bringen musste. Als Harry Nummer drei mit einem Kopfschuss tötete (wodurch es wie ein Selbstmord aussah), stand er Sybil und ihren Freunden gegenüber. Er stöhnte. Seine Gesundheit wurde nicht besser. Er lebte nur von Drogen, die ihm von seinem Betreuer als Bezahlung für seinen Service zur Verfügung gestellt wurden. Aus seiner Tasche nahm er seine Pillendose, schraubte sie auf und zählte vier Pillen.

Er stöhnte. Die Pillen waren nicht auf dem Markt erhältlich und befanden sich noch in der Experimentierphase. Trotzdem funktionierten sie! Das Wachstum von bösartigen Hirntumoren verlangsamte sich erheblich. Der Gehirntumor, an dem er litt, war zu tief in seinem Gehirn eingebettet, um ihn operativ entfernen zu lassen. Es gab keine Behandlung, sagten die Ärzte. Nur diese dunkelrosa Pillen retteten sein Leben.

Seine Finger zitterten, als er die Pille mit viel Mühe schluckte. Dann zog er sein Handy heraus, um seinen Betreuer - den Sensenmann - zu informieren, dass er in McKennas Gebäude ankam.

"Hallo, Herr Sensenmann? Ich habe den Auserwählten ausfindig gemacht."

"Sehr gut. Du weißt, was zu tun ist!"

"Ja, aber danach will ich meine Belohnung."

"Natürlich. Wenn du mit der Mission fertig bist, bekommst du einen lebenslangen Medikamentenvorrat."

"Kann ich nicht einen Vorschuss bekommen? Ich habe nur noch drei Pillen übrig."

"Ich sollte mich besser beeilen", klang sein Klient unpersönlich.

Harry sah sich um. Er fühlte sich immer noch so, als würde ihn jemand beobachten, jemand wie Felicity Walker, Sybils Angestellte bei Nachtvogel! Sie war mit ihm im Flugzeug. Er hatte sie erkannt, trotz der dunklen Perücke, die sie trug.

Aber zum ersten musste er McKenna töten und ließ es wie einen Unfall aussehen. Oder es so aussehen lassen, dass sie keine Zeit mehr hatten, ihn am Verlassen des Landes zu hindern. McKenna zu töten war der einfachste Teil, aber unbemerkt davonzukommen war eine andere Geschichte. Also entschied sich Harry für einen großen Knall und benutzte C-4, um dieses Gebäude in die Luft zu jagen. Er ließ es wie einen Terroranschlag aussehen und entkam dann, bevor die Behörden ihn erwischen.

24

Als Harry mit seinem Koffer, den er aus dem Kofferraum seines Autos holte, hinein ging, warf er einen Blick auf den Wachmann, der hinter einem kleinen Büro saß, das ihn an einen Bankschalter erinnerte, weil der Typ hinter kugelsicherem Glas saß. Innerlich fluchend kam Harry näher. Er hatte gedacht, dass es ein Kinderspiel wäre, das Gebäude zu betreten und erwartete nicht, dass es bewacht werden würde. Harry war froh, dass er eine Ersatzgeschichte hatte und zeigte seinen gefälschten Ausweis.

"Ich bin Chuck McCloud von Scotland Yard", sagte er mit einem möglichst britischen Akzent, um seine amerikanische Herkunft zu verschleiern. Glücklicherweise hatte er eine Menge gelernt in der Zeit, in der er CIA-Agent war, bevor er aus gesundheitlichen Gründen den Dienst quittieren musste, was ihn später dazu veranlasste, seinen obskuren Klienten, den Sensenmann, zu kontaktieren, dem er noch weniger vertraute als Präsident Putin hinter den Knöpfen der Atomwaffen.

"Ich bin hier wegen einer Bombendrohung in der Garage dieses Gebäudes", sagte Harry.

"Eine Bombe?" klang die verängstigte, blecherne Stimme des Wachmanns durch den Lautsprecher im Fensterglas. Seine Augen wurden groß, als er sich in seinem Stuhl zurücklehnte.

"Kannst du mir den Weg zur Garage zeigen?"

"Natürlich. Aber sie kann nur mit einem speziellen Schlüssel geöffnet werden. Ich werde dir die Tür öffnen und dir den Weg zeigen."

Der Wachmann stand auf und nickte Harry zu, ihm zu folgen. Sie gingen zu einer Tür neben den beiden Aufzügen. Der Wachmann öffnete das Garagentor und Harry zog seinen Revolver heraus. Er war sich keiner Verletzung bewusst, als er den Wachmann mit einem Schuss in den Nacken traf.

"Es tut mir leid, aber ich kann keine Zeugen gebrauchen", sagte Harry bitter. Wenn er nicht von diesen verdammten Pillen abhängig gewesen wäre, wäre diesem Mann nichts passiert. Kopfschüttelnd blickte er auf die an der Decke befestigte Kamera. Mit einem einzigen Schuss zerstörte er es. Er legte seine Pistole zurück und blickte auf den dicken Körper des Wachmanns. Er packte es an den Armen und zog es über den Boden. Kurz bevor die Tür hinter seinem Rücken zuschlug, hörte er eine Frau etwas schreien.

"Scheiße!" fluchte er heimtückisch. Er hatte es eilig, den Körper zu säubern. Wer weiß, vielleicht kommt die Frau hierher. Sein Blick ruhte auf einem grauen Schrank in der Nähe des Eingangs. Auf den ersten Blick sah es groß genug aus, um eine Leiche zu halten. Er zog ihn schnell auf und fand einen Besen mit einigen Reinigungsmitteln. Wenn er ihn hinausgeworfen hat, konnte er die Leiche leicht hineinlegen. Nachdem der Schrank leer war, ruhte sein Blick auf dem dicken Bauch. Harry zögerte einen Moment. Er starrte über seine Schulter zur Tür und seufzte. Er zog den Körper an den Armen und trat den Eimer beiseite. Das Klingeln der Schlüssel ließ ihn aufblicken. Am Gürtel des Wachmanns hing ein Schlüsselbund. Er ließ die Leiche fallen und klickte das Schloss auf. Er drückte seine Lippen zusammen, während er die Leiche in den Schrank drückte, aber er konnte die Tür nicht ganz schließen. Wie er befürchtete, war dieser dicke Bauch zu groß, um den Schrank zu schließen. Er seufzte. Sein Blick glitt zu dem Besen auf dem Boden. Er hob sie auf und fast gleichzeitig öffnete sich die Schranktür. Harry drehte sich um und sah die Leiche herausfallen. Scheiße!

Harry benutzte den Besen, um die Leiche zurück in den Schrank zu stechen. Um zu verhindern, dass sich die Schranktür wieder öffnet, quetschte er den Besenstiel zwischen die Türgriffe. Er gab sich selbst keine Zeit, sich zu erholen; er musste mit der Frau fertig werden, bevor sie Alarm schlagen würde. Harry rieb sich den Schweiß von der Stirn und zog seine Waffe. Er schob die Tür einen Spalt offen. Spionierend blickte er den Flur hinunter. An der Theke stand eine Frau mit dem Rücken zu ihm. Harry drückte die Tür sanft weiter auf.

"Harold, bist du da?" rief die Frau. Mit schrägem Kopf ging sie zur Tür der Theke und trat ein. Harry folgte ihr dicht auf den Fersen. Er drückte sein linkes Auge zusammen, als sie "Harold?" schrie, mit den Händen in der Seite. Ohne zu zögern drückte er den Abzug an seiner Waffe. Die Kugel traf sie in den Hinterkopf. Blut spritzte gegen die Wand, als sie herunterfiel. Unter ihrem Kopf bildete sich eine Blutlache, die stetig wuchs. Aus so kurzer Entfernung konnte er es einfach nicht verfehlen. Er drehte sie auf den Rücken und fand heraus, dass sie schwanger war. Ein kleiner Schock durchfuhr ihn.

"Es tut mir leid", sprach er leise. Unbeabsichtigt sah er seine Waffe an, als wäre sie ein Monster. In gewisser Weise war es, dachte er düster und steckte es wieder in sein Schulterholster. Mit seinem Fuß drückte er die Tür zu.

Ein sanftes Klopfen erschreckte ihn. An der Theke stand ein Mann, gebückt, mit einem roten T-Shirt, und klopfte noch einmal ans Fenster.

Harry runzelte die Stirn. *Hat er den Körper der Frau gesehen?* Er warf einen flüchtigen Blick über seine Schulter; sie lag in der Ecke des Raumes. Wieder sah er den Mann an und entschied, dass er sie von der Ecke aus, in der er stand, nicht sehen konnte.

Er setzte sich auf Harolds Stuhl. Sein Blick wanderte über den Schreibtisch unter dem Fenster. Der Schreibtisch war nichts weiter als ein Bücherregal, ohne die Bücher. Währenddessen klopfte der Mann wiederholt an das Fenster.

Das Bücherregal hatte ein Telefon auf der rechten Seite und an der Wand zu seiner Linken bemerkte Harry viele Haftnotizen, die an der Wand klebten. Harry wirft einen kurzen Blick auf sie. Einige hatten ein Datum über einem kurzen Text aufgelistet. Einer von ihnen fiel durch einen gemalten Smiley mit einem Herz darunter auf - *Jane ist schwanger, jippie. Ich bin Vater!*

Harry schluckte einen Kloß in seiner Kehle. Während das Klopfen lauter wurde, blinzelte Harry auf den grünen Knopf neben dem Telefon.

"Na endlich", rief der Mann im roten T-Shirt, der vor dem Fenster stand. "Ich bin hier, um das Problem mit dem Boiler zu beheben."

"Wie bitte?" fragte Harry.

"Ich erhielt einen Anruf von Harold wegen eines Problems mit der Zentralheizung" - der Mann lehnte sich nach vorne. "Hey, wo ist Harold?"

"Harold ging nach Hause zu seiner Frau", sagte Harry. "Wie war nochmal dein Name?"

"Ach so, ja. Genau. Seine Frau erwartet ein Kind", kicherte der Mann. Harry nickte und schielte den Mann an. "Bitte, nenne deinen Namen."

"Oh, es tut mir leid. Ich bin Mike aus dem Buy More", sagte er und zeigte seinen Ausweis.

"Okay, ich lasse dich rein. Einen Moment bitte", sagte Harry. Er ging zur Tür des Büros und griff nach seiner Pistole, um ihn ohne Vorwarnung zu erschießen, in dem Moment, als er die Tür öffnete. Harry starrte Mike an, der bewegungslos vor seinen Füßen auf dem Boden lag. Ein dunkelroter Fleck erschien unter seinem T-Shirt.

Später nahm er drei Scheiben C-4 aus seiner Aktentasche und legte diese unter den Kessel. Dann installierte er einen Zeitschaltuhr, den er auf zehn Minuten stellte ...

25

Harry unterdrückte ein Gähnen. Dann dachte er an das Gespräch, das er mit Sybil über Skype hatte, und fand heraus, dass sie ein verdammter Vampir ist. Diese ganze Situation war für ihn seltsam. Bis jetzt hat er nie an Vampire geglaubt. Wenn er es gewusst hätte, hätte er sich nie auf die Situation eingelassen. Aber nun, da er es wusste, hatte er keine andere Wahl, als diese auszusitzen. Ein brennendes Gefühl in seinem Kopf überraschte ihn. Harry presste den Kiefer zusammen und zog die Pillendose heraus, die der Sensenmann ihm gegeben hatte. Es war nur noch zwei Pille übrig. Er nahm eine heraus und schluckte sie mit seinem Drink. Der Schmerz in seinem Kopf ließ nach. Dann stand er auf und ging zu seinen beiden Geiseln auf dem Rücksitz des Flugzeugs. Jason war immer noch bewusstlos, aber Felicity Walker sah ihn mit einem wütenden Gesicht an.

Er löste den Knebel aus ihrem Mund.

"Sybil wird dein Blut trinken", rastete Felicity.

"Das glaube ich nicht", sagte Harry. "Kann ich dir etwas bringen?"

26

Felicity beschloss, Harry zu ignorieren, obwohl er vor ihr stand. Sie hatte nicht erwartet, auf frischer Tat ertappt zu werden, als sie und Jason in London waren. Zum Teufel, sie saßen im selben Flugzeug wie Harry. Felicity trug eine dunkle Perücke und hoffte, dass Harry sie nicht erkennt, als sie ihn ablenkte und es irgendwie schaffte, ihre Location App auf seinem Handy zu installieren.

27

Felicity blickte ungeduldig durch ihr Fernglas auf das Gebäude. Der Wind spielte mit ihrem blonden Haar, als sie durch das Fernglas auf Harry Brown schaute.

"Hat er sein Zimmer schon verlassen?"

Sie blickte Jason Weisshart, dem braunäugigen Journalisten mit dunkelblonden Haaren, über die Schulter, den sie nach London gebracht hatte, als Harry Brown am Flughafen Logan eincheckte.

"Noch nicht." Felicity stand hinter den Büschen auf. "Das macht keinen Sinn", sagte sie zu Jason. "Wir sollten lieber selbst nachsehen."

Jason nickte und murmelte: "Wie kann jemand den ganzen Tag nur in seinem Hotelzimmer sitzen?"

"Nun …" Felicity blickte in den Himmel, als ein Vogel herüberflog. "Wenn wir nur wüssten, wer und wo der Auserwählte ist, dann müssten wir Harry Brown hier am Waldrand nicht im Auge behalten, während er in seinem Hotelzimmer ist."

Ihr Handy klingelte. Sie nahm es aus ihrer Umhängetasche. Es war Sybil. "Sybil, ich hoffe, du hast gute Neuigkeiten?"

"Das würde ich sagen", antwortete Sybil. "Harry ist in der Weston Street."

"Bist du sicher?" fragte Felicity. "Jason und ich behalten Harrys Hotelzimmer im Auge, und er hat sich noch nicht bewegt", beschwerte sich Felicity.

"Er hat sein Handy benutzt, das deine App aktiviert hat."

"Okay. Dann beeilen wir uns besser, danke!" Felicity hat aufgelegt. Sie schaute Jason an. "Das war Sybil. Sie sagte, Harry ist in der Weston Street."

Jason runzelte die Stirn. "Wie ist das möglich? Er ist noch in seinem Hotelzimmer."

Felicity schüttelte den Kopf. "Nein, Sybil sagte, er hätte sein Handy benutzt. Meine App funktioniert."

Felicity sah Jason hastig an, als sie den Motor des Autos startete und sagte: "Wir dürfen keine Zeit verlieren!"

Ungeschickt schaltete sie den Wagen in den ersten Gang. Sie war es nicht gewohnt, zu schalten; in Amerika fuhr sie immer mit Automatik, wie die meisten Leute. Aber nicht hier in England. Leider hatte die Autovermietung keine Automatik. Und sie fuhren auch auf der falschen Seite der Straße! Es wäre besser gewesen, wenn Jason gefahren wäre, aber er hatte sich noch nicht vollständig erholt. Letzte Woche stand er am Rande des Todes, als Harry ihn in einem verlassenen Kaufhaus in der Nähe von Boston erschoss. Sie schaute in den Innenspiegel. Ein Auto fuhr ein paar Meter hinter ihr und blinzelte nach rechts, um sie zu überholen. Der Motor gähnte.

"Du musst in den nächsten Gang schalten!" rief Jason.

"Warum fährst du nicht?" Sie trat auf die Kupplung und mit einem protestierenden Geräusch schaltete sie in den nächsten Gang.

"Das ist besser", sagte Jason und er lehnte sich zurück in seinen Sitz.

"Du hast es leicht", knurrte sie.

"Die besten Fahrer sind an Land", kicherte er. "Aber du musst die Drehzahl des Autos so niedrig wie möglich halten."

"Was meinst du?"

"Das du wieder einschalten musst."

"Okay", seufzte sie. Der Motor klang jetzt weniger gestresst. Sie entspannte sich und schaltete das Radio leise ein. "Welchen Weg sollen wir gehen?"

"Ähm, die Navigation sagt, dass wir hier rechts abbiegen müssen. Hey, wie kriege ich den Sound von dem Ding an?"

Felicity warf einen irritierten Blick auf Jason, der in ihren Augen ungeschickt in der Navigation war. Er verbrachte fünf Minuten damit, eine Adresse einzugeben, bevor sie gehen konnten. In der Zwischenzeit war Harry wahrscheinlich schon längst verschwunden! Sie krallte ihre Kiefer zusammen, während er aufmerksam auf das Gerät blickte.

"Wir nähern uns einer Kreuzung. Welchen Ausgang soll ich nehmen?" fragte sie.

"Hm?" Jasons Augen wurden groß und er schrie: "Pass auf! Das Licht springt auf Rot!"

Felicity schaute direkt vor sich hin. Ihre Geschwindigkeit war zu hoch, um jetzt anzuhalten. Sie beschloss, Gas zu geben. Ihr Magen kollabierte und ihr Puls beschleunigte sich. Von der Seite sah sie einen Lastwagen. Sie zog das Lenkrad und schaffte es gerade noch, dem hupenden Auto auszuweichen. Sie holte tief Luft und fragte erneut: "Welchen Weg sollen wir gehen?"

"Oh, ähm, das ist zufällig der richtige Weg", antwortete Jason.

"Gib mir das Ding!"

Er gab es ihr. Mit einer Hand am Steuer sagte sie: "Du musst den Knopf vor den Lautsprechern drücken."

"Danke", sagte Jason mit einem wässrigen Lächeln.

Wenig später erreichten sie ihr endgültiges Ziel. Felicity wurde langsamer und brachte das Auto mit einem Ruck zum Stehen.

"Nun, wir sind hier", sagte sie erleichtert.

Sie stiegen aus und betrachteten das graue Gebäude. Felicity schnappte sich ihr Handy mit den GPS-Koordinaten, die Sybil ihr geschickt hatte.

"Harry muss in der Wohnung sein", rief sie und rannte dorthin. In diesem Moment ertönte eine laute Explosion.

"Fick mich", sagte Felicity, als ihr klar wurde, dass Harry das Gebäude in die Luft gejagt hat. *So ein Mist!* Sie packte Jason bei der Hand und zusammen rannten sie zu einer Gasse, um sich vor den Trümmern zu schützen, die durch die Luft flogen.

"Was war das?" fragte Jason außer Atem.

"Was denkst du? Das war eine Explosion. Wir sind zu spät!" Felicity sah sich um. Harry war nirgendwo zu sehen. Sie stand auf und sah sich die Verwüstung an. Wenn der Auserwählte in diesem Gebäude leben würde, wäre jetzt nicht mehr viel von ihm oder ihr übrig. Sie wandte sich an Jason.

"Es ist vorbei. Komm, lass uns zurück zu unserem Hotel gehen. Dort werden wir Sybil kontaktieren und erzähle ihr die schlechte Nachricht."

Jason schaute auf den Boden. Felicity ging auf ihn zu und legte ihre Hand auf seine Schulter. Sie wollte gerade etwas sagen, als ihr die Stimme eines verrückten Mannes zu Ohren kam: "Du bist spät dran, ich war vorhin hier."

Verängstigt drehte sie sich um und starrte in Harry Browns Gesicht.

"Nun, seid brav und nehmt die Hände hoch."

Harry richtete eine Waffe auf sie.

"Kein Scherz, Felicity", sagte er grimmig, als Felicity nach ihrer Waffe griff. Mit einem Seufzer ließ sie es aus ihren Händen fallen.

11 – Alarmphase 2

Jack Hunter saß hinter seinem Schreibtisch, als Leonard Kinskey hereinkam. Er schaltete seinen Monitor aus und starrte seinen Angestellten an, der eine Brille im Retro-Sechziger-Jahre-Stil trug.
 "Leonard, was kann ich für dich tun?"
 "Ich bin besorgt wegen Vanessa."
 Das war neu für ihn. Leonard kümmerte sich um seine Kollegin, die Wunder hatten die Welt noch nicht verlassen. Er deutete zu einem Stuhl auf der gegenüberliegenden Seite seines Schreibtisches. Leonard folgte Jacks Geste mit dem Kopf und setzte sich hin. Mit den Händen zappelte er mit seiner Brille. Jack hatte den Eindruck, dass er extrem nervös war und versuchte, beruhigend auszusehen, wie ein Arzt für seinen Patienten. Trotzdem gab Leonard keine weitere Erklärung, also fragte Jack: "Warum machst du dir Sorgen um Vanessa?" Er hatte nicht den Eindruck, dass Leonard und Vanessa so gut miteinander auskommen könnten, denn er hörte, wie sie oft miteinander stritten.
 "Na ja, gestern war sie ein bisschen abwesend."
 "Das ist nicht überraschend", antwortete Jack, "es gibt eine neue Bedrohung, die wir untersuchen müssen. Wir wissen nicht, wie ernst diese Bedrohung für unsere nationale Sicherheit ist, aber wir müssen alles in Betracht ziehen. Das bringt eine Menge Stress auf jemands Schulter", erklärte er mit einem bescheidenen Seufzer, "für uns alle."

"Ja, das weiß ich. Dennoch habe ich den Eindruck, dass da noch mehr vor sich geht."

"Warum?"

"Nun, gestern Abend kam sie zurück ins Büro und wollte mir gerade sagen, dass ich zehn Minuten zu spät komme. Ich kann nichts dafür, dass der Bus nicht immer pünktlich ist", sagte er zu seiner Verteidigung.

"Wenn du den Bus früher erwischst, dann hättest du dieses Problem nicht", antwortete Jack.

"Nun, ich arbeite immer, mindestens eine halbe Stunde länger."

"Ich bin mir dessen bewusst, sonst hätte ich dich gefeuert, weil du oft zu spät kommst", atmete Jack aus, "aber du sagst, du machst dir Sorgen um Vanessa?"

"Ja, es war, weil sie einen Anruf bekam. Ich konnte sehen, dass sie verärgert war."

"Sie sprach mit ihrer Mutter, die sie in Panik anrief", antwortete Jack, während er die Stirn runzelte. Er zog es vor, den Leuten direkt zu sagen, was los ist, anstatt zu vermeiden, zu sagen, was sie bedrückt. Sein Blick glitt auf die Uhr über der Tür. Innerhalb von vier Stunden würde er zum Flughafen Logan gehen, um einen Direktflug nach London zu nehmen, wo er die Marylands in der Zentrale von Scotland Yard befragen würde.

"Nun, ich glaube nicht, dass sie mit ihrer Mutter gesprochen hat. Ich glaube, sie wird erpresst."

"Von wem?" verlangte Jack, als er ihm in die Augen starrte.

"Ich weiß es nicht, aber sie war nervös und verhielt sich seltsam. Sie weigerte sich, es mir zu sagen, während sie normalerweise eine Erklärung anbietet. Vielleicht braucht sie Hilfe, nur hat sie zu viel Angst zu fragen."

"Okay. Ich werde sehen, was ich für Vanessa tun kann."

Leonard dankte ihm und watschelte zurück an den Arbeitsplatz. Jack warf einen Blick auf die Uhr. In dreißig Minuten würde Vanessa hinter ihrem Schreibtisch sitzen. Im Gegensatz zu Leonard war sie streng pünktlich. Leonard war wahrscheinlich wegen nichts besorgt, aber er musste es sich ansehen. Er rief Rodrigues an.

"Rodrigues."

"Ja, hallo Tony. Ich bin's, Jack. Hör mal zu. Kannst du mir die Log-Dateien von Team A schicken?"

Später sah er sich die Logs auf seinem Monitor an und entdeckte eine Lücke in Vanessas Logs. Jack öffnete die gestrigen Aufnahmen von den Sicherheitskameras am Arbeitsplatz. Vanessa ging auf den Ausgang zu und drehte sich dann zum Arbeitsplatz zurück, wobei sie ein Handy an ihr Ohr hielt. Eifrig am Reden saß sie hinter dem Schreibtisch von Karen Margs.

Jack zoomte heran und bemerkte, dass sie Satellitenbilder auf ihrem Bildschirm öffnete, während sie immer noch über ihr Telefon sprach. Das Filmmaterial war von schlechter Qualität, um etwas daraus zu machen, aber ihm wurde klar, dass sie ihn gestern über ihre Mutter angelogen hatte. Er rief Rodrigues an.

"Kannst du eine Verbindung mit dem Computer von Karen Margs herstellen? Oh, und Tony. Bitte stell sicher, dass niemand etwas bemerkt."

Fünf Minuten später loggte er sich per Fernzugriff auf Karens Computer ein. Das erste, was er überprüfte, waren die Logs von letzter Nacht. Aber da er nichts Interessantes finden konnte, war er überzeugt, dass Vanessa ihren Logeintrag gelöscht hatte. Trotzdem gab es noch einen anderen Weg, um herauszufinden, was sie letzte Nacht getan und den Disk-Cache geöffnet hat. Ein Filmmaterial, das Vanessa gestern Abend abgerufen hat, zeigt Harry Brown, wie er zwei Leute mit einer Waffe bedroht. Im Hintergrund des Filmmaterials sah Jack blau blinkende Lichter von Feuerwehrautos.

Jack erkannte, dass es sich um Material handelte, das auf der Weston Street in London aufgenommen wurde und er fragte sich, ob Vanessa eine Doppelagentin war.

Vielleicht arbeitet sie sogar mit dem ehemaligen CIA-Agenten Harry Brown zusammen? Es ist wie 9/11, als eine Serie von vier koordinierten Terroranschlägen der islamischen Terrorgruppe Al-Qaida gegen die Vereinigten Staaten am Morgen des Dienstag, den 11. September 2001.

Es war schwer für ihn zu glauben, dass Vanessa eine Doppelagentin war.

12 – Alarmphase 3

"Ist alles in Ordnung?" fragte Vanessa am Sybil über ihr Handy wissen, während sie aus ihrem Auto ausstieg und sich abmühte, ein Gähnen zu unterdrücken. Sie war erschöpft, weil sie letzte Nacht kaum geschlafen hatte. Die ganze Zeit war sie krank vor Sorge um Felicity.

Bei jedem Geräusch stand sie auf, um zu sehen, ob Harry Felicity gehen ließ, aber jedes Mal war es ein falscher Alarm. Es war schwer für sie, die dringende Notwendigkeit, Sybil anzurufen, zu verdrängen. Wenigstens konnte sie jetzt mit Sybil sprechen, was ihre Nerven beruhigte.

"Alles verläuft wie geplant", antwortete Sybil, "ich bin jetzt auf dem Weg zum Rendezvous. Kannst du mir schon ein paar Satellitenbilder schicken?"

"Fast", antwortete Vanessa, ein wenig entspannt, jetzt wo sie wusste, dass Sybil alles tun würde, was in ihrer Macht steht, um Felicity sicher aus Harry Browns Händen zu befreien. Als ob Sybil ihr irgendeinen Grund gegeben hätte, an ihr zu zweifeln, was sie nicht tat. Sybil war immer bereit, ihr zur Hand zu gehen. Aber andererseits, zu ihrer Verteidigung, war sie noch nie zuvor in einer solchen Lage gewesen.

Der Haupteingang der ATU kam in Sichtweite, und alles, was sie tun wollte, war hineinzustürmen, damit sie die Satellitenbilder sofort an Sybil schicken konnte. Doch wenn sie so hereingestürmt käme, würde das die unnötige Aufmerksamkeit ihrer Kollegen auf sich ziehen. Stattdessen ging sie leise in das Gebäude der ATU und erklärte am Telefon:

"Ich werde die Informationen innerhalb von fünf Minuten an dein Telefon schicken. Ich wünsche dir viel Glück."

"Danke."

Vanessa streckte ihren Ausweis aus, den sie brauchte, um durch den Kartenleser der Tür zu schlüpfen, wobei sie ihren erhöhten Herzschlag ignorierte. Der Angestellte am Schalter begrüßte sie freundlich und Vanessa murmelte einen guten Morgen, als sie auf ihren Schreibtisch zuging.

Sie begrüßte Karen, die an ihrem Schreibtisch hinter ihrem Computer saß, mit den Händen unter dem Kinn. Karen blickte auf und grinste: "Hat Felicity dich gestern Abend etwas Besonderes gefragt?"

"Wieso?"

"Oh, nein, es ist nichts", antwortete Karen. "Sie hat mir gesagt, dass sie dich etwas fragen wollte, aber wahrscheinlich hat sie es nicht getan, also ja ... vergiss, was ich gesagt habe", murmelte Karen, während sie auf ihren Monitor starrte. Vanessa bemühte sich, etwas zu sagen, aber sie war zu verwirrt, um etwas zu sagen. Karen war die einzige Kollegin, die wusste, dass sie schwul war, und der Grund dafür war, dass sie auch mit Felicity befreundet war. Sie wusste, dass Karen keine Lesbe war. Karen heiratete vor ein paar Jahren mit einem Mann, der im Rathaus als Angestellter arbeitete und zwei Kinder hatte, die sie Tante PC nannten. Karen war diejenige, die Felicity ihr vorgestellt hat ... es hat sofort geklickt und kurz danach hat sie ihre Sachen in Felicitys Haus gebracht, mit der Unterstützung von Karens Ehepartner und Sybil. Das war, bevor sie wusste, dass Sybil ein Vampir war.

Immer noch tief in Gedanken darüber, wanderte sie zu ihrem Schreibtisch und schaltete den Computer ein. Während die Computermonitore aufleuchteten, starrte sie kurz in Jacks Büro im oberen Stockwerk und bemerkte seinen Schatten hinter den Fensterläden. Schnell lenkte sie ihre Aufmerksamkeit auf ihren Monitor, um sich mit ihrem Identifikationscode einzuloggen. Als sie erneut in Jacks Büro blickte, wandte er sich vom Fenster ab. Erleichtert suchte sie eine Verbindung zu einem Wettersatelliten über Boston und tippte die Koordinaten des Flughafens von Oak Bluffs ein. Bald rief sie die Bilder ab und startete einen Infrarot-Scan der Gegend. Dann beobachtete sie einen Kollegen, der sich auf sie zu bewegte. Tony Rodrigues. Sie stöhnte leicht verwirrt auf. In einem Gedränge verkleinerte sie den Bildschirm. Zu diesem Zeitpunkt stand er bereits hinter ihr.

"Guten Morgen, Vanessa", sagte Rodrigues, mit einem großzügigen Lächeln im Gesicht. "Das war gestern ein Irrenhaus, was? Gut, dass du der Coyote rechtzeitig gefangen hast!"

Er war gut gelaunt und versuchte vielleicht wieder, ihr den Hof zu machen. Unzufrieden starrte sie ihn an. "Was willst du?"

Er hatte sie zweimal zum Essen eingeladen, und sie lehnte ihn jedes Mal ab. Es würde sie nicht überraschen, wenn er wieder anfangen würde. Irgendwie konnte er ein Nein als Antwort nicht akzeptieren. "Ich bin gekommen, um dich zu fragen, ob ich dir helfen kann, bei dem, was du gerade machst."

"Nein danke, ich habe alles unter Kontrolle. Nun, wenn das alles ist, dann hoffe ich, dass du schnell zurück an deinen Schreibtisch gehst, damit ich meine Arbeit erledigen kann."

Die Freundlichkeit verschwand aus seinem Gesicht, um Platz zu machen für einen verstörten Blick. "Du bist immer so, und du kannst niemals freundlich sein."

"Hör zu. Wir sind Kollegen. Sonst nichts, hast du schon einen Scan des Netzwerks gemacht? Der Coyote könnte beinahe in unseren Server einbrechen", antwortete sie in einem Ton, als ob es seine Verantwortung wäre, dass die Firewall gehackt wurde. Vanessa wusste, dass es nicht fair war, ihm die Schuld in die Schuhe zu schieben, aber sie wollte nicht plaudern. Nicht, solange so viel auf dem Spiel stand. Gott sei Dank ist Rodrigues abgesprungen.

Beruhigt öffnete sie den Bildschirm und sah sich die Satellitenbilder auf ihrem Monitor an. Sie zählte zwölf Wärmesignaturen. Zwölf Menschen. Zwei von ihnen mussten ihre Freunde sein. Rasch gab sie die Bilder auf Sybils Handy aus und sah Jack. Er hatte einen strengen Ausdruck auf seinem Gesicht, als er in ihre Richtung blickte. Ihre Augen bewegten sich zu der Anzeige auf ihrem Bildschirm. Sie war praktisch auf zwanzig Prozent. Sie blickte auf und hoffte, dass Jack zu jemandem außer ihr gehen würde, aber das passierte nicht. Zwei Wachen bewegten sich weiter und zusammen kamen sie auf sie zu. Während sie sich aufwärmte, blickte sie auf ihren Monitor und tippte mit der Hand auf ihre Maus, als ob sie die Upload-Geschwindigkeit beeinflussen könnte, während sie ein paar Mal schluckte. Schweißtropfen auf ihrer Stirn brachen aus. Beunruhigt wischte sie sie ab. Wieder blickte sie auf. Jack war nun fast in der Nähe. Ihr Herz raste in ihrer Brust. Der kalte Schweiß am Rücken begann sie zu stören. Vanessa schluckte einen dicken Kloß in ihrer Kehle, und ihr Blick wanderte zurück zum Monitor. Die Datei wurde fast vollständig an Sybil geschickt, als sie besorgt in Jacks Gesicht blickte. Ein kurzer Blick auf ihren Monitor sagte ihr, dass die Bilder gerade noch rechtzeitig an Sybil geschickt worden waren. Das erleichterte ihren Verstand. Sie sah mit einem Lächeln auf ihrem Gesicht zu Jack auf. Jack blickte grimmig zu ihr zurück.

"Vanessa, ich möchte, dass du sofort mit mir kommst."

"Warum?" verlangte sie mit einer schuldlosen Stimme, als ob sie nichts falsch gemacht hätte und spielte die unschuldige Karte aus.

Alle Kollegen am Arbeitsplatz schauten von ihren Monitoren auf, als Jack Vanessa grob in den Verhörraum brachte, indem er sich an ihrem Arm festhielt. Tony Rodrigues verlangte zu wissen, was vor sich geht. "Es ist noch zu früh, um das zu sagen", räumte Jack ein, "aber im Moment habe ich eine Vermutung, dass Vanessa wertvolle Informationen an Dritte weitergegeben hat."

"Scheiße, so etwas sehe ich nie von dir kommen", sagte Tony in Vanessas Gesicht. Vanessa starrte auf den Boden.

"Tony, kannst du es an meiner Stelle nach London schaffen, um die Marylands zu verhören? Ihr Fall fällt unter den britischen Terrorakt von 2006. Scotland Yard wird dich auf dem ganzen Weg unterstützen. In der Zwischenzeit werde ich mich um Vanessa kümmern."

"Natürlich, kein Problem", sagte Tony.

"Danke", antwortete Jack und tippte den Code auf die Tür des Verhörraumes. Er zog Vanessa brüsk mit sich und schickte die beiden Wachen weg. Verärgert schaltete er das schwarze Aufnahmegerät ein und drehte das Tischmikrofon in seine Richtung.

"Hier spricht Jack Hunter von der ATU. Das heutige Datum ist der 3. März 2013. Die Uhrzeit ist 09:45 Uhr Eastern Standard Time. Vor mir steht Vanessa Dogscape, Angestellte Nummer 14A9-1-12034. Sie wird in Gewahrsam genommen, weil sie beschuldigt wird, wichtiges Wissen über die Bombenexplosion in London am 2. März 2013 zu verheimlichen. Sie wird der Spionage verdächtigt."

Er blickte sie an und konnte sich nicht vorstellen, dass sie eine Verräterin ist. Es war schwer zu glauben, dass sie Informationen an eine dritte Partei weitergegeben hat. "Dachtest du für einen Moment, du könntest Dinge vor mir verbergen?"

Vanessa starrte ihm mit einem unhöflichen Gesichtsausdruck direkt in die Augen, sagte aber kein Wort.

"Verdammt seist du!"

Mit einem lauten Schlag schlug er mit der Hand auf den Tisch und stand auf. Erschrocken blickte sie ihn an, sagte aber immer noch kein verdammtes Wort.

"Du wirst mir jetzt sofort sagen, was hier los ist Vanessa! Für wen arbeitest du wirklich?"

"Sonst was? Wirst du mich dann foltern?"

"Wenn ich muss, werde ich es tun. In Krisenzeiten wie diesen muss man manchmal drastische Maßnahmen ergreifen."

Es war schwer, sich zu beherrschen und lehnte sich nach vorne, um ihr direkt in die Augen zu schauen. Sie schaute weg und studierte ihre Hände. Er hatte nie erwartet, dass sie eine Verräterin war. Für wen hat sie gearbeitet? Für Harry Brown? Bald würde er es wissen. Schließlich war sie keine Feldagentin. Vanessa hatte keine Kampferfahrung, und er war überzeugt, dass sie keine hohe Schmerzgrenze hatte. Vielleicht brauchte er ihr nicht weh zu tun. Das erhoffte er sich; er fürchtete sich davor, ihr etwas anzutun. Jack seufzte, vielleicht musste er sie nur mit dem konfrontieren, was er bereits wusste und drückte auf die Sprechanlage.

"Hier ist Jack, ich bin in Zimmer Eins. Kannst du einen Computer herbringen?"

Ohne etwas zu sagen, zündete er sich eine Zigarette an. "Willst du eine?"

Sie schüttelte den Kopf. Beunruhigt legte er seine Zigarette nieder.

"Du rauchst doch gar nicht. Ich habe eine Weile versucht, aufzuhören, aber es gelingt mir immer noch nicht."

Dann legte er seine Zigarettenschachtel ab und beobachtete die Tür, als Leonard die gewünschte Workstation brachte und auf den Tisch stellte.

"Danke, und kannst du uns Kaffee bringen?"

Leonard nickte und ging weg. Jack schaltete die Workstation ein und zeigte das Filmmaterial von Karens Computer.

"Weißt du, wer diese Leute sind?"

Er deutete auf zwei Personen, die von Harry Brown mit einer Waffe bedroht wurden, während er Vanessas Gesicht sorgfältig untersuchte.

"Nun?" verlangte er.

"Felicity und Jason, das sind Felicity und Jason."

"Gib mir ihre vollständigen Namen! Jack rastete aus.

"Felicity Walker und Jason Weisshart", konterte sie und wischte sich die Tränen ab.

"Gut, das ist ein Anfang."

Er notierte ihre Namen in sein Notizbuch und nahm sein Handy in die Hand.

"Leonard, ich möchte, dass du einen Hintergrundcheck über Felicity Walker und Jason Weisshart machst. Ich brauche diese Informationen so schnell wie möglich! Sende sie an meinem Handy."

Er lehnte sich zurück und beobachtete Vanessa. Ihre Schultern hingen herab und sie weinte.

"Verdammt! Lass mich in Ruhe! Lass mich in Ruhe! Felicity ist meine Geliebte. Meine Freundin. So ziemlich mein Seelenverwandter, okay?"

Jack kam zu dem Punkt, an dem er verstand, warum sie so angespannt war - wenn ein Geliebte in Gefahr ist, kann man nicht klar denken. Er gab ihr ein Taschentuch aus der Schachtel auf dem grauen Tisch. Dankbar wischte sie sich die Tränen ab und putzte sich die Nase. Er konnte sich vorstellen, wie sie sich fühlen musste. Vor ungefähr einem Jahr entführten Terroristen seine Frau und seine Tochter. Sie hatten sie als Köder benutzt, damit er einen Anschlag auf sie verüben würde, sonst drohten sie mit ihrer Hinrichtung. Es war extrem schwierig, seine Familie zu retten und dem Angriff auszuweichen. Alles dank Vanessa, die die Einzige im Büro war, die glaubte, dass er kein abtrünniger Agent war und ihm den ganzen Weg über geholfen hat. Nachdem er den Tag gerettet hatte, reichte seine Frau die Scheidung ein, und seitdem hat er seine Tochter nicht mehr gesehen. Jack konnte nicht den Mut aufbringen, ihr einen Besuch abzustatten, wegen seiner Schuldgefühle für all die Dinge, die seine Ex-Frau und seine Tochter durchgemacht hatten, wenn er nicht in der ATU gearbeitet hätte, dann wäre es nicht passiert. Von diesem Tag an nahm er sich nicht mehr die Zeit, sich auf eine neue Beziehung einzulassen, weil immer irgendeine Gefahr auf ihn wartete.

"Warum bist du nicht zu mir gekommen, wenn du wusstest, dass Harry deine Freundin gefangen genommen hat?" forderte er. Sein Blick glitt auf seine Zigarettenschachtel. Der Versuchung zu widerstehen, keine zu bekommen, war schwierig. Dann wandte er seine Aufmerksamkeit wieder Vanessa zu und atmete aus. Warum handelte sie auf eigene Faust? Wieder schlug er mit den Händen auf den Tisch, diesmal extra laut.

"Verdammt, Vanessa! Warum hast du mich nicht um Hilfe gebeten? Du weißt, ich würde alles für dich tun!"

Vanessa sah auf und antwortete mit einer winzigen Stimme: "Du würdest mir nicht glauben."

"Was, dass deine Freundin entführt wird?"

"Das würdest du glauben, aber nicht den Rest."

Jack konnte ihre Haltung nicht verstehen. Warum in aller Welt, würde er ihr nicht glauben? Schweigend zählte er bis zehn, um ruhig zu bleiben. Der Kaffee wurde hereingebracht; für ihn war es eine willkommene Ablenkung. Er sah sie fragend an, aber sie schüttelte den Kopf. Jack hob eine Tasse auf. Der Geruch von frischem Kaffee war verlockend. Etwas ruhiger setzte er sich wieder auf seinen Platz und starrte auf seine Notizen. "Sag mir, was hat deine Freundin in London gemacht? Ist sie an dem Anschlag beteiligt, zusammen mit Jason Weisshart?"

Als Antwort schaute Vanessa auf das Aufnahmegerät. Weil sie nicht antwortete, stellte Jack seine Tasse ab und klatschte auf den Tisch. Die Kaffeetasse zitterte ein wenig. Wenn sie dieses Spiel weiterspielt, dann wusste er, dass er Gewalt anwenden musste, aber er hoffte, dass er nicht an die Grenzen gehen musste.

"Ich werde dir alles sagen, wenn du die Aufnahmen ausschaltest", sagte sie, nach einer unbehaglichen Stille, die eine Minute dauerte und sich wie eine Stunde anfühlte, während er sich nach vorne beugte, um ihr Gesicht zu untersuchen, als ob er ihre Gedanken lesen könnte. Er atmete beruhigt aus und schaltete die Aufnahmen aus.

"Okay. Erzähl mir alles, keinen Quatsch."

"Felicity und Jason gingen nach London, um nach Richard McKenna zu suchen. Er ist derjenige, den sie festnehmen müssen. Aber Harry Brown war schneller und hat das Gebäude in die Luft gesprengt, wie du schon weißt."

"Das ist noch nicht offiziell bestätigt, was brauchen sie nun von Richard McKenna?"

Der Name kam ihm vage bekannt vor, aber er konnte ihn nicht nennen. Er würde es bald herausfinden, wenn er in der Datenbank nach seinem Namen sucht. In sein Notizbuch schrieb er Richards Namen, gefolgt von einem Fragezeichen.

"Was wollten sie von ihm?" wiederholte er und schlug auf den Tisch, weil sie seine Frage nicht sofort beantwortete. An ihrem Gesichtsausdruck konnte er erkennen, dass sie durch seinen Ausbruch Angst hatte, und genau das wollte er von Anfang an erreichen. Wenn Leute während eines Verhörs nervös waren, geben sie sachdienliche Informationen als Versuch, sich zu rechtfertigen. Er benutzte oft diese Verhörtechnik: Er setzte den Verdächtigen unter Druck und drohte ihm mit Gewalt.

"Um ihn nach Boston zu bringen", antwortete sie mit dumpfer Stimme.

"Um ihn zu fassen?"

"Nur wenn er jede Kooperation verweigert", schnüffelte sie.

"Warum musste er nach Boston kommen?"

Jack zeichnete einen Pfeil auf Richards Namen; er notierte Boston, das er mit einem Kreis markierte.

"Weil er der Auserwählte ist", sie hielt ihre Hand vor den Mund und blickte ihn mit tränenden Augen an. Jack blinzelte sie mit einem kalten Blick in seinen Augen an. Nur ein Dschihadist redete über einen Auserwählten. Er wusste aus Erfahrung, dass der Begriff mit einer Selbstmordmission in Verbindung stand, bei der sich der Auserwählte in einer geschäftigen Menge in die Luft sprengte, um möglichst viele Opfer zu erzielen. Unwillkürlich dachte er an die Tage zurück, als er in Afghanistan und im Irak diente, wo er einige Selbstmordattentate aus nächster Nähe miterlebt hatte. Die Schreie der Umstehenden und der Toten, die zerschmettert am Boden lagen, brannten sich für immer in sein Gedächtnis ein. Jack atmete tief ein, um der Versuchung zu widerstehen, sie fest an den Schultern zu packen und sie heftig zu schütteln. Er hasste Terroristen, und nun schloss er daraus, dass Vanessa selbst einer war. Mit Mühe hielt er seine Stimme ruhig, "was ist los? Ist er ein Selbstmordattentäter, um sich im Finanzzentrum von Boston zu opfern?"

"Es ist nichts dergleichen", antwortete sie, "Darf ich einen Kaffee haben?"

Er antwortete nicht sofort auf ihre Anfrage, weil er eine Textnachricht von Leonard auf seinem Handy bekam und er sich die Zeit nahm, sie sorgfältig zu lesen, während er sich beruhigte. Dann schenkte er ihr etwas Kaffee ein, obwohl er ihr diesen ins Gesicht schütten wollte.

Jack lehnte sich in seinem Sitz nach hinten. "Ich habe gerade eine Nachricht von Leonard erhalten. Deine Freundin ist Informatikerin und arbeitet an der Universität von Boston, und sie ist die Tochter des Bürgermeisters. Jason Weisshart ist ein Reporter, der Artikel über paranormalen Unsinn schreibt. Was haben ein Informatiker und ein Reporter gemeinsam?"

"Du vergisst McKenna", sagte Vanessa, "er ist ein Schriftsteller, der einen Bestseller geschrieben hat."

Letzterer ist der Selbstmordattentäter, entschied Jack. Er nahm einen Schluck von seinem Kaffee. "Über paranormale Fiktion?"

"Nein, er schreibt Krimis", gab Vanessa Zucker in ihre Tasse. "Aber ich werde sagen, wen sie gemeinsam haben: Sybil Crewes."

Schnell fügte er Sybils Namen auf die Liste in seinem Notizbuch hinzu. "Wer ist sie?"

"Sybil ist der Kopf von Nachtvogel", antwortete Vanessa und lachte.

"Was ist so lustig!" fragte er und zog die Augen zusammen, als er Nachtvogel notierte, den er zweimal unterstrichen hatte. Ihr Lachen irritierte ihn maßlos. Um ruhig zu bleiben, nahm er einen Schluck von seinem Kaffee.

"Nun, du denkst wahrscheinlich, dass Nachtvogel eine terroristische Organisation ist, aber du liegst falsch. Nachtvogel untersucht paranormale Aktivitäten und ergreift Maßnahmen, wenn sie eine Bedrohung für unser Land darstellen."

Er starrte sie an, als ob sie verrückt wäre. Paranormale Aktivitäten, die eine Bedrohung für unser Land darstellen? Das klingt wie ein Haufen Mist. Trotzdem sagte ihm ihr Gesichtsausdruck, dass sie ihn nicht angelogen hatte. Jack hatte eine Gabe, die er erkennen konnte, wenn jemand log, indem er nur sein Gesicht und seine Körpersprache studierte. Die Körperhaltung und die Augen von jemandem verrieten sich selbst, ob er die Wahrheit sagt oder nicht. Wenn jemand eine Lüge erzählt hat, ist der körperliche Ausdruck begrenzt und er oder sie wird direkten Augenkontakt vermeiden. Es gab auch noch einige andere Signale, die anzeigen, wenn jemand lügt. Vanessa war nervös, aber auch entspannt zur gleichen Zeit. Sie sah eher aus wie jemand, dem gerade eine schwere Last von der Schulter gehoben wurde.

"Ist Sybil vielleicht eine Sektenführerin?" Er verengte seine Augen. Einige Sekten bedrohten auch die Gesellschaft. Fast sofort schoss ihm Charles Mansons Name durch den Kopf - der kranke Sektenführer der Manson Family in den sechziger Jahren des zwanzigsten Jahrhunderts.

"Sie ist was, eine Sektenführerin? Für was hältst du mich, Jack? Als ob ich ein Mitglied einer Sekte oder so etwas sein könnte? Nachtvogel ist wie die ATU, aber sie konzentrieren sich auf paranormale Aktivitäten. Oh, und nebenbei bemerkt, Nachtvogel arbeitet auch für die Regierung."

Das klang für ihn wie ein Haufen Blödsinn.

"Nenne eine Kontaktperson."

"Dr. Carl Meaning."

"Was hast du gerade gemacht? Auf der Sicherheitskamera konnte ich sehen, wie du eine Satellitenverbindung hergestellt hast?"

Jack nahm sein Handy und rief Leonard an.

"Ich bin's. Kannst du dich in Vanessas Computer eingraben, um herauszufinden, welchen Satelliten sie benutzt hat, um eine Verbindung herzustellen und die Satellitenbilder direkt an mich zu schicken? Ich bin immer noch in Raum Eins."

Kurz darauf erhielt Jack die Infrarotbilder auf seiner Workstation. Er drehte die Workstation so, dass Vanessa die Bilder zusammen mit ihm sehen konnte. Er lehnte sich nach vorne und zählte zwölf Wärmesignaturen. "Sag mir, was sehen wir uns da an? Oder muss ich dir eine Behandlung mit Skopolamin geben, um deine Zunge zu lockern?"

"Das ist der Flughafen Oak Bluffs", verriet sie. "Dort wird der Austausch stattfinden."

Sie stellte ihre Tasse auf den Tisch - der Kaffee ist noch unberührt. Ihr Blick glitt auf den Boden, und sie hob ihre Hand, die sie gegen ihren Mund hielt. Er schaltete die Bildanzeige auf eine normale Anzeige um und sah einen alten rostigen Hangar und eine leere Landstraße.

"Was für ein Austausch?"

"Sybil wird meine Freunde gegen das Necronomicon eintauschen", schluchzte sie.

"Ist das ein Codename für eine Bombe?"

"Gott, nein. Es ist ein Buch, ein altes Buch", schaute sie ihm jetzt direkt ins Gesicht. Er sah ihre Tränen über ihre Wangen laufen. Für einen Moment hatte er Mitleid mit ihr, aber sein Mitleid verblasste schnell. Tief in seinem Herzen wusste er, dass er niemanden verhören konnte, mit dem er zu eng verbunden war. Das Verhör jemand anderem zu überlassen, wäre besser. Nur wollte er es nicht jemand anderem überlassen. Er nahm einen Schluck von seinem Kaffee. "Hast du die Information an Sybil weitergegeben?"

Sie nickte. Ein Auto näherte sich auf der Workstation, es hielt an und jemand stieg aus.

"Ist das Sybil?" fragte er.

Vanessa weinte wieder.

"Ist das Sybil, fragte ich?"

"J-ja, verdammt noch mal!"

Dann klingelte Vanessas Handy.

13 – Der Austausch

Sybil parkte den Ford Mustang entlang der Fahrspur und nahm ihre Sonnenbrille ab. Durch das Seitenfenster des Autos blickte sie den alten Hangar an und stöhnte. Sie schnappte sich ihre Uzi, stieg aus und ging zum Kofferraum des Autos, um das Necronomicon zu holen. Dann verlangte sie ein Update von Vanessa. Es dauerte eine Weile, bis sie den Anruf entgegennahm.

"Sybil?"

"Ja, kannst du offen reden?"

"Ich bin auf der Damentoilette. Niemand ist hier drin, außer mir."

Sybil dachte, sie hätte ein Wimmern in Vanessas Tonfall aufgeschnappt.

"Ist alles in Ordnung?"

"Wie bitte?"

"Ich weiß nicht. Du klingst anders, das ist alles."

"Es ist nichts. Ich habe nicht gut geschlafen", keuchte Vanessa.

"Mit Felicity wird alles gut werden, das ist ein Versprechen. Hast du mit deiner Mutter gesprochen?"

"Ja, heute Morgen. Sie bat mich, hallo zu sagen und erwartet, dich bald zu sehen."

In diesem Fall wusste Sybil, dass Vanessa in Schwierigkeiten steckte. Ihr Vorgesetzter erwischte sie auf frischer Tat. Wenn du für eine Geheimagentur wie die ATU arbeitest, dann weißt du, dass du bei jedem

Schritt, den du tust, vorsichtig sein musst - besonders, wenn du wertvolle Informationen mit anderen Agenturen teilst. Im Moment gab es nicht viel, was sie für sie tun konnte. Zuerst musste sie das Buch gegen ihre Freunde austauschen. Vielleicht wird Bürgermeister Walker später ein gutes Wort für sie einlegen.

"Also gut. Und mach dir keine Sorgen. Ich werde besonders vorsichtig sein", erklärte Sybil. "Ist der Feind immer noch in der gleichen Position?"

"Ja", sagte Vanessa.

"Ausgezeichnet. Dann bin ich auf dem Weg zu Harry. Er bekommt das Buch, nachdem ich unsere Freunde habe."

Als sie ein Lichtsignal aus dem Hangar entdeckte, legte sie auf. Sybil bewegte sich entlang der grasbewachsenen Landebahn auf den verwahrlosten Hangar zu. Der Beton unter ihren Füßen war eine Anzeige von Rissen. Bei jedem Schritt sah sie sich um und blieb stehen, als sie hinter ihrem Rücken ein vertrautes Klicken hörte. Sie drehte sich um und blickte in das zottelige Gesicht eines älteren Mannes, der einen Hut trug und sie mit einer Waffe bedrohte. "Noch einen Schritt weiter, Lady, und ich schieße dich nieder, so wahr mir Gott helfe."

Sybil ignorierte ihn und wandte ihm den Rücken zu.

"Ich warne dich!"

Ein Schuss ertönte. Die Kugel traf den Beton in der Nähe ihrer Füße. "Jetzt dreh dich mit erhobenen Händen um, während ich die Polizei benachrichtige.

Sybil hatte keine Zeit dafür, und sie zog ihre Uzi in einer sanften Bewegung, als sie ihm gegenüberstand. Mit einem Schuss feuerte sie ihm die Schrotflinte aus den Händen. Mit dem nächsten schoss sie ihm den Hut vom Kopf. "Und jetzt verpiss dich, bevor ich noch mehr Kugeln an dich verschwende!

Das Gesicht des Mannes zeichnete sich stark ab. Ohne ein weiteres Wort zu sagen, rannte er davon und ließ seine Schrotflinte unbeaufsichtigt zurück. Nach diesem Vorfall ging Sybil auf den Hangar zu, der sich in einer Entfernung von vierhundert Metern befand. Als sie hineinkam, sah sie Harry mit ihren Freunden, die sie mit der Waffe bedrohten. Felicity und Jason sahen zerschlagen aus, aber sie waren am Leben. Harry hatte sie gefesselt. Sie knieten auf den Knien auf dem rissigen Betonboden. Zwischen den Rissen wuchsen Grasbüschel. Hinter ihr hörte sie das vertraute klickende Gerausch von Waffen.

Sie drehte sich um. Vier Männer am Haupteingang hielten ihr die Waffe in den Rücken, und fünf Männer standen auf dem Geländer über ihr. Sie hielten sie mit vorgehaltener Waffe fest.

Harry stand in der Nähe des Geländers, eine 44er Magnum an Felicitys Stirn gedrückt. Insgesamt zählte sie zwölf Personen, einschließlich ihrer Freunde. Sybil lachte laut auf, als sie ihre Arme weit ausstreckte: "Hast du deinen Männern nicht gesagt, dass ich ein Vampir bin? Ich kann dich und dann deine Männer töten."

"Das könntest du tun", gab Harry zu. "Aber wagst du es, dem Leben deiner Freunde zu trotzen?"

Sie schüttelte den Kopf. Cowgirl spielen würde ihren Freunden nicht helfen.

"Das dachte ich mir", lächelte Harry, "hast du das Buch mitgenommen?

"Wie du sehen kannst", sagte Sybil und hob ihre Hand.

"Perfekt. Jetzt legst du das Buch auf den Boden und gehst ein paar Schritte nach hinten."

"Zuerst müsst ihr meine Freunde freilassen", antwortete Sybil. Harry gab ein Signal an seine Männer, die sie mit der Waffe in der Hand hielten, während er Jason und Felicity in den Rücken drängte, um sie hochzuheben. Sybil legte das Buch auf den Boden und ging ein paar Schritte rückwärts, während sie ihre Uzi in der Hand hielt, bereit, bei der geringsten Gefahr das Feuer zu eröffnen. Felicity und Jason gingen zu ihr hinüber; ihre Arme waren hinter ihrem Rücken festgebunden. Einer von Harrys Gorillas hob das Buch auf, ohne ein Auge auf Sybil zu verlieren. "Es ist das echte Buch, Mr. Brown", erklärte er. Seine Stimme dröhnte so hart, wie man es von jemandem mit seiner breiten Statur erwarten würde. Er trat rückwärts auf Harry zu, während er mit seiner AK-47 auf das Trio zielte.

"Nun, wie immer war der Unmut ganz meinerseits", sagte Sybil, als sie die Seile losband.

"Bravo", antwortete eine bekannte Stimme. Sie sah auf und sah Frank, der in die Hände klatschte.

"Herr Sensenmann?" fragte Harry mit leicht erhobener Stimme.

"Der einzig Wahre", verkündete Frank. "Obwohl, ich bin nicht mehr der Sensenmann. Nenn mich einfach Frank, das ist mein richtiger Name. Schau, ich trage meine Sense nicht bei mir."

Harry gab seinen Männern ein Signal. "Ich habe dich nicht erkannt, vorher sahst du aus wie ein ...", beendete er mit einer Geste. "Aber ich habe das Buch, wie du siehst."

"Ja, sehr gut für dich, aber jetzt kannst du es Sybil zurückgeben."

"Was? Nach all der Mühe, die ich durchgemacht habe?"

"Ja, ich bin geheilt, und ich fühle mich nach einem langen Winterschlaf lebendiger. Wir werden jetzt zusammen mit Sybil arbeiten, Harry. Hier, fang", sagte er zu Harry und warf ihm eine Pillendose zu: "Du bekommst noch mehr Pillen, nachdem wir diesen McKenna gefangen haben und ihn Sybil übergeben haben."

Sybil warf Frank einen glücklichen Blick zu. Die Ereignisse im Jenseits brachten ihn zurück, wurde ihr klar.

"Er muss aus freiem Willen kommen", antwortete Sybil, als sie zu Harry ging. "Das Buch, bitte."

Harry warf einen fragenden Blick auf Frank, der mit einem Ja nickte.

"Liebling", sagte Frank, "wenn er mit McPierson verbunden ist, dann wird er nicht kommen. Wir müssen ihn dazu bringen."

Frank stand nun vor ihr. "Nachdem wir gesprochen hatten, habe ich über uns nachgedacht und beschlossen, für die gute Sache zu kämpfen. Ich will nicht länger eine Armee von Zombies. Du weißt, dass Vampire die Angeberei haben, zu übertreiben."

"Du-du bist ein Vampir?!"rief Harry aus, überrascht und trat einen Schritt zurück. Seine Augen gingen von links nach rechts.

Frank grinste. "Ja, das bin ich. 1745 geboren."

Mit einem Ruck öffnete Harry seine Jacke. Ein großer Knoblauchfaden tauchte auf, und er zog ein Kreuz aus einer Tasche und hielt es mit zittriger Hand fest. Sybil sah das Weiße seiner Knöchel, während Harry von ihr zu Frank starrte. Sie zählte auch sechs Holzpflöcke zwischen seinem Gürtel. Mit hochgezogenen Augenbrauen fragte sie: "Was glaubst du, was du da tust?"

"Ich glaube, er hat zu viele Hollywood-Filme gesehen", kicherte Frank und trat vor.

"Nein, keinen Schritt weiter", wiederholte Harry und leckte sich die Lippen, während er Frank aufmerksam beobachtete, der einen weiteren Schritt machte.

"Frank, hör auf damit!" warnte Sybil. Sie hatte genug von Franks Katz-und-Maus-Spiel, das er mit Harry spielte, und sie mochte kein tödliches Ende. Mit den Händen auf ihren Hüften schielte sie Harry an. "Harry. Ich gebe zu, Kreuze, Knoblauch und Holzpflöcke sind ein nettes Attribut für einen Horrorfilm. Aber in Wahrheit funktionieren diese Dinge nicht. Ich möchte dir die Wahl lassen. Ich hoffe, du willst dich anschließen? Oder möchtest du gehen?"

"Du lügst. Du willst nur meinen Tod!" Harry schnappte sich eine Flasche Weihwasser aus seiner Jacke. Sybil brach vor Lachen aus und bewegte sich näher zu ihm.

"Ich werfe dir dieses Wasser ins Gesicht", warnte Harry.

Sybil stand nun direkt vor ihm. Harrys Augen weiteten sich. Er presste seine Lippen und warf Sybil das Wasser ins Gesicht. Unwillkürlich schloss sie die Augen und blickte Harry an. Demonstrativ griff sie nach einem strengen Knoblauch und nahm einen Bissen. "Der ist nicht mehr frisch", witzelte sie und spuckte ihn aus.

Harry schüttelte ungläubig den Kopf.

"Es ist in Ordnung", sagte sie mit leiser Stimme. "Ich verstehe deine Angst um Vampire. Aber ich kämpfe den guten Kampf und was jetzt kommt, Frank auch. Frank muss allerdings noch eine Menge lernen. Ich hoffe, du wirst dich uns im Kampf gegen das Böse anschließen", sagte sie und streckte ihre Hand aus. Zuerst zögerte Harry, aber dann schüttelte er ihr die Hand.

"Hey, muss ich dich daran erinnern, dass Frank der Sensenmann ist? Du weißt schon, das Monster, das ihm befohlen hat, mich zu töten?" beschwerte sich Jason und zeigte auf Harry und Frank. "Und hey, vergiss nicht, dass sie beide unzählige Menschen getötet haben", fügte Felicity hinzu. "Und ich habe mir einen Nagel abgebrochen!"

"Alles gute Argumente, aber Frank war nicht er selbst. Er hat sich verändert; das kannst du selbst sehen. Er ist wieder der Mann, in den ich mich vor mehr als zweihundert sechzig Jahren verliebt habe", sagte Sybil bewegt. Während sie sich küssten, murmelte Harry: "Vampire, ich werde sie nie verstehen."

Die Motordrohne der Hubschrauber ertönte. Sie kamen in Sichtweite, und eine Stimme schallte durch ein Megaphon: "Das ist die ATU. Alle Hände hoch und werft eure Waffen auf den Boden."

"Mist, hast du für den Kavallerie bestellt?" fragte Frank.

Genauso überrascht wie er sah Sybil die Hubschrauber an. "Nein, mein Schatz, das betrifft Vanessa. Ich denke, dass ihr Boss sie auf frischer Tat ertappt hat, als sie mir mit geheimen Informationen geholfen hat."

"Ja, das ist wohl eher die Arbeit von Vanessas Boss", bestätigte Felicity.

Sybil nickte. "Lass uns tun, was sie wollten. Sonst wird es hier zu viele Tote geben."

Harrys Männer dachten anders. Sie eröffneten das Feuer auf die Hubschrauber, während sie landeten. Ihr Feuer wurde sofort beantwortet. Sybil ging zu Harry hinüber und bat ihn, das Feuer einzustellen.

"Sie wollen nicht hören", sagte Harry, während er rückwärts ging. "Sie sind Söldner, und wenn sie der ATU in die Hände fallen, werden sie im Gefängnis landen und für eine sehr lange Zeit weggesperrt, genau wie ich."

Er lief weg, aber Sybil packte ihn an seinem Ärmel.

"Wenn ihr leben wollt, müsst ihr euch ergeben. Du hast nicht genug Pillen, um lange genug zu überleben. Nur Frank und ich können dir helfen, mehr Pillen zu bekommen."

Harry zögerte und sah sie verärgert an, und dann seufzte er tief. Neue Schüsse wurden abgefeuert, und Harrys Männer versteckten sich hinter einigen Kisten. Sybil ging auf den Ausgang des Hangars zu, mit Frank, die Hände in der Luft. Dann schoss ihr jemand in den Rücken, und ein neuer Schuss wurde abgefeuert, der ihre Schulter traf, und die Kugel ging durch und durch, als sie ihre Brust berührte und auf das Blut zwischen ihren Fingern starrte. Instinktiv leckte sie sie ab. Sie drehte sich um, und jemand schoss erneut auf sie. Wütend benutzte sie ihre Uzi und entleerte sie in Richtung des Schützen. Es war einer von Harrys Männern. Von Kugeln durchsiebt, fiel er mit dem Gesicht nach unten (im Nu tot), ein weiterer Schuss traf ihre Wirbelsäule. Der Schmerz war heftig, und sie fiel. Sybil presste ihren Kiefer zusammen. Schweiss ergoss sich über ihr Gesicht, während sie ihre Uzi zog. Mit zitternder Hand steckte sie einen neuen Clip in ihre Waffe und begann, blind auf den landenden Hubschrauber zu schießen, der Sekunden später explodierte. Sybil atmete ein, als Blut über den Beton floss. Im Hintergrund kümmerte sich Frank um Harrys Männer. Als er zurückkam, schaute er sie besorgt an und sank auf seine Hüften und wischte sich das Blut von seinem Kinn. Er steckte seine Finger in Sybils Mund. Frisches, noch warmes, Blut tropfte auf ihre Zunge. Es war nicht genug, aber Sybil fühlte sich ein wenig besser.

"Wir müssen uns ergeben", sagte sie, schwer atmend und hustete ein paar Mal, während die anderen, einschließlich Harry, sich in einem Kreis um sie versammelten. Blut floss über ihre Lippen. Wenn sie kein Vampir wäre, dann wäre sie jetzt tot. *Kann ich eine Kugel in meiner Wirbelsäule überleben?* fragte sie sich. Kurz darauf verlor sie das Bewusstsein.

14 – Code Orange

Vanessa fühlte sich total beschissen. Sie hatte den Eindruck, dass alles durcheinander war. Unabsichtlich brachte sie Sybils Mission in Gefahr. Mit einer Geste rieb sie sich die Haare und fühlte, wie die Tränen über ihr Gesicht strömten. Warum geschah dies mit ihr? Was war der Auslöser für Jack, sie zu verhören? Jedes Mal, wenn sie Sybil kontaktierte, verwischte sie sorgfältig ihre Spuren. Jedes Mal löschte sie die Logdateien, und doch hatte er sie auf frischer Tat ertappt. Sie wischte ihre Tränen mit zitternden Fingern ab und starrte auf ihre Hand, als ob die Antwort auf ihrer Handfläche geschrieben stünde. Für einen Moment zog sie die Augen zusammen, um sich daran zu erinnern, wann alles begann. Während Sybils Telefongespräch gestern Abend ging sie zurück an ihren Arbeitsplatz und nahm hinter einem Schreibtisch Platz. Nicht irgendein Schreibtisch, es war Karens, denn Vanessa wusste, dass sie sich einen Tag frei nahm. Ihren Schreibtisch zu wählen war die beste Wahl.

Jack kam zu mir, und ... nun, warte mal einen Moment. Leonard hat mich gestern Abend noch vor Jack belästigt. Er schickte mir auch eine SMS, nachdem Jack zurück in sein Büro ging. Jetzt fällt es mir wieder ein. Er sah von mir weg, als er den Laptop in den Verhörraum brachte.

"Dieser Bastard hat mich verpfiffen", erklärte sie laut, mit weit geöffneten Augen, obwohl niemand ihre Beschwerden hören konnte. Sie wünschte sich, dass sie Jack während des Verhörs nichts gesagt hätte.

Irgendwann würde er es sowieso herausfinden, aber dann fand der Austausch bereits statt, und Felicity wäre unverletzt. Sicher, sie versuchte, Zeit zu schinden, aber es gelang ihr nicht.

Tief in ihrem Inneren hatte sie einen Hoffnungsschimmer, dass die Mission erfolgreich war, aber sie zweifelte daran. Nach dem Anruf mit Sybil, während er das Gespräch belauschte, schickte Jack sofort ein Team los, um den Flughafen anzugreifen. Dennoch gab sie Sybil einen Wink, als sie sich auf ihre Mutter bezog; Sybil muss die versteckte Nachricht sicher aufgefangen haben. Vielleicht sind Sybil und ihre Freunde also gerade noch rechtzeitig entkommen, bevor Jacks Team auftauchte. Unruhig stand sie aus dem Bett in ihrer Zelle auf.

Jack würde sie wissen lassen, welche Strafe sie bekommen würde. Natürlich verlor sie ihren Job bei der ATU. Der Staatsanwalt würde prüfen, welche Bundesstrafen gegebenenfalls gelten würden. Ein jämmerliches Gefühl drückte ihren Magen bei diesem Gedanken zusammen. Am liebsten wollte sie sich in eine dunkle Ecke verkriechen. Ihr Wohnbereich war ein Bett, ein Waschbecken und eine Toilette, und sie würde unter diesen Bedingungen vielleicht zwanzig Jahre leben ... sie könnte nach zwei Dritteln ihrer Strafe entlassen werden. Ein tiefer Seufzer entging ihr. Ein Geräusch alarmierte sie und verärgert trat sie zur vergitterten Tür. Es war Jack; er blickte sie mit gerunzelten Augenbrauen an und bestätigte: "Deine Freunde wurden verhaftet und deine Freundin lebt noch."

"Vielen Dank, Jack", seufzte sie erleichtert.

"Es ist alles in Ordnung", grunzte er.

"Darf ich Felicity sehen?" flehte sie, während er ihr den Rücken zukehrte. Er machte sich nicht die Mühe, über seine Schulter zu schauen, aber bevor er ging, sagte er: "Ich werde sehen, was ich für dich tun kann, aber ich verspreche dir nichts."

Vanessa ging zurück in ihr Bett. Sie war froh, dass Felicity in Sicherheit war, aber sie wusste nicht, wie es weitergehen würde. Die Zeit im Gefängnis. Sonst war nichts mehr übrig, vermutete sie. "Was habe ich getan, um das zu verdienen? Ich habe nur versucht, meinen Freunden zu helfen. Das ist alles", flüsterte sie.

"Du hast Regierungsgeheimnisse gestohlen, meine Liebe", sagte eine Stimme.

Vanessa sprang aus dem Bett. Sie starrte Sybil an, die gegenüber ihr stand. Sybil leuchtete wie ein Stern.

"Ich sehe aus wie ein Engel, oder?" fragte Sybil und drehte sich um ihre Achse. "Oder sehe ich vielleicht eher wie eine Fee aus?"

Ihre Bewegung verursachte eine Spur von Licht. Sie kicherte, "Ich habe mich noch nicht entschieden", Sybil trat durch die Gitterstäbe ihrer Zelle, als wäre sie ein Lufthauch.

Sybil glaubte, sie sei ein Engel, aber in Vanessas Augen sah sie wie ein blutiger Vampir aus. Ein blutiger, im Dunkeln leuchtender Vampir. Blut tropfte von Sybils Kinn und allein ihre glühenden Augen waren beängstigend genug, um den Tod zu wecken. Vanessas Blick glitt von links nach rechts. Es gab keinen Platz zum Laufen. All die Haare auf ihrem Rücken waren elektrisiert.

"Was-was ist mit dir passiert?" fragte Vanessa. Sie schrumpfte in eine Ecke zurück, um sich von Sybil fernzuhalten, die näher an sie herantrat. Vanessa holte tief Luft. Ihr Blick glitt von links nach rechts. Sybils geisterhafte Präsenz ... sie gehört nicht hierher! Der Gedanke schoss ihr durch den Kopf.

"Habt keine Angst", sagte Sybil flüsternd. "Ich wurde erschossen, das ist alles. Schusswunden werden heilen."

"Du-du wurdest angeschossen?" antwortete Vanessa mit weit geöffneten Augen.

Sybil nickte. "Deine ATU-Kollegen sind schießwütig. Aber das ist schon in Ordnung, weißt du? Wie ich schon sagte, ich werde es überleben", lächelte sie schwach. Vanessa sah Sybils scharfe Reißzähne. Blut tropfte über ihr Kinn.

"Bitte, bitte, komm nicht näher", bettelte Vanessa.

"Du hast doch jetzt keine Angst vor mir, oder?" fragte Sybil und wischte sich das Blut von ihrem Kinn. Ihre Bewegung verursachte eine

Spur von Licht, die langsam verblasste. "Ich werde dir nicht wehtun. Felicity ist in Ordnung, bis auf ein paar blaue Flecken und ich bringe dich hier raus, das ist ein Versprechen."

Ein seltsames Geräusch ertönte. Sybil verschwand in einem Wimpernschlag aus dem Blickfeld ...

28

Nachdem er Vanessa gesagt hatte, dass ihre Freundin in Sicherheit sei, ging Jack auf die Krankenstation. Während der Operation am Flughafen starben vier seiner Männer, und er verlangte zu wissen, warum. Er sprach kurz mit Dr. Carl Meaning und fand heraus, dass Nachtvogel tatsächlich eine geheime Regierungseinrichtung war.

Dr. Meaning schlug vor, dass er mit Sybil sprechen sollte. Sybil war im Moment auf der Krankenstation und Jack wusste, dass sie durch mehrere Schüsse in ihre Wirbelsäule, Schulter und Magen ernsthaft verletzt war. Er war kein Arzt, aber die Chancen, dass sie überlebt, waren weniger als fünf Prozent. Der diensthabende Arzt steckte ihr eine Infusion ins Handgelenk und stellte sich mit dem Rücken zu ihm. Jack klopfte auf seine Schulter, um seine Aufmerksamkeit zu bekommen. Der Arzt schaute über seine Schulter. Er war Mitte vierzig, trug eine Brille und hatte einen kurzen dunkelbraunen Haarschnitt. Auf dem Namensschild an seinem weißen Laborkittel stand "Dr. Michael Reeves."

"Wie ist ihr Status, Dr. Reeves? Kann ich ihr ein paar Fragen stellen?"

"Sie ist derzeit bewusstlos."

"Kannst du sie nicht zur Besinnung bringen?"

"Lieber nicht", sagte Dr. Reeves. "Sie hat ernste Verletzungen. Es ist zweifelhaft, ob sie den Tag übersteht. Wenn sie es schafft, befürchte ich, dass sie wegen einer Brustwirbelsäulenverletzung teilweise gelähmt sein wird. Diese Verletzungen können eine Schwäche der Beine verursachen. Die Schulterverletzung hat schwere Schäden verursacht, und sie hat viel Blut verloren. Ich bin überrascht, dass sie noch am Leben ist."

Jack nickte. Es war genau so, wie er es vorausgesehen hatte. Trotzdem musste er ihr noch ein paar Fragen stellen. Jack wies sie darauf hin: "Dies ist eine Angelegenheit der nationalen Sicherheit. Bring sie zur Besinnung."

Dr. Reeves sah verärgert aus, aber schließlich trat er zurück. "Na gut, aber es ist deine Verantwortung."

"Ich stimme zu. Du machst es unter meiner Aufsicht. Lass es einfach geschehen!"

Dr. Reeves nickte und füllte eine Spritze mit Methylphenidat. "Fünfzehn Milligramm sollten ausreichen", sagte er und drückte ihr die Nadel in den Arm. Kurz darauf kam Sybil zu sich und schnappte nach Luft.

Jack lehnte sich zu ihr hinüber. "Kannst du mich hören?"

Sybil schielte ihn an. "Wo zum Teufel bin ich?"

"Du bist in der Krankenstation der ATU."

"Wer bist du?" flüsterte Sybil.

"Ich bin Jack Hunter."

"Jack Hunter, der Leiter der ATU-Niederlassung in Boston. Ich habe ein paar Dinge über dich von Vanessa gehört."

"Sicherlich nur gute Dinge", antwortete er.

"Vanessa hat deinen Namen ein paar Mal erwähnt. Sie sagte, dass du ein echter Patriot bist und unser Land beschützt. In dieser Hinsicht tue ich dasselbe", sagte Sybil, während sie kämpfte, um aufzustehen. Aber Dr. Reeves hielt sie an und erklärte ihr, dass es das Beste sei, wenn sie im Bett bliebe. Sie weigerte sich, zuzuhören und zog die Infusion aus ihrem Handgelenk. "Das Einzige, was ich brauche" - sie zerrte an seinem Laborkittel - "Dr. Reeves, ist Blut. Ich bin ein Vampir!" Sie ließ ihn los und fletschte die Zähne.

Jack zog sofort seine Waffe und schob sie ihr unter das Kinn. Er wusste nicht das Geringste über Vampire und bis jetzt dachte er, dass sie nur in Horrorgeschichten und schlechten B-Movies vorkommen. "Eine Bewegung und ich schieße dir eine Kugel durchs Kinn", warnte er und zerrte ihren Kopf zurück, indem er an ihren Haaren zog.

"Willst du mich erschießen, Jack? Nur weil ich ein Vampir bin? Glaubst du wirklich, dass ich von deiner kleinen Pistole beeindruckt bin?" schnaubte sie. "Kugeln können mir nichts anhaben, Jack. Weißt du, wie viele Kugeln mich schon getroffen haben? Ein normaler Mensch wäre schon gestorben. Du weißt, dass ich recht habe, oder?"

Jack ließ sie gehen, behielt sie aber genau im Auge.

Sybil massierte ihren Nacken und für den Augenblick warf sie ihm einen wütenden Blick zu. "Wie auch immer, ich bin ein guter Vampir. Eigentlich bin ich Vampirjägerin, und ich arbeite für die Regierung, genau wie Sie. Lassen Sie es mich so sagen: Ich töte andere Vampire und werde von der Regierung bezahlt."

Verblüfft starrte Jack sie an. "Du tötest deine eigene Art?"

"Nur die Bösen. Eigentlich genau wie du."

"Ich töte keine Bösewichte. Ich bringe sie in Gewahrsam", widersprach er.

"Was ist dann mit Ihrem Angriffsteam? Sie schießen, um zu töten."

Während sie auf der Seite der Trage saß, schaute Sybil auf den Krankenhauspyjama hinunter, den sie trug.

"Diese grüne Farbe passt nicht zu mir", sagte sie und blickte dann auf Dr. Reeves, der sich hinter Jacks Rücken versteckte. "Herr Doktor, bitte seien Sie so nett und bringen Sie mir etwas Blut. Die Blutgruppe ist mir egal", gähnte sie und gestand: "Ich fühle mich müde. Das liegt an diesen Verletzungen."

Dr. Reeves kam ihrem Wunsch nach und kam kurz darauf mit einem Plastikbeutel mit Blut zurück. "Danke", sagte sie und biss mit den Zähnen in den Plastikbeutel und saugte das Blut in einem Schluck auf. Sie wischte sich den Mund ab und sah Jack direkt in die Augen; ihre Verletzungen heilten gleichzeitig.

"So, jetzt können wir reden. Was willst du wissen?"

"Was zum Teufel geht hier vor?"

"Willst du die kurze oder die lange Version hören?"

"Beides."

Sybil lachte. "Ich bleibe bei der kurzen Version. Wie ich bereits erwähnt habe, bin ich eine Vampirjägerin und habe das Kommando über Nachtvogel. Eine geheime Organisation, die von der Regierung gesponsert wird. Wir beschäftigen uns mit dem Okkultismus, der eine Bedrohung für unser Land darstellt. Denke an Dämonen, Werwölfe, Vampire, Zombies und alles dazwischen. Sie sind alle real, und wir sorgen dafür, dass Amerika sicher bleibt und die Existenz von Monstern vor der Öffentlichkeit geheim hält. Denkt nur an die Panik, die es auslösen wird, wenn die Menschen wissen, dass alle Monster, vor denen sie in ihrer Kindheit Angst hatten, wirklich existieren."

Jack nickte; es wäre nicht gut, wenn die Leute von ihnen wüssten. "Wie kann ich sie töten?"

"Das ist nicht dein Problem, Jack. Du bekämpfst Terroristen. Der einzige Grund, warum sich unsere Wege gekreuzt haben, ist Harry Brown, der den Auftrag hatte, den Auserwählten in London zu töten. Er hat ein zwanzigstöckiges Turmgebäude bombardiert."

"Das hat also nichts mit Terrorismus zu tun?"

Sybil lächelte kurz. "Nicht wirklich. Es sei denn, man betrachtet Werwölfe, Zombies und Vampire als Terroristen."

"Aber wir haben einen anonymen Tipp bekommen, dass die IRA und Al-Qaida an dem Anschlag beteiligt waren."

"Nun, das war bestimmt ein falscher Tipp, Jack."

"Es klang vernünftig genug", protestierte er und steckte seine Waffe wieder in sein Schulterholster, war aber unsicher, ob er ihr genug vertrauen konnte. "Was ist das alles über den Auserwählten und das Buch", schaute er auf seine Notizen, "ähm, das Necronomicon?"

"Das Necronomicon ist das Buch der Toten. Aufgrund dieses Buches sind die Tore der Hölle angelehnt. Deshalb können Monster in unsere Welt kommen. Zum Beispiel hat das Buch mich 1775 in einen Vampir verwandelt. Wenn ich es schaffe, das Buch zu zerstören, dann bin ich kein Vampir mehr und die Pforten der Hölle werden sich wieder schließen. Um erfolgreich zu sein, brauche ich den Auserwählten. Sein Name ist Richard McKenna und ich brauche das Buch. Kann ich es haben?"

"Es ist eine Menge zu glauben", sagte Jack ironisch.

"Nun, ich habe dir doch gezeigt, dass ich ein Vampir bin, oder? Du hast meine Reißzähne und meine Verletzungen gesehen. Sag mir einfach, wie viele Leute kennst du, die Blut trinken?"

Jack nickte zustimmend. *Ein normaler Mensch würde diese Verletzungen nicht überleben, und ja. Sie hat Blut getrunken, und sie hat Reißzähne. Rasiermesserscharfe Reißzähne.*

Dennoch zögerte er, die Tatsachen zu akzeptieren. Monster gehören in die Filme, nicht in die echte Welt. Sybil sollte nicht existieren, und doch existierte sie. In seinem Herzen wünschte er sich, dass dies ein Normalfall wäre und dass er es mit Terrorismus oder anderen kriminellen Elementen zu tun hätte. Das war etwas, mit dem er umgehen konnte. Das war nicht etwas, wofür er unterschrieben hatte, aber jetzt war er gezwungen, sich damit auseinanderzusetzen.

Er verhörte die anderen Verdächtigen, und sie alle bestätigten Sybils Geschichte. Alle Teile der Stücke passen zusammen. Die einzigen zwei Teile, die noch fehlten, waren McKenna und die Marylands. Er wusste nicht genau, wie die letzteren zusammenpassen und für einen Moment fragte er sich, ob er Rodrigues zurück ins Büro zurückrufen sollte. Er war auf dem Weg zum Flughafen. Schließlich entschied er sich, das nicht zu tun, weil er die zugrunde liegende Ursache finden wollte. Jack ging in die Asservatenkammer und warf einen Blick auf all die Dinge, die zur weiteren Untersuchung auf den Tisch gelegt wurden.

Da waren eine Uzi, zwei Handgranaten, mehrere AK-47 und eine .44 Magnum, und schließlich das Buch-Das Necronomicon. Es war ein altes ledergebundenes Buch. Ein brauner Ledergürtel band den Einband ein. Er löste es und blätterte durch die Seiten. Das Papier selbst fühlte sich wie Leder an. Es war mit blutroter Tinte in einer Sprache geschrieben, die er nicht verstand. Vielleicht ist das das Beste; Jack entschied. Unwillkürlich zitterte er und schloss das Buch. Für einen Moment zögerte er, ob er es Sybil aushändigen würde oder nicht und kam zu dem Schluss, sie im Zweifelsfall zu begünstigen und brachte es auf die Krankenstation.

29

Leonard fühlte sich schuldig wegen Vanessa. Ja, sie mag mürrisch sein, aber sie war die einzige Kollegin, mit der er angenehm zusammenarbeiten konnte. Ihre Art zu kommunizieren wurde nicht von vielen verstanden und jeder könnte annehmen, dass sie sich die ganze Zeit stritten. Doch in Wahrheit bedeutete beides nicht wirklich etwas. Nun, vielleicht meinte Vanessa es so. Frauen waren für ihn schon immer ein Rätsel. Deshalb mochte er sie so sehr, obwohl er noch nie mit einem Frau zusammen gewesen war. Sicher, er träumte davon, mit einem Frau zusammen zu sein, aber er traute sich nie, sie um ein Date zu bitten. Seit er Vanessa sah, bewunderte er sie so sehr, dass es Liebe sein musste. Das musste es sein. Trotzdem war er aufrichtig und meinte es gut. Es war keine kranke Besessenheit; er hatte den allergrößten Respekt vor ihr, aber jetzt war er unglücklich, als hätte er sie betrogen, obwohl es in bester Absicht geschah. Er warf einen Blick auf das Bild von ihm und Vanessa, das er an seinen Schreibtisch geklebt hatte. Er erinnerte sich gut daran, wann es aufgenommen worden war, nämlich während der Silvesternacht im Büro.

Er ging gerade auf die Toilette, als er Jack mit einem dicken Buch unter dem Arm gehen sah. Als er vorbei ging, ohne irgendetwas zu Leonard zu sagen, fiel etwas auf den Boden. Leonard hob es auf. Es war ein kleines Stück Papier. Nichts von Interesse, vermutete er. Für einen Moment überlegte er, ob er Jack anrufen sollte, obwohl er schon fast um die Ecke war. Ein schwacher Hoffnungsschimmer kam ihm in den Sinn. *Was ist, wenn dieses Papier einen Hinweis hat, mit dem ich Vanessa helfen kann?* So oder so, Jack war bereits außer Sichtweite. Achselzuckend steckte er den Zettel in seine Tasche und ging auf die Toilette. An der Tür der Herrentoilette stieß er auf Tim Boyd, einen Feldagenten, der gerade von der Operation zurückgekehrt war, bei der ein paar Terroristen verhaftet worden waren. Es gab Gerüchte, dass es etwas mit Vanessa zu tun hatte, aber er weigerte sich, ihnen zu glauben. War er so geblendet von seiner Liebe zu Vanessa, dass er die Gerüchte einfach zurückwies? Das mag ja sein, aber er konnte die Vorstellung, dass sie mit Terroristen zu tun hatte, einfach nicht akzeptieren. Sie hat sich immer hundertprozentig für die Aufdeckung von Terrorismus eingesetzt. So oder so, vier Kollegen kamen in Leichensäcken zurück, und sie taten ihm aufrichtig leid. Tim begrüßte ihn kurz und ging weiter. In Gedanken hatte Leonard Tim nach den heutigen Ereignissen gefragt, aber er konnte ihn nichts fragen, denn Tim war schon um die Ecke. Es war immer so in seinem Leben. Niemand hatte jemals Zeit, einfach nur mit ihm zu plaudern. Die einzigen Personen, die mit ihm sprachen, waren Vanessa und Jack. Mit Vanessa hatte er aber auch Smalltalk, obwohl sie ihn sehr darüber verfluchte, dass er immer zu spät zur Arbeit kam. Trotzdem traute er sich nicht, ihr den wahren Grund zu sagen, warum er immer zu spät kam. Insgeheim forderte er sie absichtlich heraus, indem er zu spät zur Arbeit kam. Allen Widrigkeiten zum Trotz hoffte er, dass sie eines Tages seine Andeutungen herausfinden würde. Doch jedes Mal, wenn er sie sah, wagte er es nicht, sie um ein Date zu bitten. Einige andere Kollegen taten es und sie lehnte immer (zu seiner Zufriedenheit) ab. Es gab auch noch ein anderes Gerücht über sie. Einige Kollegen erklärten, dass sie eine Lesbe sei; das machte die Sache für ihn noch komplizierter. Wenn die Gerüchte wahr wären, dann würde er bei ihr nie eine Chance bekommen. Er atmete aus; er würde akzeptieren, dass sie lesbisch ist und so weiter. Er wollte nur befreundet sein, und er vermisste ihre Gesellschaft bereits. Nachdem er die Toilette gespült und seine Hände gewaschen hatte, starrte er sein Gesicht im Spiegel an. Es war Zeit, wieder an den Arbeitsplatz zurückzukehren.

Mit einem Kloß im Hals glotzte er Vanessas leeren Schreibtisch an. Sie hatten alles zur weiteren Untersuchung mitgenommen, und er schloss daraus, dass sie nie wieder zurückkommen würde. Schweigend verfluchte er sich selbst, dass er sie verpfiffen hatte. Leider konnte er nichts tun, um es zurückzunehmen. Möglicherweise konnte er beweisen, dass sie in dieser Sache unschuldig war. Er erkannte, dass der einzige Weg, ihren Namen reinzuwaschen, darin bestand, seine eigenen Nachforschungen anzustellen. Sobald er genügend Beweise gesammelt hatte, um ihre Unschuld zu beweisen, würde er zu Jack gehen. Vielleicht stand etwas Wichtiges auf dem Papier, das Jack verloren hatte. Vielleicht enthielt es einen Hinweis, der ihre Unschuld beweisen konnte. Leonards Herz klopfte bei dem Gedanken in seiner Brust. Er nahm den Zettel und sah sich um, um zu sehen, ob ihn jemand beobachtete. Zu seiner Zufriedenheit war niemand darüber besorgt, was er gerade tat. Er schluckte ein paar Mal und entfaltete das Stück Papier. Es war in Latein geschrieben und eindeutig Blödsinn. Er seufzte und schaute noch einmal auf Vanessas leeren Computertisch. Leonard stand auf und ging zu dem Automaten im Flur. Gewöhnlich waren da ein paar seiner Kollegen, die regelmäßig miteinander verkehrten, und sie drehten ihm regelmäßig den Rücken zu, wenn er in Sicht kam, nachdem sie ihn begrüßt hatten. Wenn ihm seine Arbeit nicht gefallen hätte, dann hätte er schon gekündigt. Trotzdem genoss er es, Datenanalytiker an der ATU zu sein, und er wusste, dass er einer der Besten war. Die Einzige, die besser ist als er, war Vanessa. Die Arbeit mit Computern war eine Berufung für ihn. Zu dieser Zeit war niemand auf dem Flur, zu seiner Erleichterung, als er die Möglichkeiten der Maschine studierte. Sein Finger tippte auf die Knöpfe. Welches Getränk würde er wählen? Würde er einen Cappuccino, eine heiße Schokolade, eine heiße Luxusschokolade, heißes Wasser für Tee oder einfach nur Kaffee nehmen? Es gab so viel zu wählen, aber er nahm immer dasselbe. Nur einmal, als er wegen Vanessa einen Cappuccino mit extra Zucker nahm, hatte sie um heiße Schokolade gebeten, und sie bemerkte einmal, dass die Schokolade extra lecker war, wenn jemand vorher einen Cappuccino nahm, das gab der Schokolade eine Art Kaffeegeschmack. Nun, da Vanessa nicht da war, wählte er schwarzen Kaffee, extra stark und extra Zucker und seufzte traurig, als er an Vanessa dachte. Er nahm seinen Plastikbecher und wollte gerade zurück zu seinem Schreibtisch gehen, als der Alarm ertönte. Durch das Glas der Tür, die einen Blick auf den Arbeitsplatz bot, bemerkte er ein grünes Gas. Es schien von seinem Schreibtisch zu kommen. Hat jemand eine Art biologische Bombe in der Nähe seines Schreibtisches platziert? Der Kaffee fiel auf den Boden, als er wie versteinert dastand und auf den Schauplatz starrte, während ein eisiger Schauer seine Wirbelsäule hinunterlief.

Die Computertische sind zusammengebrochen. Einige Computer fingen Feuer, und seine Kollegen rannten in Panik in verschiedene Richtungen. Dort sah er Felix, der zur Tür lief. Sein Gesicht verwandelte sich in eine Maske der Angst, und Leonard wollte die Tür öffnen, um ihn hereinzulassen, doch das grüne Gas erwischte ihn zuerst. Sein Kopf blutete; Blut strömte aus seinem Mund, als sein Kopf mit einem dumpfen Schlag gegen das Fenster der Tür schlug. Felix' Gesicht war vor Angst verdreht, als er langsam zu Boden sank und eine Blutspur auf dem Glas hinterließ. Der versteinerte Leonard starrte auf die surreale Szene, die sein Bewusstsein kaum wahrnahm. Er kam in Bewegung, als er ein paar grüne Strähnen unter der Tür bemerkte.

Tausende von Stimmen flüsterten: "Virginis nomine et maledicam tibi."

Tödlich entsetzt rannte Leonard so schnell er konnte vom Flur weg; gelegentlich blickte er über seine Schulter zu den Strähnen des grünen Gases, das langsam den Flur füllte. Er fühlte einen starken Windstoß in seinem Rücken und stand keuchend still, während er nach Luft schnappte und auf zwei Türen blickte. Die eine war der Ausgang, und die andere führte in die Arrestzelle. Was nun? Er konnte sich in Sicherheit bringen, indem er die Tür zum Ausgang nahm. Aber was war mit Vanessa? Er konnte sie nicht im Stich lassen. Er wollte sie nicht verlassen. Seinetwegen geriet sie in Schwierigkeiten. Wenn er niemals zu Jack gehen würde, dann würde sie nicht in Gewahrsam genommen werden.

Er seufzte und entschied, dass er sie nicht wieder im Stich lassen wird. Während die tödlichen Irrlichter näher kamen, rannte er so schnell wie möglich zur Tür des Gefängniskomplexes. Im Zellenblock bemerkte er Damien, der vor ihm stand. Sein Gesicht zeigte eine Mischung aus Angst und Hysterie. Leonard kannte den Mann nur vom Sehen.

"Hey, halt, nicht so voreilig. Was ist denn hier los!?" forderte Damien und zog seine Waffe.

"Das wird nicht viel helfen", sagte Leonard und hielt die Hände in die Höhe. "Es gibt einen Gasangriff auf das Gebäude!", Leonard zeigte auf die grünen Irrlichter, die unter den Schwellen der Tür durchkamen.

"Oh mein Gott", sagte Damien.

"Ich fürchte, wir haben sehr wenig Zeit! In welcher Zelle ist Vanessa Dogscape eingesperrt?" fragte Leonard verzweifelt.

"Zellenblock A", antwortete Damien und zeigte auf die Tür. Dann schaute er zu den Lautsprechern auf, wo Jacks Stimme eine Warnung vor dem Gas widerhallte. Alle mussten in einen luftdichten Raum gehen, bis die Situation unter Kontrolle war. Währenddessen bildete das Gas eine Nebelschicht, die sich ihnen näherte. Es erreichte fast ihre Füße. Leonard fühlte einen starken Wind, der ihn fast von den Füßen stieß.

"Hier lang", rief Damien. Er durchschritt eine zweite Tür, die zu den Zellen führte und Leonard sah Vanessa. Ängstlich zerrte sie an der vergitterten Tür ihrer Zelle, als ob sie sie öffnen könnte. Damien streckte mit zitternden Händen die Hand aus und steckte den Schlüssel in das Schloss. Unter der Tür strömte eine grüne Spur von Gas, die sich leise verbreiterte. Der ängstliche Leonard bemerkte es und schrie, dass Damien sich beeilen müsse. Dann hallten überall lateinisch flüsternde Stimmen wider. Damien schloss gerade noch rechtzeitig die Tür auf, und Vanessa eilte aus ihrer Zelle. Sie hielt mit den beiden Männern Händchen, damit der Wind sie nicht wegwehte.

"Was ist der nächste Ort, der luftdicht ist?" drängte Vanessa.

"Die Krankenstation! Das ist der nächstgelegene", schlug Damien vor.

"Lasst uns weitergehen!" rief Leonard aus. Mit zitterndem Finger zeigte er auf das Gas, das sie fast erreicht hatte. Etwa zwei Meter und dann war das Spiel vorbei; ihm wurde klar, dass er nicht darauf warten wollte.

"Lass uns den Atem anhalten und losrennen", schlug Damien vor. Sie stimmten alle zu. "Bei drei", drängte Damien. "Eins, zwei, drei, los!"

Das Trio rannte so schnell sie konnten. Es half, dass der Wind ihnen in den Rücken wehte. In Panik blickte Leonard über seine Schulter. Das Gas war in der Nähe und komprommittierte alle Zellen, als sie zu der Tür kamen, die zur Halle und dann direkt in die Sicherheit der Krankenstation führte.

Leonards Lungen brannten nach Luft. Er schnappte nach Luft, als er schließlich durch die Tür trat und sich schnell von der Tür entfernte, so dass sie sich automatisch schloss; leider erreichte das Gas die Tür. Endlich schloss sich die Tür von selbst, bevor das Gas ihre Füße erreichte. Nun wurde die Tür von dem Wind gequält, der von Minute zu Minute stärker wurde. Bald, wie in Sekunden, sprang die Tür auf, und das Gas drang in den kurzen Gang ein. Vanessa erreichte bereits die Tür zur Krankenstation; Leonard bemerkte es. Sie gab ihm und Damien die Geste, sich zu beeilen. Leonard war auf halbem Weg. Er war aufgrund seines Gewichts in einem schlechten Zustand, weil er zu viele TV-Essen und Junk Food hatte. Damien war direkt hinter ihm. Er hörte seinen Atem. Damiens Entschuldigung war eigentlich sein Alter; er war Ende sechzig.

30

Sybil betrachtete ihre Handflächen. Sie leuchteten immer noch, und doch war sie nicht im Jenseits. Sie saß immer noch auf der Bahre in der Krankenstation, obwohl sie mit Vanessa sprach, bevor Jack sie grob weckte. *Vielleicht ist das der Grund dafür, dass meine Haut leicht fluoresziert.* Sie war sich sicher, dass Catherines Blut das Leuchten verursacht hat, aber wie ist sie zu Vanessa gekommen? Sie erinnerte sich, dass sie um sie besorgt war und dann - wie von Zauberhand - sie war in Vanessas Gefängniszelle. Es war, als ob ihre Gedanken sie direkt zu Vanessa zogen. *Könnte das auch bei Frank der Fall gewesen sein? War der Grund dafür, dass er im Jenseits zu mir gekommen war, weil er an mich dachte?* Der

Gedanke brachte sie zum Lächeln. Dann sah sie auf, als sich die Tür hinter ihr öffnete. "Hier ist das Buch", sagte Jack. "Ich habe es selbst aufgeschlagen."

"Nun, solange nichts herausfiel. Da war ein Stück Papier, mit dem man einen Fluch beschwören kann."

Sie schnallte es auf und blätterte durch die Seiten, aber das Stück Papier fehlte! "Es ist weg!"

"Was ist weg?"

"Das Stück Papier ist weg", antwortete sie. Gespenstisch blickte sie sich um.

"Was ist so bedeutsam an diesem Stück Papier?"

"Damit fing alles an und …", sie wurde durch den schrillen Ton eines Alarms unterbrochen. Jack schüttelte den Kopf und schnappte nach dem nächsten Telefon an der Wand. Nach einer Weile sagte er: "Evakuiert alle. Welche Räume können wir hermetisch abriegeln?"

Sybil sah ihn fragend an und wartete auf seine Erklärung.

"Ein giftiges grünes Gas wird am Arbeitsplatz freigesetzt", sagte er, während er das Telefon zwischen Nacken und Schulter hielt. "Schick alle weg und schalte alles ab."

"Fick mich! Das ist der Fluch! Jemand fand das Papier mit dem Vampirfluch und las es laut vor", sagte Sybil mit weit geöffneten Augen. "Der Fluch ist unumkehrbar, wenn wir das Buch nicht zerstören! Der Fluch wurde auf das Papier geschrieben, das du verloren hast!"

Unwillkürlich machte sie eine Faust.

"Was wird passieren?" fragte Jack mit weit geöffneten Augen.

"Die Leute, die das Gas einatmen, werden mit dem Vampirvirus infiziert werden. Sie werden sich nach drei Tagen in Vampire verwandeln und andere Menschen angreifen. Danach wird sich das Virus im ganzen Land verbreiten und alle Menschen infizieren, wenn wir es nicht rechtzeitig stoppen. Wir müssen dein infiziertes Personal in Gewahrsam nehmen, und wenn wir es nicht schaffen, den Fluch in drei Tagen zu stoppen, dann fürchte ich, dass wir sie enthaupten müssen."

Jack sah sie ungläubig an. "Was, enthaupten?"

"Oder verbrennen. Ein Vampir kann nur durch eine Enthauptung oder Verbrennung getötet werden. Hört zu, es ist besser, die Leute in meiner Basis unter Arrest zu stellen. Dort haben wir alle Einrichtungen, um sie zu versorgen, und vielleicht werden wir den Fluch rechtzeitig stoppen. Dann werden sie von dem Vampirvirus geheilt."

"Und du kannst den Fluch nur stoppen, indem du das Buch zerstörst?"

"Das ist richtig", gibt sie zu.

Nach diesen Worten packte Jack das Buch von ihr, warf es zu Boden und schoss mit seiner Waffe auf das Buch. Nach einem Klick bemerkte er, dass das Buch immer noch unbeschädigt war. Fassungslos schüttelte er den Kopf. "Vielleicht wird das funktionieren!"

Er setzte sich auf die Knie neben das Buch, öffnete es und versuchte, mit seinem Feuerzeug eine Seite zu verbrennen, aber ohne Ergebnis.

"Ich habe es euch gesagt", sagte Sybil mit verschränkten Armen.

Schweigend bewunderte sie seine Entschlossenheit, obwohl sie wusste, dass es nutzlos war. Er kletterte auf seine Füße und trat gegen das Buch. Sybil blickte ihn resigniert an. "Ich habe es dir gesagt, Jack. Nur das Blut des Auserwählten kann das Buch zerstören."

"Dann müssen wir den Auserwählten fangen und ihn ausbluten lassen."

"Das ist richtig, aber er muss sich freiwillig opfern. Wenn wir ihn zwingen, dann wird sein Blut das Buch nicht beeinflussen. Ich fürchte, dass es schwer sein wird, ihn zu überzeugen, denn nicht jeder ist bereit, sein Leben für die gute Sache aufzugeben."

"Du würdest es tun", vermutete Jack.

"Das ist richtig. Allerdings bin ich schon 263 Jahre alt, also gibt es keinen Vergleich. Außerdem bin ich nicht der Auserwählte. Das ist McKenna, sein Blut ist der Schlüssel, aber nur, wenn er sein Blut freiwillig gibt."

Jemand prallte gegen die versiegelte Tür der Krankenstation. Jack und Sybil sahen auf.

"Es ist Vanessa", sagte Jack. Aber Sybil erkannte bereits Vanessas Gesicht. Hinter Vanessa sah Sybil zwei Männer. Ein grüner Rauch hinter ihren Rücken wuchs schnell.

Jack lief auf die versiegelte Tür zu und öffnete sie einen Spalt. Groß genug, um Vanessa zu helfen, hineinzukommen. Sybil stand neben ihm und bot ihm ihre Hilfe an. Ein Schrei ließ Sybil aufblicken. Einer der Männer war mit einem grünen Schleim bedeckt. Er bedeckte sein Gesicht und absorbierte seine Existenz. Dasselbe würde mit dem klobigen Kerl passieren, der jetzt nahe an der Tür stand. Sein Gesicht verzehrte sich vor Angst. Sein Blick huschte wild umher, als er versuchte, die Tür zu erreichen. Jack und Sybil versuchten, ihn zu packen. Dann wurde er von dem Rauch erfasst. Grüne Rauchfahnen begannen durch die Tür zu strömen.

31

Dann hörte Leonard Damien schreien, erschrak, Leonard hörte auf zu rennen, schaute hinter ihn und sah, wie das Gas Damiens Körper bedeckte, als ob er lebendig wäre. Damien versuchte, seinen Arm auszustrecken. Leonard versuchte, ihn zu packen, aber es war bereits zu spät. Damiens Gesicht war mit Blut bedeckt. Zitternd ließ er ihn los und drehte sich um, während er den Atem anhielt. In der Tür der Krankenstation tauchte Jack auf. Jack packte Vanessas Arm und drängte Leonard, sich zu beeilen. Leonard sah sie hoffnungslos an. Er versuchte zu springen, um die Krankenstation zu erreichen, aber er war nicht schnell genug, denn die grünen Nebelschwaden erwischten ihn. Er stieß einen heftigen Schrei aus, während er von den trüben Schichten des Gases umgeben war, die sich wie Säure auf seiner Haut anfühlten ...

"Vanessa, es tut mir leid", schrie er, während ein intensiver Schmerz seinen Körper quälte. Etwas klebrige Flüssigkeit bedeckte sein Gesicht. Er kämpfte immer noch darum, nach der Tür zu greifen, verlor aber das Gleichgewicht. Es war, als würden seine Beine seinem Verstand nicht mehr gehorchen.

Ein leises Geräusch ertönte. Sybil sah zu, wie Jack seine Hände ausstreckte, um das Opfer zu retten. Dann blickte Sybil auf den grünen Rauch, der durch die Türöffnung hereinströmte. Jack ignorierte den grünen Rauch, als er sich weiter nach vorne lehnte. Sybil machte schnell einen Schritt zurück.

"Schließ die Tür!" warnte Sybil.

Jack versuchte immer noch, den armen Kerl zu packen, dessen Gesicht nun mit einem grünen Schleim bedeckt war, der sich langsam rot färbte. Er sagte etwas, aber Sybil konnte kein Wort verstehen, das er sagte. Außerdem musste sie die anderen in Sicherheit bringen. Während Jack immer noch die Hand nach dem armen Kerl ausstreckte, zog Sybil Jack zurück in die Krankenstation und dann drückte sie den Knopf, um die Tür zu versiegeln. Das grüne Irrlicht, das es schaffte, die Krankenstation zu erreichen, löste sich mit einem zischenden Geräusch auf.

Jack schlug kraftlos gegen das Glas, als er Leonards vor Angst erstarrtes Gesicht sah. Alle Hilfe für ihn kam inzwischen zu spät. Jack sah Sybil verärgert an. Als ob er ihr die Schuld in die Schuhe schieben könnte. Dann starrte er Leonard an und sah, dass Blut aus seinem Mund sprudelte. Es spritzte über sein Kinn, während er auf die Knie fiel. Vanessa weinte hysterisch. Jack nahm sie fest an sich und drehte ihr Gesicht von Leonard weg.

"Alles was wir tun können, ist darauf zu warten, dass sich das Gas auflöst", antwortete Sybil.

Jack starrte sie an, ohne ein Wort zu sagen. Die ganze Sache erwischte ihn gewaltig. "Wie lange wird es dauern, bis sich das Gas aufgelöst hat?"

"Bis derjenige, der den Fluch beschworen hat, infiziert ist. Wenn er oder sie in einem luftdichten Raum eingesperrt ist, dann haben wir ein Problem", antwortete Sybil. Doch nachdem sie gesprochen hatte, löste sich das Gas langsam auf. "Sieht für mich so aus, als ob wir uns darüber keine Sorgen zu machen brauchen", sagte Sybil. Alle starrten Leonard an, der mit verkrampften Fingern auf dem Boden lag.

"Ist er tot?" Vanessa schluchzte.

"Ich denke schon", antwortete Jack und klopfte ihr zärtlich auf den Rücken.

"Weder noch", sagte Sybil. "Er ist weder tot noch lebendig. Er schwankt zwischen beiden Welten. Wenn wir den Fluch nicht innerhalb von drei Tagen beenden, dann wird er ein Vampir sein."

"Bist du sicher?" fragte Jack.

"Darauf kannst du wetten", bemerkte Sybil.

Jack ließ Vanessa gehen und drehte sich zu Sybil um. Sie sah zerbrechlich in seinen Augen aus, und er konnte sich nicht vorstellen, dass sie etwas anderes als eine Frau war, mit ihrer Länge von fast 1.55 m sah sie trotz ihrer Reißzähne verletzlich aus. Nachdem das Gas verschwunden war, blickte Sybil ihn an. "Es ist jetzt sicher, einen Blick darauf zu werfen, aber ich werde zuerst gehen; schließlich bin ich bereits ein Vampir, wie ihr alle wisst."

Sie stand auf und ging zur Tür. Jack sah ihren entblößten Rücken an. Der Krankenhauspyjama passte ihr nicht, und er bemerkte noch etwas anderes, ihre Schusswunden waren zu Narben geworden. Für ihn war das nur ein weiterer Beweis dafür, dass sie kein Mensch war, und ein Grund mehr, ihr nicht ganz zu vertrauen. Wie jeder andere auch, wuchs er mit der Vorstellung auf, dass man Vampiren nicht trauen könne. Sybil ging zu Leonard und drehte ihn auf den Rücken. Mit einem Finger schmeckte sie etwas Blut. "Genau wie ich erwartet hatte, ist er tatsächlich infiziert."

Leonard stöhnte ein wenig. Sybil sah Jack an. "Jack, kannst du bitte kommen? Dann zeige ich dir gerne, was ich meine, nur fass ihn nicht an, denn sein Blut ist sehr ansteckend. Ein kleiner Tropfen Blut genügt, um jemanden in einen Vampir zu verwandeln."

Jack trat auf sie zu und beugte sich zu seinem Angestellten hinüber, während Sybil ihren Daumen gegen Leonards Wange drückte und ihm den Mund aufzwang. Nun sah er Leonards Reißzähne. Sie waren klein, sahen aber rasiermesserscharf aus. Es war unglaublich, aber sie sagte immerhin die Wahrheit, und doch, wenn sie nicht das Papier zur Beschwörung des Fluches in das Buch gelegt hätte, dann wäre all das nicht passiert. Deshalb war es in gewisser Weise Sybils Schuld, denn sie wusste davon und bewahrte es nicht irgendwo sicher auf, da es nicht zerstört werden konnte. Trotzdem musste er auch mit sich selbst ehrlich sein; wenn er sich nicht eingemischt hätte, wäre Sybil nicht hier. Zu seiner Verteidigung verdächtigte er sie jedoch, ein Terrorist auf amerikanischem Boden zu sein. Jack würde alles tun, um das Land und seine Bürger gegen Terroristen zu verteidigen.

"Glaubst du mir jetzt?" fragte Sybil.

"Ja", sagte Jack.

Vanessa ging auch näher heran und sah Leonard an. "Oh mein Gott, dieser arme Junge", antwortete sie, während sie ihre Hand über ihren Mund hielt.

"Es ist, was es ist", antwortete Sybil. "Hast du ein Handtuch für mich? Dann kann ich ihm das Gesicht abwischen", antwortete sie.

Vanessa nickte und ging zurück in die Krankenstation, während Sybil Jack anblickte. Er erwiderte ihren Blick. All seine Zweifel an Sybil und die fabelhaften Geschichten, die er gehört hatte, schmolzen wie Schnee in der Sonne. Nun sah er mit eigenen Augen, was das Gas Leonard angetan hatte. Schweigend wünschte er sich wieder, er hätte sich nie am Flughafen eingemischt. Er wusste, dass er mit dem Vampir zusammenarbeiten musste, wenn er seinen Leuten helfen wollte, bevor er sie enthaupten musste. Dann dachte er an das Stück Papier mit dem Fluch, während Vanessa mit einem Tuch in der Hand zurückkam und es Sybil übergab.

"Wir müssen nach dem Stück Papier suchen, das den Fluch trägt. Ich glaube, es ist in seiner Tasche", sagte Jack. Sybil fühlte in seinen Taschen und schüttelte den Kopf.

"Dann sollten wir es in seinem Schreibtisch suchen", entschied Jack.

Vanessa bot an, dass sie hineinsehen würde. Jack hob die Augenbrauen, weil er dachte, es wäre besser, wenn Sybil die Nachforschungen anstellen würde. Der Virus hat die ATU kompromittiert. Es wäre extrem gefährlich für Vanessa, nach dem Stück Papier zu suchen und soweit er wusste, war sie die einzige Computerexpertin, die noch übrig war. Leonard war verletzt. Tony ging nach London, und er wusste nicht, wie viele Angestellte verletzt waren und keiner von ihnen hatte die gleiche Fachkenntnis wie Vanessa. Vanessa flüsterte: "Ich weiß genau, wonach ich suchen muss und überhaupt. Ich kenne diesen Ort besser als Sybil. Ich verspreche, vorsichtig zu sein."

"Okay", kapitulierte er, "aber fass die Opfer nicht an."

"Das werde ich nicht", antwortete sie und machte sich auf den Weg.

Er richtete seine Aufmerksamkeit auf Sybil. "Wir müssen zusammen daran arbeiten."

Sybil stand auf und dann schüttelten sie sich die Hände. "Ich bin völlig einverstanden, wie schaffen wir das?"

"Wir müssen nach McKenna suchen", schlug Jack vor.

"Das wäre großartig", stimmte Sybil zu. "Aber wir müssen ihn schnell finden, denn nach drei Tagen wird es für deine Leute zu spät sein."

"Ich weiß", atmete Jack aus.

"Wie ich vorhin vorgeschlagen hatte. Wir müssen deine Leute nach Nachtvogel bringen. Es liegt in einer Tiefe von achtundneunzig Fuß unterhalb des Cedar Grove Friedhofs und ist mit einem Notfall-Krankenhaus ausgestattet, das bei Bedarf hermetisch abgeriegelt werden kann. Es hat eine Kapazität von hundert Betten. Ich werde Dr. Meaning Bescheid sagen und ihn fragen, ob er ein Team von erfahrenen Ärzten und Krankenschwestern, die mit Viren vertraut sind, zusammenstellen kann. Außerdem wäre es schön, wenn du dafür sorgen könntest, dass fünfzig Gäste zusammen mit McKenna ins Hotel kommen. Ich habe irgendwo eine Liste. Die Leute auf der Liste sind alle Verwandte der ursprünglichen Personen, die in der Zeit von 1775 bis 1783 mit dem Fluch zu tun hatten. Ihre Anwesenheit ist essentiell für das Endspiel."

"McKenna wird meine erste Priorität sein. Dann werden wir uns die Gäste auf deiner Liste ansehen. Was wirst du in der Zwischenzeit tun?"

Sybil rieb sich die Hand durchs Haar. "Als erstes werde ich diesen sexy Pyjama ausziehen, duschen und saubere Kleidung anziehen, die du mir geben wirst. Dann lade ich dich ins Hotel ein, wo ich dir die große

Tour geben werde. Und dann werde ich dafür sorgen, dass das Hotel für das große Finale tipptopp ist", stöhnte sie. Er hob eine Augenbraue.

"Überfällige Wartungsarbeiten", erklärte sie. "Kennst du vielleicht eine gute Baufirma?"

32

Vanessa hatte Mitleid mit Leonard, obwohl er sie verpfiff und nicht nur das, er ging ihr immer auf die Nerven. Trotzdem fühlte sie sich ein wenig schuldig, sie schnappte so sehr nach ihm und sie beschloss, es wieder gut zu machen, sobald alles vorbei war. Sie würde ihn zu einem Abendessen zu Hause einladen, und dann würde er auch Felicity treffen. Offensichtlich wollte sie nicht, dass er auf falsche Gedanken kam, denn sie hatte das Gefühl, dass er in sie verknallt war. Er wagte nicht, es in Worte zu fassen. Für sie klappte es, weil sie sich nicht romantisch mit ihm einlassen wollte.

Während sie weiterging, bemerkte sie Damien auf dem Boden in der Nähe des Zellenblocks. Er stöhnte ein wenig, so dass sie wusste, dass er noch am Leben war. Aber sie wusste auch, dass sie sich von ihm fernhalten musste, egal wie schwer es für sie war, ihm nicht zu helfen. Dann würde sie sich selbst einem Risiko aussetzen, und sie wollte sicherlich nicht in einen Vampir verwandelt werden, obwohl sie den tiefsten Respekt vor Sybil hatte. Mit einem Stöhnen ging sie an Damien vorbei und ging an den beiden Automaten im Flur vorbei. Einen Moment lang starrte sie durch die Glaswand am Arbeitsplatz. Mehrere Schreibtische waren umgestürzt, als ob ein Tornado gewütet hätte, und sie bemerkte ein paar kleine Brände. Auf dem Boden bemerkte sie viele Kollegen liegend. Einige lagen mit dem Gesicht nach unten in einer Blutlache. Einige bewegten sich, und Vanessa glaubte, dass sie alle in der gleichen Verfassung waren wie Leonard und Damien. Sie räumte die Tür, die zum Arbeitsplatz führte, und atmete eine ekelhafte Mischung aus Erbrochenem und Kot ein. Sie hörte Jacks Stimme durch die Lautsprecher. Er forderte alle auf, ruhig zu bleiben und den Verletzten nicht zu helfen, da die Gefahr einer Infektion mit einem tödlichen Virus bestand. Allen wurde befohlen, an Ort und Stelle zu bleiben. Ein spezielles medizinisches Team war unterwegs, um bei der Ankunft Hilfe zu leisten. Vanessa setzte ihren Weg über den Arbeitsplatz fort und sah Felix auf dem Boden liegen. Er wimmerte, aber Vanessa ignorierte ihn, als sie zu Leonards Schreibtisch ging. Sie erkannte ihn sofort an den angebrachten Haftnotizen - obwohl er auf der Seite lag. Sie schlich auf Zehenspitzen über mehrere Leute, um ihr Ziel zu erreichen, und dann packte sie jemand an den Knöcheln. Vanessa blickte nach unten und erkannte Marian, eine Praktikantin, die sie verwirrt mit blutverschmiertem Gesicht ansah.

"Hilfe", keuchte Marian.

"Es tut mir leid, aber ich kann nichts für dich tun."

"Nein!"

"Mach dir keine Sorgen, Marian, denn Hilfe ist auf dem Weg, lass mich einfach gehen!"

Marian passte nicht auf. Stattdessen steifte sie ihren Griff und zog kräftig an ihrem Knöchel, so dass Vanessa das Gleichgewicht verlor. Sie nutzte die Gelegenheit, um Vanessa auf den Rücken zu bekommen, und dann kroch sie auf sie drauf.

"Hilf mir", zischte Marian. Ihr Gesicht war nun so nah, dass sie instinktiv den Atem anhielt, als Marians Atem nach Erbrochenem roch. Sie fletschte die Zähne, und Vanessa wurde klar, dass sie bereits auf dem Weg war, ein Vampir zu werden. Marian hatte zwei scharfe Reißzähne und sie waren fast ausgewachsen! Sie beugte sich vor, um in Vanessas Hals zu beißen. Vanessas Herzschlag stieg an und in einem Reflex brauchte sie all ihre Kräfte, um Marians Gesicht mit beiden Händen von ihr zu stoßen.

Sie versuchte sich umzudrehen, so dass sie nicht mehr wie eine hilflose Schildkröte auf dem Rücken lag. Ein tierisches Knurren tauchte aus Marians Mund auf, das wolfähnlich klang. Vanessa drückte so fest sie konnte gegen Marians Stirn, und es gelang ihr kaum. Sie schnappte nach Luft, weil sie fast erstickte. Verzweifelt, von Marian wegzukommen, zog sie ihre Beine hoch und verkrampfte sich über die Grenze ihrer Muskeln hinaus. Es funktionierte. Marians Griff wurde schwächer, und Vanessa konnte sich an den Rand von Leonards Schreibtisch zurückziehen. Sie hatte keine Zeit, sich zu erholen, weil Marian versuchte, wieder auf die Beine zu kommen.

Die verzweifelte Vanessa sah sich um und entdeckte einen Stuhl neben sich, der auf der Seite lag. Sie griff ihn hoch und schwang das Stuhlbein in Marians Bauch. Marian beugte sich vor, und Vanessa nutzte die Gelegenheit, um sich einen Tritt ans Schienbein zu geben. Marian verlor das Gleichgewicht und Vanessa trat mit dem Stuhl nach vorne, bereit, ihr ins Gesicht zu schlagen. Marian hob schützend die Hände.

"Bleib, wo du bist, oder sonst ..." warnte Vanessa, während sie den Stuhl in den Händen hielt. Marian nickte und kroch rückwärts. Vanessa war erleichtert, wischte sich den Schweiß von der Stirn und ging zurück zu Leonards Schreibtisch. Sie war wirklich froh, dass Marian kein ausgewachsener Vampir war. Sie hatte immer noch 'gewöhnliche menschliche Kraft', obwohl sie nicht überrascht wäre, wenn sie Steroide oder etwas Ähnliches nehmen würde. Sie schob die Papiere mit ihren Füßen zur Seite, um Leonards Schreibtisch zu untersuchen. Sie zog an den Schubladen seines Schreibtisches und fand viele Büroklammern, Stifte und Kritzeleien, aber nirgendwo hatte sie das Stück Papier mit dem Fluch darauf gefunden.

"Scheiße", fluchte sie und legte die Papiere auf den Boden um sie herum. Dann sah sie ein Foto von ihr mit Leonard. Vanessa wusste genau, wann es aufgenommen wurde, am Silvesterabend im Büro. Leonard nahm das Foto als Selfie auf. Sie grinste und steckte das Foto in ihre Tasche, und dann fiel ihr Blick auf ein Stück Papier, das uralt aussah. Sie hob es auf. Es war der Fluch! Dummkopf, dachte sie und steckte es in ihre Tasche. Dann stand sie auf und starrte herum, um zu sehen, ob ein funktionsfähiger Computer zur Verfügung stand. Auf einen Blick nahm sie an, dass alle Computer irreparabel beschädigt waren. Ihr Blick richtete sich auf das Wandtelefon. Sie rief in der Krankenstation an. Jack nahm den Anruf entgegen, und sie sagte ihm, dass sie den Zettel gefunden hatte, und dann bat sie ihn um Erlaubnis, seinen Computer im Büro zu benutzen, damit sie versuchen konnte, McKenna zu finden. Außerdem wollte sie sicher sein, dass die Server im Keller noch intakt waren. Das sollte der Fall sein, aber sie war sich nicht hundertprozentig sicher. Sie ging die Treppe zu Jacks Büro hinauf.

Es gab eine Oase der Stille, und alles war noch an seinem Platz. Kein Mensch stöhnte vor Schmerzen, wand sich auf dem Boden wie am Arbeitsplatz. Sie saß hinter Jacks Schreibtisch und schaltete den Computer ein.

Vanessa musste sich mit Leonards Account einloggen und bemerkte, dass die Server intakt waren. Dann tippte sie ein paar Befehle ein und entdeckte, dass McKenna in Boston war. In einem Video sah sie ihn am Flughafen stehen, um am Zoll auszuchecken. Nachdem sie etwas tiefer gegraben hatte, entdeckte sie, dass McKenna ein Zimmer im Sheraton Boston Hotel gebucht hatte.

15 – Boston

Der Flug nach Boston verlief reibungslos und als Richard McKenna zum ersten Mal in seinem Leben einen Fuß auf amerikanischen Boden setzte. Aber er dachte nicht viel darüber nach. Da er nur Handgepäck bei sich hatte, lief er geradewegs zum Zoll, wo eine letzte Passkontrolle stattfand. Nach einem Stempel in seinem Pass konnte er weitergehen. Er dankte dem Beamten im Vorbeigehen. Dann blickte er sich um, um sich anzupassen. Es war ein Kommen und Gehen von Passagieren. Sein Blick verlagerte sich auf ein Schild, auf dem stand: "TERMINAL E."

Normalerweise hätte er sich die Zeit genommen, die Leute zu beobachten, um ein paar Eindrücke zu sammeln, die er später in seinen Geschichten verwenden kann. Doch dazu hatte er im Moment keine Lust. Er wurde müde und das nicht nur wegen der Reise. Richard ging über die große Halle und bemerkte einen leeren Tisch bei Starbucks. Schnell nahm er Platz und bestellte ein Sandwich mit einer Tasse Kaffee. Dann stürzte er auf seinen Stuhl, musste sich aber kurz darauf wegen eines Pärchens, das an seinem Tisch saß, wieder gerade hinsetzen. Er begrüßte den Mann und die Frau, als er ging und zum Ausgang ging, um nach einem Taxi zu rufen.

33

Er identifizierte sich mit seinem Reisepass und seiner Kreditkarte am Schalter des Sheraton-Hotels. Nachdem ihm ein Zimmer zugewiesen worden war, eilte er in den Aufzug. In seinem Zimmer erfrischte er sich, ging zu Bett und fiel fast direkt in einen gestörten Schlaf. Am nächsten Tag nahm er ein kontinentales Frühstück ein und informierte sich an der Rezeption über die Sehenswürdigkeiten.

"Sie können dem *Freedom Trail* (Freiheitspfad) folgen", sagte die Rezeptionistin freundlich. Sie nahm eine Karte zur Hand und markierte ein Kreuz an der Stelle, wo der *Freedom Trail* begann.

"Wenn Sie dem *Freedom Trail* folgen, können Sie sich nicht verirren, und Sie werden mehr über die Geschichte unserer Stadt erfahren. Der *Freedom Trail* ist eine 2,5 Meilen lange, von Ziegelsteinen gesäumte Route, die Sie zu sechzehn historisch bedeutsamen Stätten führt. Jede bietet einen authentischen Schatz. Sie können Museen und Versammlungshäuser, Kirchen und Grabstätten erkunden, und Sie werden mehr über die mutigen Menschen erfahren, die unsere Nation geprägt haben, und die reiche Geschichte der amerikanischen Revolution entdecken, die hier in Boston ihren Anfang nahm. Wenn Sie möchten, können Sie diesen Pfad unter der fachkundigen Führung eines Führers in einem historischen Kostüm unternehmen. Der Führer wird Ihnen alles über die Sehenswürdigkeiten erzählen", lächelte sie freundlich und gab ihm die Karte zusammen mit einem Faltblatt. "Sie enthält die wichtigsten Sehenswürdigkeiten, die ich gerade erwähnt habe."

"Danke", antwortete er, "also, den *Freedom Trail* ist wirklich einfach? Bist du sicher, dass ich mich nicht verlaufen werde?"

"Alles, was Sie tun müssen, ist der roten Linie auf dem Bürgersteig zu folgen, Herr McKenna. Warten Sie, wenn Sie mir die Karte geben, dann zeichne ich einen Kreis um unser Hotel."

Richard informierte über das Wetter - es würde sonnig bleiben, und die Temperatur würde bei 17 Grad bleiben - er ging bei seiner Ankunft mit der neuen Kamera, die er am Flughafen gekauft hatte, nach draußen. Heute würde er den Touristen spielen und später wollte er seine Freunde besuchen. Obwohl die Straßen von Tagesausflüglern bevölkert waren, stießen einige zufällig auf ihn, er liebte es hier zu sein und genoss das Sonnenlicht auf seinem Gesicht, als ihm eine schwere Last von den Schultern genommen wurde. Außerdem sah er auf seinem Weg die markante rote Linie des Freedom Trailes auf den Bürgersteigen, genau wie vom Schreiber versprochen.

Er folgte ihr und ging an vielen Straßen und historischen Gebäuden wie dem Massachusetts State House, der Statue von Benjamin Franklin und vielem mehr vorbei. Aufgeregt setzte er seinen Kurs fort und hatte seine Kamera griffbereit, um alles einzufangen. Er wollte so viel wie möglich von der Gegend sehen und machte ein Bild nach dem anderen, ohne sich um irgendetwas zu kümmern. Nachdem er den Kurs abgeschlossen hatte, rief er nach einem Taxi, das zum Boston Holocaust Memorial fuhr - es war früh am Nachmittag - er brauchte einen Moment der Stille, während er der Opfer des Holocaust gedachte. Das Denkmal bestand aus sechs Glassäulen mit den Namen der Opfer. Er schloss die Augen, als er vor der letzten Säule stand, um an die Erzählungen seines verstorbenen Großvaters zu denken, der einer der wenigen war, die Auschwitz überlebt haben.

Die Nazis schickten seinen Großvater nach Auschwitz II, wo er Bratschist in einem der sechs Orchester war, die das Konzentrationslager zählte. Der Beruf des Bratschisten hatte ihm das Leben gerettet, und er erzählte schreckliche Geschichten über Auschwitz. Geschichten, die Richard am ganzen Körper erschauern ließen. Tränen ergossen sich über sein Gesicht, als er sich daran erinnerte, dass sein Großvater ihm erzählte, dass die Nazis oft die Leichen der Abgeschlachteten vor dem Tor aufhäuften, um als böse Warnung zu dienen.

"Gehorche, sonst erwartet dich dasselbe Schicksal", sagte sein Großvater zu ihm, als er noch ein Kind war. Sein Großvater hatte wiederholt Verhängungen miterlebt, während er Geige spielte. Außerdem wurde ihm befohlen, Geige zu spielen, um die Leute zusammen mit den anderen Mitgliedern des Orchesters in die Gaskammern zu führen. Richard erwähnte einmal, dass er nicht verstehen konnte, dass die Leute kampflos in die Gaskammern gingen, aber sein Großvater wies darauf hin, dass die Nazis sie wie Duschen aussehen ließen.

Nazi-Soldaten sagten ihnen immer wieder, dass sie zuerst duschen müssten. Ihren Opfern wurde befohlen, ihre Kleidung und Schuhe ordentlich zusammenzupacken, und einige Soldaten verteilten sogar Seife. Dann schlossen sich die Türen der Duschen. Die Menschen, Männer, Frauen und Kinder, warteten in den Duschen auf Wasser. Statt Wasser trugen ein paar Nazis auf dem Dach Gasmasken und warfen Zyklon B-Kügelchen in die Öffnungen der Gaskammer. Menschen starben, schreiend, weinend und nach Luft schnappend. Alles, was sie atmen konnten, war das Gas. Richard wischte sich die Tränen ab und blickte auf, weil mehrere Militärlastwagen unter der Führung einer Polizeieskorte vorbeifuhren.

34

"Uns läuft die Zeit davon, verdammt!" sagte Jack verärgert. Sie waren einen Tag hinter dem Zeitplan wegen der Planung und Vorbereitung. Nur noch ein Tag, dann war es zu spät, um die Infektion rückgängig zu machen. Verärgert balancierte er seine Hände zu Fäusten. Es stand so viel auf dem Spiel. Jetzt sehnte er sich nach einer Zigarette, aber stattdessen griff er nach dem Kaugummi, den er von Catherine bekommen hatte. Als er an sie dachte, entspannte er sich.

Er setzte sich in den ersten Armee-Lastwagen, der zum Friedhof von Cedar Grove fuhr. Sie brachten ein paar Opfer in den Wohnwagen, die unter Narkose stark betäubt waren.

Der Lastwagen, der hinter ihnen fuhr, transportierte den Rest ihrer Kollegen, und der letzte Lastwagen transportierte zusätzliche Mannschaft und Material für Sybils Team. Sie mussten auf die Ampel warten und wenn Jack einen Blick nach rechts geworfen hätte, dann hätte er Richard am Bostoner Holocaust Memorial gesehen.

35

Die letzten paar Stunden waren nervenaufreibend für Harry Brown, und er hatte ehrlich gesagt nicht vorhergesehen, dass sie noch länger mit ihm arbeiten würden. Er hatte den Anschlag in London verübt. Sie konnten ihn in eine Zelle sperren und ihn ohne weitere Medikamente zugrunde gehen lassen. Die Tumore in seinem Gehirn würden ihre tödliche Arbeit verrichten und innerhalb einer Woche würde er tot sein.

Stattdessen fragten sie ihn, ob er an der Operation Springtime teilnehmen wollte. Der Plan war einfach genug. Sie mussten sicherstellen, dass McKenna freiwillig in Sybils Hotel übernachten würde. Harry stand eine Minute lang still und starrte auf seine Zielperson, die vor dem Holocaust-Mahnmal stand. Richard tauchte gestern nicht auf, aber heute Morgen beobachteten sie, wie er das Hotel verließ, und er beobachtete ihn genau.

Jedes Mal, wenn Richard sich umdrehte, machte Harry klar, dass er außer Sichtweite war. Er war großartig darin, Leute zu beschatten. Sogar aus der Nähe konnte er sich unter die Menge mischen, und niemand bemerkte ihn jemals. Richard stand nun still und Harry erkannte, dass die Zeit für die anderen reif war, in Aktion zu treten. Er blieb hinter einer Säule außerhalb Richards Hörweite und sprach leise in sein Mikrophon, "es ist Zeit, die Ernte einzufahren."

36

Felicity Walker war erleichtert, dass Jack Vanessa von aller Schuld freigesprochen hatte. Dies war für sie das erste Mal, dass sie eng mit der ATU zusammenarbeitete. Endlich konnte sie mit ihrer Freundin arbeiten. Sie saß in dem Wagen, zusammen mit Jason und zwei Männern der ATU.

"Es ist Zeit", sagte einer der Männer.

"Okay", blickte Felicity Jason an. "Weißt du, was wir tun müssen?"

"Kein Problem", gab er zu.

37

Richard McKenna öffnete nach einem Moment die Augen und wischte sich die Tränen ab. "Entschuldigen Sie, Sir, aber sind Sie nicht Richard McKenna, der berühmte Autor?"

Richard verdrehte den Kopf und starrte in die leuchtend blauen Augen einer blonden Frau. Sie trug ein langes schwarzes historisches Kleid mit einem rosa Band um ihren Hut. Das Band war zu lang und flatterte teilweise hinter ihr wie eine Flagge im Wind. Sie lächelte freundlich.

"Ich bin einer der Führer für die Touristen, um ihnen von den vielen historischen Stätten zu erzählen, die man besuchen kann", verriet sie.

"Es tut mir leid, gnädige Frau, aber ich bin nicht an einem Führer interessiert. Ich bin gerade den *Freedom Trail* gegangen, und jetzt gehe ich zurück zu meinem Hotel."

"Aber sind Sie nicht Richard McKenna, der berühmte Autor? Ich möchte unbedingt ein Autogramm von Ihnen", lächelte sie.

"Selbst wenn ich er wäre, na und?" antwortete er etwas mürrischer, als er absichtlich meinte. Er entschuldigte sich sofort, als er ihr enttäuschtes Gesicht sah. "Entschuldigung, ich will nicht so streng sein. Ich bin in der Tat Richard McKenna. Ich bin nach Boston gekommen, um ein paar Eindrücke von dieser Stadt zu bekommen, um diese in meiner neuen Geschichte zu verwenden."

"Wow, wie schön, dass Sie an einem neuen Buch arbeiten. Ihr neuestes Buch ist letztes Jahr erschienen. Haben Sie bereits einen Namen für Ihren Roman?"

"Nein, es tut mir leid. Wenn es dir nichts ausmacht, dann würde ich gerne zurück in mein Hotel gehen."

"Felicity, belästigt dich dieser Typ?"

Richard blickte zu dem Burschen, der zu der jungen Frau ging, die anscheinend Felicity hieß, und er wusste ihren Namen zu schätzen. Er passte ihr sehr gut. Der Kerl, ihr Freund (er ahnte es) gab ihr einen Kuss auf die Wange. Felicitys Freund hatte sein dunkles Haar nach hinten gekämmt, und er trug eine Sonnenbrille. Er trug eine schwarze Lederjacke, die er mit einem weißen T-Shirt und blauen Jeans kombinierte. Um seine Taille herum entdeckte er eine Fahrradkette. Es würde ihn nicht überraschen, wenn ihr Freund Mitglied einer Motorrad-Gang wäre.

"Oh, tut mir leid, Jason. Nee, das ist Richard McKenna. Der Schriftsteller McKenna, du weißt, dass er *Chasing Girls* geschrieben hat."

Jason klopfte kurz auf den Rand seiner Sonnenbrille, um ihn zu begrüßen. Dann richtete er seine Aufmerksamkeit auf seine Freundin. "Komm schon, Süße. Wir sollten gehen. Ich bin zuversichtlich, dass der Autor etwas anderes im Sinn hat, als mit einem Fan zu plaudern."

"Es stört mich nicht", sagte Richard. Er fand, dass Jason ihm gegenüber etwas herablassend war: "Ich habe bis heute Abend Zeit, und ich treffe mich nicht sehr oft mit Fans."

Das letztere hat er gelogen, weil er viele weibliche Fans hatte. Früher war es für ihn ein Sport, eine Dame von ihrem Partner zu entführen. Obwohl sein so genannte Sport ihn in Schwierigkeiten gebracht hatte, weckte Felicity seinen Jagdinstinkt. Die Idee, Jason die blonde Frau wegzunehmen, erregte ihn. Sofort fand er Jason unsympathisch und dieses Gefühl wurde von Minute zu Minute verstärkt. Jason erinnerte ihn an die Tyrannen in der Schule, mit denen er in seiner Jugend zu tun hatte. Er grinste Felicity kurz an. Wer weiß, wie viel Spaß er mit ihr haben konnte, auch wenn es nur ein One-Night-Stand war? Jede Eroberung, egal wie winzig, betrachtete er als einen Triumph.

"Ich lese nicht gerne", sagte Jason kraftvoll. Zu Richards Zufriedenheit versetzte Felicity ihm einen Schlag in den Bauch.

"Jason ... *Chasing Girls* war letztes Jahr im Kino."

Jason nahm seine Sonnenbrille ab und drückte seine Augenbrauen zusammen. Dann grinste er spöttisch. "Oh ja, richtig. Das war der Kinofilm, die wir von der *Pirate Bay* Website gedownloadet haben. Der Film war eigentlich ganz nett", setzte er seine Sonnenbrille auf und spähte über den Rand zu Richard. "Wir kaufen einen Film nur, wenn er wirklich würdig ist. Ich habe *Chasing Girls* von meiner Festplatte gelöscht. Wie ich schon sagte, der Film war okay, rechtfertigte aber sicher nicht die Oscar-Nominierungen."

Dann warf er einen Blick auf die hoch aufragenden Glassäulen des Monuments: "Bist du aus einem bestimmten Grund hier?"

Richard warf Jason einen Blick zu. In Gedanken ließ er ihn mit einem Baseballschläger zusammenschlagen.

"Mein Großvater hat Auschwitz überlebt."

"Donnerwetter, dann hat er viele schreckliche Dinge erlebt", flüsterte Felicity. "Es ist schwer zu akzeptieren, was Menschen einander antun können, solche schrecklichen Ereignisse."

"Leider", gab Jason zu.

"Sechs Millionen Menschen wurden abgeschlachtet. Sehen Sie, meine Mutter ist jüdisch", sagte Felicity mit einem ernsten Ausdruck in ihren Augen.

"Oh, tut mir leid, hab ..." Richard wollte noch mehr sagen, aber Felicity schüttelte den Kopf. "Gott sei Dank, nein. Meine Großeltern lebten während des Krieges hier, und meine Mutter wurde 1954 geboren."

"Nun, es war mir ein Vergnügen, dich kennenzulernen, Herr Drehbuchschreiber", antwortete Jason, "Komm, Schatz; lass uns zu unserem Treffen im Hotel gehen ...", er schaute auf seine Uhr. "Sonst kommen wir zu spät."

"Kümmern Sie sich nicht um ihn", antwortete Felicity. "Möchten Sie etwas mit uns trinken, Herr McKenna? Ich bin sicher, dass meine Freundin Sie gerne kennenlernen würde. Das Hotel, in dem wir unser Treffen abhalten, ist nur zwei Blocks von hier entfernt, und sie ist Reporterin. Ich bin sicher, dass sie Sie gerne über Ihre neue Arbeit interviewen würde. Sie schreibt für den Boston Globe."

"Nein, es tut mir leid. Ich muss wirklich zurück in mein Hotel gehen. Vielleicht ein anderes Mal? Oder vielleicht möchtest du zu mir kommen? Ich wohne im Sheraton Hotel."

38

Felicity warf Jason einen Blick zu.

"Harry und Jack werden mehr Glück haben."

Sie warf einen letzten Blick auf das Denkmal und bemerkte, dass Richard wegging. Dann klopfte sie an die Tür des dunkelgelben Waggons, der mit Abhörgeräten verkabelt war. Die Schiebetür öffnete sich, und sie traten schnell hinein. "Wir konnten ihn nicht dazu bringen, mit uns zu Sybils Hotel zu kommen", sagte Jason.

39

Harry Brown schluckte eine Pille mit einer Dose Cola. Dann sah er Richard an, wie er auf den Platz ging. Felicity und Jason stiegen in den Wagen, und er wusste, dass es nun an ihm lag. Einen Moment später wurde es durch seinen Kopfhörer bestätigt.

"Kein Problem", sprach er in den Sender, der in seiner Uhr eingepflanzt war, "kannst du mich zu Richards Hotel fahren?"

Der Wagen kam zum Stehen, und die Tür rutscht auf. Er glotzte Jason und Felicity an, als er ihnen gegenüber saß. Er war ein wenig unruhig. Gestern hatte er sie gefangen genommen und Felicity mit leichter Gewalt angegriffen. Glücklicherweise gab es keine Spur mehr von Gewalt auf ihrem Gesicht. Felicity starrte ihm eiskalt direkt in die Augen. Er wich ihr aus und zog sein Handy. "Jack, ich bin's, Harry. Ich gehe zu McKennas Hotel und werde in seinem Zimmer auf ihn warten. Sobald ich Dirty Harry sage, musst du kommen."

"Bestätigt. Wo bist du jetzt?"

"Wir sind gerade vom Boston Memorial weggefahren, und wir fahren in Richtung North Street."

40

Der erste Kontakt wurde hergestellt. Gestern war ein Irrenhaus gewesen, aber alle Vorbereitungen, die getroffen werden mussten, trugen

Früchte. Das Hotel sah fast wie neu aus, wegen ein paar Dutzend Bauarbeitern. Sie blickte nach oben. Es zeigte noch hier und da ein paar unansehnliche feuchte Stellen, aber sie war mit den Ergebnissen in so kurzer Zeit zufrieden.

Sybil Crewes war froh, dass alles für das Endspiel bereit war. Die Infizierten wurden vor ein paar Minuten eingeliefert. Auf dem Weg zum Computerraum unterhielt sie sich mit Jack, der einen angespannten Eindruck auf sie machte. Sie kannte den Druck, den er fühlte. Sie spürte ihn auch, und beide erkannten, dass sie, wenn die Operation fehlschlug, fast fünfundvierzig Leute enthaupten mussten.

Sie atmete aus und wünschte sich, dass es so einfach wäre, McKenna einfach bluten zu lassen, um das Buch zu zerstören. Was wog ein Leben gegen das von Dutzenden, sogar Hunderten und vielleicht sogar gegen die gesamte Existenz der Menschheit? Der Vampirvirus war so gefährlich, und es war nur die Spitze eines Eisbergs, was die Bedrohungen betraf, die über ihren Köpfen schwebten.

Allerdings erwähnte sie weder Jack noch den anderen gegenüber irgendetwas davon. Außerdem machte es keinen Sinn, darüber zu sprechen, da es das Gewicht der Welt auf ihre Schultern legen würde. Nur sie allein konnte diese Last tragen. Die anderen könnten einfach aufhören, es zu versuchen. Wie auch immer, wenn sie das Buch zerstören konnten, dann ging die Gefahr vorüber. Wenn sie versagten, dann würden sie es früh genug herausfinden, sobald sie den Dämonen gegenüberstanden. Danach würden Vampire und Zombies nur noch eine Fußnote sein.

41

Im Computerraum traf Sybil Vanessa an, die versuchte, eine Netzwerkverbindung mit den ATU-Servern herzustellen. Jack unterhielt sich mit ihr, aber Sybil ignorierte sie und warf einen Blick auf Vanessas Kollegen, die die anderen vier Schreibtische besetzten. *Ich hoffe, dass wir nicht ein*

Teil der ATU werden. Sie wollte ihre Souveränität nicht aufgeben. Trotzdem wurde ihr klar, dass sie einige Kompromisse eingehen musste, sonst würde sie das Buch nicht zerstören können.

"Ich muss zum Sheraton Hotel gehen."

Sie drehte sich um und warf Jack einen Blick zu: "Okay, dann gehe ich nach oben und warte auf die Dinge, die kommen werden."

42

Vorgestern bekam Catherine Crewes endlich einen Schluck von Sybils Blut. Es war lecker, und sie wurde davon angezogen wie eine Biene vom Nektar einer Blume. Es war viel besser als der Mist, den Sybil ihr gewöhnlich gab. Sie waren sich jedoch einig, es nicht zur Gewohnheit werden zu lassen, das Blut voneinander zu trinken. Vielleicht mochten sie es so sehr, weil sie miteinander verwandt waren.

Wenn du die Jahre zwischen ihnen vergisst, dann könnten sie genauso gut Schwestern sein. Sie und Sybil hatten beide grüne Augen, und man konnte eine große Ähnlichkeit in ihren Gesichtern sehen. Allein ihre Blicke reichten aus, um zu sehen, dass sie zur Familie gehören. Obwohl Catherine war, mit ihren 1.75 m die Größte war und Sybil sah blasser aus und ihr Haar war kastanienfarben.

Catherine hatte rote Haare mit ein paar Sommersprossen im Gesicht und trug kürzlich eine Brille. Catherine lächelte Sybil an, die aus dem Aufzug stieg.

"Wenn alles gut geht, dann werden wir McKenna heute in unserem Hotel begrüßen", sagte Sybil erfreut.

"Das ist ja die beste Nachricht, die ich heute gehört habe!" sagte Catherine und lehnte sich in ihrem Sessel an der Rezeption zurück. Sie las gerade die neuesten Nachrichten im Internet und langweilte sich, weil es nichts zu tun gab. "Und wann erwarten wir die anderen Gäste?"

"Morgen", antwortete Sybil. "Ähm, das ist der letzte Tag, an dem wir das Buch vernichten können", sagte Catherine und nahm einen Schluck von ihrem Blut, das sie in einen Becher goss.

"Ist dir klar, dass du das nicht in der Öffentlichkeit trinken darfst?"

"Ich weiß", murmelte sie. "Ich habe gerade gesehen, wie Jack mich anstarrte." Catherine lächelte bei dem Gedanken an den überraschten Ausdruck auf seinem Gesicht, als sie ihm sagte, dass sie ein Vampir sei.

"Bist du in ihn verknallt?"

Sybils Frage hat Catherine etwas angetan. Sie errötete und antwortete: "Nun, was soll ich sagen? Er ist ein gut aussehender Typ."

"Aber er ist ein Sterblicher. Jedes Mal, wenn ihr die Nacht zusammen verbringt, werdet ihr sein Blut in seiner Halsschlagader fließen sehen, und das wird noch schlimmer, wenn ihr Hunger habt. Dann werden alle seine Adern einen roten Schein ausstrahlen. Dich selbst zu kontrollieren wird extrem schwierig sein. Ich weiß das aus Erfahrung", sagte Sybil mit Nachdruck.

"Dann werde ich dafür sorgen, dass ich immer trinke, bevor wir lustige Dinge tun. Aber ich kann auch einen Vampir aus ihm machen, dann ist das Problem gelöst", scherzte Catherine und entschuldigte sich sofort, als sie Sybils wütenden Gesichtsausdruck sah. "Ich habe nur Spaß gemacht, Sybil. Ich würde niemals ..." Sie zögerte, weil sie Jack ansah, wie er auf den Ausgang zuging. "Einen schönen Tag noch, Jack!" rief sie ihm hinterher.

Er drehte sich um, blickte sie an und grüßte sie kurz, bevor er hinausging.

"Außerdem, wenn der Fluch aufgehoben ist, dann sind wir wieder Menschen, richtig?"

"Nun, siehst du. Bei letzterem bin ich mir nicht sicher. Es kann sehr wohl sein, dass wir aufhören werden zu existieren. Aber vielleicht trifft es nur auf Frank und mich zu. Schließlich sind wir mehr als zweihundert Jahre alt. Wenn wir sterblich werden, dann werden uns die Jahre einholen. Das Einzige, worüber ich mir sicher bin, ist, dass, sobald das Buch zerstört ist, Opfer, die innerhalb von drei Tagen infiziert werden, geheilt werden. Aber für uns", zeigte sie auf sich selbst und auf Catherine, "ist es ein bisschen verschwommen. Du könntest nur überleben, weil du dich kürzlich in einen Vampir verwandelt hast. Aber für uns ist es das Ende der Reise."

"Das Ende des Fluchs bedeutet also ein staubiges Ende für uns?" hörten sie einen Mann sagen. Sybil und Catherine sahen auf und sahen Frank, der auf sie zuging, und Sybil nickte ernst.

43

Frank Midland wurde versichert, dass er nicht länger der Sensenmann sein musste. Zufrieden starrte er auf sein Spiegelbild im Badezimmer und schmierte sich Aftershave ins Gesicht; nicht, weil er sich gerade rasiert hatte - seit er sich in einen Vampir verwandelt hatte, musste er sich nicht mehr rasieren - sondern um für Sybil gut zu riechen. Sie war immer seine große Liebe gewesen, und wenn er ihre Liebe zurückgewinnen konnte, indem er an ihrer Seite kämpfte, dann würde er es für sie tun.

Dann wurde sein Gesicht im Spiegel durch das eines alten Mannes ersetzt. Es ist lange her, dass Frank dieses Gesicht gesehen hat. Aber er erkannte ihn sofort! Sybils Vater. Das Gesicht im Spiegel öffnete seinen Mund. Blut floss an seinem Kinn herunter. Mit einer überirdischen Stimme warnte er: "Ihr werdet alle bei Sonnenaufgang sterben. Tot bei Sonnenaufgang!"

Dann verschwand Sybils Vater, und Frank sah in sein eigenes Gesicht. Er beugte sich vor, ohne zu wissen, was er von dem, was gerade geschehen war, halten sollte. War es real? Er entschied, dass es echt war und nicht seine Fantasie, die ihm Streiche spielte.

"Das Buch. Es weiß, dass wir es zerstören wollen."

Er atmete aus. Würde er dies mit Sybil teilen? Er schüttelte den Kopf. Es würde nichts nützen. Sie hat bereits eine Menge um die Ohren, mit dem sie sich beschäftigen muss. Das hatten sie alle. Ihr von dem Vorfall zu erzählen, würde sie nur noch mehr stressen.

"Alles was wir tun müssen ist McKenna ausbluten zu lassen und das Buch zu zerstören, bevor es uns zerstört."

Er zog sich so schnell wie möglich an und verließ die Zimmer. An der Rezeption im Erdgeschoss sah er Sybil. Er hörte sie sagen, dass das Ende des Fluches auch das Ende ihres Lebens sein könnte. Eine Sekunde lang fühlte er sich schlecht, aber dann dachte er noch einmal darüber nach und es machte ihm nicht so viel aus. Sie sahen beide eine Menge von der Welt. "Also bedeutet das Ende des Fluches auch ein staubiges Ende für uns?" fragte er und ging zu Sybil. "Nun, es macht mir nichts aus. Solange du und ich in Konjunktion sind", fügte er hinzu und zuckte die Achseln. "Ich kann mit allem umgehen, solange wir zusammen sind."
Zärtlich bürstete er seine Finger durch Sybils Haar.

44

Richard McKenna ging durch den Haupteingang des Hotels und begrüßte den freundlichen Rezeptionistin. In Eile stieg er in den Aufzug, um auf sein Zimmer zu gehen. Seine Füße brachten ihn um, und er sehnte sich nach einem Bad. Er starrte ungeduldig auf die Zahlen im Aufzug, die die einzelne Etage darstellten. Der Aufzug kam im 24. Stock zum Stillstand. Er stieg rasch aus und ging einen langen Gang hinunter, bis er zu Zimmer 2401 kam. Er nahm die Schlüsselkarte und schob sie durch das Schloss der Tür. Mit einem Klick entriegelte sich die Tür und er betrat den Raum. Alles war genau so, wie er den Raum verlassen hatte. Mit Ausnahme des Gastes, der sich auf seinem Kingsize-Bett ausruhte und eine Waffe auf ihn richtete.

"Schließ die Tür", sagte der Mann mit fester Stimme, "Lass die Hände in der Luft und setz dich auf den Stuhl gegenüber von mir."

Der Mann winkte mit seiner Waffe zu dem Stuhl direkt neben der Tür. Während sein Herz in der Brust klopfte, bewegte Richard den Stuhl und setzte sich hin, die Hände über dem Kopf. Richard bemerkte, dass der Mann einen Schalldämpfer auf den Gewehrlauf schraubte.

"Siehst du? Eine 44er Magnum macht eine Menge Lärm", klagte der Mann. "Aber dank dieses Schalldämpfers wirst du kaum ein leises Ploppen hören, und das war's dann auch schon."

Er warf Richard einen Blick zu und zündete sich eine Zigarette an. Als ob es von Bedeutung wäre, murmelte Richard: "Dies ist ein Nichtraucherzimmer."

"Was?" schaute der Mann auf den Rauchmelder in der Decke. "Oh, du hast recht. Wir wollen doch nicht den Feueralarm auslösen, oder?" - und schoss auf den Detektor - "jetzt ist es ein Raucherzimmer", grinste er.

Richard hielt weise den Mund und sah ängstlich den Mann an, der ihn immer noch mit der Waffe bedrohte. Unwillkürlich hatte er eine Art Déjà-vu-Gefühl. Es würde ihn nicht überraschen, wenn Glory und Donald ihre Gesichter zeigten!

Der Mann sah ihm direkt in die Augen, und Richard fühlte einen kalten Schauder über seinen Rücken laufen.

"Ist dir klar, was das Problem mit der Regierung ist? Sie bevormunden uns zu sehr. Nicht rauchen ... es ist schlecht für deine Gesundheit. Das ist der Grund, warum die Leute rebellierten und mit dem Rauchen anfingen. Nein, die einzige Möglichkeit, die Leute vom Rauchen abzuhalten, ist, den Preis für eine Zigarette zu erhöhen. Mach es teuer und verlange einen Dollar pro Zigarette. Dann werden die Leute sofort weniger rauchen. Auf der anderen Seite werden Schmuggler sie auf dem Schwarzmarkt unter dem regulären Preis verkaufen und am Ende bezahlen die einfachen Leute die Rechnung" - er blies eine Rauchwolke in Richards Richtung - "Also, hast du eine Ahnung, für wen ich arbeite?"

Richard warf ihm einen Blick zu. Der Mann trug einen schwarzen Anzug, eine rote Krawatte und ein weißes Hemd. Er war ein kahlköpfiger Afroamerikaner mit Spitzbart, trug eine Brille im Retro-Sechziger-Look und hatte einen leichten Südstaaten-Akzent.

"Ich habe keine Ahnung, vielleicht die IRA?" fragte er zögernd, weil er Angst hatte, etwas Falsches zu sagen. Für einen Moment schloss er seine Augen und hielt den Atem an, um sich zu beruhigen. Ein leiser Furz entging ihm und er traute sich nicht, sich zu bewegen, aus Angst, dass der Mann etwas riechen könnte.

Der Mann lachte nur. "Nein, das ist es, was sie dich glauben ließen."

"Wen meinst du damit?"

"Spiel nicht den Blödmann mit mir, Herr McKenna. Du weißt verdammt gut, wen ich meine. Die Marylands natürlich und die sind sauer, dass du ihnen die Polizei auf den Hals gehetzt hast. Ich bin gebeten worden, dir eine Nachricht zu überbringen."

"Werden Sie mich hinrichten?" fragte Richard ängstlich.

Der Mann kicherte nur und stand vom Bett auf. "Dich töten? Aber du musst ein Buch schreiben. Vielleicht werde ich eine Kniescheibe in Stücke schießen. Schließlich brauchst du nicht zu laufen, um Geschichten zu schreiben. Oder irre ich mich?"

Der Schweiß brach auf Richards Stirn aus. Er konnte sich nicht davon abhalten, hysterisch zu weinen. Sein Magen knurrte wieder, und ihm wurde schwindelig. Ein Furz entging ihm, diesmal kündigte er sich laut und deutlich an. Dann begann der Mann sadistisch zu lachen.

"Es tut mir leid, dass ich die Polizei über den Bombenanschlag in meiner Straße informiert habe", wimmerte Richard mit gebrochener Stimme.

"Ja, lass uns über den Bombenanschlag reden. Was hat dir Maryland noch erzählt? Und verarsch mich nicht, denn ich merke, wenn du lügst!"

Er drückte den Gewehrlauf fest gegen sein Knie, und Richard bekam den Impuls zu pinkeln. Er krallte seine Beine zusammen. Ein weiterer Furz entkam seinem Magen.

"Sie behaupteten, dass der Bombenanschlag von Ian McArthur in Auftrag gegeben wurde, weil ich mit seiner Frau geschlafen hatte. Es war seine Rache, meine Wohnung in die Luft zu jagen", sagte Richard.

Der Mann atmete Luft ein und ging in die Minibar. Er öffnete eine kleine Flasche Wodka.

"Möchtest du einen Drink?" klang er fast höflich.

"Nein, danke", sagte Richard.

Der Mann warf ihm ein Taschentuch zu. "Wisch dein Gesicht ab, Mann. Du schwitzt wie ein Schwein."

Richard hob das Taschentuch auf, das zu seinen Füßen lag, während der Mann auf dem Bett saß und seine Waffe auf ihn richtete. "Was haben sie dir noch erzählt?"

"Nun, sie sagten, sie hätten meine Freundinnen getötet", Richard schluckte einen Kloß im Hals, "und Glory hatte mich angelogen. Sie sagte, sie liebte mich, aber sie hat mich nur benutzt", fühlte er die Tränen wieder kommen.

"Du meinst Glory Maryland?"

Richard nickte.

"Sag es laut, Mann! Du meinst, Glory Maryland hat dich benutzt und dann haben sie und Donald Maryland dir gedroht, dass die IRA dich töten wird, wenn du nicht das tust, was sie von dir wollen?"

"Ja, verdammt! Ich meine Glory Maryland."

"Okay, das war alles, was ich wissen musste", sagte der Mann und stand auf. Er ging zu Richard und hielt ihm die Waffe an die Stirn. "Kennst du meinen Spitznamen?"

Richard schloss seine Augen und wartete auf den letzten Schuss. Er würde sterben. Er wusste es einfach. Ein neuer Furz entging ihm. Das Atmen wurde von Sekunde zu Sekunde schwerer.

"Nun", forderte er. Seine Stimme hatte seine Gelassenheit verloren, und Richard merkte sofort, dass sein Ton in den Klang eines Verrückten verwandelt war. Er drückte den Gewehrlauf stärker gegen Richards Stirn.

"Ich habe keine Ahnung", antwortete Richard langsam.

"Nun, man nennt mich Dirty Harry und weißt du warum? Es ist, weil ich immer eine 44er Magnum benutze. Dasselbe Stück, das man in den alten Dirty Harry Filmen aus den 1970er Jahren mit Clint Eastwood als Dirty Harry sieht. Nun, ich bin genau wie er. Nur, dass ich schwarz bin und nicht für die Polizei arbeite, aber ich sage immer, mach schon, mach meinen Tag. Dann drücke ich den Abzug meiner Magnum, um jemandem ein Loch in den Kopf zu machen und …" in diesem Moment wurde die Tür von den Feds gewaltsam eingetreten. Dirty Harry richtete seine Kanone auf die FBI-Agenten, die hereinstürmten und in ihre Richtung schossen. Er hatte nicht die Zeit für einen zweiten Schuss, weil er in seiner Herzgegend getroffen wurde. Das Blut spritzte überall herum, während die Magnum aus seiner Hand klapperte.

45

Jack Hunter war in Raum 2403, zusammen mit vier ATU-Agenten. Sie hatten sich als FBI-Agenten identifiziert und die gesamte Etage wurde unter ihrer Aufsicht geräumt.

Jack hatte die Hotelleitung informiert, dass sie das Stockwerk wegen eines Drogendeals räumen mussten, in den Richard McKenna verwickelt war. Es war möglich, dass einige Schießereien in die Verhaftung der Dealer involviert sein würden, und deshalb war es unvermeidlich, das Stockwerk zu räumen. Das Hotel würde eine Entschädigung vom FBI erhalten, wenn ein Schaden entstanden wäre. Sie verkabelten Richards Zimmer sofort mit Mikrofonen und übergaben Harry einen drahtlosen Funksender, der gleichzeitig ein Videosignal ausstrahlte. Der Sender hatte die Größe eines Zehncentstücks und hatte eine Reichweite von achtundneunzig Fuß. Jack warf einen kurzen Blick auf seine Uhr. Sie kamen gerade noch rechtzeitig, bevor sich die Fahrstuhltür öffnete. Jack hörte sich McKennas Aussage an, die sie gegen die Marylands in London verwenden würden, und als Harry mit seiner Dirty Harry-Nummer begann, gab er seinen Männern das Signal, die Tür mit einem Rammbock einzuschlagen. Harry wurde getötet und dann betrat Jack den Raum und ging zu McKenna, die am ganzen Körper zitterte. Er identifizierte sich gegenüber McKenna als ein FBI-Agent.

"Wir waren Dirty Harry auf der Spur, nachdem wir einen Tipp von einem unserer Informanten bekamen, dass ein Kopfgeld auf dich ausgesetzt war. Trotzdem sind wir nicht sicher, dass Dirty Harry der einzige Killer ist. Vielleicht ist ein anderer hinter dir her. Es ist besser, wenn wir dich unter unseren Schutz nehmen und dich in einen sicheren Unterschlupf bringen. Ich empfehle dir dringend, das Angebot anzunehmen."

"Ja, natürlich ... ich möchte das Angebot annehmen. Danke", murmelte McKenna.

"In Ordnung! Meine Leute werden dich dorthin bringen, und bald wirst du in Sicherheit sein", beruhigte Jack. "Du kannst im Safe House saubere Kleidung anziehen."

Jacks Männer begleiteten McKenna zum Aufzug und versuchten, ihn zu beruhigen. Nachdem er außer Sichtweite war, stand Harry auf. "Und was denkst du? War ich überzeugend genug", fragte er grinsend.

"Ja, du warst ziemlich überzeugend."

"Es hat allerdings meinen besten Anzug ruiniert. Diese falschen Blutspritzer werden nie wieder herauskommen."

Jack schnaubte. "Dieser McKenna hat sich in die Hose gepinkelt, und du hast ihn wirklich zu Tode erschreckt. Deshalb hast du deine Rache für deinen ruinierten Anzug bekommen. Einige meiner Leute werden kommen, um dich auf einer Bahre wegzubringen. Du wirst dich für eine Weile tot stellen müssen, bis du bei Sybil zu Hause bist. Wir werden London informieren, dass du verstorben bist, damit sie ihre Akten schließen können."

Jack rief Sybil an. "Er kommt freiwillig in deine Richtung, begleitet von vier meiner Männer. Alles läuft wie geplant. Harry wird durch die Hintertür hereingebracht werden. Jetzt liegt es an euch."

16 – Das Hotelzimmer

"Es wird gleich passieren, Leute", sagte Sybil zu den ATU-Agenten, die alle im Foyer zusammengetrieben wurden. "Bald wird der Auserwählte hier sein, und wir werden ihm eine Suite mit allem Komfort geben."

"Woher wissen wir mit Sicherheit, dass McKenna wirklich diese sogenannte Auserwählte ist", fragte einer der Agenten.

"Im Zweifelsfall kann man seine Arme unter fließendes Wasser drücken. Seine Adern werden sich aufhellen wie ein blauer Weihnachtsbaum. Wenn du das siehst, dann wirst du wissen, dass er tatsächlich der Richtige ist", erklärte Sybil.

"Ich denke, dass wir das zuerst testen sollten", sagte Mary Cullen, eine Senior-Agentin mittleren Alters mit einem kurzen Haarschnitt. "Vor der Hinrichtung einer Unschuldigen."

Alle stimmten dem zu. Einige applaudierten sogar.

"Zunächst einmal töten wir keine Unschuldigen. McKenna muss sich freiwillig opfern, nur dann können wir sein Blut benutzen, um das Buch aufzulösen."

Ein ATU-Agent, Sybil kannte seinen Namen nicht, näherte sich Sybil und flüsterte ihr in die Ohren, dass das Auto mit McKenna kommen würde. Sie nickte und mit einem Lächeln sagte sie: "Mir wurde gerade gesagt, dass das Auto mit McKenna sich der Einfahrt nähert. Das bedeutet, dass wir dafür sorgen müssen, dass er sich wie zu Hause fühlt."

Sybil ging in die Lobby und sah zu, wie man McKenna, die in einem Rollstuhl saß, hineinschob. Mit einem riesigen Lächeln auf ihrem Gesicht begrüßte sie ihn. Sie bemerkte sein Gesicht, blass wie ein Laken. Und sie bemerkte einen Urinfleck auf seiner Hose. Sie konnte seine Angst riechen und sie verbreiterte ihr Lächeln. Es war gut, dass sie sich ihre beiden Reißzähne scherte, sonst würde er in die andere Richtung laufen. Na ja, nicht genau rennen. Er saß schließlich im Rollstuhl. Er würde sich hier rausrollen, entschied Sybil, als sie auf ihn hinunterblickte. Die Dinge wären so einfach, wenn sie ihn ausbluten könnte. Genau hier und jetzt. Aber das funktioniert nicht mit Flüchen. Das Opfer muss sich selbst opfern. Das einzige Problem ist, dass er ein Arschloch ist. McPierson ist sein Vorfahre. Und das bedeutet, er ist egozentrisch. Er denkt nur an sich selbst. Die ganze Welt dreht sich um ihn. In seinen Augen jedenfalls, wusste Sybil.

Sie holte tief Luft und räusperte sich.

"Hallo, ich bin Sybil Crewes und hier wirst du von uns vor Mördern geschützt. Komm, ich zeige dir dein Zimmer und mache dich frisch", mit einer leichten Kopf-Geste lud sie die ATU-Agentin Mary Cullen ein, mitzukommen. Sie brachten ihn in das Zimmer und halfen ihm in der Badewanne, da er nicht die Kraft hatte, es selbst zu tun. Er zitterte am ganzen Körper. Mary drehte den Wasserhahn auf und ließ das Wasser auf seinen Armen Fließen. Marys Gesicht wurde blass, als McKennas Venen alle aufleuchteten.

McKenna murmelte, dass er das seit seinem sechzehnten Lebensjahr hatte - nachdem sein Vater gestorben war - und dass es nichts sei, worüber man sich Sorgen machen müsse. Es würde nach einer Weile verblassen. Sybil starrte Mary direkt in die Augen; sie gab es leise zu, um zu bestätigen, dass sie überzeugt war.

46

Richard wurde etwas lockerer. Er würde niemals diese Behandlung im Sheraton Hotel bekommen - mit den Komplimenten des FBI. Dann fragte er sich, ob er in einer Art Bordell war. Dieser Service konnte niemals eine Standardprozedur sein. Es machte ihm nichts aus und er warf einen Blick auf die Namensschilder an ihren Anzügen.

Sybil Crewes und Mary Lovers. Namen, an die er sich erinnern sollte, entschied er. Richard wurde warm und der Schweiß brach aus allen Poren seines Körpers, als er über seine Situation nachdachte. Dirty Harry war sicherlich ein eiskalter Mistkerl. Ein Killer. Donald Maryland war im Vergleich dazu ein Heiliger. Mit einem Seufzer schloss er seine Augen und genoss das Schrubben auf seinem Rücken.

"Wie fühlen wir uns jetzt?" wollte Sybil wissen.

"Besser, viel besser, danke", antwortete er und senkte seine Hände, um seine Aufregung zu verbergen. Es war noch zu früh, um mit den Damen Sex zu haben. Außerdem war er zu verletzlich. Sie könnten ihre Vorteile gegenüber ihm bekommen, statt umgekehrt. Er wollte die Kontrolle haben. Frauen sollen den Männern gefallen, erinnerte er sich.

"Super. Wir haben ein paar saubere Kleider für dich auf das Bett gelegt. Ich hoffe, dass ich dich bald in der Lobby sehe", antwortete Sybil mit einem strahlenden Lächeln. Dann ließen sie ihn allein im Zimmer zurück. Richard ging zu dem Fenster, das den Hafen überblickte. Er stieß einen tiefen Seufzer der Erleichterung aus. Zwischen diesen Mauern war er in Sicherheit. Sein Blick bewegte sich zum Bett und beschloss, ein Nickerchen zu machen.

47

Er ging eine schäbige Gasse hinunter, während er sich nicht daran erinnern konnte, wie er hierher gekommen war. Doch der grässliche Anblick umgestürzter Mülltonnen, die Graffiti an den Wänden und die junge Frau mit verwahrlostem Blick, die auf dem Bürgersteig vor einem schäbigen Wohnhaus saß, erregten seine Aufmerksamkeit. Die Atmosphäre war ein ideales Szenario für seine Geschichte, und als er sich umschaute, hatte er so viel Energie, dass er schreiben wollte. Dies war genau die Gasse, die er für seinen Prolog im Sinn hatte.

Richard ging auf die junge Frau zu und setzte sich ihr gegenüber auf seine Lenden. Er warf ihr einen fragenden Blick zu - er bemitleidete sie fast. Dann blickte er sie über den Rand seiner Sonnenbrille an und bemerkte die vielen Narben auf ihrem Gesicht. Er nahm an, dass sie darunter hübsch aussah. Die meisten Narben, dachte er, waren oberflächlich. Mit guter Pflege könnte sie sie loswerden, und dann würde sie aufblühen. Sie hatte schönes, schulterlanges, kastanienbraun Haar. Doch die Düfte, die sie mit sich trug, brachten ihn fast zum Kotzen. Es war eine Mischung aus billigen Parfüms, Schweiß und er stellte Urin fest. Um zu verhindern, dass ihm der Magen umkippte, steckte er sich hastig ein Stück Kaugummi in den Mund und räusperte sich.

"Du kannst ein paar Dollars bekommen, wenn du mir sagen kannst, ob in dieser Gegend irgendwo ein Zimmer frei ist, und ich meine nicht die Gosse", betonte er letzteres extra laut.

Mit einem Stöhnen öffnete sie ihre Augen. Unwillkürlich hatte er eine Vision, in der er eine wilde Sex Orgie mit ihr hatte. Plötzlich unbehaglich blinzelte Richard mit den Augen, um die unerwünschte Vision loszuwerden. Sie erschienen ihm unwirklich. Als ob er sich jemals herablassen würde, es mit einer Frau wie ihr zu treiben! Das war etwas, was er trotz seines turbulenten Sexlebens niemals tun würde. Sex war Kunst mit einem großen S. Er würde dies niemals mit einer Straßenmädchen teilen. Außerdem würde sie ihn vielleicht mit einer Krankheit anstecken, von der er sich nicht erholen würde. Okay, er musste zugeben, dass sie mit ihren zerrissenen Jeans, die von einer Sicherheitsnadel zusammengehalten wurden, sexy aussah. Doch ihr Geruch machte ihn krank. Um es noch schlimmer zu machen, trug sie auch noch ein T-Shirt mit der Aufschrift Jimi Hendrix. Puh, er hasste Rockmusik. Er bevorzugte klassische Musik.

Sie starrte ihn einen Moment lang an, sichtlich beleidigt, und Richard verstand, dass er sie falsch ansprach. Sie zündete sich eine Zigarette an und blies ihm Rauch ins Gesicht. "Fick dich, Arschloch!"

Er nahm seine Sonnenbrille ab, "Es tut mir leid. Ich wollte nicht so unhöflich sein ..."

"Es tut mir leid. Ich wollte nicht so unhöflich sein", hallte sie mit knurrender Stimme wider.

"Okay, tut mir leid", sagte er und nahm die Hände in die Luft, "So habe ich es nicht gemeint. Hör zu, ich möchte dir ein paar Dollar geben, wenn du weißt, wo ich übernachten kann."

"Oh, und ich dachte, du wolltest noch ein blaues Auge. Du kennst ein kostenloses Souvenir aus Boston, also hast du etwas, mit dem du vor deinen Freunden angeben kannst", deutete sie mit der Spitze ihrer Zigarette auf sein blaues Auge. Er bemerkte ihre schwarzen Lippen. Als er ihre schwarzen Lippen sah, sehnte er sich nach Sex. Er konnte es nicht lassen. Als sie ihre Augen verengte, muss sie seine Erregung bemerkt haben. Schnell senkte er seine Hände und räusperte sich.

"Verpiss dich! Es sei denn, du willst wirklich ein Souvenir auf deinem anderen Auge haben. Ich scherze nicht."

"Es war nur eine Frage. Lebst du hier in der Gegend?"

"Das geht dich verdammt noch mal nichts an. Geh mir aus den Augen, damit ich die Sonne genießen kann. Das ist meine letzte Warnung", starrte sie ihn an.

"Es tut mir leid", entschuldigte er sich, nahm seine Brieftasche und zeigte einen Zwanziger. "Ich meine es ernst. Das gehört dir, wenn du mir sagst, wo ich hier in der Gegend ein Zimmer mieten kann."

"Hey krankes Arschloch, sehe ich für dich wie ein Reisebüro aus? Nein, das finde ich nicht. Lass mich in Ruhe, du englischer Bastard."

"Du hast also bemerkt, dass ich aus England komme?"

"Ja, mir ist aufgefallen, dass du aus England kommst, trotz deines falschen amerikanischen Akzents. Hallo, Kurzmeldung, wir haben dir vor langer Zeit in den Arsch getreten, 1783 um genau zu sein. Jetzt verschwinde!"

"Beruhige dich", sagte er.

"Ich meine es aber ernst!"

"Okay, ich werde gehen. Es ist schade, dass du nicht weißt, wo ich in dieser Region ein Zimmer für die Nacht buchen kann."

"Warum will ein wohlhabendes, britisches Arschloch überhaupt ein Zimmer in dieser hübschen Gegend mieten? Wenn es eine Sache gibt, die ich mehr hasse, dann ist es ein britischer Polizist, der hier in unserem Land Urlaub macht. Also verpiss dich und fang an, jemand anderen zu belästigen. Deine Art ist hier nicht willkommen!"

"Ich bin nicht von der Polizei. Ich bin nur im Urlaub hier."

"Dann verpiss dich, du Tourist."

"Ich bin nicht nur ein Tourist, vielleicht will ich hier leben."

"Ach, ist das so? Nun, hier ist eine weitere Kurzmeldung. Wir sind schon lange unabhängig von den englischen Schweinen. Eigentlich seit wir deinen dreckigen Tee ins Meer gekippt haben, wegen deiner hohen Steuern. Wenn du nicht aufpasst, gehst du den gleichen Weg."

"Ich bin hierher gekommen, um ein Buch zu schreiben."

"Das ist schön für dich. Viel Glück damit. Oh nein, warte, besser nicht!"

"Du missverstehst mich. Ich möchte ein Buch über diese Gasse schreiben und vielleicht auch über deine Lebensweise."

"Nun, viel Glück damit."

"Hier", sagte er und reichte ihr das Geld. "Behalte es. Du brauchst es mehr als ich."

"Muss ich beleidigt sein oder so? Sehe ich für dich wie ein Penner aus, Arschloch?"

"Nein, behalte es. Bitte behalte es."

"Und ich muss dir auch nicht blasen oder so was?"

"Also, um Himmels willen, nein!" Stell dir vor, er würde eine schreckliche Krankheit bekommen. Aber auf der anderen Seite erregte ihn ihr schwarzer Lippenstift. *Zerriss ihre Kleidung. Packte sie im Schritt und amüsierte sich. Jede Menge Spaß. Aber nein. Nicht jetzt,* entschied er. Er fühlte die Röte auf seinem Gesicht.

"Außerdem würde ich dich beißen, weil ich keine Hure bin!" Sie hob das Geld auf und zeigte dann auf eine Tür des Hauses hinter ihr. "Willst du immer noch ein Zimmer? Dann haben wir vielleicht eins für dich. Unser Haus war früher ein Hotel", grinste sie und zählte das Geld.

Richard zog die Augen zusammen, bevor er die vier Stufen hinaufging, die zur Tür des Hauses führten. Einen Moment lang starrte er auf die abblätternde Farbe an der Tür. Es war genau das, was er suchte. Er erwartete, dass er hier genug Inspiration für mindestens zehn Bücher bekommen würde. Die Tür hatte keine Klingel, aber sie hatte einen löwenförmigen Klopfer mit einem Metallring. Er erinnerte ihn an eine berühmte Geschichte von Charles Dickens: Ein Weihnachtslied.

Die Tür öffnete sich. Richard starrte nicht in Ebenezer Scrooges Gesicht. Es war das Gesicht eines rothaarigen Engels, der einen roten Blazer trug, der ihr sehr gut stand. Sie roch nach Rosen und er bemerkte ein paar Sommersprossen auf ihrem Gesicht. Sie war ein Geschenk des Himmels, verglichen mit der Hure in der Gasse. Er wollte Sex mit ihr haben. Genau, hier. Genau hier und jetzt. *Aber zuerst, achte auf deine Manieren,* dachte er fest. *Sobald ich im Haus bin, werde ich sie kosten. Genieße ihren nackten Körper und vergiss den Rest. Zumindest für eine kleine Weile. Bis wir beide gesättigt sind. Siehst du, ich kann doch ein netter Kerl sein.*

"Die junge Dame dort drüben", sagte er und lächelte, während er auf die Hure zeigte, "sagte mir, dass du vielleicht ein Zimmer hast, das ich für die Nacht mieten kann."

Ihre Augen funkelten. " Ja. Meine Schwester Sybil hat recht. Wir haben ein Zimmer frei, das du für die Nacht mieten kannst. Warum kommst du nicht rein? Ich werde dir die Zimmer zeigen" sagte sie, und hat die Tür vom Haken genommen ..." und bitte, nenn mich Catherine."

"Ich freue mich, dich kennenzulernen, Catherine. Ich bin Richard", sagte er.

Als sie sich umdrehte, um ihn hereinzulassen, schaute er auf die Kurven ihres Körpers. Sie war schlank und in einer guten Form. Als sie die Tür öffnete, bemerkte er die Größe ihrer Brüste. Vielleicht hatte sie Implantate. Dies ist schließlich Amerika. Alle Frauen haben hier unten eine Plastik Chirurgie. Für die Frauen hier unten ist es ihre Aufgabe, hübsch auszusehen, damit die Männer ihre Schönheit genießen können. Ihren Körper. Wieder ertappte er sich auf frischer Tat, nur an Sex denkend.

Was ist los mit mir? fragte er sich. Aber zu seiner Verteidigung, sie sah hübsch aus. Sehr hübsch. Zu hübsch, um loszulassen. Er leckte sich die Lippen, als er ihr durch den Flur folgte.

Auf halbem Weg durch den Flur blieb Catherine stehen und drehte sich um. *Sie sehnt sich nach Sex. Ich wusste es einfach.* Er zeigte ihr sein schönstes Lächeln, als er näher zu ihr kam. Diese Schönheit wartete auf ihn und wer ist er, dass er einer solchen Schönheit widerstehen kann? Er leckte sich die Lippen. Er wird auf ihr liegen, und vom ihre Weiblichkeit genießen. Ihm war es egal, ob sie die Pille nahm oder nicht. Wenn sie später schwanger war, nun ... dann wäre er längst aus ihrem Leben verschwunden. Sex ist in Ordnung. Aber Bindung mit einer Frau? Das war etwas, was er nie tun würde. Lang lebe die Freiheit! Ich werde nicht in einem Plastikkäfig leben, in den mich Frauen stecken wollen.

"Ich weiß, was du willst", sagte Catherine mit rauer Stimme, bevor sie ihre rasiermesserscharfen Reißzähne zeigte. Er erstarrte, während sie sich auf ihn stürzte und ihm auf den Hals schlug. Mit einem blutigen Lächeln gestand sie: "Du bist genau das, was der Arzt verordnet hat."

Richards Augen weiteten sich. Er schrie um Hilfe. Machtlos lag er auf dem Boden, als sein Leben entging. Dann griff Sybil ein und zog ihn an seinem Kragen weg, zusammen mit Catherine, weil sie ihn nicht losließ. Ihre Haut brannte unter dem hellen Sonnenlicht. Ein pechschwarzer Rauch bedeckte sie, als ob jemand Gummi verbrennen würde. Nachdem sich der Rauch verzogen hatte, hatte sich ihr Gesicht in das einer Mumie verwandelt, deren Haut wie verbranntes Leder um ihren Kopf gewickelt war. Verängstigt versuchte er, sie wegzustoßen, aber sie war zu stark. Seine Daumen drückten in ihre Augenhöhlen und gingen durch eine Schicht aus weicher Masse.

Catherine biss ihn in die Nase. Richard fühlte einen scharfen Schmerz, der durch den Knochen schnitt. Sie lächelte. Sein Blut tropfte an ihren Reißzähnen herunter.

"Ich kann dich essen", sagte sie mit einer Stimme, die direkt aus der Hölle kam.

Sybil zog an Catherines Haaren und schaffte es, sie abzuziehen. Catherine stand auf. Sie griff Sybil sofort an. Sybil wich ihrem Tritt aus und sprang. Als sie herunterkam, fiel sie auf sie drauf. Catherine knurrte wie ein tollwütiger Hund. Sybil brach sich das Genick und ging zu Richard.
"Bist du in Ordnung?"
"Mir ist ein wenig schwindelig."
"Das geht vorbei", bemerkte sie. "Hör zu, Richard McKenna. Dies ist nur ein böser Traum. Ein blutiger Alptraum", starrte sie ihm direkt in die Augen, als ob sie ihn in Hypnose versetzt hätte.
"Ein Alptraum", murmelte er schwach.
"Richtig, es war nur ein Alptraum als Folge von Jetlag, zu viel Alkohol und einem schlechten Horrorfilm im Fernsehen. Es ist keine Überraschung, nach allem, was du mit Dirty Harry durchgemacht hast."
"Ja, Dirty Harry hat versucht, mich auf Befehl von Maryland umzubringen. Ich bin in Boston nicht sicher."
"Deshalb bist du in meinem Hotel, erinnerst du dich? Das FBI hat dich hergebracht, und wir sind hier, um dich zu beschützen."

48

Erschrocken sah sich Richard um. Sein Herz klopfte in seiner Brust und beruhigte sich, als er merkte, dass er noch in seinem Zimmer war. Sein Blick glitt auf den Radiowecker auf dem Nachttisch neben dem Bett. Es war fast sechs Uhr. Richard schüttelte den Kopf und rieb sich den Nacken. Erschöpft stand er auf und ging ins Badezimmer. Er warf einen Blick in den Spiegel. "Es war nur ein Alptraum, nichts weiter. Nur eine Folge von Jetlag, zu viel Alkohol und einem schlechten Horrorfilm im Fernsehen. Es ist keine Überraschung, nach allem, was ich mit Dirty Harry durchgemacht habe."

49

Sybil sah verwirrt aus, nachdem sie aus einem Traum erwachte, in dem sie ein Gastspiel in Richards Traum hatte. Tief im Inneren fühlte sie sich schmutzig, als ob sie jemals nach Urin riechen würde! Igitt! Wie auch immer, sie hat sich nie als Punk-Mädchen verkleidet. Nicht wirklich mein Ding. Nur vielleicht, sie war wegen Richards Fantasiegebilde so angezogen. Auch Catherine hatte eine Gastrolle in seinem Traum, und Sybil fragte sich, ob Catherine da war - es fühlte sich real genug an. Zu real, für ihren Geschmack. Nach einem tiefen Atemzug ging sie die Treppe hinunter und starrte auf die Rezeption, um nach Catherine zu suchen, aber sie war nicht da. Mary war hinter der Theke und schaute auf, als sie Sybil bemerkte.

"Wenn du Catherine suchst, sie ging vor einer Weile in ihr Zimmer."

"Danke."

Sybil klopfte an Catherines Tür, die sich in der Nähe des Empfangs befand. Eine verschlafene Catherine spähte durch die Tür und verbarg ein Gähnen: "Oh, du bist es", mit einem Nicken bat sie sie herein. "Ich hatte den seltsamsten Traum meines Lebens, nur fühlte er sich nicht wie ein Traum an."

"Du meinst, du hattest einen Gastauftritt in McKennas Traum, in dem ich ein nach Urin stinkendes Punk-Girl war?" fragte Sybil.

"Ja, ekelhaft, was?"

"Das könntest du sagen, aber du hast dich in eine Vampirmumie verwandelt!"

Catherine lachte laut. "Ich hatte genug davon, nett in seinem Gesicht zu spielen. Er hat mich genervt."

Mit zittriger Hand öffnete Catherine die Minibar und nahm einen Beutel Blut, den sie in einem Rutsch verzehrte und warf den leeren Beutel in den Mülleimer.

"Warum hast du mich überhaupt aufgehalten? Ich hätte ihn fast gehabt", klagte sie und wischte sich den Mund ab.

"Nun, angenommen, du würdest ihn in seinem Traum töten, dann besteht die Möglichkeit, dass er im wirklichen Leben stirbt", antwortete Sybil.

"Hoppla, ich habe nie einen zweiten Gedanken daran verschwendet", entschuldigte sie sich, "aber er ist ein Arsch. Für Männer wie ihn sind Frauen nur für eine Sache gut."

"Er ist wirklich ein echter McPierson", nickte Sybil.

"Sybil?"

"Ja, Liebes?"

"Nun, wenn dies einer der letzten Tage auf Erden für mich ist, dann würde ich mir gerne die Nacht frei nehmen. Jack fragte mich, ob ich etwas mit ihm trinken möchte. Du hast vorhin erwähnt, dass ein Vampir alles trinken kann, richtig?"

"Ja, das ist richtig, Mädchen. Zu welcher Zeit gehst du aus?"

"Um acht Uhr."

50

Jack musste mit Sybil reden, denn er musste ihre Pläne kennen und wissen, wie sie McKenna überreden wollte, sich selbst zu opfern. Aber für ihn war es wichtiger, ob er ihr vertrauen konnte. Schließlich waren Vampire in den Filmen blutsaugende Monster! Nach allem, was er weiß, hat sie ihre eigenen Pläne. Deshalb sagte er Vanessa, sie solle überprüfen, ob McKenna mit McPierson verbunden sei. Er warf einen Blick auf die SMS. Vanessa bestätigte, dass McKenna mit McPierson verwandt war. Außerdem hatte Mary ihm ein Bild von McKennas glühenden Venen übergeben. Es war unheimlich. Jack legte sein Handy weg. Trotz all der Beweise hatte er immer noch dieses Gefühl, dass Sybil ihm nicht die ganze Geschichte erzählt hatte. Er ging in das Hotel und fragte Mary an der Rezeption, ob sie wüsste, wo Sybil war. Sie sagte ihm, dass sie in Catherines Zimmer ging.

51

"Jack", sagte Catherine erfreut, als sie die Tür öffnete. Catherine sah hübsch aus, und er bürstete sich schnell mit den Fingern die Haare. "Ich war auf der Suche nach Sybil", antwortete er.

"Sie ist auch hier. Wir haben unseren Gastauftritt in McKennas Traum Revue passieren lassen, wie verrückt ist das? Komm rein", antwortete Catherine.

"Du hattest einen Gastauftritt in einem Traum von jemand anderem? Wie ist das überhaupt möglich?" fragte er überrascht.

"Ich weiß es nicht", antwortete Sybil, "aber ich glaube, es hat etwas mit dem Buch der Toten zu tun. Das Necronomicon will offensichtlich, dass McKenna verschwindet, also kann sein Blut es nicht zerstören."

"Deshalb bin ich hierher gekommen, um über dein Buch zu sprechen", sagte Jack und warf einen Blick auf einen Sessel. "Darf ich?"

"Unbedingt", sagte Catherine.

Jack nickte ein Dankeschön und setzte sich in den Sessel. "Du sagst also, du hattest einen Gastauftritt in McKennas Traum?

"Ja", sagten Sybil und Catherine, fast im selben Moment. Dann erzählten ihm die beiden Frauen alles über den Traum. Erstaunt und mit wachsender Verwunderung hörte Jack zu. Obwohl er ihre Aussage nur teilweise verstand, glaubte er, dass sie in McKennas Traum waren. Er informierte sie, dass Mary ihm von McKennas glühenden Adern erzählte und er erklärte, dass er echte Beweise brauche, McKenna sei der Schlüssel, um das Elend zu beenden.

"Er muss noch einchecken, und dann benutzen wir diesen Stift. Er hat eine winzige Nadel, die einen Tropfen seines Blutes in einem kleinen Zylinder auffangen wird. Ich werde demonstrieren, dass sein Blut das Buch vor aller Augen zerstören kann. Ich denke, es ist wichtig, dass jeder sehen wird, dass ich vertrauenswürdig bin. Nicht alle Vampire sind blutrünstige Monster."

Jacks Gesicht wurde warm, nachdem Sybil das gesagt hatte und fühlte sich schuldig, da sie sagte, was er die ganze Zeit dachte. "Ich habe immer noch meine Zweifel, um ehrlich zu sein. Ich habe das Gefühl, dass du etwas zurückhältst."

"Du hast Zweifel woran?" antwortete Sybil fast entrüstet.

Jack sah ihr direkt in die Augen. Er bemerkte, dass sie weg sah.

"Ich habe das Gefühl, dass du mir nicht alles gesagt hast. Das ist mehr, als man auf den ersten Blick sieht."

Sybil zwang ein Lachen auf.

"Du hast recht! Es steht mehr auf dem Spiel"

Sie nahm sich einen Stuhl und setzte sich hin. Catherine starrte ihn an und warf ihm einen fragenden Blick zu.

"Wenn wir das Buch nicht vernichten, dann werden sich alle Tore der Hölle öffnen. Alle Arten von Dämonen aus der Unterwelt werden auf der Erde wandeln, um die Menschheit zu zerstören oder zu versklaven. Ich habe es noch niemandem erzählt, nicht einmal dir," sagte Sybil. Ihr Blick rutschte von Catherine auf Jack, "denn das ändert nichts am Zweck unserer Mission. Wir müssen das Buch zerstören; das wird nicht nur die Welt, wie wir sie kennen, retten, sondern wir werden auch verhindern, dass sich deine Leute in blutige Vampire verwandelt! Wenn wir scheitern, wird eine Vampirepidemie die geringste unserer Sorgen sein. Wie auch immer, wenn wir das Necronomicon zerstören, wird es auch einen sicheren Tod für mich, für Frank und vielleicht auch für Catherine bedeuten, aber wir haben keine Wahl", atmete sie aus. Ihre Worte gaben ihm einen kalten Schauer in den Knochen. Er warf Catherine einen Blick zu. Wenn Sybil die Wahrheit sagen würde, würde das bedeuten, dass er vielleicht nie die Chance haben würde, sie besser kennen zu lernen. "Es tut mir leid, dass ich von meinem ...", begann er mit einem bitteren Geschmack im Mund.

"Es ist alles in Ordnung Jack" - unterbrach Sybil ihm - "aber glaubst du mir jetzt?"

"Früher konntest du auf mich zählen, aber jetzt hast du mir das ganze Bild erzählt; du hast mein vollstes Vertrauen. Ich hatte das Gefühl, dass du einige Informationen zurückhältst. Aber jetzt, wo ich es weiß ..." er warf Catherine einen Blick zu, "ich wünschte, wir wären uns früher begegnet."

"Willst du mich wirklich besser kennen lernen?" fragte Catherine mit funkelnden Augen und einem vollen Lächeln auf ihrem Gesicht. Jack fühlte sich innerlich warm an und antwortete ihr Lächeln, während er Händchen hielt.

52

An der Rezeption übernahm Catherine den Dienst von Mary und warf Jack einen fragenden Blick zu. "Haben wir heute Abend noch ein Date?"

Jack grinste und nickte. Nach dem Vorfall mit seiner Ex-Frau Dorothy hatte er sich seinen Gefühlen nicht mehr hingegeben. Er hatte Angst, dass seine Arbeit die, die er liebte, gefährden würde. Trotzdem war Catherine keine gewöhnliche Frau. Sie war ein Vampir und jetzt wusste er, dass sie nicht mehr lange da sein würde, er hatte keine Zeit mehr zu verschwenden. Im Idealfall würde er sie am liebsten mitnehmen und jede Stunde mit ihr verbringen. Catherine sah so natürlich aus. Sie war so menschlich. Sie sah nicht perfekt aus wie Sybil. Sybil hatte das Aussehen eines Vampirs, wie man es in den Filmen sieht. Mit ihrer glatten, blassen Haut.

53

Richard ging zum Empfang, wo er Sybil bemerkte. Sie sah nicht wie ein Punk-Mädchen aus, aber er konnte nicht anders, er war schockiert, nachdem er Catherine gesehen hatte.

"Mr. McKenna", sagte Sybil, mit einem großzügigen Lächeln auf ihrem Gesicht. "Wir müssen miteinander reden. Kann ich Sie in den Salon einladen, um etwas mit mir zu trinken?"

Dann richtete sie ihre Aufmerksamkeit auf Catherine, "Catherine, wärst du so nett und gibst mir bitte das Gästebuch?"

"Das ist nicht nach dem Protokoll", murmelte Catherine, als sie ihr das Buch reichte.

"Manchmal müssen wir flexibel sein", sagte Sybil und deutete Richard an, ihr zu folgen. Langsam begann die Spannung zu schwinden, als sie auf zwei bequemen Sitzen stattfanden. Im Foyer gab es einen Kamin, der im Moment angezündet war, und an den Wänden hingen einige Gemälde. In der Nähe des Fensters waren zwei dekorative Vorhänge. Ein Lichtstrahl leuchtete fröhlich hinein.

"Ich hoffe, dass ihr diese schrecklichen Momente, die ihr hattet, bald vergessen werdet", sagte Sybil, "zumindest hier werdet ihr sicher sein. Wir sind aller erfahrenen Agenten, die für eure Sicherheit sorgen. Aber wir müssen den Schein eines richtigen Hotels wahren. Ich hoffe, ihr werdet das Verstehen."

Sie öffnete das Empfangsbuch, während ein Kellner einen Drink brachte. Sybil reichte ihm einen Stift. "Wenn du deinen Namen und deine Unterschrift hier eintragen möchtest, dann kannst du ein paar Tage hier bleiben, bis die Gefahr vorüber ist. Wir haben London kontaktiert, und die Marylands werden in Gewahrsam genommen. Sie werden immer noch befragt, ob sie weitere Attentäter auf dich angesetzt haben. Bis wir es sicher wissen, ist es das Beste, hier zu bleiben."

"Einverstanden", sagte Richard. Er warf einen Blick in das Gästebuch und setzte seinen Namen und seine Unterschrift an die Stelle, auf die Sybil mit dem Finger zeigte. Als er sich in das Buch eintrug, stach ihm etwas in den Daumen. In einem Reflex steckte er den Daumen in den Mund.

"Was ist los?" fragte Sybil.

"Ich fühlte etwas stechen, aber es ist nichts. Jedenfalls blutet es nicht."

Als er Blut erwähnte, kündigte sich Sybils Bauch laut und deutlich an. Sie versuchte es mit einem Husten zu verbergen, hatte aber keine Ahnung, ob sie Erfolg hatte. Zumindest hat McKenna nicht mit der Wimper gezuckt. Also bemerkte er es nicht oder es war ihm egal. Sie lächelte schwach.

Dann brachten sie einen Toast aus, und er sagte ihr, dass er seine Freunde besuchen wolle. Sybil machte ihm jedoch klar, dass es nicht klug war, das Hotel zu verlassen. Sie konnte seine Sicherheit nicht mehr garantieren, wenn er es tat. Es wäre besser, wenn er stattdessen seine Freunde einladen würde, ins Hotel zu kommen.

54

Sybil versammelte die ATU-Agenten in der Kantine, im Herzen des Bienenstocks - neunzig Fuß unterhalb - und ließ McKennas Blut auf eine Seite tropfen. Das brutzelnde Geräusch war fast wie ein Schrei.

17 – Betrunken

Richards Freunde erschienen eine halbe Stunde später im Hotelrestaurant. Er rief John telefonisch an und erzählte ihm von den zwei Angriffen auf sein Leben, und dann sprach er über das Hotel, in dem er wohnte. Karl und John waren die ersten, die ankamen. John bot ihm eine Flasche Cointreau an, während Karl zwei Fotoalben auf den Tisch legte.

"Diese Auswahl enthält die Fotos meiner letzten Gemälde, und die andere enthält Johns neueste Fotoserie."

Der neugierige Richard öffnete die Sammlungen und studierte Karls farbenfrohe Skizzen. Er wusste nicht, was er von Frauen mit doppeltem Gesicht und Fischen, die Vögeln ähnelten, halten sollte und umgekehrt. Johns Fotos hatten mehr Anziehungskraft auf ihn.

"Na, was meinst du?" fragte Karl.

"Ich bevorzuge die Fotos von John. Deine Entwürfe sind sehr künstlerisch und leuchtend, aber ich weiß nicht, ob sie mir gefallen oder nicht. Obwohl ich dieses Bild gerne in echt sehen würde", antwortete Richard.

Karl beugte sich vor und nickte, als sie das Ölgemälde eines verfallenen Gebäudes betrachteten, aber es sah auch aus wie ein Herrenhaus. Es schien Richard, daß Karl etwas mit doppelten Gesichtern hatte, und er fragte sich, warum das so war. Karl erklärte, dass jeder Mensch mehrere Gesichter hatte, genau wie Gebäude, "wenn ich skizziere, schließe ich mich dem geistigen Reich um uns herum an. Ich versuche, das auf der Leinwand festzuhalten. Wenn ich dich zum Beispiel anschaue, sehe ich einen Frauenhelden, aber auf der anderen Seite sehe ich einen britischen Offizier aus der Kolonialzeit. Wenn ich sie ansehe", zeigte er auf Sybil, die vorbeilief, "sehe ich hunderte von verschiedenen Facetten, als ob sie unglaublich alt wäre, und dasselbe gilt für dieses Hotel. Es sieht gemütlich aus, aber seine Seele ist sehr kalt, und es sieht aus, als verberge es ein Geheimnis", schloss Karl.

Augenblicke später kam James vorbei, und sie gingen in die Bar. Ein Lied von Madonna lief über die Lautsprecher, und Karl packte John an der Hand. "Komm, lass uns tanzen wie eine Jungfrau", witzelte er, da das Lied *Like a Virgin* gespielt wurde. Richard starrte seine beiden Freunde an. James fragte ihn, wie er sich nach all den Schwierigkeiten, die er durchgemacht hatte, fühlte.

Richard stöhnte. "Nun, was soll ich sagen? Ich bin erleichtert, dass das FBI mir im Sheraton Hotel das Leben gerettet hat, aber ich bin froh, wenn alles vorbei ist und ich wieder zur Normalität zurückkehren kann. Zumindest eine gute Sache ist dabei herausgekommen."

"Was?" fragte James, als er noch einen Drink bestellte.

"Nun, ich habe keine Schreibblockade mehr. Ich habe so viel durchgemacht, dass ich genug Geschichten habe, um zwei oder vielleicht sogar drei Bände zu schreiben."

"Amen", antwortete James und stoß auf sein Glas an.

Richard nahm einen Schluck, während John und Karl von der Tanzfläche zurückkamen. Ein paar Leute kamen, die neben ihnen an der Bar saßen, und die Freunde setzten sich ans Fenster, während John eine weitere Runde und einige Erfrischungen bestellte. Bald war es spät am Abend, und Richard schaute auf seine Uhr. Es war Mitternacht. Sie waren die letzten Gäste. Er hatte zu viel getrunken und benommen stand er auf. Ein harter Rülpser entging seinem Mund, und die anderen platzten vor Vergnügen heraus.

"Es hat Spaß gemacht, Freunde. Ich brauchte das, aber es ist schon spät, und ich will noch etwas schlafen. Außerdem sehe ich alles doppelt wegen des Alkohols", sagte er mit Schluckauf.

John warf ihm einen Blick zu. "Hör auf, so ein Partymuffel zu sein. Bleib noch eine Weile und trink noch einen Schluck, auf meine Kosten", gelang es ihm teilweise, einen Rülpser zu verbergen. Eine Blase glücklichen Lachens entwich aus Karls Mund, und bald lachten alle laut auf. James lachte so heftig, dass ein Furz entkam, den er mit einem lauten Rülpsen zu kaschieren versuchte.

"Jesus, was hast du gegessen? Ein Stinktier oder etwas anderes?" beschwerte sich John.

Die anderen grinsten nur.

"Nein, tut mir leid", sagte Richard, nachdem er sich die Freudentränen von seinen Augen abgewischt hatte. "Es ist spät und ich möchte schlafen."

Karl lächelte. Richard runzelte die Stirn.

"Nun, ich habe mir vorgestellt, dass du unten im Flur schläfst", erklärte Karl, "in deinem Geburtstagsanzug, und dann nimmt dich eine alte Oma mit in ihr Zimmer und hat die Zeit ihres Lebens. Und sobald du frühmorgens aufwachst und alles, was du denken kannst, ist: was soll's, wenn du erst einmal das Gesicht der Oma siehst."

Die anderen kicherten. Während er sich die Tränen des Vergnügens aus den Augen rieb, fuhr Karl fort: "Aber Richard, wir können dich auf dein Zimmer bringen. Alles, was wir tun müssen, ist, an der Rezeption nach deiner Zimmernummer zu fragen."

"Möchtest du etwas zu trinken für die letzte Runde bestellen?" fragte der blonde Barkeeper. Richard schielte ihn an. Sein Gesicht kam ihm vage bekannt vor. "Hey, habe ich dich nicht schon mal gesehen?"

"Nein, nicht wirklich, Kumpel", antwortete der Barkeeper.

"Bist du sicher?" sagte Richard.

"Na ja, manche Leute nennen mich Spike", lächelte der Barkeeper. "Du weißt schon, von Buffy der Vampirjägerin. Ich habe die gleiche Frisur und habe auch meine Haare gefärbt …", dann lehnte er sich nach vorne, "… meine Freundin liebt diese Show. Nicht, dass es euch etwas angeht, aber ich liebe sie! Deshalb sehe ich aus wie Spike", kicherte er und sagte dann: "Wie auch immer, meine Herren. Wenn ihr einen Drink wollt, bestellt ihn jetzt, denn die Bar schließt in fünf Minuten."

James rief nach einem Bier, und die anderen wollten keinen weiteren Drink. Nachdem der Barkeeper weggezogen war, flüsterte Karl Richard zu: "Wusstest du, dass der Barkeeper auch hunderte von verschiedenen Facetten hat, als wäre er alt?"

Richard sah ihn an. "Du bist betrunken."

"Nein, das ist eine Tatsache", sagte Karl.

"Ich hatte einen Traum, in dem ich die Hotelmanagerin als Punk-Mädchen sah, sie stank nach Urin, und es war auch eine Vampirmumie beteiligt", gestand Richard und fügte hinzu: "Sie ist eine Rezeptionistin dieses Ortes."

Karl sah ihn schläfrig an und nickte: "Wer ist jetzt verrückt?"

"Es war nur ein Traum", antwortete Richard.

55

Jack öffnete die Tür seines Wagens und wartete, bis Catherine einstieg. Dann fuhren sie los. Für einen Moment vergaß er die Sorgen, als er in die Innenstadt von Boston fuhr. Jack presste den Kiefer zusammen, als er nach einem Parkplatz suchte. Schließlich fand er einen. Jack spähte auf seine Uhr. Es war ungefähr acht Uhr. Er rief im Hotel an, um sicher zu gehen, dass alles in Ordnung war, und dann wurde ihm gesagt, dass McKennas Freunde an der Bar im Hotel waren. Erleichtert steckte er sein Handy weg und warf Catherine einen Blick zu. "Ich hatte noch nicht die Gelegenheit, dir das früher zu sagen, aber du bist sehr schön."

Sie grinste neckisch: "Ich wette, das sagst du zu allen Frauen."

"Nein, das sage ich nur zu jemandem, der es wirklich wert ist", sagte er. Für einen Moment hatte er dieses düstere Gefühl im Bauch - dies war ihre letzte Nacht auf Erden. Er schloss seine Augen und kämpfte damit, nicht allzu viel darüber nachzudenken. Er drückte ihre Hände sanft zusammen. Jack öffnete die Tür und half ihr, wie ein wahrer Gentleman herauszukommen. Catherine legte ihre Hand zwischen seinen Arm, und zusammen gingen sie zur Bar. "Ich bin sicher, du wirst den Red Lion lieben", sagte er, "und ich fühle mich geehrt, dass du heute Abend meine Lady bist", als sie den Red Lion betraten. Ein Schluck Alkohol und ausgetrockneter Schweiß erreichten seine Nasenlöcher. Für einen Moment fürchtete er, dass Catherine den Ort nicht mögen würde. Aber sie küsste ihn auf die Wange, als sie an ein paar Tischen vorbeigingen. Ein paar Gäste saßen mit ihren Laptops in der Nähe der Bar. An der Bar begrüßte Jack Christine; sie war normalerweise der Barkeeper am Freitagabend. Er hockte sich auf seinen gewohnten Platz und deutete Catherine an, ihm gegenüber Platz zu nehmen.

Obwohl die Ledercouch abgenutzt war, war sie immer noch in Ordnung. Jack war schon seit Jahren hierher gekommen; es war sein Lieblingsplatz in Boston. Die Kellnerin, die braunhaarige Carla, kam mit einem Polster an ihren Tisch und warf einen Blick auf die beiden.

"Hallo Jack", begrüßte sie. "Was kann ich dir bringen?"

Jack bestellte ein Glas süßen Weißwein und Catherine bat um ein Bier. Als nächstes berührte er Catherines Hand; sie fühlte sich für ihn bereits vertraut an. "Es ist schon eine Weile her, dass ich mit jemandem zusammen war", fügte er sanft hinzu.

"Das ist auch für mich", sagte Catherine und legte ihre andere Hand auf seine, "dies könnte einer meiner letzten Tage auf Erden sein, ich möchte also wirklich gerne von dir geküsst werden."

Sie ging näher an ihn heran und dann berührten sich ihre Lippen. Ihr Mund öffnete sich, und Jack ignorierte ihre Reißzähne. Für den Rest des Abends hatten sie nur noch Augen füreinander, und während sie redeten, sah Jack direkt in ihre leuchtend grünen Augen, die vor Liebe funkelten. Er fragte sie alles, bis hin zu den kleinsten Dingen in ihrer Jugend. Umgekehrt war er ihr gegenüber sehr offen, und so fühlte er nie, auch nicht bei seiner Ex nicht. Später unterbrach Jacks Handy die beiden Liebenden.

56

Nach der letzten Runde schlug Karl vor: "Lasst uns Richard auf sein Zimmer bringen."

Die anderen stimmten zu. "Und in deinem Zimmer muss es eine Minibar geben, damit wir die Party fortsetzen können", schloss James.

"Partytime?" riefen sie in Harmonie aus.

Beim Empfang starrte Richard mit seinen betrunkenen Augen die Empfangsdame hinter dem Tresen an.

"Joan", sagte Richard als er ihrem Namensschild las, das an ihrer Jacke befestigt war. Er kicherte dumm. "Das sind meine Freunde. Dieser Lockenkopf ist James", klatschte er freundlich auf die Schultern von James, "und die anderen beiden sind Karl und John. Ich bin Richard", zeigte er auf sich selbst und bekam gleichzeitig Schluckauf. "Und du bist ja sexy."

"So spricht man nicht mit einer Dame", sagte James, während er gähnte.

"Nein", stimmte John mit einem sehr lauten Rülpsen zu, was sie zum Kichern brachte.

"Ich habe ein Zimmer gebucht, Joan. Oder besser gesagt, das FBI hat ein Zimmer für mich reserviert."

"Aber das ist ein Geheimnis, nicht wahr?" fragte James.

"Oh, das ist richtig", antwortete Richard, während er James ansah. "Es ist ein Geheimnis, das nicht mit meinen Freunden oder irgendjemand anderem geteilt werden kann, was das betrifft. Also halte ich meinen Mund." Richard hielt seinen Finger an die Lippen, und danach hielt er James mit der Hand die Ohren zu und lachte laut. Dann starrte er an die Decke. "Meine Güte, was für eine schöne Zierarbeit ihr auf dem Dach habt. Und ist dieser Kronleuchter aus Kristall?"

"Ich nehme es an", antwortete Joan in einem verstörten Ton.

"Worüber sprachen wir?" fragte Richard. "Oh ja, jetzt erinnere ich mich. Wir benutzen gerne die Minibar in meinem Zimmer, Joan. Also, wenn du mir den Schlüssel zu meinem Zimmer gibst und mir sagst, wie meine Zimmernummer lautet, dann können wir unsere Party in meinem Zimmer fortsetzen. Du bist auch eingeladen. Wir können sicher weibliche Gesellschaft gebrauchen."

"Mr. McKenna," sagte Joan und schloss die Augen.

"Bitte, nennen Sie mich Richard. Sonst fühle ich mich so alt im Gegensatz zu einer jungen Dame wie dir. Ich bin nicht so alt, wie du siehst. Ich hoffe, du verstehst das?"

"Geht es nur mir so, oder wirst du zu einem plappernden Idioten?" fragte James.

Richard sah seinen Freund an. Nach einem Moment schnaubte er: "Nein, es liegt nicht an dir. Ich bin in der Tat ein brabbelnder Idiot. Jetzt hör bitte auf zu unterbrechen. Ich kann mich viel besser blamieren als du! Wie auch immer, das ist mein normales Routine-Gespräch, um ein Mädchen besser kennenzulernen; das sind meine Anmachsprüche, okay?"

Seine Freunde lächelten. Richard ignorierte ihr Lachen und fuhr fort: "Ich bin ein paar Jahre älter. Du kannst unseren Altersunterschied vergessen. Ich glaube, du bist nur fünfzehn Jahre jünger oder so. Es sei denn, du warst bei einem Schönheitschirurgen. Trotzdem glaube ich das nicht", kicherte er, "du siehst aus wie ein Naturtalent. Komm mit und zeig mir, wie bequem das Bett in meinem Zimmer ist."

"Mr. Richard," Joan warf ihm einen prüfenden Blick zu. "Es ist nicht erlaubt, deine Freunde in deinem Zimmer zu haben. Du bist einem Zimmer für eine Person zugeteilt worden", ihre Augen wurden so sehr verengt, dass sie fast so aussah, als würde sie in die Sonne starren. "Der Preis für das Zimmer beträgt fünfzig Dollar pro Nacht, aber wenn du willst, dann können deine Freunde auch ein Zimmer buchen. Ich kann im Computer nachsehen, ob für sie ein Zimmer frei ist", tippte sie etwas in den Computer, dann öffnete sie das Gästebuch und zeigte auf John und Karl. "Ich glaube, es macht euch beiden nichts aus, die Nacht zusammen in unserer speziellen Liebessuite für zweihundert Dollar pro Nacht zu verbringen. Aber weil ihr es seid, könnt ihr sie für dreihundert Dollar pro zwei Nächte buchen, ohne Zuschläge und Steuern."

"Wenn ich es mir recht überlege. Ich glaube nicht, dass du und ich die Nacht zusammen verbringen werden. Das ist ein Verlust für dich", murmelte Richard. Weil niemand antwortete, zuckte er mit den Schultern und hielt den Mund.

"Also, meine Herren, sagt einfach das Wort. Wollt ihr das Zimmer buchen?"

"Nein, danke. Wir verschieben es auf ein anderes Mal", antwortete Karl.

"Kann ich dich nicht umstimmen, Liebes?" fragte John und küsste Karl. "Die Liebessuite klingt schön."

"John und Karl sind vielleicht ganz Ohr für das Zimmer, aber ich hätte das Zimmer lieber für mich selbst zusammen mit dir", schlug James vor. Dann rülpste er und zwinkerte ihr zu. Joans Gesicht verzehrte sich vor Ekel und sie drehte ihren Kopf.

"Zieh das Mädchen nicht auf", sagte John und rollte mit den Augen. "Das ist so typisch. Heteros sind immer so zu Frauen", sagte er und blickte Joan an, die das anerkannte.

"Joan, kann ich bitte mit meinen Freunden in mein Zimmer gehen?" flehte Richard. "Ich verspreche, wir werden leise sein wie Mäuse."

"Ja, und später pumpen wir die Lautstärke der Stereoanlage auf, leeren die Minibar, springen auf das Bett und vandalisieren das Zimmer, als wären wir die Rolling Stones, verstehst du, was ich meine?" James kicherte.

"Nein, es tut mir leid, aber das ist nicht erlaubt. Dies ist ein Familienhotel!"

"Nun, wir werden nicht gehen, bevor wir Richard auf sein Zimmer gebracht haben. Wir sind auch sehr neugierig auf diesen Ort. Wie kommt es, dass es in der Nähe des Friedhofs von Cedar Grove ein Hotel gibt?" sagte Karl, während er die Arme verschränkte. "Und ich bin in Boston geboren und aufgewachsen. Oh, und du hast mindestens ein Dutzend Gesichter?"

Joan hob ihre Augenbrauen.

"Du verstehst nicht", erklärte Karl. "Ich bin eine Malerin, und ich sehe Dinge, die andere nicht sehen."

"Er ist ein Zeichner. Und nicht einmal eine gute", kommentierte Richard wie eine Art Husten. John stieß ihn in die Rippen.

"Wenn ich male", fuhr Karl fort, "zeichne ich die Dinge so, wie ich sie sehe. Auf dir sehe ich ein Dutzend Gesichter, als würdest du ständig eine Rolle spielen. Du hast dein wahres Ich maskiert, so etwas wie James Bond, aber dann die weibliche Version und weniger meinen Typ!"

57

Sybil verfolgte ihre beunruhigende Diskussion über nichts aus einer diskreten Distanz. Nachdem sie genug gesehen hatte, entschied sie sich, einzuspringen und Joan zu helfen. Mit einem dumpfen Schlag schloss sie die Tür des Büros neben dem Empfangstresen. Alle starrten sie an.

Sybil fragte, was das Problem zu sein schien, als sie mit einem schnellen Schritt zur Rezeption ging.

"Diese Herren wollen das Zimmer von Herrn McKenna sehen, obwohl es gegen das Protokoll verstößt, aber ..."

"Wir gehen nicht, bevor wir den Raum gesehen haben, Schönheit", unterbrach James.

"Danke, Joan. Ich werde das in Ordnung bringen, mach nur eine Pause."

"Danke, Sybil", sagte Joan und ging weg.

"Ist das der Hotelmanager, der in deinem Traum als Punk-Mädchen verkleidet war?" flüsterte James in Richards Ohr.

Sybil sah erfreut aus, als Richards Wangen rot wurden.

"Oh, tut mir leid, das war nur für Richards Ohren", entschuldigte sich James und bemühte sich, nicht zu kichern. Er zog einen silbernen Flachmann heraus und nahm einen Schluck, "Entschuldigung, wo sind meine Manieren? Würdest du einen Schluck wollen? Es ist ein verdammt guter Rum, den ganzen Weg von Jamaika hierher und besonders gut, weil mein Cousin ihn in New Jersey selbst gebraut hat. Der Rum ist so exzellent, dass jeder denkt, es ist der echte. Vielleicht etwas in deinem

Schnapsregal?" James hielt ihr den Flachmann unter die Nase und starrte sie mit seinen betrunkenen Augen fast hinreißend an.

"Nein danke, aber keinen Schnaps für mich und wenn ich euch anschaue, dann denke ich, ihr hattet genug. Und ja, ich bin der Hotelmanager und kein Punk-Girl", schielte sie Richard an, "ich bitte euch freundlich, mein Hotel zu verlassen. Ich kann euch ein Taxi bestellen, wenn ihr wollt."

"Und warum sollten wir das tun?" fragte John, als er buchstäblich auf sie herabsah, mit seiner Länge von sechs Fuß war er im Vergleich zu ihr wie ein Riese.

"Ist das nicht offensichtlich", antwortete Sybil. "Du und deine Freunde sind offensichtlich betrunken. Bald werdet ihr die anderen Gäste wecken."

"Das werden wir nicht tun. Wir wollen Richards Zimmer sehen, und dann gehen wir weg. Wie lange ist es her, dass dieses Hotel gebaut wurde? Ich habe mein ganzes Leben in Boston verbracht, und ich habe dein Hotel noch nie zuvor gesehen", sagte Karl und hob eine Augenbraue.

Sybil war nicht beeindruckt und warf einen autoritären Blick auf das Vierergespann. John starrte sie zurück an. Karl wich ihrem Blick aus, indem er zur Decke blickte, und im Gegensatz dazu. James schaute sie als Bewunderer an. Richard starrte nur auf seine Füße. "Ich weiß nicht, warum du das Zimmer von Mr. McKenna sehen willst. Es ist wie alle anderen Zimmer hier", sagte sie in einem missbilligenden Ton. Sie zeigte auf einen Prospekt des Hotels, "es hat ein Bett, einen Kleiderschrank, ein Badezimmer, einen Tisch, ein Sofa und einen Schreibtisch. Oh, und das Zimmer liegt nach Osten, mit Blick auf den Hafen in der Ferne und den Fluss in der Nähe. Jedes Zimmer sieht fast gleich aus, abgesehen von etwas Kunst an der Wand. Nur die Hochzeitssuite und die Penthouse im obersten Stockwerk bieten mehr Komfort. Wenn du nicht betrunken wärst, dann würde ich nichts dagegen haben, Mr. McKennas Zimmer zu besuchen. Trotzdem muss ich natürlich an den Ruf des Hotels denken, und ich muss mich um unsere Gäste kümmern. Ich kann ein Taxi bestellen, wenn du möchtest, und wenn du dich in das Gästebuch einträgst," sie hat es am Rezeptionsschalter abgeholt, "dann können wir uns in der Lobby unterhalten, und du bekommst ein Gratisgetränk auf Kosten des Hauses."

"Warum müssen wir uns in dein Gästebuch eintragen?" wollte Karl von ihr wissen.

"Für das Gratisgetränk", seufzte Sybil.

"Kann es Alkohol sein?" fügte James in das Gespräch ein. Sybil rollte mit den Augen, "gegen mein besseres Wissen, obwohl ich dringend davon abrate, kannst du etwas Alkohol haben."

"Und wir sind zu nichts verpflichtet?" fragte John.

Sybil schaute John direkt an: "Nein."

"Warum müssen wir uns dann in dein Gästebuch eintragen?"

Sie hatte genug davon, und das machte sie mit einer Handbewegung deutlich. Aber sie sagte: "Das ist eine Voraussetzung für die Getränke, und ich rufe dir ein Taxi."

"Darf es zwei Drinks sein?" James lächelte.

Ein verzweifelter Seufzer entging ihr. "Hast du noch nicht genug?"

James sah sie auf eine überaus erbärmliche Weise an. Sie seufzte und gab auf: "Gut, okay. Du bekommst zwei Drinks auf Kosten des Hauses."

Richards Freunde stimmten zu, und Sybil sah zufrieden aus, während sie sich alle ins Gästebuch eintrugen. Ihr Magen knurrte ein wenig. Sie musste Blut trinken. Sonst könnte sie ihre Beherrschung verlieren. Schnell legte sie das Gästebuch an der Rezeption zurück und gestikulierte die Männer, ihr in die Lobby zu folgen. Die Lobby wurde von gedämpften Scheinwerfern beleuchtet, die in die Decke eingebaut waren. Die Decke selbst war rot gestrichen, und die Wände in der Lobby waren mit einem cremefarbenen Veloursstoff versehen. Sie saßen alle in der Nähe des Fensters auf einem großen Ecksofa.

Sybil goss Getränke in Gläser und brachte sie ihnen.

"Erzähl uns von dem Hotel", sagte Karl.

"Nun, was gibt es da zu erzählen?" antwortet Sybil und drehte sich um und starrte ihm direkt in die Augen. Dann ging sie zur Bar und senkte die Lautstärke der Stereoanlage. Von der Kommode nahm sie eine Schüssel mit gesalzenen Erdnüssen, die sie auf den Kaffeetisch vor dem Sofa stellte. "Mein Hotel unterscheidet sich nicht viel von anderen Hotels. Nur wir bieten den besten Service und einmal im Monat organisieren wir eine Mottoparty. Normalerweise haben wir an den Motto Tagen geöffnet. An Halloween sind wir immer ausgebucht, weil wir in der Nähe des Friedhofs sind und diese Woche haben wir für eine Themenparty geöffnet, bei der das Jahr 1775 im Mittelpunkt steht. Unser Hotel wird morgen ausgebucht sein, und alle Gäste werden Kostüme aus dem achtzehnten Jahrhundert tragen. Trotzdem, wenn es dir nichts ausmacht, rufe ich ein Taxi, und dann gehe ich ins Bett. Es ist fast ein Uhr morgens und der Wecker meiner Uhr steht auf sieben Uhr morgens."

18 – Taxi

"Hat jemand ein Taxi gerufen?"

John sah sich über die Schulter und bemerkte einen hübschen jungen Mann, der in der Lobby stand und einen schwarzen Anzug trug. Wenn er nicht letzten Sommer in San Francisco mit Karl verheiratet gewesen wäre, hätte er seine Züge gemacht. Aus Erfahrung wusste er immer, ob jemand schwul war oder nicht. Es war, als hätte er ein eingebautes Radarsystem. Jetzt, wo er verheiratet war, war ihm das völlig egal, obwohl er dachte, der Taxifahrer hätte etwas Weibliches an sich.

Vielleicht war er sich dessen nicht bewusst, aber John bemerkte es, und als Karl ihm leicht zwischen die Rippen stieß, merkte er, dass Karl es auch bemerkte. "Wir sind verheiratet", flüsterte er.

John war peinlich berührt. "Ich weiß, Liebling. Keine Sorge, ich habe nur Augen für dich. Obwohl es besser gewesen wäre, wenn wir in San Francisco gelebt hätten. Die Schwulenszene dort ist aufregender."

Karl atmete aus. John wusste, dass Karl Boston nicht verlassen wollte. Dann warf er dem Taxifahrer einen Blick zu: "Du bist schnell. Ich habe kaum mein Glas ausgetrunken."

"Nun, ich war genau um die Kreuzung dieses Blocks herum, als ich den Anruf erhielt. Hey, ich hoffe, dass dieser Kerl nicht in mein schönes Taxi kotzen muss, oder?" Er deutete auf James, als dieser versuchte, vom Sofa aufzustehen und fast umgefallen wäre.

"Wir werden ihn gut im Auge behalten", versprach Karl.

"Na gut, okay dann. Wenn ihr mir jetzt folgen wollt?"

"Richard, da sind wir wieder. Komm uns in ein paar Tagen in der Kunstgalerie besuchen, wenn alles wieder in Ordnung ist."

58

Im Taxi sitzend, sagte James: "Hey, können wir nicht laufen? Die Milton Street ist in der Nähe."

"Das ist richtig", gab der Taxifahrer zu. "Aber es gibt keine direkte Verbindung vom Hotel zur Milton Street, also müssen wir einen kleinen Umweg machen.

"Na ja, hoffentlich nicht zu weit?" fragte John und fügte hinzu: "Ich meine. Du bekommst dein Trinkgeld sowieso."

"Das ist prima, danke Herr," sagte der Taxifahrer, als er den Motor einschaltete und in eine kleine Gasse fuhr. Auf beiden Seiten sah John die Formen von Bäumen. Nicht, dass es von der Umgebung viel zu sehen gab; die Scheinwerfer des Taxis haben nur die Spur hervorgehoben. Trotz des Vollmonds war es zu dunkel, um zu sehen, wo sie fuhren.

"Warst du auf einer Party?" fragte der Taxifahrer.

"Ja, wir haben einen alten Studienkameraden von mir besucht, der aus London kam", sagte John, während er seine Arme um Karl legte.

"Es ist schön, dass ihr immer noch miteinander in Kontakt seid", sagte der Taxifahrer, während er das Auto durch eine Kurve der Straße steuerte. Ein paar Unebenheiten auf dem Weg schüttelten die Fahrgäste auf dem Rücksitz. Karl und James murmelten etwas. John küsste Karl auf die Stirn. Es gab eine seltsame Kurve und plötzlich kam der Wagen zum Stehen. Der Taxifahrer stieg aus und ging zur Hintertür. "Es ist Zeit, die Rechnung zu bezahlen, meine Herren", sagte er, als er die Tür öffnete.

"Was? Wir sind noch nicht da", klagte Karl.

"Oh, da irrst du dich. Hier ist die Endstation, und ich verlange eine große Belohnung für die Fahrt!" Er beugte sich vor und entblößte seine Reißzähne.

Das Trio war im Nu nüchtern beim Anblick seiner rasiermesserscharfen Reißzähne.

"Vampir!" rief Karl in Panik.

John, der dem Vampir am nächsten stand, versetzte ihm einen harten Schlag in den Bauch. Der Vampir verlor sein Gleichgewicht. John kroch aus dem Taxi, dicht gefolgt von Karl.

"Vampir", rief Karl wieder und rannte in blinder Panik davon.

"Ja, lauf einfach weg. Aber du kommst nicht weit", grunzte die blutsaugende Kreatur und rannte ihnen hinterher, während er einen heulenden Wolf imitierte, und rief: "Ich liebe eine gute Jagd."

James ging in die gleiche Richtung wie John, mehr stolpernd als rennend suchten sie den Schutz einiger Büsche. Trotzdem kamen sie nicht weit. Der Vampir erwischte sie. "Sieh an, sieh an. Schau mal, was ich hier habe. Zwei unwillige Kunden, die sich weigern, für die Fahrt zu bezahlen, und ich hasse Schmarotzer. Ist dir klar, wo du bist? Auf dem Friedhof!"

John nickte James zu und dann stieß er seinen Kopf in den Unterleib des Vampirs. Das blutsaugende Monster landete auf dem Boden. John sprang auf ihn drauf, fing seine Haare auf und knallte seinen Kopf gegen den Rand eines Grabes. Ein ekelhaftes Knirschen ertönte. Ein normaler Kerl wäre gestorben. Doch der Vampir war kein Mensch. Er drückte seine Hände in Johns Gesicht und krallte sich an seinen Augen fest, um sich zu befreien. Im Hintergrund näherten sich Schritte. Bevor John merkte, was vor sich ging, trat ihm eine Frau ins Gesicht.

59

"Hat dir deine Mami nie gesagt, dass du nicht mit deinem Essen spielen sollst, Nero?" sagte Sally Hawley, als sie Johns bewusstlosen Körper ansah.

"Ich wäre mit ihm fertig geworden", knurrte Nero und trat John in den Hintern. Nero hob sein Opfer auf und lächelte, bevor er seine Reißzähne in den Nacken des Opfers versenkte. Das Blut floss durch seinen Mund, als er das Leben aus ihm heraussaugte, und verwandelte sein Opfer in einen ausgetrockneten Kadaver.

Währenddessen kam James Ziel aus seiner Starre heraus. Er stand auf und wollte weggehen, aber Sally sprang auf seinen Rücken, und es war leicht für sie, ihn zu Boden zu arbeiten.

"Findest du mich schön?" fragte sie, während sie ihn auf den Rücken drehte, so dass er sie direkt ansehen musste. Sie zwang ihn auf die Knie. "So ziehe ich es vor, Männer zu sehen" - sie berührte seinen Haaransatz "unten auf ihren Knien."

"Ich will dir deine Party nicht verderben, Sally, aber müssen wir nicht diesen anderen Kerl erwischen?" schlug Nero vor.

"Lass ihn gehen, und dann kann er die Menschen warnen, damit wir mehr zu essen haben. Vielleicht wird unter einem von ihnen eine Jungfrau sein. Ich liebe den Geschmack einer Jungfrau am meisten", grinste sie. Sie beugte sich vor und starrte James direkt in die Augen. Ihre Finger machten kreisförmige Bewegungen. "Sei in mir", sang sie, während ihre dunklen Augen ihr Opfer in Trance versetzten. So mochte sie ihre Opfer am liebsten, hilflos, verletzlich und unfähig, sich zu bewegen. Man nannte sie nicht umsonst die Schwarze Witwe. Sally bemerkte, dass Tränen über seine Wangen flossen.

"Wusstest du, dass ich bis 1775 ein Sklave war? Mein Meister vergewaltigte meine Mutter. Als ich neun Jahre alt war, musste ich als Dienstmädchen im Gasthaus arbeiten. Meinem Vater war ich scheißegal. 1775 war vieles anders", sie schloss die Augen und nahm ihr messerscharfes Messer. "Sybil Crewes befreite mich aus der Sklaverei, indem sie mich in einen Vampir verwandelte. Endlich konnte ich tun, was mir gefiel", umklammerte sie sein Haar, "und ich habe viel gelernt."

In einer scharfen Bewegung schnitt sie die Klinge unter seinem Haaransatz durch.

"Eines der Dinge, die ich gelernt habe, ist, dass ich es liebe, mit jemandem zu spielen", lachte sie teuflisch über den Anblick seines Blutes, das über seine Stirn floss.

"Das ist es, was ich brauche!"

James verlor das Bewusstsein, als Sally eine kleine elektrische Säge aus ihrer Tasche zog. Sie hat sie aus einem Krankenhaus gestohlen. Sie war batteriebetrieben und wurde allgemein von Chirurgen benutzt, um die Spitze der Kopfhaut zu durchtrennen. Sie schaltete sie an und starrte auf die kleine elektrische chirurgische Säge, die mit hoher Geschwindigkeit hin und her fuhr. Zufrieden zwang sie sie auf James' Haaransatz. Sie drückte extra stark, um seinen Schädel aufzuschneiden. Der Geruch von Blut, vermischt mit dem Geruch von blasigem Fleisch ließ ihren Magen knurren. Sie kreischte und fühlte ein teuflisches Vergnügen, während sie seinen Schädel aufschlug.

Sally schaltete die Säge aus und hob den Skalp des Opfers an. Mit einem Messer fing sie an, durch das Hirngewebe zu schneiden, während der Spastiker des Opfers kämpfte, als ob er unter Strom stünde. Als nächstes steckte sie das Messer in sein Gehirn, um ihre Hände zu befreien. Sie drückte ihre Hände in die Kopfhaut des Opfers und drückte hart in das Gewebe. Ein letzter Schrei entwich aus James' Mund, und dann war er tot. Sally hörte auf zu quetschen und schnitt mit ihrem Messer in das Hirngewebe.

"Nero verlangte: "Was machst du da?"

"Ich habe den Schläfenlappen losgeschnitten. Es ist der Hippocampus und die Amygdala, die ich brauche."

"Was?" fragte Nero.

"Das Kurzzeitgedächtnis", klärte sie auf und nahm Teile des Gehirns, um sie in eine Plastiktüte zu stecken. In ihrem Grab würde sie es mit einem Stößel zerstoßen. Dann würde sie es mit ein paar halluzinogenen Pilzen und Blut mischen, damit sie es ein paar Minuten kochen konnte. Danach wird sie das Gebräu verzehren, damit sie die letzten Stunden von James miterleben kann. Das Gebräu würde sie auch davor schützen, getötet zu werden, wenn Sybil das Necronomicon zerstören könnte. Es würde sie immun machen, so dass sie weiterhin als Vampir weiterleben würde, anstatt sich in einen Haufen Staub zu verwandeln.

19 – Bitte, rufen Sie 9-1-1 an

Der Sender quietschte an. "Achtung an alle Einheiten. Wir haben einen 9-1-1 Notruf mit dem Code 10-27-27-1 erhalten. Zwei Personen werden als tot auf dem Cedar Grove Friedhof gemeldet. Bitte seid euch bewusst, dass mögliche Verdächtige noch in der Nachbarschaft sein könnten. Das Verbrechen wurde von Karl Peters gemeldet."

Ron Diego blieb mitten in der Luft mit weit geöffnetem Mund stehen, gerade dabei, in seinen Donut zu beißen. Sein Kollege stellte seinen Kaffee in den Tassenhalter und schaltete den Sender ein. "10-4. Nachricht erhalten. Masters und Diego sind auf dem Weg. Ende und aus."

"Und da dachte ich, dies würde zur Abwechslung mal ein ruhiger Abend werden", murmelte Ron, während er hastig seinen Bissen zu Ende aß, kaute und schluckte seinen Bissen Donut und steckte den Rest wieder in die weiße Tasche mit der orange-rosa Schrift darauf. Er startete den Motor und schaltete die Sirene ein. Mit voller Geschwindigkeit fuhren sie zum Friedhof.

Ein Polizeiauto mit kreischenden Sirenen und blinkenden Lichtern zu fahren, war ein wahrgewordener Traum. Fünf Jahre lang war er bei der Polizei gewesen, und er genoss jede Minute davon. Der Nervenkitzel, die Aufregung und die Dankbarkeit der Menschen in Not machten es wert, die bösen Jungs zu jagen, auch wenn es immer die Möglichkeit gab, verletzt zu werden. Ron zitterte, wenn er an seinen Ehepartner und seine zwei Kinder dachte. Er war jetzt seit sechs Jahren verheiratet und er wusste, dass seine Frau wollte, dass er einen sichereren Job bekam. Als er das Rad drehte, stand ein Mann in einer lila Bomberjacke auf der Straße und schwang die Arme.

Ron brachte das Auto zum Stehen und schaltete die Sirene aus. Die blinkenden Polizeilichter waren immer noch an. Einige Häuser in der Nachbarschaft machten die Lichter an, und ein paar Schaulustige standen in kurzem Abstand auf den Bürgersteigen, kamen aber nicht näher, als Ron und Charlie aus dem Auto ausstiegen.

"Es gibt nichts zu sehen", sagte Charlie, "geht einfach zurück in eure Häuser."

Ron ignorierte seinen Partner und richtete seine volle Aufmerksamkeit auf den sperrigen Mann vor ihm. Er keuchte, als wäre er einen Marathon gelaufen und seinem Aussehen nach zu urteilen, konnte er keine halbe Meile laufen. So oder so, er war wahrscheinlich der Typ, der den Notruf tätigte.

"Bist du Karl Peters, der den Notarzt gerufen hat?"

"Ja, das bin ich."

"Hast du einen Ausweis bei dir?" fragte Ron und behielt ihn im Auge. Seine Handfläche berührte den Griff seiner Handfeuerwaffe. Karl zeigte an, dass sie in seiner Tasche war, und Ron nickte. Karl griff langsam hinein und streckte Ron seinen Führerschein entgegen.

"Okay, Mr. Peters", entspannte sich Ron, als er einen kurzen Blick auf seinen Führerschein warf. "Sie erwähnten einen Mord. Können Sie uns zum Tatort bringen? Der Friedhof ist riesig, wissen Sie", erklärte er, als er Herrn Peters den Führerschein zurückgab und an ihm vage Schnaps, gemischt mit Zigarettenrauch, roch.

"Ja, aber kann ich nicht hier bleiben? Der Mörder ist ein Vampir, und ich möchte ihm kein zweites Mal persönlich begegnen."

Ron und Charlie tauschten Blicke miteinander aus und sahen einen Moment lang zum Himmel auf. Es war Vollmond. Wieder einmal hatten sie es mit einem Spinner zu tun, der eindeutig unter Alkoholeinfluss stand. Der Vollmond hatte eine seltsame Wirkung auf einige Individuen.

Beim letzten Vollmond hatten sie es mit jemandem zu tun, der eine Werwolf Maske trug und in der Stadt Amok lief und die Leute terrorisierte, während er den Mond anheulte. Und jetzt standen sie einem Verrückten gegenüber.

"Wie viel hast du heute Abend getrunken?" fragte Charlie.

"Was? Nur ein paar Bier", antwortete Herr Peters mit zittriger Stimme.

"Nur ein paar Bier und dann siehst du Vampire?"

Ron begann seine Geduld zu verlieren. Er holte den Alkoholtester aus dem Handschuhfach.

"Du musst in das Tube pusten, bis es Pieptöne macht."

"Ich brauche diesen Mist nicht", antwortete Herr Peters mit erhobener Stimme. "Meine Freunde wurden getötet, und ehe man sich versieht, kommt der Mörder damit davon!"

"Wenn du nicht kooperierst, bringen wir dich auf die Polizeistation, um dein Blut auf Alkohol zu testen. Glaub mir, das ist viel einfacher und schneller."

"Aber meine Freunde sind ermordet worden!" sagte Karl und brach in Schluchzen aus.

"Jetzt beruhigen Sie sich einfach, Mister, und blasen Sie in diese Düse", forderte Ron und beiße den Kiefer zusammen.

Herr Peters schnüffelte, holte tief Luft und blies in das Mundstück, bis es piepte.

Ron warf einen Blick auf den Alkoholtester.

"Genau wie ich erwartet hatte, Herr Peters. Ihr Alkoholspiegel ist viel zu hoch. Du hast mehr als nur drei Gläser Bier getrunken. Wir bringen dich auf die Wache und nehmen dich wegen Trunkenheit in der Öffentlichkeit in Gewahrsam."

"Was? Nein, das kann nicht Ihr Ernst sein! Und was ist mit meinen Freunden? Die sind tot, verdammt! Sieh dir mal den Friedhof an!" Die Augen von Herrn Peters wurden größer und er zerrte an Rons Ärmel.

"Hey, behalte deine Hände bei dir?" warnte Ron. Dann stieß er ihn grob gegen die Tür. "Nimm die Arme auf den Rücken", befahl er und legte Herrn Peters Handschellen an.

"Das kannst du nicht machen!" protestierte Herr Peters.

"Das habe ich schon", grinste Ron und räumte die Tür von dem Polizeiauto.

"Was ist mit meinen Freunden?" weinte Mr. Peters.

Ron wechselte einen Blick mit Charlie, der nickte. "Wir sind ja schon in der Nachbarschaft, wir können ja mal nachsehen."

Sie stiegen ins Auto und Ron rief die Polizeistation an.

"Hallo Zentrale? Das ist Ron Diego. Wir werden Mr. Peters zum Polizeistation bringen, nachdem wir uns den Friedhof angesehen haben. Herr Peters behauptet, dass zwei Menschen von einem Vampir getötet wurden."

"Dann muss es Vollmond sein."

"Ja", bestätigte Ron. "Aber sein Blutalkoholspiegel liegt bei 0,14."

"Er hatte sicherlich einen zu viel", grinste der Operator.

"Ganz richtig. Nachdem wir unsere Untersuchung abgeschlossen haben, wird er vielleicht eine Nacht in unserem Hotel übernachten," witzelte er.

"Okay. Sei einfach vorsichtig, Ron", sagte der Operator. Ihre Stimme klang blechern durch die Lautsprecher des Empfängers. Obwohl sie ihren Namen nicht nannte, dachte Ron, es sei die schwarzhaarige Linda, mit den vollen Lippen und normalerweise mit einem großzügigen Lächeln im Gesicht. Linda war letzten Monat der BPD beigetreten.

Er atmete aus und startete den Motor. Sie fuhren im Schritttempo zum Friedhof. In der Nähe der Tore beleuchteten die Scheinwerfer eine Leiche auf dem Boden in der Nähe eines Grabes.

"Nun, ich werde verdammt sein", sagte Charlie. "Wir müssen das überprüfen."

Ron stimmte zu und warf einen kurzen Blick in den Spiegel und beobachtete Karl, wie er sich an das Seitenfenster lehnte.

" 10-12. Wir müssen Code 10-87 melden. Wir sehen auf dem Friedhof jemanden auf dem Boden liegen. Wir werden das untersuchen und bitten um sofortige Verstärkung."

Ron und Charlie stiegen aus dem Auto aus und als sie die Leiche erreichten, sank Ron auf die Lenden und schielte auf das Opfer. Das Opfer war männlich, kaukasisch, aber es war schwer, sein Alter zu bestimmen. Er hatte ein Skelettgesicht - unter der Haut sah Ron die Merkmale des Schädels des Opfers. Die offenen Augen starrten blind in tiefen Augenhöhlen in den Nachthimmel. Sein Hals war aufgerissen. Dieses Opfer wurde auf grausame Weise ermordet, und sein Blut wurde abgelassen! Rons Magen fiel bei diesem Anblick zusammen. Im Hintergrund rief Charlie seinen Namen. Ron registrierte kaum, was er sagte, als er die Leiche weiter ansah.

Dann klopfte Charlie auf seine Schulter. "Da ist ein anderer Körper, noch schlimmer als dieser Typ", sagte Charlie keuchend. "Ein kranker Wichser hat ihm mit einem Messer ins Gehirn geschnitten."

Sich krank fühlend, stand Ron auf, drehte sich um und übergab sich. Er fühlte sich etwas besser, entschied sich aber, das zweite Opfer nicht anzusehen. Er blickte Herrn Peters im Streifenwagen an und sah ihn mit einem blassen Gesicht an. Dann ertönte ein Zischen hinter den Büschen. Erschrocken richtete Ron seine Aufmerksamkeit auf die Büsche und hielt seine Waffe in seiner Hand. Aus dem Augenwinkel sah er, dass Charlie dasselbe getan hatte. Erleichtert beobachteten sie, dass es nur ein Vogel war.

"Dieser Vogel hat mich zu Tode erschreckt", antwortete Charlie mit einer dicken Stimme.

"Genauso", stimmte Ron zu. "Möglicherweise eine Eule."

"Hey, du da", ertönte eine Männerstimme.

Weder er noch Charlie hörten jemanden kommen. Erschrocken drehten sie sich umher. Ihre Handfeuerwaffen zielten auf den großen Kerl, der vorwärts schritt.

"Was haben wir denn hier? Zwei Polizisten, die sich mitten in der Nacht wie Cowboys benehmen. Ist es nicht schon längst Schlafenszeit für euch beide?" höhnte der Kerl. Er ging ein paar Schritte vorwärts. Ron zog den Griff an seiner Waffe fest, bereit zu schießen.

"Bleib genau da stehen oder wir eröffnen das Feuer", warnte Ron.

Der Kerl steckte die Hände in die Luft und stand auf, während er nicht aufhörte zu lächeln.

"Hilfe, Polizeibeamten, Vorsicht. Er ist ein Mörder?" kreischte eine schrille Stimme. Ron blickte auf und sah eine Frau, Afroamerikanerin, mit langen Haaren, die einen Pferdeschwanz trug, die durch die Büsche stürmte.

"Bitte, sperrt ihn ein?" rief sie aus.

"Bleiben Sie stehen, Ma'am", sagte Charlie, während Ron den Kerl mit der Waffe bedrohte. Die Frau stand still und hob die Hände. "Er ist gefährlich", warnte sie. "Ich habe gesehen, wie er jemanden getötet hat, während ich das Grab meines Sohnes besuchte", wimmerte sie und fügte hinzu: "Ich wollte den Notruf wählen, aber mein Handy war tot."

"Bitte, Ma'am, halten Sie still", warnte Ron und schielte auf den großen Verdächtigen, der sich keinen Zentimeter bewegte.

"Leg die Hände auf den Kopf!" schrie Ron den Kerl an, der grinste. Er zwinkerte der Frau zu und tat, was Ron verlangte.

"Bitte, sei vorsichtig", ermahnte die Frau.

"Beruhigen Sie sich, Ma'am", antwortete Ron und schaute ihr über die Schulter. Dann starrte er die Verdächtige genau an, die wichtiger war als die verzweifelte Frau.

Charlie trat vor und benutzte seine Handschellen. "Wir nehmen dich in Gewahrsam. Du hast das Recht zu schweigen. Alles, was du sagst, kann und wird vor Gericht gegen dich verwendet werden. Du hast das Recht auf einen Anwalt. Wenn du dir keinen Anwalt leisten kannst, wird dir vor jeder Vernehmung einer gestellt, wenn du es wünschst. Verstehst du deine Rechte, wie ich dir gesagt habe?"

"Ja, das tue ich", antwortete der Verdächtige, immer noch lächelnd.

Charlie drückte dem Mann seine Waffe in den Rücken und stieß ihn grob gegen das Auto. Dann durchsuchte er ihn und entdeckte ein Stück in seiner Tasche. Er enthüllte auch zwei Wurfmesser, die er an seine Knöchel gepflanzt hatte.

"Ron, der Angeklagte ist im Besitz einer Pistole und zwei Wurfmessern.

"Du hast mich erwischt", kicherte der Verdächtige.

"Wie ist dein Name?"

"Warum fragst du? Alles, was ich sage, kann und wird gegen mich verwendet werden, richtig?"

"Klugscheißer. Steig ins Auto", antwortete Charlie und öffnete die Tür. Er wollte ihn in den Wagen schieben, aber Herr Peters war anderer Meinung. Verzweifelt schrie er: "Nein, bitte, Officer! Stecken Sie ihn nicht mit mir hier rein! Er ist ein Vampir!"

"Beruhigen Sie sich, Herr Peters. Er geht nirgendwo hin", sagte Charlie und schüttelte den Kopf.

Ron richtete seine Aufmerksamkeit auf die Frau. "Was ist passiert, Ma'am, und wie heißen Sie eigentlich?"

Während die Frau ihn ansah, nahm Ron seinen Polizeihut ab; er schwitzte wie ein Schwein.

"Ich bin Sally Hawley. Ich habe gesehen, wie er zwei Typen getötet hat", sagte sie. Sie zeigte auf den Verdächtigen, der jetzt auf dem Rücksitz saß, immer noch mit einem Grinsen im Gesicht. Ron hörte nur teilweise auf das, was sie zu sagen hatte; seine Augen wölbten sich auf der Höhe ihres Busens. Er hörte ihre Stimme.

"Ich habe auch gesehen, wie er einen anderen ermordet hat, und dann kam er hinter mir her, aber ich konnte entkommen und mich zwischen den Büschen verstecken.

Sie atmete aus. Auf ihrem Gesicht sah Ron ein paar Schrammen. Keiner von ihnen sah ernst aus.

"Meine Tasche muss hier irgendwo sein", antwortete sie und drehte sich um. "Ah, da ist sie!" Sally griff nach unten, um sie zu holen. Ihre Handtasche war in der Nähe der Überreste eines Opfers.

"Ma'am, lassen Sie die Tasche, wo sie ist! Eine forensische Untersuchung muss stattfinden. Danach kannst du deine Tasche wieder haben", sagte Ron, während Sally einen scharfen Schrei ausstieß, als sie das Opfer sah. Dann schrie Herr Peters, als ob sein Leben davon abhinge. Verärgert drehte sich Ron um. Charlie, der sich näher am Streifenwagen befand, räumte die Tür auf, und Ron wollte seine Aufmerksamkeit wieder auf Sally richten, wurde aber gestört, weil jemand rief: "Hey, kann ein Mann nicht sein Abendessen genießen?"

Als nächstes wurde ein Schuss abgefeuert.

Ron rief über seine Schulter und rannte zu Charlie.

"Was ist passiert?"

"Er" - Charlie zeigte auf den Verdächtiger - "biss Mr. Peters."

Charlies Gesicht war blass geworden, seine Hände zitterten. Mit seiner Zunge befeuchtete er seine Lippen. Ron warf dem Verdächtigen einen Blick zu. Ihm wurde zwischen die Augen geschossen. Blut tropfte auf den Boden.

"Was für ein Chaos", murmelte Ron. Einen Moment lang warf er Charlie einen vorsichtigen Blick zu, in der Hoffnung, dass er keinen Ärger mit dem Büro für innere Angelegenheiten bekommt. Wenn ein Polizist einen Verdächtigen erschießt, nehmen die Ermittler alles unter die Lupe, um sicherzugehen, dass es sich um eine lebensbedrohliche Situation handelt.

Ron schüttelte den Kopf und schaltete den Sender ein, nachdem er auf dem Fahrersitz Platz genommen hatte. "Hallo. Ich muss Code 187 melden. Wir haben zwei tote Opfer gefunden, und wir mussten den Verdächtigen in Notwehr erschießen."

"Das ist ein 10-4, rührt euch nicht vom Fleck! Deine Verstärkung wird innerhalb von fünf Minuten eintreffen", antwortete Linda.

Ron stellte das Mikrofon des Senders wieder an seinen Platz. Dann klopfte ihm jemand auf die Schulter. Er drehte sich um und bemerkte Sally. Sie entblößte ihre Reißzähne! Es war wie in einem Horrorfilm. Sally lehnte sich vor, mit weit geöffnetem Mund. Sabber tropfte über ihr Kinn. In einem schnellen Reflex benutzte Ron seine Waffe - KNALL! Das

Geräusch klingelte in seinen Ohren, während Sally zu Boden fiel. Entsetzt stieg er aus dem Auto aus und warf Charlie einen fragenden Blick zu.

"Ja, ich habe es auch gesehen! Herr Peters hat recht" Charlie grunzte. "Vampire!"

"Oder sie sind drogensüchtig und tragen falsche Reißzähne", antwortete Ron und warf sich zu Boden.

Charlie ging zu ihm. "Hey, bist du in Ordnung?"

"Gib mir nur eine Minute", antwortete Ron und wischte sich den Schweiß von der Stirn. In diesem Moment erwischte ihn jemand an den Knöcheln, gefolgt von einem knurrenden Geräusch. Ron fiel um und wurde auf den Rücken gezwungen.

"Du riechst süß, wenn du Angst hast", lobte Sally. Ihre Stimme hatte die ganze Menschlichkeit verloren. Sie drückte ihn zwischen ihre Knie und zeigte ihm ihre Reißzähne. Ihre Augen schienen Feuer zu spucken, als sie ihre Reißzähne in seinen Hals versenkte. Ein Schuss ertönte, gefolgt von einem weiteren. Sally fiel auf ihn drauf und Ron starrte ihr direkt in die Augen. Sie bewegte sich nicht. Sein Herz raste in seiner Brust und es war schwer für ihn, überhaupt zu atmen. Dann trat Charlie sie von ihm weg, und als Ron aufblickte, starrte er auf Charlies rauchenden Revolver. Charlie steckte seine Handfeuerwaffe wieder in ihr Holster und streckte die Hand aus. Ron nickte ein Dankeschön. Dann erstarrte sein Herz, als Sally in Bewegung kam, obwohl eine Kugel ihre Stirn durchbohrte. Sie grinste und war kurz davor, Charlie anzugreifen. Das ganze Blut wich aus Rons Gesicht und er wollte seinen Partner warnen, aber Angst ergriff seine Stimme. Mit zitternder Hand krallte er nach seiner Waffe, die neben ihm auf dem Boden lag, und feuerte seine Waffe ab, um sein Leben zu retten. Charlie drehte sich um und feuerte ebenfalls seine Waffe ab.

60

Sally Hawley stand still wie eine Vogelscheuche und rieb sich das Gesicht, während man wieder auf sie schoss. Sie hob die Hand und starrte auf das klebrige Blut zwischen ihren Fingern. Ein zweiter Schuss wurde abgefeuert, der in ihre Schulter traf. Sally bewegte ihre blutverschmierten Finger über ihr Gesicht und leckte sie sauber. Dann warf sie den beiden Polizisten einen Blick zu und lächelte, als Nero aufstand und Ron einen harten Schlag in den Rücken versetzte, während er versuchte, auf seine Füße zu kommen.

61

Wie ein Fisch auf dem Trockenen taumelnd, versuchte Ron Diego dem Vampir zu entkommen, der auf ihm saß. Dieser versuchte, ihm in den Hals zu beißen. Ron verteidigte sich mit all seiner Kraft und konnte sich über den Boden rollen, während der Vampir nicht den Halt verlor. Doch nun lag er unter ihm. Er starrte direkt in die kalten Augen des Vampirs, als dieser dem Vampir den Lauf seiner Waffe in den Mund stieß. Sofort feuerte er seine Waffe ab und stand auf. Ein Blick des Ekels kam über sein Gesicht. Mit einer letzten Anstrengung und zitternden Fingern feuerte er seine Waffe auf Sally ab und traf sie mehrmals in die Schultern und in den Nacken, als sie Charlie belästigte. Er bemerkte, dass Sallys Griff nach Charlie schwächer wurde. Dann verlor er das Bewusstsein.

62

Sally Hawley warf einen Blick auf das zweite Polizeiauto. Es kam mit heulenden Sirenen zum Stehen. Zwei Polizisten sprangen aus ihrem Auto. Sie beobachteten Nero, der aufstand und sie mit blutunterlaufenen Augen ansah. Als wäre er eine Marionette, ging er auf sie zu. Seine Bewegungen waren langsam. Der Polizist tauschten einen kurzen Blick miteinander aus und feuerten ihre Waffen auf ihn ab. Diese Behandlung war zu viel für Nero, und er fiel auf den Rücken und rollte über den Boden, bis er Sally erreichte, während die Kugeln seinen Körper trafen. Sally sah ihn an und merkte, dass sie ihm keine Hilfe anbieten konnte. Da war ein großes Loch, wo einst sein Mund war. Obwohl er noch am Leben war, wusste sie, dass er sich nicht erholen konnte. Selbst eine Bluttransfusion würde seinen Mund nicht heilen. Er war für sie nicht mehr von Nutzen. Sanft schloss sie seine Augen, während die Polizisten ihre Pistolen in ihren Rücken feuerten, als sie ihm das Genick brach.

"Mögest du in Frieden ruhen", flüsterte sie, während Tränen über ihr Gesicht flossen. Dann ließ sie ihn gehen und rollte sich über den Boden auf die beiden Polizisten zu, die immer wieder mit ihren Gewehren auf sie feuerten. Sie stand auf und stellte sich ihren Opfern gegenüber. Eine letzte Kugel wurde abgefeuert, und dann biss sie beide, fast gleichzeitig, in den Nacken. Frisches Blut heilte ihre Wunden. Eine angenehme Hitze breitete sich in ihrem Körper aus.

Sie grinste und wandte ihre Aufmerksamkeit dann Karl zu, der im Polizeiwagen saß. Er starrte sie wie ein verängstigtes Kaninchen hinter dem Autofenster an. Langsam ging sie mit einem teuflischen Grinsen im Gesicht zu Karl hinüber. Karl schrie hysterisch, und seine Schreie erfüllten ihre Seele mit Freude. Seine Schreie klangen so viel besser als der Schuss einer Pistole. Sie konzentrierte sich auf sein vor Angst verzerrtes Gesicht und hielt einen Moment inne, um seinen endlosen Schrecken zu genießen. Sally lächelte, dann mit einem lauten Schrei, der eine Banshee eifersüchtig machen würde, hob sie ihre Arme wie ein Vogel und rannte auf ihn zu. Der Abstand zwischen ihnen war ungefähr dreißig Fuß, eine Entfernung, die sie in einer Sekunde einnahm. Ihr Ziel war es, ihn aus dem Wagen zu zerren, aber Karl bekam die Gelegenheit, die Tür gerade noch rechtzeitig zu schließen. Wütend zog sie an der Tür. Alles, was sie wollte, war, ihn aus dem Auto zu zerren und sein Blut zu trinken. Leider war die Tür verschlossen. Das machte sie wütend, und sie trat dagegen.

Doch trotz der großen Beulen, die sie verursachte, blieb sie verschlossen. Wütend flog sie auf das Dach des Wagens und sprang. Unter ihren

Füßen erschienen Beulen. Bald konnte sie das Dach wie eine Dose öffnen.

20 – Die Kavallerie

Vanessa versäumte es, ein Gähnen zu verbergen, bevor sie ins Bett kam und legte ihre Hand auf Felicitys Schulter. Ein angenehmes Gefühl ging durch sie hindurch, als sie schließlich mit ihrem Mädchen löffelte. Felicity sagte: "In ein paar Stunden wird die Hölle los sein."
"Was meinst du?"
"Nun"- Felicity drehte sich um - "es ist der letzte Tag, um deine Kollegen zu retten."
Vanessa schürzte die Lippen, als sie an Leonard dachte. Wegen ihm waren die meisten ihrer Kollegen vom Vampir-Virus vergiftet. Früher am Abend besuchte sie ihn unten auf der Krankenstation - dem Ostflügel des Bienenstocks. Es war das erste Mal, dass sie so weit in den Bienenstock gelangte und von der Ungeheuerlichkeit des Bienenstocks überwältigt war. Sie hatte Sybil nicht gefragt, wie riesig der Bienenstock war und auch nicht nach seinem wahren Zweck gefragt, weil er für Nachtvogel extrem groß war. Nachtvogel zählte nur noch sechs Mitglieder, jetzt, wo Sybils Ex wieder im Bild war, zusammen mit Harry Brown und Sybils Nichte Catherine. Es war allerdings seltsam, Harry und Sybils Ex an Bord zu haben und sie hatte Catherine nie getroffen. Kann man ihr trauen? fragte sich Vanessa, und noch wichtiger, kann man Sybils Ex und Harry wirklich trauen?
Jedenfalls sah sie unten im Bienenstock, auf der Krankenstation, Leonard im Bett liegen, mit einer Infusion im Handgelenk, mit einem blassen Gesicht, und unbewusst.
Dr. Meaning erklärte ihr, dass es das Beste sei. Dr. Meaning informierte sie auch, dass er fast in einen Vampir verwandelt wurde. Sie

wusste das schon, aber als Dr. Meaning es bestätigte, klang es endgültig. Ein heftiges Stöhnen kam über ihre Lippen. "Ich hoffe, dass wir Erfolg haben werden."

"Ich bin sicher, das schaffen wir. Alle Stücke sind am richtigen Platz. Wir haben die Auserwählte, das Buch und ... Ich habe dich."

Nach diesen Bemerkungen kitzelte Felicity Vanessa.

"Hör auf", bettelte Vanessa kichernd und versuchte, ihren Bauch vor Felicitys neckischen Händen zu schützen. Letztere lächelte nur und beugte sich vor und umarmte sie intensiv. Vanessa hatte das Gefühl, dass sie wegen Sybil, die ihnen die Flitterwochen-Suite gab, im Urlaub war. Leider wurde ihr Tagtraum durch das Telefon auf dem weißen Nachttisch an Felicitys Seite des Bettes zerdrückt. Mit einem Murmeln nahm Felicity den Hörer ab und sprach im Flüsterton. Als sie auflegte, warf sie Vanessa einen Blick zu. "Wir haben einen 911-Notruf abgefangen. Es gibt einen Vampir angriff auf dem Friedhof."

"Scheiße", Vanessa war hellwach. Sie stürzte aus dem Bett und zog sich an. Felicity tat das Gleiche. Vanessa war schon an der Tür und sah Felicity über die Schulter.

"Ich muss in den Computerraum gehen, um zu sehen, ob ich helfen kann. Weiß Sybil bereits über den Angriff Bescheid?"

Felicity nickte.

63

Im ganzen Hotel wurde Alarm ausgelöst. Sybil wusste, dass sie es modifizieren musste, wenn die Gäste auftauchen werden. Sie schaute auf die Uhr. *Das ist in etwa zehn Stunden von jetzt an.* Die ATU-Agenten waren an solche Alarme gewöhnt, genau wie sie.

Unten im Bienenstock waren alle beschäftigt wie die Bienen. Aber wenn es zur Action kommt, lag es an ihr; sie wusste es. Sybil war die Einzige, die fähig genug war, mit dem Übernatürlichen umzugehen, aber zuerst musste sie wissen, ob es eine übernatürliche Bedrohung war. Sie zog ihr Handy, während sie in den Computerraum ging.

"Hey, wer hat den Alarm ausgelöst und warum?" drängte sie.

"Wer ist da?" fragte die Telefonistin.

Sybil wollte ihren Namen nennen, aber da war sie schon im Computerraum angekommen und ging hinein. Vier ATU-Agenten sahen sie an, als Sybil sich zum Hauptcomputer begab und die Telefonistin hinter Sybils Schreibtisch anstarrte. Sybil biss sich auf die Zunge, um den Impuls zu unterdrücken, ihr zu sagen, sie solle sich von ihrem Schreibtisch entfernen. Mit ihren Händen auf der Hüfte glotzte sie die braunäugige Frau an. "Hast du den Alarm ausgelöst?"

Die Frau nickte daraufhin.

"Hey, ganz ruhig", donnerte eine Stimme hinter ihr. Aber Sybil ignorierte ihn und wartete auf eine Erklärung.

"Wir haben einen Notruf über Vampire abgefangen, gnädige Frau", sagte der ATU-Operator, während sie Sybil mit großen Augen ansah.

"Vampires sagtest du?" fragte Sybil und beugte sich vor. "Wo sind sie denn?"

"Der Cedar Grove Friedhof."

Sybil nickte. Der Friedhof war ihr Hinterhof. Leider. Wenn es nach ihr ginge, wurde Nachtvogel irgendwo anders gefunden. Aber das ehemalige Hotel wurde in der Nähe des Friedhofs errichtet. Die Einheimischen glaubten, es sei ein Bestattungsunternehmen. "Ich werde so schnell wie möglich dorthin gehen", versprach Sybil und informierte Felicity am Telefon über die Situation, bevor sie in die Waffenkammer rannte. Sie schnappte sich ihren Ledergürtel, ihr Schwert, ein paar Handgranaten und die Uzi. Dann hörte sie ein Geräusch und sie schaute über ihre Schultern und blickte den ATU-Agenten mit schwarzen Haaren und unrasiertem Gesicht an, der eine kugelsichere Weste mit gelben Buchstaben trug, die ATU buchstabierten. Sybil war es nicht gewohnt, Menschen in der Waffenkammer zu sehen. "Kannst du mir mehr Informationen über diesen Vampirangriff geben?"

"Zwei Vampire sind auf dem Friedhof auf der Höhe der Grove Straße. Polizeiautos sind am Tatort."

"Die Bostoner Polizei hat keine Chance, also bleibst du auch nicht stehen. Das Positive daran ist, dass die Grove Street nur eine Meile entfernt ist. Ich werde innerhalb von drei Minuten dort sein", ohne ein weiteres Wort zu verschütten, eilte sie in die Garage, schaltete ihren Ohrhörer mit einer Bluetooth-Verbindung mit ihrem Handy ein und informierte Jack. Dann stürzte sie sich in ihr Ford Mustang Cabrio und fuhr mit hoher Geschwindigkeit davon. Die Motorhaube ihres Autos war immer offen, weil sie lieber die Aufregung der Sonne auf ihrem Kopf spüren wollte und den Wind durch ihr Haar wehen lassen wollte. Dadurch fühlte sie sich, als ob sie noch am Leben wäre.

Mit quietschenden Reifen hielt sie ihren Wagen an und raste aus dem schwarzen Mustang heraus. Sie zog ihr Schwert und raste zur Stelle.

Ein schwaches Stöhnen ertönte! Sofort ging sie zu einem verletzten Polizisten, um seine Wunden zu untersuchen. Das Blut strömte aus seinem Hals. Verdammt!

In einem gestörten Ton rief sie die Basis an. "Ich bin am Tatort. Ein Polizeibeamter ist verletzt. Bitte ruft sofort einen Krankenwagen!"

"Sybil!"

Aufgeschüttelt schaute sie auf, um zu beobachten, wer nach ihr rief, während sie nach ihrem Schwert griff. Dann wurde sie in den Rücken geschlagen. Ein heftiger Tritt brachte sie aus dem Gleichgewicht und sie rollte über den Boden. Als nächstes ertönte ein leises Klicken in ihrem Ohrhörer. Sie verstand, dass ihr Handy versehentlich ein Foto machte, als sie sich mit ihrem Angreifer über ihr hinlegte. Der Atem des weiblichen Vampirs hatte den Geruch des Todes. Sybil hasste den Geruch. Es war ein Grund, warum sie sich dreimal am Tag die Zähne putzte. Wenn man einem Vampir begegnet, dann erkennt man das schnell am Geruch, der aus dem Mund kommt. Es liegt an der Diät - *Blut zu trinken ist eklig*.

Sybil hat ihre Muskeln angespannt und ihren Angreifer von ihr abgeworfen. Schnell sprang sie auf die Füße und trat ihre Rivalin in den Bauch, nahm ihr Schwert und sah den Vampir unter ihren Füßen an. Bereit, ihr den Kopf abzuschlagen. Aber sie war verwirrt, als sie Sally erkannte.

Sally war Sybils erstes Opfer. Sybil kannte Sally seit ihrer Kindheit. Damals war Sally ein Diener, aber Sybil sah sie nie so an und betrachtete sie als Freundin. Die einzige Freundin, die sie in einer unruhigen Zeit hatte. Sie hatte Sally seit 1775 nicht mehr gesehen, seit Sybil in einen Vampir verwandelt wurde.

Sally war in dieser traurigen Nacht in ihrem Zimmer, als Sybil Blut spuckte und kein normales Essen mehr essen konnte. Sie lag im Sterben. Alle ihre inneren Organe wüteten. Sally war im Zimmer, um sie zu baden, als Sally aus Versehen einen Spiegel zerbrach und sich die Pulsadern aufschnitt. Der Geruch von frischem Blut ließ Sybils Mund tränen und Sybil wurde von Blutgier befallen, Sybil ließ Sally ausbluten und war schockiert, als sie merkte, dass sie es getan hatte - sie hatte ihre beste Freundin getötet und Sybil wusste, dass sie in ein blutsaugendes Monster verwandelt war! Sie brauchte Jahre, um sich an eine neue Lebensweise zu gewöhnen. Die ganze Zeit hatte sie Sally vergessen, bis jetzt! Bevor Sybil ihren Schock überwunden hatte, stand Sally auf und trat Sybil in den Bauch. Wieder einmal verlor Sybil das Gleichgewicht. Sally hatte ein Messer in der Hand und bereitete sich vor, auf sie zu springen. Sybil wartete auf den perfekten Moment und als Sally den Sprung machte, zog Sybil ihre Beine hoch und katapultierte Sally zwei Meter weit ins Freie. Sie drehte sich um und bevor Sally den Boden berührte, gab Sybil ihr einen fliegenden Tritt ins Gesicht. Sally fiel nach hinten. So schnell wie sie konnte, griff Sybil nach ihrem Schwert. KNALL! Eine Kugel durchschlug Sybils Rücken. Vom Schmerz gepackt, registrierte sie Sallys böses Kichern.

"Ich bin froh, dass sich jemand amüsiert", grunzte Sybil.

Sally nutzte die Gelegenheit, um Sybil in den Hintern zu treten. KNALL! Ein neuer Schuss ertönte. Sally beugte sich vor und trotz der Qualen, die langsam verschwanden, stand Sybil gerade und schlug Sally ins Gesicht. Blut spritzte über ihren Mund, als Sally das Gleichgewicht verlor. KLICK!

Sybil richtete ihre Aufmerksamkeit auf den Schützen. Es war der verwundete Polizist. Seine Waffe fiel, während er nach Luft schnappte.

Dann blickte sie zu Sally hinunter, die weg gekrochen war. Sybil nahm ihr Schwert und hob ihre Arme. Mit ihren Händen zerrte Sally an Sybils linkem Bein. Mit einem Schlag verlor Sybil das Gleichgewicht und Sally stand auf und sprang auf sie drauf. Aber Sybil hatte die Chance, sie zu vertreiben. Mit einem ohrenbetäubenden Schlag schlug Sally gegen die Tür des Polizeiwagens. Sybil rannte auf Sally zu und hielt eine Sekunde inne, als sie Karl Peters sah - sie hatte nicht erwartet, ihn auf dem Tatort zu sehen. Geschweige denn in einem Polizeiauto - und dann kam sie in Bewegung.

Sally zerdrückte das Autofenster und versuchte, ihn zu erwischen. Sein Schrei verursachte Sybil eine Gänsehaut. Rasch zog sie an Sallys Taille und zog sie aus dem Auto.

Sally drehte sich um und bot ihr einen Kopfstoß und ein Knie im Bauch an. Sybil ließ Sally los und atmete tief ein, während Sally nach vorne trat. Trotz ihrer Wunden schien sie sich des Ergebnisses sicher zu sein. Sybil schloss die Augen. *Vergiss die Vergangenheit. Sally ist jetzt ein Monster.*

Der Gedanke gab ihr Flügel und Sybil drehte sich wie eine Balletttänzerin und schob Sally in den Rücken. Sally drehte sich um und griff sie wieder an. Während des Kampfes verlor Sybil ihr Schwert. Ohne einen weiteren Gedanken daran zu verschwenden, feuerte Sybil ihre Uzi - *mein Schatz;* grinste sie und in einem lauten Klappern schossen alle Kugeln in Sallys Körper. Aus so kurzer Entfernung konnte sie nicht verfehlen. Sie wusste, dass die Kugeln höllische Schmerzen verursachten - *genau wie der Arzt verordnet hatte.* Als ob es eine Heilung wäre, steckt Sybil einen neuen Clip in ihre Uzi, während der Lauf der Waffe ein wenig rauchte.

Sally blieb nicht bei der nächsten Salve und rannte weg. Fünf Polizeiwagen fuhren mit Sirenen auf das Gelände. Für einen Moment war das Land der Toten von den Lebenden besetzt. Sybil hörte auf zu schießen, als Sally floh.

64

Jack legte sein mobiles Leuchtfeuer ins Handschuhfach und stieg aus seinem Auto aus. Catherine begleitete ihn. Er starrte die Frau mit der Uzi in den Fäusten an. Dann beobachtete er das Chaos auf dem Friedhof.

Sybil drehte sich um und grüßte ihn. "Alles ist wieder sicher, Sir", sagte sie. Sie hängte ihre Uzi-Maschinenpistole locker um ihre Schultern, als sie ihr Schwert aufhob.

"Hast du all diesen Schaden angerichtet?" fragte er.

"Nein, nur vielleicht ein paar Einschusslöcher."

"Was ist passiert?"

Sybil versank in ihren Lenden und starrte eine Leiche an. "Armer James", sagte sie unter ihrem Atem und stand auf. Als sie ihr Schwert hob, blickte sie Jack an: "Es war ein Vampir angriff, und das ist das Werk von Sally Hawley. Sie war früher einmal eine Dienerin in meiner Familie."

Mit einem Schlag rollte James' Kopf leicht, bis er in der Nähe ihrer Füße stehen blieb.

"Wenn ich das nicht tue, wird er innerhalb von vier Stunden in einen Vampir verwandelt, da er schon weg ist. Trotz des Schadens, den Sally ihm zugefügt hat", zeigte sie auf seine aufgehackte Kopfhaut. Jack schaute auf den abgetrennten Kopf. In all den Jahren, in denen er im Dienst war, selbst wenn er die Zeit gezählt hat, in der er dem Marinekorps in Afghanistan und im Irak beigetreten war, hatte er nichts dergleichen gesehen. Er wurde krank, aber er wollte das Sybil nicht verraten. Stattdessen schaute er von der Leiche zum Polizeiauto; jemand war immer noch drin und sah ihn mit einem blassen Gesicht an.

Sybil ging in einen anderen Leichnam. "Dieser Typ ist auch gebissen worden und er ist tot, also ..." sie beendete ihren Satz nicht, aber es war ihm klar, was sie sagen wollte.

Ein paar Polizisten wollten sich einmischen, aber Jack hielt sie in sicherer Entfernung.

"Lass sie den Job zu Ende bringen. Sonst verwandeln sie sich in Vampire."

"Aber Sir, sie sind doch schon tot."

Jack reagierte nicht und wandte seine Aufmerksamkeit Sybil zu. Nachdem Sybil die unangenehme Arbeit beendet hatte, legte Sybil die Köpfe vorsichtig auf den Boden. Als nächstes ging sie zu den Polizisten, die sie mit gemischten Gefühlen anstarrten. Sie blickte Jack an und er erkannte, was sie vorhatte und nickte. Sybil entblößte ihre Reißzähne. "Ich bin ein Vampir, Polizeibeamter und auch Vampirjägerin. So ähnlich wie Buffy, die Vampirjägerin. Du weißt schon, die Fernsehserie aus den 90ern. Hast du schon mal davon gehört?"

Niemand hat geantwortet.

"Mann, was für ein hartes Publikum", sagte Sybil. "Nun, du solltest es nachschlagen. Buffy, die Vampirjägerin. Es ist eine tolle Show und ich bin ihr ziemlich ähnlich. Außer dass ich nicht blond bin. Ich bin kein Teenager und gehe nicht auf die High-School. Oh, ja. Ich bin auch ein Vampir. Ähm. Weißt du was? Vergiss, was ich über Buffy gesagt habe. Ich bin Sybil Crewes, professionelle Vampirjägerin, und ich stehe auf der richtigen Seite des Gesetzes. Genau wie Sie glaube ich an Recht und Ordnung."

"Sie ist bei der ATU", fügte Jack mit einer Stimme voller Bewunderung für die Vampirin hinzu.

"Werden sich diese Überlebenden in blutige Vampire verwandeln?" fragte Catherine, während sie neben Jack stand und auf die beiden schwer verletzten Polizisten und auf Karl Peters zeigte, der noch im Polizeiauto saß.

"Nicht unter meiner Wache", antwortete Sybil. "Aber vielleicht ist es besser, sie in den Bienenstock zu bringen, um sie genau zu beobachten."

Währenddessen fuhr ein Krankenwagen vorbei und hielt an. Vier Sanitäter traten aus und gingen mit Bahren bewaffnet zu den Verletzten. "Offensichtlich werden sie ins normale Krankenhaus gebracht", sagte Sybil und schaute Jack an. "Wenn wir den Fluch nicht aufhalten können, dann ..."

"Es ist möglich", stellte Jack fest. "Es muss einfach sein!"

Einer der Polizeibeamten musste reanimiert werden, bevor ein Sanitäter ihn auf die Trage legte und eine Infusion an seinem Handgelenk anlegte.

65

Eine Polizistin zog in das Autowrack, Karl Peters war noch eingesperrt. Sie schielte durch das zerbrochene Fenster. "Sind Sie Herr Peters?"

"Ja, Ma'am. Kannst du mich bitte hier herausholen?" schaute er verzweifelt die Polizistin an, die ihren Hut abnahm und ihr kurzes, blondes Haar mit den Fingern durch ihr Haar gekämmt. Dann nickte sie und trat einen Schritt zurück.

"Einen Moment bitte", rief sie.

"Natürlich, ich gehe nirgendwo hin", fügte er hinzu - *du blöde Kuh!*

Sie hat an der Tür vergeblich gezögert. "Mist! Gehen Sie so weit wie möglich zurück, Mr. Peters, dann schieße ich auf das Schloss", befahl sie. Auf Kommando ging er auf die andere Seite des Wagens und schloss die Augen.

"Sind Sie bereit, Sir?"

"Ja, verdammt! Schieß einfach."

Es wurde ein Schuss abgefeuert. Obwohl Karl sich darauf vorbereitet hatte, war er immer noch erschüttert. Er mochte keine Schusswaffen. Der laute Knall wirkte auf seine Nerven. Das war auch der Grund, warum er sich von Feuerwerkskörpern fern hielt. Der Schuss war so laut, dass er in Panik die Augen öffnete. Bevor die Tür aufschwang, schaute er nach, ob er nicht irgendwo getroffen wurde - *kratzte da nicht irgendwas an meinen Beinen? Ist das nicht ein Kratzer?*

Die Polizistin streckte ihm die Arme entgegen. "Geben Sie mir Ihre Hände, Herr Peters. Dann hole ich Sie aus dem Auto."

"Ich kann nicht", sagte er, "ich habe Handschellen."

"Okay, ich versuche dich rauszuziehen, indem ich dich an deiner Taille packe", packte sie ihn und benutzte ihr Gewicht, um ihn loszuziehen. Als sie ihn schließlich aus dem Auto befreite, befreite sie ihn aus den Handschellen. Er umarmte sie und dankte ihr von Herzen. Dann schaute er nach, ob er irgendwo verletzt war, aber nein, außer der Beule am Kopf und einer kleinen Wunde am Hals und ein paar blauen Flecken war er in Ordnung. Er war erleichtert. Dann musste er wieder an seine Freunde denken, und er fühlte sich trübsinnig. Etwas verlegen schlurfte er zu der Kriegerin, die ihm das Leben rettete. Sie sprach mit der Polizei. Als ob sie seine Augen auf ihrem Rücken spürte, drehte sie sich um und sah ihm in die Augen. Es war die Frau aus dem Hotel, die Hotelmanagerin, *wie war ihr Name noch mal?* Dann erinnerte er sich an das Plastiknamensschild an ihrer Kleidung.

"Danke, Sybil Crewes. Frau mit vielen Gesichtern."

Sie lächelte ihn an, "Bitte sehr", antwortete sie leise, als er auf sie zukam.

"Und ich bedaure ihren Verlust. Es ist jedoch besser, wenn du im Hotel bleibst, bis das hier vorbei ist."

66

Catherine dachte, dass ihr Abend mit Jack anders enden würde, mit mehr Romantik. Stattdessen rief die Pflicht an, und nun waren sie hier auf dem Friedhof. Sie atmete aus. Manche Dinge sind einfach wichtiger als das persönliche Liebesleben, auch wenn es in den letzten zwei Jahren bergab ging. Sie sah Jack mit gemischten Gefühlen an; sie wollte die Nacht mit ihm verbringen. Ein weiterer Seufzer entkam aus ihrem Mund. Es hätte so wunderbar sein können - *ach. Man kann nicht alles haben.*

Dann wanderte sie zu dem Tatort, obwohl Jack ihr riet, im Auto zu bleiben. Sie sah Sybil und dann Jack an.

"Die ersten Gäste werden in ein paar Stunden eintreffen. Du hast genug zu tun, bevor sie tatsächlich dort sind. Du weißt, dass ich ein Vampir bin. Ich kann mich nützlicher machen, wenn ich mit anpacke", schlug sie vor. Der Ausdruck auf Jacks Gesicht und Sybils Gesicht verriet ihr, dass ihnen der Gedanke nicht gefiel. Schnell fuhr sie fort: "Menschen haben keine Chance gegen Vampire, das weißt du!"

Zuerst schaute sie Sybil direkt in die Augen und dann schaute sie Jack direkt in die Augen.

Sybil wechselte die Blicke mit Jack. Dann nahm sie ihr Schwert ab und reichte es Catherine zusammen mit der Uzi.

"Versprichst du mir, dass du vorsichtig sein wirst? Benutze zuerst die Uzi, bevor du gegen Sally kämpfst, okay?"

Catherine versicherte ihr, sie solle vorsichtig sein, und dann sah sie Jack an.

"Ich hatte große Erwartungen für diesen Abend."

"Ich auch", sagte Jack und küsste sie.

Ein Auto mit Polizeihunden fuhr vorbei.

"Du musst dich der K9-Gruppe anschließen", sagte Sybil und zeigte auf die vier bellenden Hunde. Anscheinend haben sie eine Spur. Jack ging zu den Polizeibeamten, die die Hunde streife führten und sagte ihnen, dass Catherine mit ihnen gehen würde; ein Trupp schwer bewaffneter Männer folgte. Sie rannten weg, ihre Taschenlampen erhellten die Gegend, während die Hunde ständig bellten. Jeder in Catherines Gruppe leuchtete auf alle Grabsteine und Gräber, aber die Spur, die Sally hinterließ, löste sich nach tausend Metern inmitten eines weiten Feldes, das vernebelt war, in Rauch auf. Die Hunde heulten.

67

Kurz nachdem sie gegangen waren, war Jack krank vor Sorge um Catherine.

"Mach dir keine Sorgen. Catherine kann sich gut um sich selbst kümmern", sagte Sybil. Dann kam die Presse in ein paar großen Lieferwagen auf die Tatort. Ein paar Polizisten hielten sie an. Reporter und Kameramänner gingen zum gelben Band und aus der Entfernung konnte Jack sie reden und Fragen stellen hören.

21 – Träume und Illusionen

Nachdem Richards Freunde sich verabschiedet hatten, stieß Richard auf dem Weg hierher fast gegen Sybil. "Oh, das tut mir schrecklich leid."

"Das macht nichts", antwortete sie, als sie nach draußen ging, "ich habe vergessen zu erwähnen, dass das Frühstück zwischen halb neun und halb zehn Uhr stattfindet.

Richard starrte Sybil leidenschaftlich an, während sie wegging und ihre Hüften schwang - *ich wünschte, sie würde die Nacht mit mir verbringen. Sie ist so sexy.*

Er stieg in den Aufzug, um in den dritten Stock zu fahren. Das Licht flackerte kurz im Flur, als er seine Tür aufschloss. Richard schenkte dem wenig Beachtung und ging durch den Raum. Der Fernseher schaltete sich zusammen mit dem Licht ein.

Mit einem Gähnen fummelte er an der Fernbedienung. Dann erstarrte er, als er die Fernsehübertragung sah. Seine Freunde rannten über die Grabsteine, gejagt von einem Kerl, dessen Gesicht nun als Nahaufnahme auf dem Bildschirm erschien - ein blutiger Vampir. Die Bestie starrte mit einem bösen Gesichtsausdruck direkt in die Kamera! Im Auge der Kamera ermordete er John. Ein eiskalter Schauer ging über Richards Knochen.

Es dauerte einen Moment, bis Richard sich bewegte und mit der Fernbedienung den Fernseher ausschaltete. Aber er reagierte nicht! Fanatisch drückte er vergeblich auf den Einschaltknopf des Fernsehers.

Zur gleichen Zeit wurde James auf dem Fernseher ermordet. Sein Blut lief über sein Gesicht, als ein weiblicher Vampir mit einer elektrischen Säge durch James' Kopfhaut schnitt. Sich krank fühlend, drückte Richard weiter den Einschaltknopf. Die Schreie seiner Freunde elektrisierten alle Haare in seinem Nacken. Er presste seinen Kiefer zusammen, starrte auf den Fernseher und drehte ihn um 180 Grad. Mit einem Ruck zog er das Stromkabel ab. Endlich war es still im Zimmer. Aber dann ging der Fernseher wieder an. Seine Bilder wurden an die Wand projiziert. Über die Lautsprecher schrien die Leute. Schüsse wurden abgefeuert. Es hörte sich an, als ob ein Krieg stattfand. Dann schneidet ein Schrei den Knochen durch!

Schweißtropfen strömten über Richards Gesicht. Er drückte seine Hände gegen die Ohren und schrie um Hilfe. Die Schreie und Schüsse verhallten im Hintergrund. Erleichtert öffnete er die Augen. Auf die Wände wurde sein Spiegelbild projiziert und sagte: "Es genügt ein kleiner Schnitt!"

Auf dem Teppich, in der Nähe von Richards Füßen, erschien das Küchenmesser und war mit Blut verschmiert. Sein Blick glitt vom Messer auf sein Handgelenk. Es war abgeschnitten. Das Blut tropfte auf den Teppich. Sein Herz schlug wie verrückt in der Brust. Schwarze Flecken erschienen vor seinen Augen. Um gegen den Schwindel anzukämpfen, knallte er sein Gesicht gegen den Boden und verursachte trotz des bequemen Florteppichs Nasenbluten. Doch er bemerkte sein Nasenbluten nicht und hinterließ eine Blutspur, während er sich den Weg zum Badezimmer kroch.

Die Magensäure sprudelte auf. Als er sich der Toilette zuwandte, würgte er. Ein saurer, bitterer Geschmack in seinem Mund wurde freigesetzt, während er sich zum Erbrechen zwang, indem er seinen Finger in den hinteren Teil seiner Kehle drückte. Richard bemerkte nicht, dass es inzwischen ganz friedlich im Raum war. Würgend erbrach er alles, was er kaute und trank. Seine Finger waren klebrig. Ekelhaft starrte er in die Toilette. Trotzdem fühlte er sich etwas besser. Er schleppte sich auf die Beine, um sich Gesicht und Hände zu waschen und schluckte etwas Wasser, um den faulen Geschmack im Mund loszuwerden.

Er starrte sein Gesicht im Spiegel an, bemerkte sein Nasenbluten und spritzte etwas Wasser auf sein Gesicht. Mit einem Handtuch wischte er sich das Wasser vom Gesicht. Obwohl ihm die Ohren summten, bemerkte er, dass es im Zimmer ruhig war. Nach einem tiefen Atemzug entschied er, dass es nichts als eine Illusion war, verursacht durch zu viel Alkohol.

"Sind Meine Freunde in Ordnung?" fragte er mit leisem Atem.

Richard schlenderte zurück ins Schlafzimmer und bemerkte den Blutstrom.

"Die Hotelmanagerin wird wütend, wenn sie sieht, dass ich den ausgedehnten Teppich ruiniert habe", sagte er flüsternd und sein Blick fiel auf den Fernseher. Er war ausgeschaltet, als ob nichts passiert wäre. Frustriert fuhr er mit der Hand durch die Haare und beschloss, ein Handtuch zu holen, um die Unordnung aufzuräumen, und fragte sich, ob er das Blut vom Teppich reinigen könne. Seine Gedanken wanderten zum Küchenmesser. Es war nicht mehr da. Er nickte. *Es war in der Tat ein Traum.* Er blickte sich das Handgelenk an. Es hat nicht geblutet. *Gott sei Dank,* noch mehr Beweise, dass sein Verstand ihm einen Streich gespielt hat. Jemand hat an die Tür geklopft. Eine Frau rief seinen Namen mit gedämpfter Stimme. Er runzelte die Stirn und öffnete die Tür einen Spalt. Es war Sybil. Sie sah ihn besorgt an. Unter normalen Umständen würde er herausfinden, ob sie eine Nacht des Vergnügens vor sich hat, aber dies waren keine normalen Umstände. Es gab überhaupt kein Vergnügen. Zum ersten Mal in seinem Leben schoss ihm ein schrecklicher Gedanke durch den Kopf. *Ist dieser Platz verhext?* Noch nie zuvor hat er so etwas Verrücktes in Betracht gezogen. *Geister sind nicht real! Reiß dich zusammen, Mann,* dachte er, während Sybil fragte, ob alles in Ordnung sei. Sie hörte laute Gerüchte aus seinem Zimmer und blinzelte über seine Schultern in das Zimmer. Ohne seine Reaktion abzuwarten, schob sie ihn sanft zur Seite und ging hinein. Auf ihren Hüften scannte sie die Blutspur auf dem Teppich. Sie stand auf. Richard verteidigte sich, indem er ihr sagte, er hätte einen kleinen Unfall gehabt. "Ich bin gestürzt und habe mir die Nase geprellt."

"Ich lasse den Reiniger kommen", entschied Sybil besorgt und stand auf.

"Nein, das ist nicht nötig. Ich habe dieses Chaos überhaupt erst geschaffen."

"Ich bestehe darauf, Mr. McKenna", sagte sie, rief die Putzfrau über das Haustelefon an und legte auf. Beunruhigt schaute sie ihm ins Gesicht. "Ich kümmere mich um Ihr Nasenbluten."

"Es ist nichts. Schau, es blutet nicht mehr."

Anscheinend war sie nicht überzeugt und gab ihm ein Aspirin. Sybil machte ihm klar, dass sie nicht gehen würde, bevor er es genommen hat. Um sie loszuwerden, schluckte er es mit einem Glas Wasser herunter.

"Danke mir später. Und jetzt versucht, etwas Ruhe zu bekommen", schlug sie vor und ging weg. Richard ging ins Bett und schloss die Augen und bemerkte nicht, dass der Hausreiniger sein Blut gründlich aus dem Teppichboden verpfuschte.

68

Desorientiert blickte sich Leonard Kinskey um. "Wo zum Teufel bin ich?" aber niemand war da, um ihm die Antwort zu geben. Sein Blick glitt von links nach rechts. Die Pieptöne eines Herzmonitors befahlen ihm, sich umzusehen. Ich bin in einem Krankenhaus, wurde ihm klar. Er schielte auf die Infusion, die an seinem Handgelenk befestigt war. Dann schaute er auf die beiden gebündelten Infusionen, die an einem Ständer auf Rädern neben dem Bett befestigt waren. Er entschied, dass einer davon wahrscheinlich eine Kochsalzlösung oder Glukose war. Dann erinnerte er sich an das grüne Gas. Es war klebrig und schmerzhaft. Er schielte auf seine Hände. Sie sahen normal aus. *Was ist mit meinem Gesicht?*

Sein Gesicht, seine Wange, seine Lippen, seine Nase usw. fühlten sich normal an, bis auf den Morgenbart. Wenn Vanessa ihn so sehen würde, würde sie ihn wahrscheinlich für einen Penner halten. Sein Blick rutschte auf den Rufknopf, der am Bett angebracht war. Eine Krankenschwester könnte ihm einen Rasierer bringen, aber er änderte seine Meinung, als ein Licht seine Aufmerksamkeit erregte. Es leuchtete auf den geschlossenen grünen Vorhang um sein Bett. Er fragte sich, was es war, dass er auf der Bettkante saß. Es war, als ob das Licht sich erhöhte, um ihn zu begrüßen.

Leonard atmete tief ein und bewegte seine Beine. Er war froh, dass er keine Gelenkschmerzen hatte. Sein Mund war allerdings trocken. Er sehnte sich nach einem Drink. Er schüttelte den Kopf und wollte sich wieder hinlegen. Dann hörte er jemanden seinen Namen flüstern.

"Wer ist da?" forderte er.

"Komm", flüsterte die Stimme, verlockend.

"Wer bist du?" sagte er.

"Komm und sieh selbst, was ich meine!" drängte die Stimme.

Leonard sah sich auf der Suche nach seiner Brille am Bett um. Sie lag auf dem Nachttisch neben dem Herzmonitor. Er schob sich die Brille auf die Nase und zog die Sensoren aus der Brust. Es ertönte ein langer Piepton vom Herzmonitor und so weiter, eine Krankenschwester kam herein, um nachzusehen, was los ist. Aber bis dahin war er schon lange weg. Er ließ vorsichtig das Bett los und hielt sich am Infusionsständer fest, als er fast das Gleichgewicht verlor. Nach einer Weile war er stark genug, um noch einen Versuch zu unternehmen. In kleinen Schritten schlenderte er zum Vorhang, wobei er den Infusionsständer als hilfreiches Werkzeug benutzte, während er sich durch viele geschlossene Vorhänge an der Station des Krankenhauses vorbei bewegte. Es war seltsam ruhig um ihn herum, abgesehen von den Geräuschen, die von den Herzfrequenzmessgeräten verursacht wurden. Leonard nahm den Geruch von Reinigungsmitteln und einen schwachen Geruch von Urin und erbrochenem wahr.

"Bitte komm", flehte die Stimme.

Leonard nickte und ging weiter, bis er eine grüne Schwingtür erreichte. Der Flur hinter der Tür hatte einen blauen Linoleumboden. Darauf bemerkte er eine gemalte gelbe Linie mit einer Nummer daneben. Die weißen Wände waren mit gerahmten Fotos von Boston dekoriert. Er blickte hinter seinem Rücken auf die Tür.

"1E", sagte Leonard leise, als er den Flur entlang ging. Zu seiner Linken standen verschiedene Pflanzen auf einem Schreibtisch. Als er weiterging, sah er eine Krankenschwester hinter dem Schreibtisch sitzen, die auf einen Computer achtete. Sie war zu beschäftigt, um ihn zu bemerken, als er still stand, sie anstarrte und an ihrem Geruch schnupperte. Ihm lief das Wasser im Mund zusammen.

"Nicht jetzt", flüsterte die Stimme. "Deine besondere Belohnung wartet oben auf dich."

Leonard blieb stehen, weil er das Blut der Krankenschwester trinken wollte, aber das Versprechen einer besonderen Belohnung brachte ihn dazu, weiterzugehen. Hinter dem Schwesternschreibtisch kam er in eine zweite Halle mit vier Aufzügen. Er drückte den Knopf und sah sich um. Die Wände hier waren leicht blau.

Der Aufzug hielt seine Ankunft fest und er stieg ein und starrte auf die entsprechenden Zahlen im Bedienfeld des Aufzugs. Er hatte erwartet, dass er sich irgendwo im oberen Stockwerk befand, aber die glühende Zahl deutete etwas anderes an. Leonard fragte sich, welches Stockwerk er wählen musste, aber dann wählte das Schicksal das Stockwerk.

Im dritten Stock stieg er aus. Unzufrieden schüttelte er den Kopf beim Anblick eines Florteppichs. *Alle möglichen Keime verstecken sich im Teppich. Egal, wie gut man versucht, ihn zu reinigen. Das hier ist sicher ein seltsames Krankenhaus.*

Er ging den langen Flur entlang, der auf beiden Seiten mit Türen gesäumt war. An den Wänden bemerkte er Gemälde der amerikanischen Revolution. Die Beleuchtung hier drin wurde durch an den Wänden angebrachte elektrische Kerzenständer gewährleistet. Als er vorbeiging, fragte er sich, wohin er gehen musste, aber dann leuchtete eine Tür hell auf.

"Deine Belohnung wartet hinter dieser Tür auf dich", flüsterte die Stimme.

Er lächelte schwach, als er den Zimmer betrat. Ihm lief das Wasser im Mund zusammen, wegen eines süßen Geruchs, der seinen Namen rief.

Wie die Stimme versprach, erwartete ihn ein besonderer Leckerbissen. Leonards Magen knurrte, als er auf den blonden Mann im Bett blickte.

"Versucht es mal. Trinkt sein Blut. Es wird dir guttun. Beeil dich!" sagte die Stimme. Sein Opfer auf dem Bett verbreitete einen verlockenden roten Schimmer. Alle seine Adern glühten. Ohne weitere Zeit zu verlieren, versenkte Leonard seine Reißzähne im Fleisch des Mannes. Das Blut tropfte in seinen Mund und stillte seinen Hunger.

69

Jack war im Konferenzraum mit Vanessa und Felicity, saß Bürgermeister Daryl Walker, dem Polizeichef, Mike Palmer und Sybil gegenüber, um die brutalen Morde auf dem Cedar Grove Friedhof zu besprechen.

"Als ich Miss Crewes zum ersten Mal traf," sagte Bürgermeister Walker, "glaubte ich nicht an die Existenz von Vampiren. Aber Sybil rettete das Leben meiner Tochter"- er zeigte auf Felicity - "aus den Händen eines blutrünstigen Vampirs, bekannt als der Sensenmann."

Sybil nickte als Antwort, als der Bürgermeister weitermachte: "Meine Tochter und Sybil hatten diesen Plan, Nachtvogel zu starten und baten um meine Hilfe ..." Er nahm einen Schluck aus dem Glas Wasser am runden Tisch. "Nachtvogel ist eine Organisation um das Böse zu bekämpfen. Sybil ist eine professionelle Vampirjägerin und kämpfte seit 1999 gegen Dämonen, Vampire, Zombies, Werwölfe und jedes Monster, vor dem man sich in seiner Kindheit gefürchtet hat. Sie sind alle echt! Ich habe geholfen, dieses Projekt zu finanzieren. Nachtvogel rettet die Menschen vor den Monstern. Durch Nachtvogel glaubt die Bevölkerung, dass solche Monster nicht existieren. Dies muss ein Geheimnis bleiben, Mike"- der Bürgermeister warf einen direkten Blick auf Mike Palmer - "Du bist der Polizeichef hier in Boston. Ich weiß, dass einige Ihrer Polizeibeamten Vampire gesehen haben. Deshalb habe ich beschlossen, um dich in diesem Fall auf dem Laufenden zu halten. Mike, ich muss dich dringend bitten, die Existenz von Vampiren und Übernatürlichem geheim zu halten."

"Das versteht sich von selbst, Herr Bürgermeister", antwortete Mike. "Sehr gut", sagte Bürgermeister Walker. "Nun, Sybil. Was kannst du uns über das, was hier vor sich geht, erzählen?"

Sybil nickte und drückte einen roten Knopf, der am runden Tisch angebracht war. Eine Hologramm-Projektion in der Mitte des Tisches erschien. Sie stellte ein 3D-Modell des Friedhofs dar.

"Wie ihr alle wisst, begann der Vampirangriff hier", erklärte Sybil. Mit einem Laser-Stift deutete sie auf eine freie Fläche zwischen den Gräbern auf dem Hologramm. "Aber es fing eigentlich hier an"- sie strahlte nun auf das Hotel - "als ein Taxi Mr. McKennas Freunde mitnahm."

Ein Video in einer 2D-Projektion zeigte ein blau-weißes Taxi. Drei Personen stiegen ein. Das Video wurde in den Hintergrund eingeblendet. "Dieses Taxi wurde in der Nähe des Tatorts gefunden. Als ich am Tatort ankam, geriet ich in einen Kampf mit Sally Hawley. Ich kenne Sally seit 1756 und sie ist die neue Bedrohung", fügte Sybil hinzu und zeigte ein Foto von Sally, das sie während des Kampfes mit ihrem Handy gemacht hatte. "Die Tatsache, dass sie hier ist, bedeutet, dass sie sich unserer Pläne bewusst ist, das Necronomicon, das Buch der Toten, zu zerstören. Es besteht die Möglichkeit, dass sie einen Weg gefunden hat, die Zerstörung des Necronomicon zu überleben. Sally nahm einen Teil des Gehirns eines Opfers. Dr. Meaning versucht herauszufinden, welchen Teil des Gehirns sie genommen hat. Aber ich vermute, dass sie es für eine Art Voodoo-Ritual benutzt, um die Vernichtung des Buches zu überleben. Wenn sie überlebt, ist sie der einzige Vampir hier und wird sicher eine Armee von Vampiren schaffen."

"Heißt das, dass wir das Buch nicht zerstören?" fragte Jack und stand auf. Er wollte gerade den Konferenzraum verlassen, doch Sybil hielt ihn auf.

"Nein, wir werden das Buch zerstören", sagte Sybil. "Die Zerstörung des Necronomicon wird ihre Leute davor bewahren, Vampire zu werden. Sie sind unsere erste Priorität. Sobald das Buch vernichtet ist, werden alle Vampire, Dämonen und Zombies von der Erde verschwinden. Aber wie ich schon sagte, ich fürchte, Sally wird als letzter Vampir eine

Armee von Vampiren schaffen. Niemand wird sie aufhalten können, wenn ich weg bin. Kugeln können sie nicht töten. Du kannst sie verbrennen oder enthaupten, aber bevor du in ihre Nähe kommst, wird sie dich verschlingen."

"Wie wär's mit einer Rakete?" schlug Mike Palmer vor.

"Du meinst, wir sollen sie mit einer Atombombe vernichten, damit sie sich in einen Haufen Staub verwandelt?" Sybil schüttelte den Kopf, "das wird Boston völlig zerstören, meine Liebe", sagte sie.

"Also, im Grunde genommen willst du die Zerstörung des Buches aussetzen, um sie zu finden?" fragte Jack.

"Nein. Wir gehen wie geplant. Das bedeutet nur, dass ich meine Unsterblichkeit leider noch nicht aufgeben kann. Ich werde Frank und Catherine bitten, mit mir auf die Jagd nach Sally zu gehen, wenn das alles vorbei ist. Doktor Meaning hat mir etwas Blut abgenommen, um uns wieder mit einer Spritze zu infizieren, damit auch wir überleben. Heute werden wir das Buch vernichten, aber ich werde keinen Frieden finden."

70

Die Welt von Karl Peters wurde auf den Kopf gestellt; es sind so viele schreckliche Dinge passiert, dass er nicht schlafen konnte. Er drehte sich von einer Seite des Bettes auf die andere, immer wieder und schluchzte. Das Zimmer, das er von Sybil bekam, war wunderschön und hatte den ganzen Luxus eines besseren Hotelzimmers, aber trotz der feinen Teppiche, des weichen Teppichs und des Whirlpools im Badezimmer fühlte er sich schlecht. Er sehnte sich nach John, aber sein Mann war weg. Von einem Vampir getötet. Die Hotelmanagerin, Sybil Crewes, war ebenfalls ein Vampir, aber sie rettete ihm das Leben. *Sie ist nicht bösartig,* beschloss er.

Um seine Gedanken abzulenken, schaltete er den Fernseher ein. Die Bilder brachten ihn nicht in eine bessere Stimmung. Auf den meisten

Sendern sprach man über die Ritualmorde auf dem Friedhof. *Boston in den Nachrichten*, dachte er trübsinnig.

Mit der Fernbedienung schaltete er sie aus und zog sich die Decken über sein Gesicht. Dann erhellte ein seltsames, helles Licht den Raum. Karl schob die Decken zur Seite. Das Licht verblasste. Er runzelte die Stirn und beschloss, dass seine Fantasie einen Streich spielte. Seine Hand berührte das Licht auf dem Nachttisch neben dem Bett und schaltete es ein. Ein seltsames Geräusch forderte seine Aufmerksamkeit. Er sah sich um und starrte auf die sich bewegenden Schatten an der Wand.

"Nein!" schrie er und versteckte sein Gesicht unter der Decke. Jemand hat ihm einen runtergeholt. Ein Schrei entging Karls Lippen, als die Decken wie ein Geist im Raum tanzten. Sein Blick rutschte auf den Boden und er merkte, dass unter den Decken niemand versteckt war! Alle Haare im Nacken waren elektrisiert, als die Decken herunterfielen. Es war nichts darunter, als er sie hochzog. Mit zitternden Fingern wischte er sich den Schweiß vom Gesicht. Dann trieb ihn ein starker Wind mit einem Aufprall an die Wand. Das Blut lief ihm über den Mund, als sein Gesicht gegen die Wand schlug. Neben ihm zitterte das Bett wie ein Schiff auf See. Sein Herz klopfte in seiner Brust und er lehnte sich mit dem Rücken an die Wand, während alle Gegenstände im Raum durch den Raum schwebten, als ob sie von einem Wirbelsturm erfasst würden.

"Nein, nein, nein!" rief Karl aus, als sein Blut aus seinem Gesicht wich. Er drückte sich flach gegen den Boden und drückte seine Augen zu, um Schutz zum Herrn zu beten. Ein Gebet, das er in seiner Kindheit gelernt hat.

Der Wind ließ nach. Gegenstände regneten herunter. Das Klappern von Möbeln, Stühlen und anderen Gegenständen ließ ihn aufblicken. Umgeben von einem unordentlichen Raum stand er auf. Im Nu war alles wieder normal. Karls Blick ging zum Bett und bemerkte eine Leiche im Bett. Er kam näher und erkannte sein eigenes Gesicht.

"Nein, das kann nicht wahr sein!" sagte er und berührte das kalte Gesicht des Körpers.

Ein kalter Wind zog ihn aus dem Zimmer. Umgeben von einem hellen Licht schwebte Karl in ein anderes Hotelzimmer. Sein Herz hat einen Schlag verpasst, als er Richard sah! Er lag im Bett und etwas veränderte sich unter Richards Haut. Es war, als ob etwas in ihn kroch und dann übertrug sich Richards Gesicht auf das eines Fremden. Dann wachte Karl Peters schweißgebadet auf. Es dauerte eine Weile, bis ihm klar wurde, dass es nur ein Traum war.

71

Richard McKenna war irgendwo an der Ostküste und wartete auf die Ankunft des Reiters. Der Kutscher brachte sein Pferd zum Stehen und schaute auf Richard hinunter. "James", sagte er erfreut und stieg von seinem Pferd ab. Sie umarmten sich zur Begrüßung. "Hast du das Buch bei dir?" fragte der Mann mit den weißen Haaren.

"Ja, ich habe es genau hier", antwortete Richard und klopfte mit der Hand auf die Holzkiste.

"Darf ich es sehen?"

"Nur, wenn ich deine Tochter heiraten darf."

"Natürlich darfst du meine Tochter heiraten. Das ist ein Gentleman's Agreement."

"Plus 100 Pfund Sterling", sagte Richard. "Haben wir eine Abmachung, Onkel?"

"Ja", sagte Richards Onkel und reichte ihm einen Beutel, "Willst du nicht erst nachzählen?" fragte sein Onkel, während Richard den Beutel in den Händen wog.

Richard schüttelte ihm die Hand: "Ich vertraue dir, dass du ehrlich bist, Onkel George!" und reichte ihm die Kiste. Onkel George lächelte und schloss die Schachtel auf. Da war sie: Das Necronomicon. Richard wusste, dass Onkel George seltene Bücher sammelte, und Cousine Sybil war eine wunderschöne junge Dame, obwohl er sie nur auf einem Gemälde sah. Sein Körper reagierte aufgeregt, wenn er an sie dachte.

72

Richard öffnete die Augen und stellte fest, dass er noch in seinem Zimmer war. Seine Stirn war klamm und er wusste, dass es ein Traum war. Trotzdem war er müde und drehte sich um, um etwas Schlaf zu bekommen.

Am frühen Morgen wurde er von einer attraktiven Frau geweckt. Sie öffnete die grünen Gardinen. Ein warmer Sonnenstrahl schien auf sein Gesicht. Sofort war Richard hellwach und fragte sich, wo die Frau war, aber sie war schon lange weg.

Er suchte nach seiner Kleidung, aber die einzige Kleidung, die er fand, war eine altmodische Militärtracht eines britischen Kapitäns aus der Kolonialzeit. Irgendwo um das achtzehnte Jahrhundert herum. Dann erinnerte er sich, dass Sybil etwas über einen Thementag sagte, den sie für das Hotel arrangiert hatte. Auf der Uniform faltete er einen Brief aus.

"Lieber James,

Heute ist ein besonderer Tag, an dem wir unsere Verlobung feiern.
Das Frühstück wird unten serviert.

Mit freundlichen Grüßen
Sybil"

Mit einem Lächeln zog er sich an. Unten, im Speisesaal, bemerkte er mehrere Gäste in altmodischer Kleidung, die hinter einem großen Tisch saßen. Am Eingang der Tür zählte Richard vier schwarze Diener. Alle waren tadellos in authentischen Kostümen gekleidet.

Anscheinend hat Sybil keine Mühe gescheut, um es authentisch aussehen zu lassen. Ein Diener begleitete ihn zu seinem Platz am Tisch, neben Sybil. Während des Tees betrat ein Kurier den Raum. Nachdem er Richard kurz salutierte, übergab ihm der Kurier einen versiegelten Umschlag. Richard öffnete ihn und lächelte. "Es sieht so aus, als müssten wir das Munitionslager in Lexington angreifen", dann warf er den Brief achtlos auf den Boden. Er bemerkte nicht, dass Sybil einem Diener zunickte, der leicht hustete und seinen Fuß auf den Brief setzte.

73

Richard drehte sich im Bett auf die andere Seite. Der Traum wurde durch einen anderen Traum ersetzt, in dem er mit Sybil irgendwo in einem großen, grauen Armeezelt war. Im Hintergrund hallten die Explosionen wider. Sybil starrte ihn mit einem stolzen Blick in ihren Augen an.

Die Hitze hat Richards Körper durchspült. "Was hast du getan!"

Sie spuckte ihm ins Gesicht. Richards Puls rastete. Er presste den Kiefer zusammen und schlug Sybil, bis er ihr Nasenbluten verursachte.

"Wie kannst du es wagen, mich anzufassen? Feigling!"

Er ohrfeigte sie wieder und wurde bei dem Gedanken, sie zu berühren, überreizt. Ohne zu zweifeln, zerriss er ihr Kleid und zwang sich ihr auf. Die Wärme ihres nackten Körpers unter ihm, während sie kämpfte und um Hilfe schrie, war überwältigend und er genoss jede Minute.

"Sollten wir sie nicht erschießen, Sir?" fragte ein bewaffneter Soldat, als er aus dem Zelt kam.

Richard sah ihn an. "Was zum Teufel meinst du damit?"

"Nun, sie hat uns an diesen Revere Typen verraten."

Richard atmete aus und grinste. "Lass acht Männer kommen. Sie haben sich eine Ablenkung verdient und können sich mit Lady Sybil amüsieren. Lass sie für ihre Taten bezahlen. Ihretwegen haben wir die Schlacht verloren."

74

Richard wachte mit einem Schock auf. Ein gedämpfter Husten machte ihn aufmerksam. Karl stand vor seinem Bett. "Du bist es."

"Karl?" antwortete er. Trotzdem war Karl nirgendwo zu sehen. Dann schaute er auf seine Uhr. Es war halb sieben. Er gähnte, kratzte sich am Handgelenk und erinnerte sich kurz an seinen Selbstmordversuch. Sein Blick glitt zu Boden und automatisch berührte er seine Nase. Sie blutete nicht, aber er konnte einen schwachen Fleck auf dem Teppich sehen. "Nicht alles war ein Traum."

Im Badezimmer spritzte er sich Wasser ins Gesicht. Er zitterte, als er sich an den Vampir erinnerte, der ihm im Schlaf ins Handgelenk biss. Der Gedanke ließ ihn sein Handgelenk betrachten, wo er sich vor der Fahrt nach Boston geschnitten hatte. *Sind das keine Bisswunden?*

Er inspizierte die beiden roten Punkte auf seinem Handgelenk. Dann zuckte er die Schultern. *Es gibt wahrscheinlich eine logische Erklärung dafür.*

Im Zimmer starrte er auf den Fernseher. Er befeuchtete seine Lippen und schaltete ihn ein. In einer Nachrichtensendung sprachen Reporter über ein Massaker auf dem Friedhof. Alle Haare auf seinem Rücken erhoben sich. Würden seine Freunde noch leben?

Er warf schnell einen Blick auf das Telefon in seinem Zimmer, während er sich bereits durch sein Haar. Dann rief er John an. Er kannte die Nummer aus seinem Kopf, aber er bekam stattdessen Johns Voicemail.

"Ein Wort und ich schieße dich in Stücke", hörte er eine bekannte Stimme. Ein Gewehrlauf wurde gegen seinen Hinterkopf gepresst. Sein Herz klopfte nicht mehr, als er über die Schulter schaute. Dirty Harry war in seinem Zimmer. Aber der Bastard wurde gestern getötet! Von der Bundespolizei erschossen. Special Agent Jack Hunter sagte, dass Dirty Harry von seinem Verleger, Donald Maryland, geschickt wurde, mit dem Befehl ihn zu töten.

"Setz deinen Arsch auf das Bett!" befahl Dirty Harry.

Richard verschluckte einen Kloß im hinteren Teil seiner Kehle, während er den kahlköpfigen Afroamerikaner mit dem blutverschmierten Hemd anblickte. Harry zündete sich eine Zigarette an.

"Ich dachte, du wärst tot?" Richard sagte.

"Na ja, selbst die Toten wollen ab und zu eine Zigarette rauchen", antwortete Harry und blies Richard den Rauch ins Gesicht. Unwillkürlich hustete Richard und wischte sich den Rauch aus dem Gesicht.

"So, Mister McKenna, so sehen wir uns also wieder. Wieder, in einem Nichtraucherzimmer", kicherte Harry und schaute auf den Rauchmelder an der Decke und schoss ihn in Stücke. "Willst du wissen, warum ich hier bin?"

"Ja, in der Tat."

"Nun, bevor ich auf die andere Seite gehe, muss ich beenden, was ich angefangen habe. Aber dieses Mal will ich, dass du dich selbst tötest!" erklärte Harry.

"Was meinst du?"

Harry hat ein Messer geworfen. Erschrocken sah Richard es an. Es war das Küchenmesser, mit dem er sich in dem heruntergekommenen Hotelzimmer bei London versuchte Selbstmord zu begehen, bevor er nach Boston ging.

"Du musst dir die Pulsadern aufschneiden, damit dein Tod wie Selbstmord aussieht. Wenn du es nicht tust, jage ich dir eine Kugel in die Kniescheibe!" warnte Harry und drückte den Gewehrlauf auf sein Knie.

Richard nahm das Messer in die Hand.

"Das ist schon besser", antwortete Harry.

Während Richards Herz in der Brust klopfte, sah er Harry an. Ohne zu zweifeln, steckte er das Messer in Harrys Bauch, aber seine Hand ging direkt durch ihn hindurch. Harry lachte und dann war er weg. Richard runzelte die Stirn. *Bin ich verrückt geworden?* In seiner Angst ließ er das Messer fallen. Es löste sich in Luft auf. Eine Gänsehaut kroch über seinen Körper.

Ein Klopfen an der Tür erregte seine Aufmerksamkeit. Gespenstisch starrte er in Catherines freundliche Augen. "Herr McKenna? Sybil fragte, ob Sie diese Uniform tragen wollen, die gerade von der Reinigung kam."

Er schaute verwirrt auf die Uniform zwischen ihren Armen. Richard konnte sich nicht an eine Reinigung erinnern. Dann waren seine Augen auf ihren Ausschnitt gerichtet, der die Kurven ihrer Brüste offenbarte.

Sie trug ein blaues Kleid aus dem achtzehnten oder neunzehnten Jahrhundert.

Catherine errötete unter seinem starren Blick. "Dieses Kleid ist wegen der Mottoparty. Heute tragen wir alle Kostüme aus dem 18. Jahrhundert. Es wäre uns eine Ehre, wenn Sie sich zu uns gesellen würden. Deshalb hat Sybil einen Anzug nur für Sie ausgesucht. Es ist eine Kapitänsuniform der britischen Armee. Die Mottoparty soll den Jahrestag der Schlachten von Lexington und Concord feiern, die stattgefunden haben. Da Sie aus England sind, schien es mir lustig, wenn Sie diese Uniform tragen würden."

Nach einer kleinen Verbeugung reichte sie ihm die Uniform und ging weg. Entfremdet blieb Richard an der Tür stehen und beobachtete Catherine, bis sie hinter der Ecke verschwand und wieder hineinging. Mit einem tiefen Seufzer entdeckte er, dass die Uniform die gleiche Nachbildung war, die er in seinem Traum trug.

75

Ein leises Klopfen an Karl Peters Tür erregte seine Aufmerksamkeit. Sybil stand in der Tür. Sie blinzelte auf die Bissspuren an seinem Hals.

"Du bist infiziert", beobachtete sie.

"Du meinst, dass ich mich in einen Vampir verwandle?"

"Ja, wenn wir den Fluch nicht rechtzeitig aufhalten können. Würdest du gerne teilnehmen und mir helfen?"

Im Idealfall würde er nein sagen. Aber dann dachte er an John und James. Zwei seiner Freunde wurden von Vampiren getötet. Ohne Sybil wäre er auch tot. Vielleicht wäre er besser dran, wenn er es wäre. Er wollte nicht zu einem Monster werden.

"Kannst du mich nicht einfach töten?"

"Es besteht eine gute Chance, dass du niemals ein Vampir sein wirst, wenn wir den Fluch aufhalten können und wer weiß, vielleicht findest du sogar eine neue Liebe. Nicht, dass du deinen Ehemann vergessen müsstest", fügte sie hastig hinzu, "aber eines Tages wirst du eine neue

Liebe finden, und dann kannst du diesen Albtraum hinter dir lassen. Ich bin sicher, dass John das will."

"Nicht so, wie ich mich gerade fühle."

"Natürlich nicht. Aber der Schmerz wird irgendwann verschwinden", sagte sie, als sie das Zimmer betrat. Sie reichte ihm einen Anzug aus dem achtzehnten Jahrhundert.

76

Frank war nicht bei der Besprechung mit dem Bürgermeister, aber Sybil hat ihm alles erzählt. Er wusste, dass sie Jack drei Spritzen mit ihrem Blut gegeben hatte, damit sie nach der Zerstörung des Necronomicon mit dem Vampir-Virus infiziert werden würden.

Er fand es schwer zu akzeptieren, dass sie ihr Schicksal in Jack Hunters Hand legte. Er würde viel lieber sehen, dass Sybil es Felicity gab. Immerhin war sie eine von ihnen. Frank bat sie, Sallys Foto zu zeigen. Er schaute in Sallys Gesicht. Es ist lange her, dass er sie gesehen hat, aber er kannte sie. Sie war damals Sybils Freundin. Er hatte nicht erwartet, dass sie ein Vampir sein würde, aber dann wurde ihm etwas ganz anderes bewusst. Es war etwas, das er vergessen hatte, aber jetzt erinnerte er sich an sie. "Erinnerst du dich an den Tag, an dem du mich 1783 gefunden hast? Ich war halb tot in der Scheune."

"Ja, ich erinnere mich."

"Ich hatte dir nie erzählt, wie ich fast gestorben wäre."

"Es war wegen der britischen Revolte ein Versuch in den letzten Tagen des Unabhängigkeitskampfes."

"Nein, sie war es! Sie hatte mich gefoltert und zum Sterben zurückgelassen. Du bist derjenige, der mir das Leben gerettet hat."

Frank sah Sybil an und wollte sie küssen; sie war immer die Liebe seines Lebens gewesen. Sie wandte sich von ihm ab und murmelte: "Na, was für ein Leben!"

Er drückte ihr einen Kuss auf den Mund.

77

Harry Brown nahm den Helm ab und blinzelte einen Moment mit den Augen, um den Schwindel loszuwerden. Von einem Moment auf den anderen war er wieder in dem Raum mit den Computern. Ein Computer, der an den Helm angeschlossen war, nahm MRT-Scans auf, während er McKenna als Geist besuchte, der durch ein Serum, das er durch eine Spritze bekam, verursacht wurde.

Er drückte auf den roten Knopf des Helms.

Felicity kam in den Raum. "Also, wie war es?"

"Es war fantastisch. Ich konnte alles sehen und sogar Gegenstände berühren, aber als McKenna mich töten wollte, hat er mich nicht berührt. Seine Hand ging durch mich hindurch, als wäre ich ein Luftstrom!"

"Schade, dass er nicht Selbstmord begangen hat, aber du hast ihn zu Tode erschreckt."

"Ja, das habe ich", lachte er stolz.

22 – Das Krankenhaus

Ron Diego taumelte zur Besinnung; er sah sich erschrocken um. Eine Infusion steckte in seinem linken Handgelenk und seine Frau Joyce saß neben seinem Bett. Ein Blick in ihre Augen sagte ihm, dass sie geweint hatte. Sie lächelte tapfer, als sie merkte, dass er sie ansah. Rons Kopf fühlte sich muffig an.
"Hallo Liebling, wie fühlst du dich?"
Ich fühle mich beschissen. Ich habe das Gefühl, als wäre ich vom höchsten Gebäude der Welt gesprungen!
Er hat das nicht laut gesagt, weil er seine Frau nicht verärgern wollte. "Unter diesen Umständen ist es vernünftig. Was ist mit Charlie?"
"Ich bin hier bei dir, Partner", klang eine Stimme links von ihm. Ron versuchte, sich aufrecht hinzusetzen und bemerkte Charlie auf einem Bett mit einer Infusion im Arm. Sein Hals war bandagiert. "Es tut mir gut, dich wiederzusehen."
"Dito", antwortete Ron. Danach schenkte er Joyce seine Aufmerksamkeit. Später redete er mehr mit Charlie. Er wollte seiner Frau etwas sagen, aber er bekam Hustenanfälle. Joyce schob ihren Stuhl näher an ihn heran. "Liebling, soll ich etwas Wasser holen?"
"Nein, mir geht's gut", sagte er und räusperte sich. Sie lächelte tapfer und stand auf. "Ich bringe die Mädchen rein. Sie schlafen auf ein Sofa im Krankenhaus Vorraum."
"Wie lange bin ich schon hier?"
"Seit 2 Uhr morgens ..."- sie schaute auf ihre Uhr - "9:30 Uhr. Wir sind seit sieben Uhr hier. Ich konnte so kurzfristig keinen Babysitter finden und die Mädchen nicht allein lassen."

Nachdem sie gegangen war, wandte sich Ron in Richtung Charlie. "Du siehst beschissen aus."

"Danke, Ron. Du bist immer nett mit deinen Komplimenten, aber das gilt auch für dich. Ich bin nur froh, dass wir unter den Lebenden sind. Ich glaube, wir haben gegen Vampire gekämpft und hast du die Schlampe gesehen?"

"Welches Schlampe?" fragte Ron.

"Die Hexe, die auf das Autodach gesprungen ist, um Herrn Peters zu packen."

"Tut mir leid, ich habe es nicht bemerkt. Was ich weiß, ist, dass ich in den Hals gebissen wurde. Mann, das tat echt weh", antwortete Ron und berührte den Verband.

Ron wollte etwas sagen, schluckte aber seine Worte herunter, als Joyce mit den Mädchen in Begleitung des Arztes zurückkam.

Die beiden Mädchen eilten zu Ron und weinten im Gleichklang: "Papi, Papi."

Sie drückten ihm einen Kuss auf die Wangen. Rons Tränen flossen über seine Wangen, als er die beiden umarmte.

"Tut mir leid, dass ich störe", sagte der Arzt im Hintergrund, "aber ich muss ihren Vater untersuchen." Die Mädchen machten Platz für ihn.

"Willkommen zurück, Mr. Diego. Ich freue mich, dass Sie jetzt viel gesünder aussehen. Wie fühlen Sie sich?"

"Unter diesen Umständen geht es mir gut. Ich habe allerdings Halsschmerzen und Schluckbeschwerden und ich habe dieses schale Gefühl im Kopf."

"Ich schreibe ein Rezept für Ihren Hals und das schale Gefühl in Ihrem Kopf kommt von der Gehirnerschütterung."

"Wann kann ich meinen Mann nach Hause bringen, Doktor?"

"Wir würden ihn gerne heute unter Beobachtung halten, aber ich erwarte, dass er morgen nach Hause kommt."

78

Kaum war Joyce weg, kam Natalie Principal, eine Ärztin in Ausbildung, an. Sie war Praktikantin im Krankenhaus und obwohl sie die Mahlzeiten nicht an die Patienten verteilen musste, tat sie es trotzdem freiwillig. Ihre Klassenkameraden erklärten sie für geisteskrank, weil sie behaupteten, dass die Bereitstellung von Mahlzeiten nicht etwas sei, was sie tun sollte.

Natalie war es egal, was sie von ihr dachten. Sie gab die Mahlzeiten einfach gerne an die Patienten weiter. Sobald sie ihr Studium beendet hatte, tat sie das natürlich nicht mehr. Jetzt wollte sie das ganze Krankenhaus und seine Patienten kennenlernen. Das ging am besten, indem sie den Patienten die Mahlzeiten überreichte und gelegentlich mit ihnen plauderte, wenn sie in der richtigen Stimmung waren.

"Haben Sie gut geschlafen?" fragte sie. Sie schenkte Herrn Diego ein großzügiges Lächeln - ein Polizist, der vorhin eingeliefert wurde, wie man ihr sagte. Er und sein Partner wurden wegen der Morde, die gestern Abend auf dem Friedhof geschahen, ins Krankenhaus eingeliefert. "Hier haben Sie vier Sandwiches. Möchten Sie einen Kaffee oder möchten Sie etwas anderes trinken?"

"Ähm, danke, Natalie", während er auf das Namensschild ihrer Uniform schielte und hinzufügte: "Ich würde gerne einen Kaffee trinken."

Natalie schnappte sich eine Tasse und goss Kaffee aus der Thermoskanne ein. "Milch und Zucker?"

"Bitte."

Nachdem sie mit dem Kaffee fertig war, stellte sie das Tablett mit den Sandwiches auf den Tablett Tisch. Ein Plastikdeckel deckte das Essen ab. "Vier Scheiben Brot mit Marmelade und Erdnussbutter, weil du mir wie ein Erdnussbutter-Marmeladen-Typ vorkommst."

Mr. Diego nickte.

"Gut. Ich würde es peinlich finden, wenn ich falsch raten würde. Guten Appetit." Natalie bot ihm ein großzügiges Lächeln an und dann ging sie zu dem anderen Polizisten, Mr. Masters. "Bitte sehr, genießen Sie Ihr Essen."

"Danke. Ich verlasse vielleicht morgen das Krankenhaus und ich frage mich, ob es eine Chance gibt, dass wir uns treffen können?" fragte Mr. Masters.

"Tut mir leid, Mister, aber ich habe schon einen Freund und ..."

"Schade, mein Pech. Ich sehe nicht jeden Tag ein hübsches Mädchen wie dich und du hast wenigstens keine Reißzähne."

"Reißzähne?" Natalie runzelte für einen Moment die Stirn, weil dieses Gespräch seltsam wurde.

Mr. Masters atmete aus. "Entschuldigung, bitte vergesst, was ich gesagt habe." Er nahm den Plastikdeckel von seinem Essen ab und deckte vier braune Sandwiches mit Schinken auf.

"Worüber sprachen wir gerade?" Natalie scherzte und dann wurde sie ernst: "Sie und Ihr Partner müssen auf dem Friedhof viel durchgemacht haben. Es war in den Nachrichten und einigen zufolge; Sie standen einer Crack-Gang gegenüber."

"Ich wünschte, es wäre so", murmelte Mr. Masters.

"Wenn Sie darüber reden wollen, dann ..." Sie endete mit einem Lächeln.

"Weißt du ... es war keine Crack-Gang. Es waren verdammte Vampire", flüsterte er und schlug sich mit der flachen Hand auf die Stirn. "Vergiss, was ich gerade gesagt habe. Wir dürfen mit niemandem darüber reden."

"Aber das macht nichts. Ihr Geheimnis ist sicher bei mir."

"Du musst mich für verrückt halten?"

"Nein, überhaupt nicht", antwortete Natalie mit unschuldiger Stimme.

"Ob du es glaubst oder nicht, es waren wirklich zwei Vampire, und wir waren machtlos. Was glaubst du, warum wir diese Halswunde haben?"

Als Antwort blickte sie auf ihr Computertablett. "Ihre obere Hohlvene wurde fast durchstochen. Im Klartext heißt das, dass Sie viel Blut verloren haben. Vielleicht wurden Sie mit einem scharfen Gegenstand gestochen. Die Ärzte und ich vermuten, dass es eine Art Gabel war. Ein paar

Millimeter tiefer und dann wäre Ihre Hauptarterie durchstochen worden. Die Überlebenschance ist sehr gering. Zum Glück wurde Ihre Hauptarterie nicht durchstochen", blickte sie von ihrer Computertablette auf.

"Charlie hat nur überlebt, weil ich dem Vampir einen Tritt ins Gesicht verpasst habe", nahm Mr. Diego an dem Gespräch teil. "Und dann steckte ich dem Vampir meine Waffe in den Mund und leerte meine Waffe, Mann, ich hätte mir vor Angst fast in die Hose gemacht, und der Kerl lebte noch!"

"Das ist unmöglich", protestierte Natalie.

"Ich wünschte, es wäre so", antwortete Mr. Masters, "aber leider ist es wahr. Die einzige Waffe, die wirklich funktioniert, ist ein Kreuz, Weihwasser, ein Holzstab. Du weißt schon, wie man sie in Horrorfilmen sieht. Wir haben beide unsere Waffen geleert", zeigte er auf seinen Partner, "aber die Kugeln haben sie nicht getötet."

"Sie trugen kugelsichere Westen?" schlug Natalie vor.

Mr. Masters hat gelacht. "Dann ließ er sich eine über den Kopf ziehen?"

"Nun, ich weiß es nicht", entging ihr ein Seufzer, als sie sich auf einen Stuhl neben seinem Bett setzte.

"Du verstehst doch, dass du mit niemandem darüber reden darfst, Natalie?" fragte Herr Diego dringend, als er sich aufrichtete und ihr direkt in die Augen sah. Er fasste ihre Hände, "diese Information ist höchst vertraulich, sie sollte nicht an die Presse durchsickern."

"Es sind geheime und schreckliche Informationen. Wenn Vampire existieren, dann …" Sie hat ihren Satz nicht beendet, weil die Oberschwester kam. "Natalie, warum bist du noch hier? Du musst das Essen zu den anderen Patienten und Mr. Jones, Sie sollten im Bett sein", sagte sie in einem festen Ton. Natalie beendete schnell den Rest ihrer Runde, ohne sich um die Patienten zu kümmern. Die ganze Zeit dachte sie über die Dinge nach, die ihr die beiden Polizisten im Vertrauen gesagt hatten. Sie sprachen über Vampire! Und doch existierten Vampire nur in Horrorgeschichten, nicht in der Realität. Nein, es musste eine logische Erklärung geben, beschloss sie, als sie die letzte Mahlzeit verteilte. Vielleicht trugen die Verdächtigen Masken, damit sie wie Vampire aussahen. Diese Masken waren kugelsicher. Schließlich kam sie zu dem Schluss, dass das nicht der Fall sein konnte. *Er muss danebengeschossen haben, als er seine Waffe abgefeuert hat. Das war's.* Sie war mit ihrer Lösung zufrieden.

"Hast du mein Getränk, Liebling?"

"Wie bitte? Oh, tut mir leid, Mr. Fender. Natürlich, hier habe ich Ihren Tee. Genießen Sie Ihr Essen", sagte sie etwas abwesend.

Sie gab Mr. Fender den Tee mit einem Lächeln im Gesicht und verließ dann die Krankenstation. Sie atmete tief ein, als sie zum Aufzug ging, ihr Dienst war vorbei und es war ein langer Tag gewesen.

"Geht es Ihnen gut?" fragte Jane sie, einer ihrer Kollegen, mit dem sie sich angefreundet hatte, kam zu ihr.

"Warum?" fragte sie.

"Nun, du siehst so besorgt aus."

"Ich bin etwas besorgt über den psychischen Zustand der beiden Polizisten, die heute Morgen eingeliefert wurden."

"Aber warum machst du dir solche Sorgen um sie? Vielleicht kehren sie morgen nach Hause zurück." In der Zwischenzeit drückte Jane den Knopf des Fahrstuhls.

"Einer von ihnen fragte mich, ob ich mit ihm ausgehen will. Ich sagte ihm, dass ich bereits einen Freund habe."

"Du bist so eine Füchsin! Du hast keinen Freund", sagte Jane und schlug ihr sanft auf den Arm.

Der Aufzug kam an. "Weißt du", sah Natalie ihre Freundin an, "ich habe keine Zeit für einen Freund. Mein Studienfach verschlingt meine ganze Freizeit. Jedenfalls sprach er plötzlich über Vampire."

Natalie hat ihren Mund geschlossen, als der Aufzug anhielt und ein Arzt einstieg. Jane buchstabierte, ohne einen Laut von sich zu geben, das Wort Vampir und ihre Augen weiteten sich. Natalie nickte und sie kicherten. Der Arzt starrte sie an, schüttelte den Kopf, sagte aber nichts.

Im nächsten Stockwerk trat er heraus und murmelte: "Schönen Tag noch, meine Damen."

In der ersten Etage stiegen Natalie und Jane aus dem Aufzug. Auch Janes Dienst war zu Ende. Sie gingen in Richtung Umkleideraum, um die Uniformen der Krankenschwester auszuziehen, während Jane wiederholte: "Vampire?"

"Nicht so laut", sagte Natalie. Sie sah sich neugierig um, "einige Wände haben Ohren." Doch zu ihrer Erleichterung schenkte ihnen niemand Beachtung. "Ja, Vampire", flüsterte sie, als sie die Umkleidekabine betrat.

"Er ist verrückt, dass ..."

Sie brach wegen eines Kollegen ab, der sich gerade angezogen hat. Ohne sich zu verabschieden, ging sie weg.

"Ich hasse dieses Miststück", platzte Jane raus, nachdem sie allein waren.

"Wer?"

"Na ja, weißt du, Helen, die gerade vorbeigelaufen ist."

"Ja, sie hält ihre Nase in die Luft. Warum sie jemals in einem Krankenhaus arbeiten wollte, ist mir ein Rätsel", stimmte Natalie mit einem Gesicht zu, als hätte sie einen sauren Apfel gegessen.

"Aber Vampire? Was soll's", fuhr Jane das Gespräch fort.

"Ich habe genauso reagiert wie du, aber er war unnachgiebig. Außerdem behauptete sein Kollege das Gleiche." Natalie schmollte, was sie normalerweise tut, wenn sie denkt, dass sich jemand verrückt benimmt.

"Die Täter trugen wahrscheinlich Halloween-Masken mit falschen Reißzähnen, die in Hongkong hergestellt wurden", lachte Jane und hielt den Mund weit auf, um einen Vampir nachzuahmen.

Natalie lachte zusammen mit ihrer Freundin, "es würde mich allerdings nicht überraschen, wenn sie sagen, dass Dr. Craig ein Vampir und Schwester Helen seine Braut ist", zitterte sie, "wie sie jemals einen Job im Boston Medical Center bekommen haben, wird immer ein ungelöstes Rätsel bleiben."

"Es gab vier Tote und einen sogenannten Vampir. Wer weiß, ob sie aus dem Grab herauskommen", sagte Jane mit einer eindringlichen

Stimme. Ihre Finger waren gebogen, als wären es Klauen. Wieder öffnete sie ihren Mund weit auf.

"Ich weiß es nicht", zögerte Natalie und zitterte bei dem Gedanken. Janes Witz ging für ihren Geschmack etwas zu weit. "Diese Menschen wurden von Verrückten getötet", seufzte sie.

"Ja, laut diesen Polizisten von Vampiren. Komm, sehen wir uns das mal an", antwortete Jane und zerrte an Natalies Ärmeln. "Danach können wir unsere normalen Sachen anziehen, und danach gehen wir ins Café zum Mittagessen. Ich lade euch ein."

"und dann lande ich mit dir in deinem Studentenwohnheim? Warum kommst du mich nicht bei mir zu Hause besuchen?"

"Weißt du, was das ist? Ich mag die Sheaf Street gar nicht. Deine Nachbarn können einfach hineinschauen. Und ich mag deine Nachbarn von oben nicht", sagte sie angewidert.

"Ja, er ist in mich verknallt. Ich vergleiche ihn mit einer ekligen Qualle. Aber wenn wir bei mir zu Hause sind, kann ich die Kerzen anzünden, die Vorhänge schließen und dann …"

"Wir werden sehen. Außerdem ist es bei mir auch gemütlich."

"Ja, aber ich wäre Ihnen dankbar, wenn du mich ab und zu bei mir zu Hause besuchen würden", antwortete Natalie.

"Na gut", gab Jane nach. "Aber zuerst ermitteln wir. Komm schon, Dr. Watson! Wir sehen uns das mal an. Die Leichenhalle ist im dritten Stock, in der Nähe der Pathologie."

"Ich weiß. Ich war gestern dort."

"Oh ja, das habe ich völlig vergessen. Wie ist es gelaufen?" fragte Jane.

"Es wurde ein Körper aufgeschnitten und Dr. Bergmann erklärte die inneren Organe."

"Wenn du Chirurg werden willst, musst du alles darüber lernen, wie sie funktionieren."

"Ich weiß", sagte Natalie.

"Und Dr. Bergman ist ein brillanter Pathologe", fügte Jane hinzu.

Ein tiefer Seufzer entging Natalie.

"Was?" forderte Jane, als sie in den Aufzug stiegen.

"Ich habe mich übergeben, ich schämte mich so sehr."
"Das war doch deine erste Lektion, oder?"
"Ja", bestätigte Natalie schüchtern.
"Lass dich davon nicht unterkriegen. Du bist nicht der Erste."
"Meinst du das?"
"Ich weiß es sicher und irgendwann gewöhnt man sich daran", entschied Jane.
"Ich hoffe, du hast Recht."
Danach hielt der Aufzug an, Natalie blickte Jane an und flüsterte ihr ins Ohr: "Bist du sicher, dass wir das schaffen?"
"Klar, komm schon!"
Jane hat sich umgesehen. Niemand war in der Nähe. Jane öffnete die Tür zum Leichenschauhaus. An der Tür hing ein Schild: "Nur für befugtes Personal." Sie zeigte eine Geste zu Natalie, die im Aufzug immer noch schwankte.
"Komm schon, sonst werden wir erwischt."
"Aber ..."
"Kein Aber, beeil dich", sagte sie und machte eine winkende Bewegung.
Natalie blickte von links nach rechts und dann eilte sie zu ihrer Freundin. Gemeinsam gingen sie in den Raum; es war Totenstille.
"Sie müssen in diesen Spinden sein", sagte Jane.
"Beeil dich einfach, ja?"
"Oh, seid nicht ungeduldig. Helft mir lieber mal", sagte Jane sanft, als sie eine Schublade aufmachte, "Scheiße, die ist leer."
Dann öffneten sie die anderen Fächer.
"Bäh", antwortete Natalie, als sie eine Leiche entdeckte.
Jane sah sie an. "Es ist nur ein Penner, sieh mal. Er ist mit John Doe beschriftet", berührte sie das Etikett an seinem Zeh. "Wahrscheinlich bei einem Verkehrsunfall getötet."
"Woher weißt du das?" fragte Natalie.

"Schau dir einfach die blauen Flecken und Spuren auf seinem Körper an", sagte Jane und drückte sanft auf die Brust von John Doe. Seine Rippen brachen.

"Schau, es lebt", lächelte sie.

"Oh, halt die Klappe, Schlampe!"

Jane sah sie an.

"Du hältst es nicht aus, was? Aber es ist keins der Opfer, nach dem wir suchen." Sie schloss die Schublade und öffnete eine andere. "Ja, ich habe einen gefunden!"

Natalie sah Jane über die Schulter und bemerkte eine Leiche, die schrecklich verstümmelt war. Sein Kopf war abgetrennt. Er lag neben der Leiche. Mit einem Stift drückte Jane sanft auf den Hals. Natalie sah etwas, das einer Bisswunde ähnelte. "Das wurde wirklich mit roher Gewalt getan."

"Bäh", antwortete Natalie und wurde schwindelig. Sie schaute Jane an, die ein Foto mit ihrem Handy machte, während sie mit dem Rücken zur Wand auf dem Boden saß.

"Hey Natalie, atme einfach tief ein, atme ein und atme dann aus", sagte sie, während sie ihr Handy weglegte und näher an Natalie heranrückte. Sie schürzte den Mund und atmete tief ein. Natalie folgte ihrem Rhythmus.

"Das ist sehr gut, Mädchen. Jetzt versuch dich zu entspannen und atme langsam ein und aus."

Natalie war ganz verschwitzt auf der Stirn, trotzdem lachte sie.

"Was ist so lustig?"

"Es ist wie ein Training nach der Schwangerschaft", erklärte Natalie.

Jane nickte nur: "Sag mir Bescheid, wenn das Baby da ist."

Dann ging sie weg und kam später mit einem Glas Wasser zurück. "Hier, trink es langsam."

Gehorsam nahm sie ein paar Schlucke. Nach einer Weile fühlte sie sich viel besser, "Danke", und reichte ihr das leere Glas.

"Geht es dir etwa besser?"

Natalie starrte in Janes besorgtes Gesicht und seufzte: "Ich bin ein toller Möchtegern-Chirurg, oder?"

"Nun, der Körper ist wirklich ernsthaft verstümmelt."

"Und ich dachte immer, Vampire machen nur kleine Löcher in deinen Hals", sagte sie und zeigte auf ihren Hals.

"Nun, es gibt ein paar Bissspuren", sagte Jane, "aber sein ganzer Kopf ist abgeschnitten. Bleib hier und sei still wie eine Maus, während ich mir die anderen Opfer ansehe."

"Hau rein."

"Das werde ich, keine Sorge", antwortete sie und schob die verstümmelte Leiche zurück in den Schrank. In der nächsten Schublade fand sie die Überreste eines weiteren Opfers. Dann rannte sie zum Wasserhahn und kotzte.

"Was ist los?" fragte Natalie, während sie stand. Aus den Augenwinkeln sah sie den durchbohrten Schädel des Opfers. Alles, was übrig war, war eine dunkle, hohle Masse. Der Anblick war zu viel für ihre gequälten Nerven. Die Welt war plötzlich sehr dunkel und sie fiel in Ohnmacht.

Sie kam auf ein Sofa im Wartebereich des Krankenhauses zur Besinnung. Kannibalismus war das erste Wort, das ihr einfiel. Sie merkte nicht, dass sie es laut sagte.

"Ja, es sieht nach Kannibalismus aus. Aber vielleicht steckt doch mehr dahinter, denn auch er hatte eine Bisswunde am Körper", sagte Jane leise.

"Wann?" sagte sie.

"Als ich die Leiche ansah. Sah ich einen Biss Abdruck an seinem Handgelenk."

"Es ist nur ..."

"Ich fürchte, dass die Geschichte über Vampire wahr ist. Mein Gott, ich muss meinen Bruder Marco informieren. Er arbeitet für die Zeitung und ich denke, es ist gut, wenn die Leute sich der Gefahr bewusst sind, die über unseren Köpfen liegt."

23 – Der Reporter

Marco Landaus Handy klingelte, als er als nächster in der Schlange stand, um eine Zeitung am Kiosk zu kaufen. Auf dem Bildschirm seines Telefons sah er, dass seine Schwester Jane anrief. Es war schon eine Weile her, dass er mit ihr gesprochen hatte, da sie sehr mit ihrem Studium zur Herzchirurgin beschäftigt war.

"Hallo Jane, wie schön, dass du anrufst. Wie geht es dir?"
"Es ist alles in Ordnung."
"Was ist los?" fragte er besorgt, denn ihre Stimme klang traurig.
"Was weißt du über die Friedhof-morde?"
"Ich weiß so viel, wie im Fernsehen gesagt wird."
"Nun, ich kann dich sagen, dass die Morde von Vampiren begangen wurden!"
"Was sagst du da?"

Marco hatte Schwierigkeiten, seine Stimme zu senken. Ein paar Leute am Kiosk schauten in seine Richtung. Er ignorierte sie und drehte sich um. Nun schaute er durch die Fenster der Vitrine nach draußen und sah einige Kinder vorbeigehen. Die Zeitung, die er kaufen wollte, hatte er fest in der Hand.

"Zwei Polizisten, die daran beteiligt waren, werden in unserem Krankenhaus versorgt."
"Du meinst im Boston Medical Center?"
"Ja, diese beiden Polizisten haben Natalie von den Vampiren erzählt. Du kennst doch Natalie, oder?"

Marco musste hart nachdenken, weil er so viele Leute kannte, aber jetzt sah er eine dunkelblonde Frau in seinem Kopf, mit braunen Augen, einer guten Figur und einem tollen Lächeln.

"Ja, ich glaube schon. Hat sie nicht dunkelblondes Haar, braune Augen und ein tolles Lächeln? Sie ist diejenige, die ich mal nach einem Date gefragt habe."

"Ja, das ist es", lachte sie. "Sie hat dich im Stich gelassen!"

"Sie hätte mich nicht im Stich gelassen. Sie sagte, wir könnten uns ein anderes Mal treffen", protestierte er.

"Komm schon, Bruder. Du hast sogar einen Blumenstrauß für sie gekauft", erinnerte sie ihn.

"Nun, sie ist ein hübsches Mädchen. Woher sollte ich wissen, dass sie eine Lesbe ist?"

Jane hat gekichert. "Natalie findet ihr Studium wichtiger als die Männer. Das macht sie nicht zur Lesbe. Es ist schwer für Männer, eine Ablehnung von Frauen zu akzeptieren. Wie auch immer, die Polizisten sagte ihr, sie wurden von einem Vampir angegriffen."

"Das ist verrücktes Gerede. Jeder weiß, dass es keine Vampire gibt", hustete Marco, weil in diesem Moment eine Frau mittleren Alters neben ihm stand und die Zeitungen durchblätterte.

"Deshalb sind wir zum Leichenschauhaus gegangen und haben dort die verstümmelten Körper der Opfer gesehen. Sie hatten alle Bissspuren und wurden geköpft."

"Hast du ein Foto für mich, um deine Geschichte zu untermauern?" fragte Marco.

"Ich habe ein paar genommen, aber wir wollen keinen Ärger bekommen. Wenn du über diese Vampir Morde schreibst, sage nicht, wer dir diese Informationen gegeben hat, okay? Deshalb musst du die Fotos selbst machen. Sonst riskieren Natalie und ich, dass wir aus dem Krankenhaus und von der Universität fliegen."

"Keine Sorge. Meine Lippen sind versiegelt und ich werde die Fotos selbst machen. Können wir uns heute Abend versammeln?"

"Wie wär's mit acht bei Natalie?"

"Okay, dann. Schickt mir die Adresse per SMS. Und danke für den Tipp", sagte er und legte auf. Er ging zum Ladenbesitzer, bezahlte die Zeitung. Einen Moment später stand er draußen und spürte eine kalte Brise. Zuerst fragte er sich, ob er die Zeitung, für die er arbeitete, informieren sollte. Aber er beschloss, zu warten, bis er alle Beweise gesammelt hatte und beschloss, das Krankenhaus zu besuchen.

24 – Das Resultat

Widerwillig nahm Jack die Blackbox mit den drei Spritzen von Sybil an. Er hasste die Idee, jemandem das Vampir-Virus zu injizieren. Trotzdem wusste er, wenn sie Sally nicht rechtzeitig aufhalten konnten, gab es keine andere Möglichkeit. Der einzige Silberstreif am Horizont war, dass er mehr Zeit hatte, Catherine kennenzulernen. Er schaute auf seine Uhr; es war früh am Nachmittag. Sybil wollte eine Notfallsitzung über die Strategie. Er schloss die Tür zu seinem Zimmer und ging in den Aufzug, der ihn in den ersten Stock brachte.

Sybil hatte ihn gebeten, ein historisches Kostüm zu tragen. Es war eine Nachbildung eines Kostüms aus dem achtzehnten Jahrhundert; er trug es aufgrund der von Sybil organisierten Themenparty. Bevor er ging, betrachtete er sich im Spiegel. Er sah dumm aus in diesem seltsamen Kostüm. Glücklicherweise musste er keine Perücke tragen, da das achtzehnte Jahrhundert die Perückengegend war. Unter seiner spitzen Besetzten Jacke hatte er sein Schulterholster mit seiner P229 Dienstpistole.

Er ging in Sybils Büro und klopfte an die Tür. Sybil ging an die Tür. Sie trug ein rotes Kleid mit Spitze an den Ärmeln. Ihr Kleid hatte einen tiefen Ausschnitt und sie trug einen herzförmigen roten Saphir an einer Kette. Ihre Lippen hatten die gleiche Farbe wie das Kleid und die Halskette.

"Du siehst ja gut aus", lobte sie, als sie ihn hereinbat und auf den Stuhl an ihrem Schreibtisch zeigte.

Sie nahm sein Kompliment mit einem Lächeln entgegen und dann wurde sie ernst. "Jack, ich verstehe, dass es schwer für dich ist, die Nadel zu benutzen. Du musst mir glauben, wenn ich dir sage, dass es auch für mich schwer ist. Ich hoffte, meine letzte Ruhestätte zu finden, nachdem ich mehr als 260 Jahre hier war. Jetzt scheint es so, als hätte ich mir selbst etwas vorgemacht. Keine Ruhe für die Bösen. Ich muss ein Vampir bleiben und das Böse bekämpfen, nur wegen Sally. Ich bin sicher, dass wir sie nicht rechtzeitig erwischen."

Er nickte: "Immer noch. Du verlangst viel. Wie du gerade gesagt hast, willst du kein Vampir sein, aber trotzdem bittest du mich, dich nach der Zerstörung des Necronomicon mit dem Vampir-Virus zu infizieren. Damit du dich wieder in einen Vampir verwandelst."

"Ich wünschte, die Dinge würden anders laufen, aber uns gehen die Möglichkeiten aus."

"Ich weiß, dass du recht hast, Sybil, aber du verlangst immer noch viel."

"Ich weiß, Jack. Trotzdem bist du der Einzige, dem ich vertrauen kann. Ich habe keine Garantie, dass niemand sonst die Spritzen für sich selbst benutzt. Für viele Menschen ist die Idee, unsterblich zu werden, ein wahr gewordener Traum, der dank des Virus fast Wirklichkeit werden wird. Du weist das vielleicht nicht, aber selbst Vampire werden älter. Hundert Jahre für einen Vampir ist wie ein Jahr für Sterbliche. Vergiss nicht, dass sich alle Religionen von der Angst vor dem Tod ernähren. Sie versprechen den Garten Eden und ewiges Leben. Mit dem Vampir-Virus kommt das ewige Leben viel näher", stand sie auf und bewegte sich zur Schnapsbar.

"Wenn du stirbst, kommst du in den Himmel und siehst deine Lieben wieder. Der Virus wird deine Lieben länger leben lassen."

Sie hatte recht. Nicht um alles Gold der Welt, er wollte ein ewiges Leben, aber er wusste, dass viele Menschen sich nach dem ewigen Leben sehnten.

Sie hat die Hausbar durchwühlt und eine Flasche geholt.

"Möchtest du mal probieren?" fragte sie, während sie eine Flasche Whiskey ausstreckte.

Er schüttelte den Kopf. Sie nickte und goss sich ein Glas ein und setzte sich dann an ihren Schreibtisch.

"Ich nehme an, dass du nicht religiös bist?" fragte er.

"Gott, nein", lachte sie. "Meine Eltern waren es. Sie waren katholisch. Ich habe keine Religion. Nicht mehr", und sie nahm einen Schluck.

Jemand klopfte an die Tür. Jack drehte sich um. Catherine betrat den Raum. Sie zeigte ihm ein Lächeln und setzte sich dann auf den Stuhl neben ihn. Frank kam kurz darauf an.

"Wir sprachen über die Gefahr, die Sally für uns bereithält", sagte Sybil.

"Was ich gerne wissen würde, ist, was wir ihr antun können, denn ich habe ein Hühnchen mit ihr zu rupfen. Das macht es für mich sehr persönlich", sagte Frank.

"Nicht nur für dich, Frank", sagte Sybil.

79

Vanessa betrat den Raum, ohne anzuklopfen. "Verzeihen für die Störung, aber ich habe etwas Wichtiges entdeckt. Ich habe es mit Doktor Carl Meaning besprochen und er sagte, es sei das Beste, Ihnen meine Ergebnisse mitzuteilen."

Sie hatte einen Laptop unter dem Arm, und ein tragbarer Projektor hing über ihren Schultern in einer Tasche. Ohne auf eine Reaktion zu warten, stellte sie den Projektor auf Sybils Schreibtisch und befestigte ein Kabel an Laptop und Projektor. Sie benutzte ein Flipchart als Leinwand.

Vanessa zeigte eine Videoaufnahme von einer versteckten Kamera in Richards Hotelzimmer. Die obere linke Ecke zeigte MRT-Scans, die von Harrys Gehirn aufgenommen wurden, während er Richards Zimmer besuchte, als holographische Projektion. Die MRT-Bilder blitzten wie ein Blitz auf, als Harry mit McKenna sprach.

"Nach Aussage von Doktor Meaning haben diese Manifestationen etwas mit den Pillen zu tun, die Harry vom Sensenmann bekommen hat", erklärte Vanessa.

Alle starrten Frank an, aber Frank zuckte nur die Achseln.

"Die Injektion, die Harry bekam, verstärkt die Wirkung. Harry konnte nicht nur Richards Zimmer besuchen, um ihn als Geist zu erschrecken. Er konnte Objekte wie ein Zauberer erscheinen lassen. Er hat auf den Rauchmelder geschossen. Es ist tatsächlich passiert. Zu guter Letzt reichte er Richard ein Messer. Die Kombination von Franks Pillen und den Injektionen bewirkte eine extreme Form von Telekinese und Astral Projektion. Wir stellten auch fest, dass die Hirntumore nach der Sitzung kleiner geworden sind."

"Also haben wir einen guten Ersatz für die Chemotherapie gefunden? Weiß Harry, dass er langsam geheilt wird?" fragte Frank.

"Nein, noch nicht", sagte Vanessa.

"Es ist wahrscheinlich das Beste", entschied Frank. "Wie auch immer, die Pillen, die ich gab, enthielten Blut. Ein bisschen reines, unberührtes Blut, und ein bisschen von mir, zusammen mit etwas Silberpulver. Weißt du. Es ist ein echtes Rezept. Ich habe es ganz allein herausgefunden, um meine …" er sah Sybil an "… aber ich bin jetzt geheilt und ich bin genau da bei dir, mein Liebling," lächelte er Sybil an …

25 - Die meisten Träume sind Täuschung

Karl Peters hatte ein leeres Gefühl im Magen, nachdem Sybil ihm das historische Kostüm geschenkt hatte. Mit einem trockenen Mund berührte er die weiche Textur der roten Hose. Unter normalen Umständen würde er die weiche Empfindung von Seide genießen, aber es gab keine Freude in seinem Herzen. Alles, woran er denken konnte, war der brutale Mord an John - seinem Ehemann. Tränen liefen ihm über die Wangen, als er sich an das Monster erinnerte, das ihn getötet hat. Ein verfluchter Vampir! Der Vampir hatte auch versucht, ihn zu töten, aber ein Polizist verhinderte es. Mit zitternden Fingern griff er nach seinem Hals. Der Blutsauger versuchte, ihn zu beißen, aber er wurde unterbrochen, als der Polizist dem Vampir zwischen die Augen schoss. Mit dem Kostüm zwischen den Armen verschränkt, setzte er sich auf das Bett. Nein, ihm war nicht danach, auf eine Party zu gehen. Er schloss die Augen und holte tief Atem. Sybil hatte ihn gebeten, sich in dieses Kostüm zu kleiden. Er verdankte ihr sein Leben, denn als ein zweiter weiblicher Vampir versuchte, ihn zu töten. Sie wäre entmutigt, wenn er diese Kleidung nicht tragen würde. Unwillkürlich studierte er das Kostüm - die Farbe der Hose passte zum roten Umriss der Jacke.

Kann ich ihr nicht einfach sagen, dass ich das nicht tragen werde? Aber er wusste, dass dies Sybil beleidigen würde, und Sybil war die einzige, die Johns Tod rächen konnte. Seine Finger rutschten über sein Gesicht. Dann stand er auf und zog sich an. In seinem Innersten wusste er, dass John ihn gerne wie einen König gekleidet sehen würde. Nachdem er den Dreispitz aufgesetzt hatte, öffnete er die Tür und ging nach unten. An der Rezeption bemerkte er Joan, gekleidet in einem Kleid aus dem achtzehnten Jahrhundert. Die blaue Farbe ähnelte fast der Farbe ihrer Augen.

"Du siehst atemberaubend aus", lobte Karl sie.

Joan schaute auf. Die Lichter im Raum spiegelten sich in ihren Augen wider und das Lächeln ließ sie jünger aussehen. Ihr braunes Haar war hochgesteckt und die silbernen Ohrringe waren der letzte Schliff. "Herzlichen Dank, Herr Peters."

"Bitte sehr", antwortete Karl. Dann wurde er ernst. "Weißt du zufällig, wo Sybil ist? Ich muss mit ihr sprechen. Es ist dringend."

"Sie ist derzeit in einer Besprechung, Mr. Peters. Sie können im Foyer auf sie warten. Ich sage Sybil, dass Sie mit ihr sprechen müssen."

80

Als er in einem bequemen Sessel im Foyer saß, bot ihm ein Kellner in einem ärmellosen, tief ausgeschnittenen Gewand Kaffee und Kuchen an. Er hatte gerade in den Kuchen gebissen, als Sybil das Foyer betrat und gegenüber ihm Platz nahm. Sie lehnte sich nach vorne. Karl warf einen Blick auf ihr rotes Kleid und die passende Halskette. Sogar ihre Ohrringe waren rot. Sie hatte auch ihr kastanienbraunes Haar hochgesteckt. Offenbar war es im achtzehnten Jahrhundert gebräuchlich, dass Frauen ihre Haare so hochstecken. Da die meisten Frauen, die er sah, Hochsteckfrisuren hatten.

"Joan sagte, du wolltest mich sprechen?"

Er schluckte schnell den Kuchen mit etwas Kaffee und wischte sich den Mund ab. "Ja. Ich möchte dich dabei helfen ..."

"Mit der Beendigung des Fluchs?"

"Ja, das tue ich. Ich weiß, dass Richard in dieser Sache kooperieren muss, oder?"

Sybil nickte. Karl holte tief Luft und beugte sich vor, um ihr in die Augen zu schauen. "Weißt du, ich denke, es ist das Beste, ihm von dem Fluch zu erzählen."

Sybils Augen vergrößerten sich und dann runzelte sie die Stirn. Sie hat an ihren Haaren rum gefummelt. "I-Ich weiß nicht. Er ist mit McPierson verwandt. Sein Name ist James McPierson. Er war ein Captain in der britischen Kolonialarmee und ein wahrer Egoist. Ich fürchte, McKenna" - sie wurde rot - "... ich meine, Richard, ist genau wie McPierson. Er zieht Frauen mit seinen Augen aus. Ich mag ihn überhaupt nicht weist du."

"Wenn du ihm nicht die Wahrheit sagst, werde ich es tun", warnte Karl.

Sybil blickte ihn einen Moment lang an, während sie seine Hand berührte. Er sah ihre Reißzähne. Karl räusperte sich und schaute weg. Sie ließ ihn los und lehnte sich in den Stuhl zurück. Zwei Kellner gingen vorbei und es verging einige Zeit, bis Sybil endlich sagte: "Na gut. Aber wenn er nicht mit uns kooperiert, ist es deine schuld!"

81

Verwirrt starrte Richard auf sein Spiegelbild. Die Uniform des Captains, die er von Catherine bekommen hatte, passte wie angegossen. Blitze seines Albtraums kamen zurück und verfolgten ihn, während er eine Weile dort stand. In seinen Träumen hatte er Sybil vergewaltigt und ein altes Buch an Onkel George verkauft. Er hatte sich die Pulsadern aufgeschnitten, obwohl das kein Traum war. In diesem baufälligen Hotelzimmer versuchte er, sein Leben zu beenden. Nach dem Verrat von Glory Maryland. Nein, nicht nur Glory. Ihr Mann, sein Verleger Donald Maryland, war ebenfalls involviert. Sie hatten ihm diesen Killer auf den Hals gehetzt. Dirty Harry. Er hat bei dem Gedanken die Faust geballt.

"In diesem Raum spukt es", sagte er, als er an Dirty Harry dachte, der ihm heute Morgen einen Besuch abgestattet hatte. Einen Revolver gegen Richards Kniescheibe zu drücken, um ihn zum Selbstmord zu zwingen, mit dem gleichen Messer, mit dem Richard sich das Leben nahm. Richard wusste, dass Dirty Harry von der Bundespolizei erschossen wurde. Das passierte gestern und jetzt kam er um Richard in diesem

Hotelzimmer zu quälen. Unwillkürlich sah er sich um. Er war ganz allein, aber er wollte keine weitere Minute hier drin verbringen. In großen Schritten ging er zum Frühstück nach unten, obwohl er sich verspätet hatte. Sybil hatte ihm gesagt - ausdrücklich - dass das Frühstück zwischen 8:30 und 10:30 Uhr serviert wird.

82

Richards Blick glitt durch den Speisesaal. Verschiedene Menschen in historischen Kostümen gingen vorbei und begrüßten ihn. An der Tür standen zwei Männer in britischen Uniformen. Sie salutierten vor ihm, als sie ihn entdeckten. Ein Grinsen spielte ihm auf den Mund und er salutierte den Männern. *Wenigstens bin ich nicht der einzige Feind hier, der in einem komischen Kostüm gekleidet ist.*

Für einen Moment fragte er sich, wann die Schlacht von Lexington stattfand, als er auf einen Stuhl in der Nähe des Fensters stürzte. Er zog sein Handy heraus und suchte weitere Informationen im Internet. Zumindest war kostenloses Wi-Fi verfügbar und Sybil verbot nicht die Nutzung moderner Geräte. Er schnaubte. Es muss komisch sein, einen Mann in einer altmodischen Uniform zu sehen, der ein Handy benutzt. Er fand alle Informationen, die er wissen musste, online. Die Kämpfe von Lexington und Concord fanden am 19. April 1775 statt. Es war die erste Niederlage der britischen Armee. Richard runzelte die Stirn.

"Also, ich bin dem Verlierer-Club beigetreten."

Mit einem sauren Geschmack im Mund legte er sein Handy weg. Eine Kellnerin kam vorbei und er erregte ihre Aufmerksamkeit, indem er mit der Hand winkte.

"Ich merke, dass ich zu spät komme", fing er an. "Aber kann ich etwas frühstücken?"

"Ich werde sehen, was ich tun kann", versprach die schwarzhaarige Kellnerin.

"Oh, und, Fräulein, kann ich bitte etwas Tee haben?"

Die Kellnerin schrieb es auf einen Notizblock und dann ging sie einem anderen Kunden helfen. Später kam sie mit einer Auswahl an Sandwiches zurück, aus denen er wählen konnte, und etwas Tee. Schnell trank und aß er, während er die ganze Zeit über seine Albträume und die beängstigenden Ereignisse in seiner Suite nachdachte. Es gab eine logische Erklärung für das, was vor sich ging - *hier spukt es.* Obwohl es ihm schwerfiel, das zu akzeptieren. Bis gestern glaubte er nicht an das Übernatürliche, aber er konnte seine Existenz nicht länger leugnen, denn er wusste, dass es die einzige Erklärung war - die Begegnung mit Dirty Harry in seinem blutbefleckten Hemd, die ihn zur Strecke brachte. Richard schielte auf einen Afroamerikaner, der sich gegenüber ihm setzte. Der Mann trug eine Perücke und war in eine Rebellenuniform gekleidet. Er war mit einer altmodischen Pistole bewaffnet, die damals ultramodern war.

"Ich hoffe, es stört Sie nicht, dass ich mich hier hinsetze?" fragte er höflich und zündete sich eine Zigarre an.

"Dies ist ein Nichtraucherbereich", erhob Richard Einspruch.

"Oh, tut mir leid", kicherte er und legte seine Zigarre weg. "Ich warte auf meinen Freund"- er kam Richard näher - "vielleicht kennen Sie ihn. Es ist Donald Maryland. Der Kerl liebt altmodische Uniformen. Nazi-Uniformen, meine ich."

Richards Herz klopfte in seiner Brust, als er erkannte, dass der Typ, der ihm gegenüber sitzt, Dirty Harry war! Dann verschwand Dirty Harry in einem Augenblick. Erschrocken stand Richard auf und sah sich um. Er war ganz allein im Speisesaal. Dann hörte er etwas Gelächter. Sechs blasse Menschen in zerrissener Kleidung kamen näher und streckten ihre Hände aus. Blut strömte aus ihren Hälsen. "Wir sind gekommen, um dich zu holen", sagte eine von ihnen, eine Frau, in einem gespenstischen Ton.

Verfolgt von ihrem bösen Lachen, floh Richard in den Empfangsbereich. Nach Luft schnappend, lehnte er sich auf den Tresen und blickte die Frau an, die hinter dem Schreibtisch stand. Sie sah zumindest normal aus. "Was kann ich für Sie tun, Mr. McKenna?" fragte sie.

Richard schielte auf ihr Namensschild, angeheftet an das blaue Kleid mit tiefem Ausschnitt - Joan. Gestern Abend hatte er sie gehänselt. Während er sich beruhigte, wischte er sich den Schweiß vom Gesicht. "Joan. Hör zu, es tut mir leid wegen gestern Abend."

"Ich glaube, man kann es auf den Alkohol schieben", sagte Joan in einem eisigen Ton und verschränkte die Arme. Richard stimmte mit einer Kopfbewegung zu und schaute über die Schulter, als er etwas Lachen hörte. Zwei Kellnerinnen kicherten, als sie vorbeikamen. Dann starrte er Joan in die Augen.

"Dieser Ort. Ich glaube, hier spukt es."

Joan brach in Gelächter aus.

"Gespenstisch? Herr McKenna, ist Ihnen klar, was Sie da sagen?"

Sie machte einen Schritt nach hinten und legte die Hände auf die Hüften. *Gott, sie sieht unglaublich aus,* dachte er. In seinem Gedanken wollte er sie berühren und das Kleid hochheben, um die Weichheit ihrer Haut zu spüren. Dann erholte er sich. *Nein, du kannst Frauen nicht an die Muschi fassen und …*

"Mr. McKenna!" sagte Joan und schlug ihm ins Gesicht.

"Was habe ich getan?" fragte er.

"Du kannst uns nicht an den … na ja, du weißt verdammt gut, was ich meine!" Ihre Nasenlöcher weiteten sich.

Richard berührte seine Wange, die leicht unter seinen Fingern brannte. Er hat nicht bemerkt, dass er laut gesprochen hat. Aber der Schaden war schon angerichtet. *Zweiter Strike,* dachte er. Was bei Streik 3 passiert, wollte er nicht herausfinden. Er richtete seine Uniform auf und trat von der Rezeption zurück. "Schau, Joan. Ich habe mir nichts dabei gedacht. Es ist nur Umkleidekabinen-Gerede. Ich entschuldige mich zutiefst für letzte Nacht und für das, was gerade passiert ist."

Joan schürzte die Lippen, sagte aber kein Wort.

"Ähm, Joan? Ich hätte gern ein anderes Zimmer, bitte."

Sie schnaubte. "Wollen Sie ein anderes Zimmer, Mr. McKenna? Wozu? Spukt es dort?"

Richards Gesicht wurde warm. Dann kam Catherine rüber und wollte wissen, was los ist.

"Mr. McKenna sagt, in seinem Zimmer spukt es", antwortete Joan.

Catherine blickte ihn mit einem Gesicht an, das Bände sprach. "Ähm. Vielleicht haben wir noch ein anderes Zimmer für Sie, obwohl es nicht im Computer aufgeführt ist, weil es noch renoviert werden muss. Es ist im sechsten Stock. Es ist ein Zimmer auf dem Dachboden."

"Ich nehme es", bemerkte Richard.

"Auch wenn Sie Ihre Luxussuite gegen den Dachboden tauschen?"

"Es klingt wie ein friedlicher Raum, hoffe ich."

Catherine grinste. "Oh, keine Sorge. Ich versichere Ihnen, der Raum ist ruhig wie ein Grab."

83

Der Aufzug brachte sie in den vierten Stock. Sie hielten an einem Durchgang um die Ecke des Flurs. "Die letzten beiden Stockwerke sind nur über eine Treppe zugänglich, da sie vom Rest des Hotels getrennt sind", erklärte Catherine. Das Duo ging über die Wendeltreppe nach oben und blieb an einer stabilen Tür aus Hartholz stehen. Catherine blickte über die Schulter, bevor sie die Tür öffnete. Ein sanfter Windstoß begrüßte sie, als sich die Tür öffnete.

"Ich habe dir gesagt, es ist nicht sehr bequem, aber ich nehme an, das wird reichen?" schlug sie vor, als sie das Licht anzündete.

Richards Blick glitt von links nach rechts, als er die Spinnweben auf den Sparren betrachtete. Obwohl es ein möbliertes Zimmer war, stammen die Möbel aus der Zeit um 1900. Das Himmelbett am Fenster schien seine Zeit gehabt zu haben. Aber dies war nicht der Moment, um wählerisch zu sein. Er atmete aus: "Ich schätze, dieses Zimmer reicht aus."

Das Porträt einer auffallend schönen Frau zog seine Aufmerksamkeit auf sich. Selbst eine dichte Staubdecke konnte ihre Schönheit nicht verbergen. Er benutzte vorsichtig den Ärmel seiner Uniform, um sie abzustauben. Mit einem Ruck erkannte er das Bild. Es war das Porträt, das er in seinem Traum gesehen hatte.

"Was ist los? Du siehst aus, als hättest du einen Geist gesehen."

"Ich kenne dieses Porträt!"

"Das ist absurd", wandte Catherine ein. "Es ist seit Jahren hier auf dem Dachboden."

"Und doch habe ich es schon einmal gesehen", sagte er.

"Wo?" fragte sie, als sie zu ihm ging, um ihn zu unterstützen, weil er sich mit dem Bild in den Fäusten auf die Hüften gehockt hatte.

"In meinem Traum, ich schwöre es", konterte er und lehnte sich mit dem Rücken an die Wand.

"Ich hoffe, du erkennst, dass Träume Splitter des Verstandes sind. Die meisten Träume sind Illusionen. Ich fürchte, deine Fantasie spielt dir Streiche. Bist du nicht ein Autor?"

Richard nickte. "Ich habe *Chasing Girls* geschrieben."

"Nun, was habe ich gesagt? Deine Phantasie spielt verrückt. Reiß dich zusammen. Geister existieren nicht. Und wie ich schon sagte, die meisten Träume sind Täuschung", rief Catherine mit den Händen auf den Hüften.

"Catherine, du weißt es doch besser", sagte jemand. Richard schaute über die Schulter und bemerkte Sybil und seinen Freund Karl Peters in der Türöffnung. Er runzelte die Stirn: "Karl, was in aller Welt tust du hier?"

"Setz dich lieber hin", antwortete Karl.

"Ich sitze schon", antwortete Richard.

"John und James sind tot", wimmerte Karl.

"Was sagst du da?" Richards Blut ging aus seinem Gesicht zurück.

"Es ist wegen der Vampire!" rief Karl aus.

Richard fühlte sich, als hätte ihn der Blitz getroffen. "Oh nein, nein, das kann doch nicht sein, oder?" stöhnte er. Das Gemälde fiel mit einem Aufprall. Die Dame auf dem Bild blickte nun zur Decke. Mit zitternder

Hand rieb sich Richard den Nacken und knöpfte den obersten Knopf seiner Uniform auf. Tränen flossen über sein Gesicht, als er gestand: "Ich habe es im Fernsehen gesehen. Ich dachte, ich würde langsam verrückt!"

Er griff das Bild und hielt es an seine Brust.

"Es ist wahr", sagte Sybil und trat näher. Sie saß ihm gegenüber auf den Holzbrettern. "Sie wurden von einem Vampir getötet." Sybil berührte sein Gesicht. "Ich hasse es, derjenige zu sein, der es dir sagt, aber Vampire existieren! Ich sollte es wissen, denn ich bin ein Vampir."

Ihr Mund hat sich geöffnet. Richards Augen waren auf ihre Reißzähne gerichtet. Sein Kopf schlug gegen die Wand und mit einem bitteren Geschmack im Mund stotterte Richard: "Nein, das kann ja doch nicht wahre sein!"

Er versuchte, von ihr wegzukommen, aber Catherine packte ihn an den Schultern. Er schaute Catherines Gesicht an. Sein Herz schlug nicht mehr, als er Catherines Reißzähne bemerkte. Richard sah sich von Vampiren umgeben. Es würde ihn nicht überraschen, wenn Karl Peters auch ein Vampir wäre! Obwohl er nicht viel über Vampire wusste, wusste er, dass sie von Blut lebten.

"N-Nein, das kann doch nicht wahr sein!" wiederholte er. Er kämpfte, um wegzukommen, aber Catherine hielt ihn fest.

"Entspann dich", schrie Sybil. "Es gibt keinen Grund zur Panik, denn Catherine und ich beißen nicht. Wir sind Vampirjäger."

"Es ist wahr", fügte Karl hinzu. "Wenn Ms. Crewes nicht da gewesen wäre, wäre ich nicht mehr am Leben."

"Das ist ja Blödsinn", rief Richard. "Du hast gesagt, Vampire hätten John und James getötet."

"Ja, aber sie wurden nicht von Ms. Sybil oder Ms. Catherine getötet. Leider wurde ich in den Hals gebissen", sagte Karl. "Diese Bisswunde wurde von dem Vampir zugefügt, der mich tot sehen wollte."

Sybil sah ihm direkt in die Augen. "Die Frau auf diesem Porträt bin ich." Sie zeigte auf das Gemälde, das er die ganze Zeit hielt, als wäre es eine Rettungsleine. "Es ist das Bild, das mein Vater deinem Ur-Ur-Ur-

Großvater James McPierson gab, als Versprechen, dass ich seine Frau werde."

"Ich habe das Bild im Traum gesehen", bekannte Richard.

Sybil runzelte die Stirn. "Ich hoffe, du erkennst, dass es kein Traum war! Was du gesehen hast, war etwas, das wirklich passiert ist. Du bist ein direkter Nachfahre von James McPierson. Deshalb wird seine Erinnerung in deinen Träumen gezeigt."

"Na?" Richard hat geantwortet.

"Es ist der Fluch. McPierson verkaufte das Necronomicon, das berüchtigte Buch der Toten, an meinen Vater im Tausch gegen Geld und das Versprechen, seine Frau zu werden. Mit dem Necronomicon kann man ein Portal zur Hölle öffnen. Ich nehme an, er hat mit dem Buch experimentiert, bevor er es meinem Vater verkaufte. James McPiersons Blut ist mit dem Buch verbunden, aber er ist nicht mehr am Leben. Deshalb ist dein Blut der Schlüssel zur Zerstörung des Buches. Das wird die Tore der Hölle schließen und die Welt retten."

"Das klingt wie der schlimmste Schwachsinn, den ich je gehört habe", protestierte er und wollte aufstehen. Doch Catherine gab ihm keinen Zentimeter. Verärgert schaute er zu ihr auf. Catherine lachte. Er bemerkte ihre Reißzähne und wieder verfehlte sein Herz einen Schlag.

"Ihr wart in meinem Traum, ihr beide!"

Richard schnappte nach Luft und starrte Sybil ins Gesicht.

"Du meinst das, in dem ich ein Junkie war?"

Richard nickte, als er sich die Lippen leckte. Sein Herz machte Überstunden. "Aber das ist unmöglich. Träume sind nicht real!"

Er schnappte nach Luft.

"Es ist der Fluch. Dein Blut ist mit dem Necronomicon verbunden." Sybil stand auf und dann ließ Catherine ihn sofort los. Er hätte fast das Gleichgewicht verloren.

84

"Ein Fluch verwandelte mich 1775 in einen Vampir", sagte Sybil und sah Richard an. Sie mochte ihn kein bisschen, aber nun, da sie ihm ihre wahre Natur offenbart hatte, erzählte sie ihm von Captain McPierson. "Dein Vorfahre, James McPierson, war ein gemeiner Mistkerl, der das Necronomicon an meinen Vater verkauft hat ..."

85

Im Jahr 1775 stand Sybil im Garten, als sie McPierson auf sich zukommen sah. Ihr Herz hat einen Schlag verpasst, als sie auf die harten Züge seines Gesichtes blickte. Die dunklen Schnurrhaare, sein kantiges Gesicht und die grauen Augen ließen sie am ganzen Körper eine Gänsehaut bekommen.

"Du wirst meine Frau sein", lächelte er.

Sybil sagte kein Wort, während er sie umarmte und küsste. "Du und ich werden so glücklich sein", versprach er und streichelte ihr Haar. "Du wirst für immer mein sein, heute Nacht!"

Sybil umklammerte ihren Kiefer, während er sie losließ und von ihr wegging, um mit ihrem Vater zu sprechen, der in der Tür des Hauses stand. Dann erregte ein Geräusch ihre Aufmerksamkeit. Sie drehte sich um und bemerkte ihre Freundin Sally, die sich hinter den Büschen in der Nähe von Sybil versteckte. Sally hat Sybil gestikuliert, näherzukommen. Sybil schaute ihren Vater und McPierson an, die gerade miteinander sprachen. Dann drehte sie sich um und ging zu Sally.

"Wir sollten fliehen, heute Nacht", flüsterte Sally.

"Ich bin einverstanden. Du, Frank, und ich. Zusammen werden wir fliehen und unseren eigenen Weg finden."

86

"Aber das ist nie passiert", sagte Sybil und fuhr fort. "Mein Vater hat uns an der Flucht gehindert. Er erwischte Sally, als sie auf dem Weg zu meinem Zimmer war, und schlug sie. Ich wachte auf, als ich das Geräusch hörte. Ich sah, wie mein Vater Sally ins Gesicht schlug. Als ich versuchte einzugreifen, trat mein Vater mich und zwang mich, in mein Zimmer zurückzugehen. Am nächsten Tag verbot mir mein Vater, auf den Dachboden zu gehen. Ich ging trotzdem und auf dem Dachboden fand ich das Buch. Es verwandelte mich in einen Vampir, weil ein Fluch mit Blut geschrieben wurde. McPiersons Blut! Er betete den Teufel an, und durch seinen Pakt mit dem Teufel ist dein Blut der Schlüssel zur Vernichtung des Buches der Toten. Du bist der Auserwählte! Alles, was dir in den letzten 48 Stunden passiert ist, ist wegen deines Vorfahren, James McPierson!"

87

"Ich bin der Auserwählte? Was bedeutet das überhaupt?" Richard wunderte sich, als er von Sybil zu Catherine blickte. Die beiden Vampire standen ihm gegenüber, Seite an Seite.

Sein Freund Karl fügte hinzu: "Verstehst du nicht? Wir brauchen dein Blut, um den Fluch zu beenden."

"Ja. Vampire, Werwölfe, Zombies etc. Sie werden verschwinden, nachdem wir dein Blut benutzen, um das Necronomicon zu vernichten", bestätigte Sybil.

Richard runzelte die Stirn und schloss die Augen, während er sich am Kinn kratzte. Seine Brust verkrampfte sich und er fühlte, wie seine Körpertemperatur anstieg und ihn zum Schwitzen brachte. Er holte tief Luft. Es war viel passiert und jetzt sagten sie, es sei alles wegen eines Buches.

"Du glaubst mir immer noch nicht, was? Komm mit mir, ich zeig's dir. Sehen ist Glauben", sagte Sybil. Sie führte Richard herum, der auf der Krankenstation unten im Bienenstock endete. "Diese Leute wurden alle mit dem Vampir-Virus infiziert", erklärte Sybil. "Morgen werden sie blutsaugende Monster sein. Das Einzige, was verhindert, dass sie sich in Vampire verwandeln, ist dein Blut."

Sie atmete aus. Catherine schlang ihren Arm um Sybils Schultern, während sie Richard ansah. Richard war sichtlich geschockt, als er einen der Patienten erkannte. "Ich sah ihn in meinem Traum. Er hat mir ins Handgelenk gebissen!"

Sybil warf einen Blick auf den stämmigen Kerl, der im Bett lag. Zwei Infusionen wurden gebündelt und an einen Infusionsständer neben dem Bett angeschlossen. Am Bett war ein Klemmbrett befestigt, auf dem sein Name stand: "Leonard Kinskey."

"Es ist der Fluch", sagte Sybil im Flüsterton. "Das Necronomicon wird ihn morgen in einen Vampir verwandeln und du bist der Einzige, der es aufhalten kann. Aber das Buch spürt deine Anwesenheit. Es will dich töten."

Richard sank hinunter, fühlte sich schwindlig und sah schwarze Flecken in seiner Vision. Er presste den Kiefer zusammen, während Sybil sich nach vorne beugte und sein Gesicht berührte. "Atme tief ein", sagte sie und schürzte die Lippen. "Einatmen, ausatmen."

Nach einer Weile ging es ihm etwas besser. Jemand bot ihm ein feuchtes Tuch an, das er für sein Gesicht benutzte. Richard dachte an die Leben, die auf dem Spiel standen. Aber er wollte sein Blut nicht spenden, um diesen sogenannten Fluch zu beenden! Das war nicht fair. Er wollte nicht sterben.

"Es gibt noch etwas, das ich dir zeigen muss", sagte Sybil und half ihm auf die Beine. Widerwillig folgte er ihr in ein beengtes Abteil. Das Necronomicon lag auf einem Schrein. Das Buch zu sehen, gab ihm ein Déjà-vu-Gefühl. Sybil blätterte das Buch durch und sah ihn dann an. "Darf ich dich mit dieser Nadel stechen? Dann zeige ich dir, dass dein Blut der Schlüssel zur Zerstörung des Buches ist."

Seine Hand zitterte, als sie ihm den Daumen rammte. Sybil drückte auf die Wunde und vergoss einen Tropfen Blut auf das Blatt. Ein pfeifendes Geräusch entstand, als sein Blut ein Loch in das Blatt brannte. Richard atmete den Geruch von verkohltem Fleisch ein. "Okay. Ich bin bereit, mein Blut zu spenden, um den Fluch zu beenden, aber ich will nicht sterben", sagte Richard mit einem bitteren Geschmack im Mund.

"Niemand will sterben", antwortete Sybil. "Ich werde unseren medizinischen Experten, Doktor Meaning, bitten, einen Weg zu finden, dich am Leben zu halten, während du dein Blut spendest," versprach sie und zwängte sich sanft zwischen seine Schulterblätter.

88

Richard beschloss, auf dem Dachboden zu bleiben. Es war schwer zu glauben, dass all die Mühe, die er durchgemacht hatte, durch einen Fluch verursacht wurde, obwohl er die Beweise gesehen hatte. Er zog seine Schuhe aus und studierte Sybils Porträt, das 1770 zur Feier ihres zwanzigsten Geburtstages gemalt wurde. Ein leichtes Lächeln entging ihm, als er einen Kuss auf das Porträt drückte. Er konnte sich vorstellen, warum sein Ur-Ur-Ur-Großvater so begierig darauf war, sie zu seiner Frau zu machen. Mit einem Seufzer stellte er das Porträt auf einen Stuhl und schob es näher ans Bett. Wenn er aufwachte, würde er ihr schönes Gesicht sehen.

Ein schrecklicher Albtraum weckte ihn, als ihm eine knochige Hand ein Messer in die Brust stieß. Sein Blut hat die Laken gefärbt. Eine tiefrote Farbe, klatschnass, warm und feucht. Er schrie. Kein Geräusch kam von seinen Lippen. Es schien so unwahrscheinlich, aber es war wirklich passiert. Sein Herzschlag stoppte, als er im Bett auf seinen Körper schaute, mit dem Messer zwischen den Rippen. Ungläubig schüttelte er den Kopf. Er warf die Decken ab, als er erkannte, dass es nur ein Traum war. *Nein, warte, ist das ein Messer?* Seine Hände berührten die scharfe Klinge, bevor sie verblasste.

26 – Die Pressefreiheit

Nachdem er mit seiner Schwester telefoniert hatte, fuhr der Reporter Marco Landau ins Krankenhaus, um dort herumzuschnüffeln. Er hoffte, die beiden Polizisten zu besuchen und über Vampire zu sprechen, aber er wusste, dass er vorsichtig sein musste, um seine Identität nicht preiszugeben.

Als er den Haupteingang betrat, wurde er von einer warmen, behaglichen Luft und den vagen Gerüchen von billigem Parfüm begrüßt. Er runzelte die Stirn, als eine Frau mit weißen Haaren und ein Spaziergänger in Richtung der Aufzüge vorbeikam. Marco erkannte, dass es besser war, Undercover zu gehen, und fragte sich, wo die Waschküche war. Vielleicht könnte er sich einen Laborkittel besorgen, um als Arzt durchzugehen.

Er nahm den Aufzug und suchte Etage für Etage ab, bis er schließlich einen Laborkittel aus einem rollenden Wäschekorb ergriff. Er grinste und ging den Flur entlang. Im Wartebereich blickte er die Besucher an und war froh, dass er nicht zu ihnen gehörte. Ein Mann mit verworrenen weißen Haaren schaute auf. Marcos Augen weiteten sich, als er den Kerl erkannte. Er hatte einen Artikel über Mr. Martins geschrieben, der sein Geschäft ruiniert hatte. Als er vorbeiging, stand Mr. Martins auf.

"Hey, ich kenne Sie!" rief Mr. Martins aus. "Du hast mein Leben ruiniert!"

Marco tat so, als ob er es nicht bemerkt hätte und ging schnell weg. Dann begegnete er einer blonden, kichernden Krankenschwester und er täuschte Interesse an ihr vor, um zu sehen, ob sie wusste, in welchem Zimmer die beiden Polizisten waren.

"Welche Polizisten?" fragte die etwas stämmige Krankenschwester.

"Sie waren in die Schießerei auf dem Friedhof letzte Nacht verwickelt", antwortete er.

"Oh, ja. Nun, sie sind im fünften Stock, Dr. Craig", sagte sie.

"Danke, Schwester" - er schielte auf ihr Namensschild - "Betty."

"Also, wann wirst du mich anrufen?" fragte Krankenschwester Betty als Bettlerin, die um Geld bettelt, damit sie Essen kaufen kann.

"Bald, sehr bald, das verspreche ich", antwortete Marco und stieg in den Aufzug. Im fünften Stock bekam er die Krankenakte der Polizisten in die Hände, von einem Computer am Schwesternschreibtisch, als niemand hinsah, die er auf einen USB-Stick kopierte. Jetzt brauchte er Bilder der Opfer.

Er ging in die Leichenhalle des Krankenhauses, wurde beim Anblick der verstümmelten Leichen krank und machte ein paar Fotos. Als er die Tür des Leichenschauhauses schloss, stieß eine Krankenschwester auf ihn. Sie schielte auf sein Namensschild. "Hey, du bist nicht Dr. Craig. Ich sollte es wissen, weil ich seine Frau bin, Helen."

89

Die Bostoner Polizei hatte Marco in Gewahrsam genommen und jetzt war er im Verhörraum. Er beschwerte sich, dass sie seine Rechte verletzt hatten und berief sich auf den ersten Verfassungszusatz. Der diensthabende Detektive, Ryan Hanson, schloss die Augen und schlug mit der Hand auf den Tisch.

"Die Pressefreiheit hat nichts damit zu tun, vertrauliche medizinische Informationen zu stehlen, sich als Arzt auszugeben und in die Leichenhalle einzubrechen."

Detektive Hanson war irgendwo in den 40er Jahren, vermutete Marco. Wieder schlug Detektive Hanson seine Hand auf den Tisch. Seine Nasenlöcher weiteten sich, aber Marco zuckte mit den Schultern. "Die Bürger haben ein Recht darauf, die Wahrheit zu erfahren. Menschen werden von Vampiren abgeschlachtet! Sehen Sie sich die Fotos an, die ich gemacht habe!"

"Willst du eine Panik provozieren?" fragte Detektive Hanson.

"Panik zu verursachen, hat nichts damit zu tun. Es ist mein Job, die Leute die Wahrheit wissen zu lassen."

"Du darfst keine medizinischen Dokumente stehlen und du darfst keine Fotos von Leichen im Leichenschauhaus machen", antwortete Detektive Hanson und fügte hinzu: "Wenn du diese Bilder veröffentlichst, verstößt du gegen das Gesetz. Das fällt unter das Verleumdungsgesetz. Sie riskieren eine lebensgroße Geldstrafe! Außerdem hängt eine dreijährige Gefängnisstrafe über deinem Kopf."

"Sieh mal, Detektive Hanson. Diese Information muss veröffentlicht werden!"

"Du irrst dich. Es ist in niemandes Interesse und du säen wissentlich Panik über Dinge, über die du keine Ahnung hast!" schnappte Detektive Hanson zu. Marco ignorierte sein wütendes Gesicht und starrte auf einen toten Punkt an der Wand.

"Ich werde kein weiteres Wort sagen, bis ich mit meinem Anwalt gesprochen habe."

90

Jack Hunter war bei Sybil und Catherine, als sein Handy klingelte. Er zog sein Handy heraus und schaute auf den Bildschirm. Es war eine Privatnummer. Er atmete aus und nahm den Anruf entgegen.

"Hunter", sagte er, und blickte dabei auf Sybils Rücken.

"Hallo, Jack. Ich bin's, Mike Palmer. Hast du einen Augenblick?"

Jack nickte. "Sicher."

"Wir haben ein Problem. Ein Reporter hat herausgefunden, dass Vampire für die Morde auf dem Friedhof verantwortlich sind. Der Reporter machte Fotos von den Opfern in der Leichenhalle des Krankenhauses."

"Verdammt. Wenn er seine Fotos veröffentlicht, wird die ganze Welt die Wahrheit über Vampire erfahren! Touristen werden die Stätte, wo die Morde stattfanden, überschwemmen", sagte Jack und presste den Kiefer zusammen. Als er auf Sybil schielte, befeuchtete sie ihre Lippen.

"Vampire haben ein hervorragendes Gehör", erklärte Sybil.

"Wir haben die Fotos und anderes Material beschlagnahmt, aber wir können ihn nicht daran hindern, einen Artikel über die Morde zu schreiben", sagte Mike.

"Er kann ohne harte Beweise nichts beweisen. Niemand wird ihm glauben", sagte Jack, und fuhr fort, "vielleicht wäre es nützlich, wenn wir seinen Hintergrund überprüfen würden. Wie ist sein Name?"

"Es ist Marco Landau, ein Reporter, der für das Boston Herald schreibt."

"Okay. Ich bitte Vanessa, seinen Hintergrund zu überprüfen", sagte Jack und legte auf.

91

Jack ging in den Computerraum. Vanessa und Felicity waren damit beschäftigt, einen Infrarot-Scan des Friedhofs zu machen.

"Wir haben immer noch keine Spuren von Sally gefunden", sagte Vanessa.

"Das ist schade", antwortete Jack. "Vanessa. Willst du einen Hintergrundcheck über Marco Landau machen? Er ist ein Reporter, der sich als Arzt im BMC ausgegeben hat. Er hat Krankenakten kopiert und Fotos von den Opfern des Massakers auf dem Friedhof gestern Abend gemacht."

"Klar, kein Problem."

"Aber das steht im Widerspruch zu unseren anderen Untersuchungen", klagte Felicity.

"Der Reporter hat die höchste Priorität", sagte Jack. "Ich brauche die Informationen so schnell wie möglich."

"Okay", antwortete Felicity und druckte einen Bericht aus. Mit Triumph im Gesicht streckte sie Vanessa die Zunge heraus.

"Ich habe meine Suchmaschine benutzt, während ihr beide euch unterhalten habt. Anscheinend ist Marco Landau immer noch Single und … hey, das kann kein Zufall sein."

"Was?" Jack drängte.

"Nun, seine Schwester, Jane Landau, ist ebenfalls Single. Oh, hier ist ein Bild. Ähm, sie ist heiß", kicherte Felicity. Ihr Gesicht errötete, als Jack und Vanessa sie anschauten.

"Jane arbeitet im BMC. Sie ist eine Ärztin in Ausbildung", fügte Felicity hinzu, als sie ihm den Ausdruck übergab.

"Danke, Felicity", sagte Jack und kämpfte damit, ein Lächeln zu unterdrücken, als er bemerkte, dass Vanessa ihren Mund schmollte.

92

Jack fuhr mit hoher Geschwindigkeit, mit eingeschalteten Sirenen, zum Krankenhaus. An der Rezeption fragte er nach dem Verbleib der beiden Polizisten, Diego und Masters. Der Beamte erklärte, dass die Besuchszeit bereits vorbei sei. Als Antwort darauf zeigte Jack seine ATU-Abzeichen.

Der Beamte runzelte die Stirn. "ATU?"

"Anti-Terrorismus-Einheit", erklärte Jack. "Also, wo sind die beiden Polizisten?"

Der Angestellte blickte auf seinen Monitor.

"Sie sind im fünften Stock."

"Danke", antwortete Jack und ging zum Aufzug.

93

Im fünften Stock hielt ihn eine Krankenschwester auf.

"Entschuldigen Sie, Sir, aber die Besuchszeit ist längst vorbei. Ich muss Sie dringend bitten, zu gehen. Unsere Patienten brauchen jetzt ihre Ruhe. In etwa drei Stunden müssen Sie …"

"Ich bin in offizieller Funktion hier", unterbrach Jack und zeigte seine ATU-Abzeichen. "Können Sie mir bitte sagen, in welchem Zimmer die Beamten Diego und Masters sind?"

"Zweite Tür links", teilte sie ihm mit.

"Danke", antwortete Jack.

Im Krankenzimmer warf Jack einen Blick auf die sechs Betten. Vier davon waren belegt. Im Hintergrund erkannte er die leisen Pieptöne eines Herzmonitors. "Hi, ich bin Jack Hunter von der ATU", stellte er sich vor und zeigte seine ATU-Abzeichen.

"Ich bin hier, um mit den Polizeibeamten Diego und Masters zu sprechen."

"Hier drüben", sagte ein Mann. Jack nickte, holte sich einen Stuhl und setzte sich neben das Bett des Mannes. Wieder zeigte er seine ATU-Abzeichen.

"Ich bin Ron Diego von der Bostoner Polizei", sagte Ron.

"Und ich bin Charlie Masters, ebenfalls von der Bostoner Polizei", sagte der Typ im Bett hinter Jack. Jack schaute Charlie über die Schulter und nickte. Jack beschloss, zur Sache zu kommen.

"Hat einer von ihnen mit jemandem über Vampire gesprochen?" fragte Jack. Sein Blick glitt von Ron zu Charlie und sah, dass dieser auf seine Finger starrte.

"Ich glaube, du hast das getan", sagte Jack zu ihm.

Charlie sah auf. "Ich habe es aus Versehen Natalie gegenüber erwähnt. Aber sie versprach, es nicht zu erzählen."

"Natalie?"

"Meine Vermutung ist, dass sie eine Studentin ist. Ich habe es gesagt, bevor mir klar wurde, was ich gesagt habe", sagte Charlie.

"Vergiss nicht, dass wir letzte Nacht durch die Hölle gegangen sind", fügte Ron zu seiner Verteidigung hinzu.

"Ja, das stimmt. Es war, als wären wir in der Hölle gewesen", stimmte Charlie zu. "Mein Gott. Wie ich schon sagte, Natalie hat versprochen, dass sie das niemandem erzählen würde."

Jack holte tief Luft. Es war offensichtlich, dass Natalie mit dem Reporter gesprochen hat. "Kennst du Natalies Nachnamen?"

"Nein, tut mir leid. Ich kenne nur ihren Vornamen. Aber sie sieht sehr hübsch aus", sagte Charlie.

Jack wusste, dass er mit Natalie reden musste und stand auf. Er wünschte beiden Herren eine baldige Genesung und ging zur Schwesternstation. Eine dunkelhaarige Latino-Schwester saß hinter ihrem Computer. Sie nahm einen Schluck von ihrem Kaffee, während Jack sich räusperte. Sie schaute vom Computer auf.

"Kann ich Ihnen irgendwie helfen?"

"Ja, kennst du zufällig eine Krankenschwester namens Natalie? Sie ist wahrscheinlich eine Studentin, die im Krankenhaus arbeitet", sagte Jack und zeigte sein ATU-Abzeichen.

Sie nickte und lächelte.

"Du meinst Natalie Principal? Sie ist eine gute Krankenschwester, hilft immer den Patienten und hilft sogar beim Ausliefern der Mahlzeiten, weil sie sie unbedingt besser kennenlernen will."

"Wo kann ich mit ihr reden?"

"Sie ist doch nicht in Schwierigkeiten, oder?"

"Ich muss mit ihr reden."

Sie schloss die Augen.

"Ich sehe mir die Dienstliste an", versprach die Schwester und schaute auf ihren Monitor, bevor sie aufschaute. "Sie hat dienstfrei. Vielleicht ist sie zu Hause. Sie wohnt in der Sheafe Street in Nord-Boston. Aber ohne Durchsuchungsbefehl gebe ich dir leider nicht die vollständige Adresse."

94

Jack stieg aus und schloss sein Auto ab. Dann sah er sich um. Er hatte in der Nähe der North Bennet Street School geparkt. Die Uhr an der Wand über dem Schulschild zeigte, dass es 17:15 Uhr war. Um die Ecke bemerkte er die Sheafe Street. *Ein Paradies für Spanner,* entschied Jack, weil die Bewohner in die Wohnungen schauen konnten, wenn sie wollten. Es war ein großer, vierstöckiger Komplex auf beiden Seiten mit einer schmalen Gasse dazwischen. Da er nicht wusste, in welchem Apartment Natalie wohnte, packte er sein Handy und rief Vanessa an, um die vollständige Adresse zu erfahren. Nachdem er aufgelegt hatte, ging er zum Haupteingang und klingelte an der Tür. Mit einem lauten Summton öffnete die Tür. Er war überrascht, dass Natalie nicht die Gegensprechanlage benutzte, um zu fragen, wer an der Tür war. Ein leichtes Lächeln lag auf seinen Lippen. *Vielleicht erwartet sie einen Freund. Junge, was für eine Überraschung, wenn sie stattdessen mich sieht.* Dann betrat er das Gebäude. Die Wände zeigten Risse, als er die enge Treppe betrat. Im dritten Stock bemerkte er eine Frau - Anfang zwanzig - die ihn mit großen, braunen Rehaugen verpönt hatte.

"Bist du Natalie Principal?"

"Ja, das bin ich. Und du bist?"

"Ich bin Jack Hunter von der ATU."

Er zeigte sein ATU-Abzeichen.

"Ich bin hier wegen einer polizeilichen Untersuchung bezüglich Macro Landau. Er ist ein Journalist, der in dem Krankenhaus, wo du arbeitest, herumgeschnüffelt hat. Ich habe Grund zur Annahme, dass du mit ihm über vertrauliche Informationen über die beiden Polizisten im Krankenhaus gesprochen hast."

Alle Farbe verblasste aus ihrem Gesicht. Sie fummelte ungeschickt mit den Händen, als hätte er sie dabei erwischt, wie sie einem Baby Süßigkeiten klaute.

"Wir sollten lieber drinnen reden", flehte sie und schaute über ihre Schulter.

Jack folgte ihrem Blick und bemerkte einen Mann mit einem Bierbauch. Der Kerl hatte einen großen Schnurrbart und trug einen abgetragenen, grünen Trainingsanzug. Der Typ murmelte etwas, das Jack nicht verstand, aber es klang beleidigend. Wäre Jack nicht in Eile gewesen, hätte er den Kerl wahrscheinlich gewarnt. Stattdessen ignorierte er ihn und starrte Natalie direkt in ihre dunkelbraunen Augen.

"Das ist mein Nachbar von oben. Er ist ein nerviger Wichtigtuer. Bitte, ignorieren Sie ihn und kommen Sie rein", flüsterte sie.

Jack nickte und warf einen letzten Blick auf ihren Nachbarn. Dann folgte er ihr ins Haus. Im Wohnzimmer waren die Vorhänge geschlossen. Auf dem Kaffeetisch zählte er vier Kerzen. Im Hintergrund erkannte er die drückende Stimme von Barry White.

"Bitte, setzt euch doch", sagte Natalie, während sie zum Sofa hinging und die Stereoanlage leiser stellte. "Möchtest du einen Drink?"

"Nein, danke."

Natalie nahm ihm gegenüber Platz und fummelte mit den Fingern.

Jack wollte sie gerade etwas fragen, aber dann kam eine braunhaarige Frau ins Zimmer.

"Marco, möchtest du etwas Käse und ..." sie verstummte, als sie Jack bemerkte. Mit hochgezogenen Augenbrauen stellte sie einen Teller mit Käsewürfeln und Crackern auf den Kaffeetisch. Jack stand auf und stellte sich vor, nachdem er seine ATU-Abzeichen gezeigt hatte. Die Frau gab ihren Namen an: "Jane Landau."

"Du weißt, warum ich hier bin, oder?"

Jane nickte, während Natalie mit den Fingern auf den Knien wackelte.

Nach einem unbehaglichen Schweigen sagte Natalie: "Ich hätte niemandem erzählen sollen, was der Polizist gesagt hat. Sie sprachen über Vampire ... sind wir jetzt in Schwierigkeiten?" Tränen flossen ihr ins Gesicht und sie griff nach einem Taschentuch, um sie abzuwischen.

"Es tut mir leid."

"Ich war es", sagte Jane. "Ich habe Natalie gesagt, dass wir in die Leichenhalle gehen und selbst herausfinden müssen, ob sie die Wahrheit sagen. Wir hielten es beide für verrücktes Gerede, weist du?"

"Ihr seid beide in Schwierigkeiten", sagte Jack.

"Wer von euch hat den Journalisten kontaktiert, um im Krankenhaus herumzuschnüffeln?" fragte er und blickte von Natalie zu Jane.

"Ich schätze, du warst das, oder? Du konntest es einfach nicht erwarten, ihm alles zu erzählen und ihn dazu anzustiften, vertrauliche Informationen zu stehlen und vorzugeben, ein Arzt zu sein. Er hat Fotos von den Opfern gemacht, als wäre es eine Jahrmarktsattraktion. Verdammt noch mal!"

Seine Bemerkungen rissen ein Schluchzen aus der Tiefe ihrer Lungen, während Jane nickte und sich neben Natalie setzte.

"Es tut mir schrecklich leid, dass ich ihn angerufen habe. Wird er schwer bestraft werden? Und was ist mit uns?"

Jack atmete tief durch und entschied, dass er ihnen genug Angst gemacht hatte. Sie zeigten ihre Reue, was ein gutes Zeichen war. Daher wusste er, dass sie es nie wieder tun würden.

"Ich habe das Krankenhaus nicht informiert, dass ihr für die ganze Sache mitverantwortlich seid. Betrachte dies als eine Warnung, dass du niemals wieder vertrauliche an die Presse weitergeben darfst. Sonst kann ich euch versichern, dass dies eure Karrieren beenden wird. Verstanden?"

Beide Frauen nickten.

"Nun. Dein Bruder wird eine hohe Strafe bekommen, weil er sich als Arzt ausgegeben hat, medizinische Unterlagen kopiert hat und weil er gegen die ..." sagte er und starrte in ihre schockierten Gesichter. "Hast du in der Leichenhalle fotografiert?"

Jane seufzte.

"Ich habe ein oder zwei mit meinem Handy gemacht", gestand sie und nahm ihre Tasche von der Couchkante und holte ihr Handy raus, um es Jack zu übergeben.

Jack öffnete die Bilder und löschte sie. Dann fragte er sie, ob sie noch mehr Fotos gemacht hat. Sie schüttelte den Kopf, er sah Natalie an, die immer noch ein wenig schluchzte.

Mit einer winzigen, kindlichen Stimme sagte sie: "Ich habe keine gemacht. Menschen wurden von Vampiren getötet. Ich hoffe, dass du die Monster kriegst, die das getan haben. Ich wurde ohnmächtig, als ich die Opfer sah!"

Er studierte ihre Gesichter und kam zu dem Schluss, dass er alle Bilder, die sie in ihrem Besitz hatten, ausradiert hatte, und entspannte sich ein wenig.

"Weißt du, was passieren würde, wenn dein Bruder die Fotos der Opfer veröffentlichen würde?"

" Wir werden aus dem Studium rausgeworfen und müssen vielleicht eine Strafe zahlen", stöhnte Natalie und kaute an ihren Nägeln.

"Das ist die geringste der Konsequenzen. Nein, es würde Panik auslösen und zu Massenhysterie und Aufständen führen. Die Leute würden wie Hexen im Mittelalter gejagt werden. Unschuldige würden getötet, alle, die aus dem Rahmen fallen, würden zu Opfern werden."

Er sah sich das Paar an. "Verstehst du, was ich meine?"

Sie sahen sich gegenseitig an. "Aber wir sind nicht ..."

Er brachte Natalie mit einer Handbewegung zum Schweigen und ließ beide Frauen schwören, dass sie keiner Menschenseele etwas über Vampire erzählen würden.

27 – Das Endspiel

Sybil stand im Foyer, als sich der Haupteingang öffnete. Das frisch gemalte Logo über dem Hotel buchstabierte "Nachtvogel." Ein zartes Lächeln spielte auf Sybils Gesicht, die ganze Zeit dachte sie: *Warum unsere Identität verbergen? Niemand kennt die wahre Bedeutung von "Nachtvogel."*

Dann wurde ihr Gesicht ernst, als ihr Blick auf die Uhr an der Wand über dem Haupteingang wanderte, bevor sie das erste Paar begrüßte. Es war fast fünf Uhr. Sie machte einen Knicks, um den Mann und die Frau zu begrüßen, die in ihren Sechzigern waren.

"Willkommen bei Nachtvogel", begrüßte sie. "Ihr seid unsere ersten Gäste. Ich freue mich, dass ihr für diesen Anlass gekleidet seid", bemerkte Sybil und bezog sich dabei auf das grüne Kleid der Frau und das schwarze Kostüm ihres Partners.

"Wenn Sie sich ins Gästebuch eintragen, führen meine Mitarbeiter Sie zum Essbereich," als sie sprach öffnete Sybil das Buch an der Rezeption, während Catherine nickte und dem Mann den Stift reichte. Fast ungeduldig stand Sybil da, während der grauäugige Mann mit der gepuderten Perücke sich in das Gästebuch eintrug. Ihr Blick richtete sich auf das Buch.

"Willkommen, Herr und Frau Sobczak. Ich erwarte, dass Sie Ihren Aufenthalt genießen werden", sagte Sybil und klatschte in die Hände. Zwei ATU-Agenten, als Server verkleidet, rückten näher.

"Ma'am?" fragte einer von ihnen. Sybil dachte, dass er Mike heißt.

"Bitte führst du Herrn und Frau Sobczak in den Speisesaal."

"Wie Sie wünschen", antwortete Mike.

Währenddessen tauchte der Reporter Jason Weisshart mit seiner Kamera auf. Er trug eine grüne Jacke, ein weißes Hemd und eine braune Weste. Ein runder, schwarzer Hut war der letzte Schliff. Wenn Jason nicht gerade seine Kamera in der Hand hielt, konnte Sybil sich vorstellen, dass sie sich in den 1770er-Jahren befanden.

Langsam kamen weitere Gäste an, und Sybil begrüßte sie alle einzeln. Sie alle waren Nachkommen derer, die in den Fluch verwickelt waren, und die meisten von ihnen waren bereits kostümiert.

In der Einladung hatte sie angegeben, dass die Kleiderordnung die späten 1700er Jahre waren. Die wenigen, die nicht kostümiert waren, wurden gedrängt, sich einen Anzug des Hauses zu besorgen, damit sie sich einfügen konnten.

Sybil hatte keine Mühe gescheut, damit sie sich wohlfühlen, mit viel Essen und Trinken. Alles musste perfekt sein.

Jason machte ein Foto nach dem anderen von den Gästen und gab seine Visitenkarte, damit die Leute am nächsten Tag ein Foto kaufen konnten.

95

Vanessa Dogscape und Felicity waren im Computerraum. Der Server arbeitete an den Bildern, die Jason mit seiner Kamera aufgenommen hatte, die eine Wi-Fi-Verbindung mit dem gesicherten Netzwerk hatte. Als die Bilder auf dem Bildschirm erschienen, warf Vanessa einen Blick auf das Live-Material der installierten CCTV-Kameras rund um Nachtvogel. Vor fünf Minuten hatte sie die Installation einer Gesichtserkennungssoftware auf dem Computer beendet und diese so eingerichtet, dass sie die Vampirin Sally Hawley unter den Gästen erkennt, falls sie auftaucht. Sybil warnte, dass sie nicht überrascht sein würde, wenn ihre ehemalige Jugendfreundin kommen würde, um die Party zu verderben.

Eine große Gruppe von Menschen, Männer und Frauen, kam in Sicht.

Im Hintergrund des Computerraums klapperten die Festplatten wie eine Kaffeemaschine.

"Könnte man nicht bessere Festplatten verwenden? Weißt du, es gibt bessere, leisere Festplatten", schlug Vanessa in einem genervten Tonfall vor.

"Wir müssen irgendwo unsere Kosten senken, meine Liebe. Wir haben ein kleines Regierungsbudget. Außerdem sind die Computer mit zwölf Kernprozessoren ausgestattet und unser Server hat eine Kapazität von fünfzig Terabyte."

"Ja. Beschissene AMD-Prozessoren."

Felicity schmunzelt: "Es ist nichts falsch an der Konkurrenz. Intel ist nicht die einzige Firma, die CPUs herstellt. Ich denke, sie machen sich gut."

"Egal", atmete Vanessa aus.

Felicity hat ihr Haar mit den Fingern gekämmt.

"Bist du nicht müde, auf die Monitore zu schauen?"

"Ich bin es gewohnt", antwortete Vanessa gereizt. Dann wurden ihre Augen größer, als sie ihre blonde Freundin anschaute.

"Oh, tut mir leid", entschuldigte sich Vanessa prompt. "Ich bin auf meine Pflicht konzentriert und ich finde es beunruhigend, Fragen zu behandeln; daher klinge ich ein bisschen zackig. Ich meine aber nichts damit."

"Ich weiß, Schatz. Keine Sorge", sagte Felicity sanft und drückte einen Kuss auf Vanessas Wange. Vanessa genoss ihre Aufmerksamkeit und schloss die Augen, während sie ihr Parfüm, das Lieblingsparfüm von Felicity, Indian Summer, roch.

"Warum ziehst du nicht ein historisches Kleid an?" fragte Felicity.

"Ich mag das Getue nicht. Jedenfalls hatten Frauen in den 1700er-Jahren nichts zu sagen. Aber das blaue Kleid steht dir gut", erklärte Vanessa mit einem Grinsen.

96

Harry Brown lag auf seinem Bett und blickte zur Decke, während er eine Zigarette rauchte. Vorhin hatte er den Rauchmelder in seinem Zimmer ausgeschaltet.

Im Hintergrund war der Ton des Fernsehers. Eine Reality-Show wurde ausgestrahlt. Es war ihm egal, denn er blies einen Rauchkreis und sah zu, wie er zur Decke schwebte. Er war seit elf Uhr in seinem Zimmer, nachdem er McKenna einen Besuch abgestattet hatte. Das war der einzige Spaß, den er heute hatte.

Nun wurde ihm befohlen, in seinem Zimmer zu bleiben, weil McKenna nie erfährt, dass sie Harrys Tod inszeniert haben. Wenn McKenna das wüsste, wird er nicht mit uns kooperieren, um das Necronomicon zu zerstören.

Er grinste: "Sybil gab mir Hausarrest und sie ist nicht meine Mutter." Aber Harry wusste, dass Sybil recht hatte. Er zündete sich eine neue Zigarette an.

97

Catherine Crewes war hinter der Rezeption und sorgte dafür, dass sich jeder Gast in das Gästebuch eintrug, bevor sie ihn durchließ. Gelegentlich musste sie das versteckte Röhrchen des Stiftes ersetzen, wenn es voller Blut war. Sie hatte schon zwei Schläuche in den Kühlschrank gelegt. Nachdem sie das Blut gesammelt hatte, würde sie es Sybil übergeben. Letzterer würde das Blut benutzen, um das Buch zu versiegeln, und dann hing alles von Richard ab, oder besser gesagt, von Dr. Carl Meaning, der eine Lösung ausgearbeitet hatte, damit Richard die Bluttransfusion überleben würde.

Catherine dachte immer noch, McKenna hätte es nicht verdient, die Nacht zu überleben. Die Art, wie er Frauen auszieht, hat sie mehr verärgert, als sie zugeben würde.

Wie auf Kommando begrüßte sie Jack, als sie ihn hereinkommen sah, und schenkte ihm ihr schönstes Lächeln. *Ein Vampir, der in einen Menschen verliebt ist. Wer hätte das gedacht?*

"Ist alles in Ordnung?" fragte er.

"Ja", antwortete Catherine, zufrieden. "Die Gäste melden sich an und es kann nichts schiefgehen. Und dich hier zu sehen, ist das Tüpfelchen auf dem i. Wie lief es mit dem Reporter? Dieser Landau, meine ich."

"Das Problem ist gelöst."

"Und er lebt noch?" flüsterte sie in einem neckenden Ton.

Er grinste: "Wir ließen ihn mit einer hohen Geldstrafe und einer Verwarnung gehen."

"Jack?"

"Ja?"

"Darf ich dich küssen?"

Er lächelte: "Ich dachte, du würdest nie fragen."

98

Richard McKenna war immer noch auf dem Dachboden, trotz seiner erschreckenden Begegnung mit dem Skelett, das versucht hatte, ihn mit einem Messer zu töten. Er wusste, dass das alles mit seinem Vorfahren zu tun hatte... Richard biss die Zähne zusammen. Dann hörte er ein Murmeln. Er schaute auf. Da stand jemand. Ein Mann in einer Kapitänsuniform. Richards Herz hatte einen Schlag verloren, als er merkte, dass Captain McPierson auf dem Dachboden war. Der Captain kam näher. Richard stieg aus dem Bett. Sein Blick glitt von links nach rechts. Eine kalte Hand berührte sein Gesicht. McPiersons faltiges, graues Gesicht berührte fast seine Stirn.

"Töte sie, bevor sie dich tötet!" sagte McPierson und zerbröckelte zu einem Haufen Staub. Kalter Schweiß brach auf Richards Stirn aus, während er auf den Staubhaufen in der Nähe seiner Füße starrte.

"Gott!" rief er aus. Gelächter erklang. Eine gespenstische Frau erschien. Blut strömte von ihrem Hals herunter.

"Das wird sie dir antun", warnte die Frau mit heiserer Stimme, als sie nach vorne trat. Richard stand einfach nur da, wie erstarrt, unfähig, sich auch nur einen Zentimeter zu bewegen. Die schwarzhaarige Frau sah ihn an, während sie ihr Blut auf dem Holzboden vergoss. Dann verschwand sie blitzschnell und von einer Sekunde auf die andere war er von totaler Dunkelheit umgeben!

Langsam stolperte er, während sein Herz in seiner Brust trommelte. Dann hat ihn ein unheimliches Geräusch zu Tode erschreckt. Er kroch auf dem Holzboden, bis seine Finger die Türöffnung berührten. Seine Hände glitten die Wand hinauf und erreichten das hölzerne Geländer. Es führte ihn nach unten und er blieb stehen, als ein weißes Licht vor ihm aufleuchtete. Alle Haare auf seinem Körper standen unter Strom, als eine Frau erschien. Es war Sybil! Vom Wind getrieben, tanzte sie anmutig auf der Treppe. Mitten im Schwung blieb sie stehen und blickte ihn mit großen Augen an. Sie hielt sich die Hand vor den Mund und schrie. Eine Sekunde später sank sie, während ihr Kopf durch eine unsichtbare Kraft abstürzte. Richards Blase hat sich entleert.

Oben, auf dem Dachboden, wartete etwas Unheimliches auf ihn, und auch hier war er nicht sicher. Er sank auf die Knie und lehnte seitlich gegen das Geländer, als er nach Luft schnappte. Ihm summten die Ohren. In den Augenwinkeln bemerkte er eine Bewegung. Etwas rollte nach oben. In dem gedämpften Licht sah er Sybils abgetrennten Kopf. In Panik stieß er Sybils Kopf weg und stürzte die Treppe hinunter. Jemand hat ihm geholfen, wieder auf die Beine zu kommen.

"Hast du Schmerzen?" fragte Sybil.

Er reagierte nicht, während sie ihn unterstützte - *nein, das kann nicht sein, oder? Sie wurde geköpft und doch ist sie hier, als wäre nichts passiert.*

"Komm mit mir, ich bringe dich auf mein Zimmer", sagte sie mit besorgter Stimme. Sie führte ihn in ihr Schlafzimmer und ließ ihn auf einem kleinen Sofa sitzen, das kaum genug Platz für zwei hatte. Er runzelte die Stirn beim Kleiderschrank neben dem Bett an der Wand. Es war leicht geöffnet. Eine blutverschmierte Hand ragte heraus. Blutspritzer auf dem Teppich bildeten ein merkwürdiges Muster. *Wo habe ich das schon mal gesehen?* Dann traf es ihn wie ein Blitz. Es war das Buchcover des Necronomicon! Wie auf einen Befehl hin öffnete sich die Schranktür. Eine Leiche fiel auf den Boden. Es war die Leiche einer Frau mit einem Messer im Rücken. Er schüttelte grob den Kopf. Hatte er wieder einen Albtraum? War es ein Traum? Leider nicht, denn er war immer noch in Sybils Zimmer. Die Leiche der armen Frau ist nicht verschwunden. Der Anblick des Messers in ihrem Rücken war zu viel für ihn. Der kupferne Geruch von Blut machte ihn krank.

Dann erkannte er sie in einem Fall - Sybil!

Die Entdeckung war wie ein elektrischer Schlag, der durch seinen Körper floss. Er sah die Frau an, die genau Sybils Ebenbild war. Sie lächelte auf eine bizarre Art und Weise. Fleischstücke zerbröckelten von ihrem hübschen Gesicht, während sie sich langsam auf ihn zubewegte. Mit einem bösen Grinsen im Gesicht hob sie die Hände und zog die Nägel von ihren Fingern, mit ihrem Mund. Richard schrie sich die Lunge aus dem Leib und war nicht in der Lage, sich zu bewegen.

In einem Augenblick war er wieder auf dem Dachboden. Nichts zeigte, dass etwas Unheimliches passiert war. Die Lichter waren noch an und Sybils Porträt sah unberührt aus. Sein Gesicht war ganz verschwitzt. Dann erkannte er, dass es ein Albtraum war. So schnell wie seine Beine ihn tragen konnten, ging er nach unten. Er blieb an der Rezeption stehen und schnappte nach Luft.

Catherine warf ihm einen besorgten Blick zu und fragte, ob alles in Ordnung sei. Er erzählte ihr von seinem Albtraum. Catherine nickte ernsthaft.

"Der Fluch wird stärker. Das Buch will dich vernichten", warnte sie und zog das letzte Rohr aus dem Stift und legte es in den Kühlschrank. "Du bleibst besser hier bei uns, bis der Doktor kommt."

Als sie das Gästebuch schloss, kam Sally Hawley herein und tat so, als sei sie die Königin.

"Hey, Mädchen, muss ich mich nicht in dein Gästebuch eintragen?" sagte Sally mit herablassender Stimme.

"Warte. Ich weiß einen besseren Weg", lächelte sie und biss sich in ihr Handgelenk und tropfte etwas Blut.

"Da, signiert und so weiter. Oh, hallo, McKenna", grinste sie. "James sendet seine Grüße."

Sally stach ihren Zeigefinger unter sein Kinn.

"... die Angst, die du verbreitest. Ich kann es riechen und ich sage dir. Es riecht nach Honig. Sag, Mädchen", sagte Sally wieder mit derselben herablassenden Stimme zu Catherine. "Ich hoffe, es macht dir nichts aus, dass ich als Königin verkleidet gekommen bin. Ich liebe es, mich als Marie Antoinette zu verkleiden, und ich wollte nicht als Sklavin verkleidet zu deiner Party kommen."

Sally drehte sich um ihre Achse, um ihr Kleid in seiner ganzen Pracht zu zeigen. Die gelbe Farbe stand in schönem Kontrast zu ihrer braunen Haut. Sie sah aus wie ein Engel, aber in seinem Bauch wusste Richard, dass sie das reine Böse war.

Dann eilte Sybil zur Rezeption und entblößte ihre scharfen Reißzähne.

"Sally! Du bist nicht eingeladen!" warnte Sybil.

Richard konnte an Sybils Körpersprache erkennen, dass Sybil für einen Kampf bereit war. Ein leises Klicken ertönte hinter Richards Rücken. Special Agent Jack Hunter stand da und zielte mit seiner Waffe auf die Vampirin Sally, die von Sybil zu Richard und dann zu Jack schaute. Schnell packte sie Richard von hinten. Das Blut zog sich aus Richards Gesicht zurück. Sallys Atem an seinem Hals ließ ihn am ganzen Körper zittern.

"Seit ganz ruhig. Oder soll ich diesen Schatz töten?"

Sallys kalte Finger streichelten durch Richards Haare, als sie seinen Kopf zur Seite zog, um seinen Nacken freizulegen. Ihre schlüpfrige Zunge leckte ihn. Es war ein geradezu hässliches Gefühl und es verschaffte ihm noch mehr Schüttelfrost.

"Willst du, dass ich ihn beiße, Sybil? Du und ich wissen, dass sein Blut der Schlüssel ist um das Buch zu zerstören. Er ist der letzte Nachfahre von McPierson. Ich habe alle anderen getötet. Ich versuchte sogar, seinen Großvater zu erreichen, als die Deutschen ihn im Zweiten Weltkrieg in Auschwitz gefangen hielten. Oh ja, das stimmt! Ich habe damals in der Sowjetischen Armee gekämpft, nur so zum Spaß. Wenn ich Richard McKenna töte, wird der Fluch nicht aufgehoben, also halt dich zurück!"

Jack schielte auf sie, bevor er die Waffe weglegte.

"Das ist schon besser", sagte Sally.

Sybil sah sie an, mit den Händen auf den Hüften. "Was willst du?"

"Ein wenig Freundlichkeit würde nicht schaden, Sybil. Ich möchte dir nur helfen, damit du das Buch vernichten kannst. Ohne mein Blut kannst du es nicht versiegeln. Und ohne sein Blut kannst du es nicht zerstören!"

Sally schob Richard in Sybils Arme.

"Ihr scheint beide Schwestern zu sein", bemerkte sie, als sie von Sybil zu Catherine gestikulierte. "Nun, ich habe eine Überraschung für euch. Mädchen, du darfst mich Tante Sally nennen, denn ich bin Sybils Halbschwester."

Sie nahm eine kleine Verbeugung und lachte über den überraschten Blick auf ihren Gesichtern.

"Wovon sprichst du?" fragte Sybil verärgert, während sie Richard drängte, hinter ihr zu stehen.

"Wir beide haben denselben Vater", verkündete Sally.

"Ich glaube dir nicht!" rief Sybil aus.

"Du solltest es besser glauben, liebe Schwester. Darum werde ich dir helfen", sagte Sally, und blickte Catherine an. "Wenn ich du wäre, würde ich das Blut schnell in einer Röhre auffangen, bevor es austrocknet."

"Warum tust du das?"

Sally starrte Sybil mit einem undefinierbaren Blick in ihren Augen an.

"Leider können wir keine Schwestern sein, weil Vater nie jemandem gesagt hat, dass ich seine Tochter bin. Was glaubst du, warum ich mich mit Voodoo eingelassen habe, nachdem ich von deinem Verlobten, James McPierson, vergewaltigt wurde, bevor du mich in einen Vampir verwandelt hast! Wusstest du, dass unser Vater, zusammen mit McPierson, ein Vampir werden wollte? McPierson schrieb den Fluch mit seinem eigenen Blut. Deshalb hast du das Buch auf dem Dachboden gefunden. Vater verbot dir, dorthin zu gehen und versuchte, dich auf den Dachboden zu locken. Sie verwandelten sich in einen Vampir, während er von einem wütenden Mob gehängt wurde. Ich wusste nur, dass du ein

Vampir warst, als du krank warst. Was glaubst du, warum ich den Spiegel zerbrochen habe, als ich dich gebadet habe? McPierson hat mich vergewaltigt und ich wollte von dir in einen Vampir verwandelt werden, um mich zu rächen. Darum jage ich die McPiersons seit zwei Jahrhunderten, und heute Nacht wird er sterben, weil du ihn ausbluten lassen musst, bis sein Blut bis zum letzten Tropfen vergossen ist. Es wird auch das Ende unserer Familie sein. Nun, das gilt jedenfalls für jeden, der ein Vampir ist. Also ja, ich wünsche dir einen schönen Tod, Sybil."

Sally beendete ihre Rede und mit einer weiteren anmutigen Verbeugung, und sie verließ das Hotel.

99

Sybil Crewes sah Sally an, als sie anmutig durch den Haupteingang hinausging. Jack wollte ihr nachgehen, aber sie hat ihn aufgehalten.

"Wir werden sie nicht bekommen, Jack. Es würde die ganze Nacht dauern, sie zu fangen, und dann ist es zu spät, das Buch zu vernichten."

Sie warf einen Blick auf Richard, der einen Drink von Catherine bekam. Von dort, wo sie stand, konnte Sybil den Rum einatmen.

"Ich verlasse mich auf dich!"

Er hat sie nur angestarrt. Sybil atmete aus. Dann blickte sie Jack an. "Du weißt, was du zu tun hast, oder?"

"Die Spritzen?" sagte er.

Sybil nickte. "Wir haben leider keine andere Wahl. Catherine, hast du Sallys Blut in ein Reagenzglas gegeben?"

"Ja, gerade noch rechtzeitig."

"Okay, also. Catherine, sei so nett und sag Frank, dass er unbedingt herkommen muss."

Catherine nickte und nahm das Tischtelefon ab. Sybil ging zum Aufzug, gefolgt von Jack und Richard, die Schwierigkeiten hatten, geradeaus zu laufen. Sie kaute auf ihrer Lippe herum und schaute Richard an. Wortlos blickte er in die andere Richtung. Sybil wusste, dass etwas nicht in Ordnung war und zwang ihn, sie anzusehen. Richards Gesicht hatte eine weiße, ungesunde Farbe.

"Komm", sagte sie, als sie sich vom Aufzug entfernte, um ihn zu ihrem Büro in der Nähe des Empfangsbereichs zu führen. Sie ließ ihn auf einem Stuhl gegenüber ihrem Schreibtisch sitzen. Dann öffnete sie ihren Schnapsschrank, blickte auf die gelagerten Flaschen, nahm eine heraus und schenkte Wein in ein Glas ein. Ohne ein Dankeschön nahm er das Glas entgegen und leerte es in einer Sekunde. Der Schweiß hatte eine Schicht auf seinem Gesicht gebildet.

"Hey, immer mit der Ruhe, ja?" schlug Sybil vor und starrte ihn an, die Flasche Wein haltend. Jemand klopfte an die Tür. Frank, Jack und Catherine kamen rein.

100

Später, als Richard stark genug war - oder mutig genug, nach ein paar zusätzlichen Drinks - brachten sie ihn auf die Station des Krankenhauses, unten im Bienenstock. Sybil entschied sich, ihm ein Privatzimmer zu geben. Catherine ging weg, um das Buch zu holen, während Sybil versuchte, es Richard so bequem wie möglich zu machen. Sie half ihm, auf der Bahre stillzuliegen.

"Es wird bald geschehen", sagte Sybil sanft. Die Tür ging auf. Sybil erwartete, Catherine zu sehen, aber es war Doktor Meaning. Der Arzt, mit seiner runden Brille, nickte ihr zu. Sybil trat zur Seite, um Platz für ihn zu machen.

"Mr. McKenna? Ich habe einen Weg gefunden, um sicherzustellen, dass du die Blutspende überlebst," sagte der Doktor.

Er klang aufgeregt, dachte Sybil. Catherine betrat die Zimmer, mit dem Necronomicon unter dem Arm. Sie stellte das Buch auf einen Metallständer. Darunter war ein Abfallkorb.

"Zuerst gebe ich eine Narkose, bevor wir fortfahren", erklärte Dr. Meaning. Richard leckte sich die Lippen, als er den Arzt ansah.

"Bitte, warte", antwortete Richard, bevor Dr. Meaning weitermachte, und schaute zu Sybil auf. "Kannst du das Gemälde vom Dachboden holen, bevor wir mit der Prozedur fortfahren?"

Sybil nickte. "Sicher. Ich hole es für dich. Und weißt du was? Ich gebe es dir zur Belohnung, wenn das vorbei ist."

"Das würde mir gefallen. Danke", antwortete Richard.

101

Sybil schaltete das Licht ein und fragte sich, wo Richard das Gemälde hingelegt hatte. Dann bemerkte sie es auf einem Stuhl in der Nähe des Bettes. Sie ging mit schnellen Schritten und packte ihn. Eine bekannte Stimme rief ihren Namen. Sie drehte sich um. Mit großen Augen bemerkte sie ihren Vater, der in der Tür stand. Er lächelte und entblößte seine Reißzähne. Sybils Augen wurden schmal. *Catherine hatte recht. Vater ist in der Tat ein Vampir,* dachte sie. Ihr Herz schmerzte. Sicher, er war immer gemein zu ihr, und zu ihrer Freundin Sally, und auch zu ihrer Mutter. Aber sie dachte nie, dass er in einen verdammten Vampir verwandelt wurde.

Sein weißes Haar war durcheinander, als sich sein Grinsen verbreiterte. Das ganze Blut wich aus ihrem Gesicht. Dann setzte er sich in Bewegung und rannte ihr nach. Sybil trat schnell zur Seite und er verfehlte sie um einen Zentimeter. Er drehte sich um. Sybil trat ihm in den Bauch und er beugte sich vor. Sie gab ihm einen Ellbogen. Sein Gesicht traf den Rand des Bettes. Der Stuhl mit dem Gemälde fiel um, während Sybil sein weißes Haar packte und seinen Kopf zurückzog.

"Ich breche dir das Genick!"

Ihr Vater lachte nur und dann verschwand er in einem Augenblick. Sybil runzelte die Stirn. *Wo zum Teufel ist er hingegangen?* Sie hat ein paar Sekunden gewartet. Aber er erschien nicht wieder vor ihren Augen. Sie atmete aus und bückte sich, um das Gemälde zu holen, und verließ den Dachboden.

Unten im Bienenstock schaute Dr. Meaning mit erhobenen Augenbrauen nach oben. Sybil schüttelte den Kopf.
"Frag nicht."
Richard lächelte, als er sie bemerkte, als sie ihm das Bild vor das Gesicht hielt.
"Wie schön!"
"Bist du bereit?" fragte Dr. Meaning.
Richard nickte. Dann steckte Dr. Meaning eine Spritze in Richards Handgelenk und sagte ihm, er müsse von zehn bis null zurück zählen. Bei acht schlief er ein.
Catherine kam in den Raum und schüttete den Inhalt der Röhren auf das Necronomicon. Während Richards Blut tropfte, erreichte ein Geruch von verbranntem Fleisch Sybils Nasenlöcher. Das Buch weinte vor Schmerz. Es war ein schreckliches Geräusch.

102

Fassungslos schaute sich Richard um und fragte sich, wo er war. Vage erkannte er das leise Zwitschern der Vögel. Richard entdeckte, dass er im Bett lag. Sybil saß ihm gegenüber auf einem Stuhl und schaute mit einem großzügigen Lächeln zu ihm auf. Sie bot ihm einen Becher an, den sie vom Nachttisch nahm.
"Hier, trink das ... und sieh mich nicht so mit deinen großen Augen an, als hättest du einen Geist gesehen. So hässlich sehe ich nicht aus. Hoffentlich?"
Richard blickte auf den Inhalt des Bechers. Er war bräunlich und roch.
"Es ist ein Medikament, das dir beim Einschlafen hilft. Es enthält Kamille in kochendem Wasser. Die Kamille ist eine Pflanze. Kräuter, um die Nerven zu beruhigen", erklärte Sybil und fuhr fort: "Trinkt es, solange es heiß ist."
Er nahm einen Schluck. Es hatte einen weichen Nachgeschmack.
"Bitte, geh nicht, Sybil. Ich flehe dich an, bitte bleib."
Sie nahm seine Hand in einer zärtlichen Geste.

"Keine Sorge, bei mir bist du sicher."

"Wo bin ich?"

"Du erinnerst dich nicht?"

"Nein. Ich weiß, ich habe mein Blut gespendet, um das Necronomicon zu zerstören, und jetzt bin ich hier in diesem Zimmer mit dir."

"Das Necronomicon? Geht es dir gut, Schatz?"

"Was? Aber …"

"Entspann dich. Sally wird dich auffrischen."

"Was, Sally, der Vampir?"

"Ein Vampir? Liebling, ich fürchte, Fieber vernebelt dein Urteilsvermögen. Sally ist unser Dienstmädchen; ich kenne sie schon mein ganzes Leben. Sie ist mehr wie eine Schwester für mich. Weißt du, der Kampf auf der Lexington Common muss brutal gewesen sein! Du wirst dich freuen, dass wir gewonnen haben. Du bist ein großes Risiko eingegangen, aber ich bin froh, dass du überlebt hast. Versprich mir nur, dass du beim nächsten Mal nicht wieder so ein Risiko eingehst." Sie küsste ihn zärtlich auf die Stirn.

"Sybil, darf ich deinen Mund sehen, bitte?"

"Sicher", sagte Sybil und öffnete ihren Mund. Ihre Zähne sahen gut gepflegt aus, aber das war nicht der Grund, warum er fragte. Der wahre Grund war, um zu sehen, ob sie ein Vampir war. Sie hatte keine Reißzähne. Von dem, was Sybil ihm zuvor gesagt hatte, verstand er, dass Vampire ihre Reißzähne nicht zurückziehen konnten.

"Welches Jahr haben wir eigentlich?"

"Es ist 1775", antwortete sie und sah etwas besorgt aus. Ein Klopfen an der Tür unterbrach sie.

"Wer ist da?" fragte Sybil.

"Hier ist Sally", erklang eine gedämpfte Stimme hinter der Tür.

"Gut, bitte komm rein."

Richards Augen wurden geweitet, als er Sally anstarrte. Sein Herz klopfte in seiner Brust, während sie mit einer Schüssel Wasser vorbeiging und ihn schüchtern ansah. Sybil stand auf und machte Platz für sie. Mit einem Tuch streichelte Sally sein Gesicht. Richard verstand nicht, was vor sich ging, aber er genoss das lauwarme Wasser auf seiner Haut. Es roch gut und er entspannte sich, als er erkannte, dass auch diese Sally kein Vampir war.

Als Reaktion darauf reagierte sein Körper auf Sallys Berührung. Er schloss seine Augen. In seinem Geist hatte er sie gepackt und sie näher an seinen Schritt geschoben.

Dann durchbohrte ein scharfer Schmerz seinen Hals. Er öffnete die Augen und sah Sallys böses Gesicht an. Das Blut tropfte von ihrem Kinn.

103

Sybil blickte auf McKennas blasses Gesicht und berührte sein eiskaltes Gesicht! Sie blickte auf den Herzfrequenzmonitor und blinzelte auf die Zahlen. McKennas Herzschlag verlangsamte sich.

"Verdammt! Carl, das ist nie gut!"

Sybil zerrte an Dr. Carl Meanings Ärmel. Er blickte über die Schulter, dann ging er zu seinem Patienten im Bett, als Sybil zur Seite trat. Dr. Carl Meaning öffnete vorsichtig eines von McKennas Augenlidern und machte das Zeichen des Kreuzes.

"Seine Augen, sie sind schwarz!"

"Schwarz?" Sybil runzelte die Stirn und sah sich selbst um. In der Tat, McKennas Augen waren total schwarz. Sein Gesicht wurde von Minute zu Minute blasser.

"Es muss der Fluch sein", bemerkte Sybil in einem scharfen Ton.

"Das Buch versucht, ihn zu töten, bevor sein Blut das Buch tötet."

Für einen Moment war sie in Stille und fragte sich, was sie tun könnte. Zur gleichen Zeit öffnete sich die Tür. Frank kam herein zusammen mit Catherine. Frank wollte gerade etwas sagen, aber ein Blick in Sybils Gesicht muss seine Meinung geändert haben. Stattdessen glotzte er McKenna an und schüttelte den Kopf.

"Er ist im Jenseits", bemerkte Frank. "Er kämpft ums Überleben, und anscheinend gibt er auf."

Sybil sah ihm in die Augen. "Ich weiß nicht, was ich tun soll."

"Du bist die Einzige, die ihn retten kann, Sybil", sagte Frank.
Sybil hat ihn missbilligt. "Wie bitte?"
"Er ist in dich verliebt", erklärte Frank. "Weißt du, es ist absurd, wenn man es sich ansieht. Ich meine, er ist …"
"Ich verstehe", unterbrach Sybil, mit einem bitteren Geschmack im Mund. An McKenna zu denken, die in sie verliebt ist, gab ihr die Schmetterlinge, und das nicht auf eine gute Art. Pfui Teufel!
"Es muss in seinen Genen liegen. Schließlich ist er wie McPierson", Sybils Augen spuckten Feuer als sie das sagte. Dr. Carl Meaning drückte sanft ihre Hand. Sie atmete tief Luft ein. Wenn Richard zu früh sterben würde, würde der Fluch nicht aufgehoben werden. Sie blickte den Doktor an.
"Kannst du den Blutungsvorgang nicht beschleunigen?"
"Nein", sagte Dr. Carl Meaning unverblümt. "Er würde sterben."
"Was ist das Gewicht eines Lebens, wenn man die Welt retten kann?" Sybil wunderte sich laut, aber Dr. Carl Meaning schüttelte den Kopf. Catherine rollte mit den Augen und schaute weg. Nur Frank nickte. Er stimmte Sybil wenigstens in dieser Sache zu. Für einen Moment schloss Sybil ihre Augen. Dann dachte sie an ihr Gastspiel in McKennas Traum. Vielleicht gab es einen Weg, ihn im Jenseits am Leben zu halten. Zumindest lange genug, um das Buch zu vernichten. Ihr Gesicht klärte sich auf.
"Ich weiß, wie wir helfen können!"

104

Richard McKenna war gerade dabei, seinen letzten Atemzug auszuatmen, als der Druck auf seinen Nacken aufhörte. Er öffnete seine Augen. Im Hintergrund heulte ein Tier. *Was zum Teufel ist hier los?* Er rieb sich mit zitternden Fingern den Hals. Die Wunde blutete immer noch. Vom Schmerz übermannt, stöhnte er.

Dann berührte jemand seine Stirn. Richard schaute in das Gesicht des Mannes. Sein Gesicht kam ihm vage bekannt vor. Der Mann hatte eindeutig seine Haare gebleicht. Dann fiel es ihm auf. Er hatte gesehen, wie er die Hotelbar bediente. Der Barkeeper biss sich ins Handgelenk und zwang Richard, den Mund zu öffnen. Ekelhaft drehte Richard den Kopf, während Blut auf seine Zunge tropfte - ein bittersüßes Gefühl, das ihn besser fühlen ließ, und Richard schnappte sich die Hand des Barkeepers, um mehr zu bekommen.

"Es reicht", sagte der Barkeeper und drückte Richards Kopf wieder auf das Kissen. Richard atmete aus. Er leckte sich die Lippen und dann sah er Sybil, die in der Tür stand und ein Schwert hielt. Sie hat Sallys Kopf aus dem Fenster getreten.

Ihre Schwester, Catherine, ging näher an ihn heran.

"Fühlst du dich ein bisschen besser? Ich hoffe, dass es dir besser geht. Wir brauchen dich, weißt du. Du bist derjenige, der den Fluch aufhalten kann."

Richard hat eine Grimasse geschnitten.

"Was zum Teufel ist hier los?"

"Du bist im Jenseits. Böse Geister wollen dich töten. Das Necronomicon will deinen Tod und wir sind gekommen, um dein Leben zu retten", sagte Catherine.

Er hob die Augenbrauen. "Was murmelst du da?"

"Das solltest du besser glauben", fügte der Barkeeper hinzu und lächelte. "Wir sind deine Schutzengel."

"Ja", antwortete Sybil. "Im Leben nach dem Tod sind wir deine Schutzengel. Keine Sorge. Du bist immer noch bei uns auf der Krankenstation. Dein Blut zerstört das Necronomicon, aber wie Frank und Catherine erklärten, will das Buch dich töten."

"Der Fluch", sagte Richard und wollte ein Dankeschön hinzufügen, aber seine Schutzengel haben sich in Luft aufgelöst.

"Alles wird wieder in Ordnung sein", versprach Sybil. Er runzelte die Stirn. "Ich dachte, dass du ..."

Aber sie küsste ihn. Als ihre süßen Lippen seine Haut berührten, verstand er, dass das die Sybil aus dem Ölgemälde war.

105

Jack Hunter war in der Nähe des Eingangs von Nachtvogel, als ein Signal in seinem Ohrhörer klingelte. Ein ATU-Operator rief ihn telefonisch an.

"Jack? Es ist schwer zu glauben, aber eine Anzahl von Zombies kommt in unsere Richtung", warnte die Telefonistin.

Zombies, dachte Jack. Bevor er Sybil und ihre Mitarbeiter traf, glaubte er nie an das Übernatürliche.

"Verdammte Scheiße! Wo sind diese Zombies?"

"Sie werden gleich den Parkplatz betreten", antwortete die Telefonistin.

"Okay. Schickt Wulff und sechs Agenten hinunter", befahl Jack und legte auf. Dann rannte er zum Ausgang. Draußen stand er still. Eine willkommene Brise wehte ihm ins Gesicht. Er lehnte sich an einen Pickup und schaute auf, als ein Geräusch aus den Büschen vor ihm in einer Entfernung von sechs Metern kam. Er zog seine Waffe.

"Kommt mit erhobenen Händen raus!"

Als Antwort erklang ein tiefes Knurren.

Jack schloss die Augen, als sich eine umherirrende Leiche langsam durch die Büsche bewegte, wie ein Schlafwandler. Der Zombie öffnete seinen Kiefer. Ekelhaft feuerte Jack seine Waffe ab. Die Explosion hallte an den Wänden des Hotels wider, aber das stoppte den Zombie nicht.

Er kam mit ausgestreckten Händen näher. Dann ratterte ein Maschinengewehr. Jack schaute über die Schulter und zählte sechs bewaffnete ATU-Agenten, die kugelsichere Westen mit gelben Buchstaben trugen, auf denen "ATU" stand. Einer der Agenten stand neben Jack und zielte mit seiner Maschinenpistole. Es war Thomas Wulff, mit schulterlangem, dunklem Haar und einem Schnurrbart. Es gab ihm den Blick eines Musikers aus einer Rockband, schloss Jack.

"Ich schätze, wir müssen auf den Kopf zielen", riet Thomas Wulff.

Jack nickte, als sie das Feuer eröffneten.

Weitere Zombies erschienen und sie zitterten unter den Einschlägen der Kugeln. Trotzdem hielt sie das nicht auf. Jack zog eine Grimasse und verstand, dass er Sybil brauchte. *Wo zum Teufel war sie?*

Er griff nach seinem Handy, während er mit der freien Hand auf einen Zombie schoss. Der Zombie ließ sich fallen, bewegte aber immer noch seine Arme und Beine. Jack drückte seine Waffe gegen die verwesende Stirn und feuerte seine Pistole ab. Schließlich fiel der Zombie auseinander und löste sich in einer schlammartigen Substanz auf, die nach Verwesung stank. Der faulige Geruch war widerlich und Jack trat von der Leiche weg.

"Wo ist Sybil?" fragte er, nachdem er Vanessa auf die Schnellwahl geschickt hatte.

"Ich glaube, sie ist auf der Krankenstation", antwortete Vanessa und klang verwirrt.

Jack legte auf und schaute Thomas an.

"Haltet die Zombies in sicherer Entfernung!" befahl Jack und eilte zum Hotel zurück. Unten im Bienenstock stürmte er in den Raum, in dem Sybil war. Sie lag auf einer Bahre, genau wie Frank und Catherine.

"Was zum Teufel machst du da?" fragte Jack und griff nach dem Ärmel des Arztes, während er gerade versucht hat, Catherine eine Nadel in das Handgelenk zu stechen.

"Sybil, Frank und Catherine sind im Jenseits, um Mr. McKenna zu retten", erklärte Dr. Meaning. "Diese Injektion hält sie dort fest, bis das Buch vernichtet ist."

"Das ist mir egal!" Jack erwiderte. Hitze brannte sich durch sein Gesicht. "Wir werden von Zombies angegriffen und ich brauche ihre Unterstützung!"

Dr. Meanings Augen weiteten sich. "Zombies"? Mein Gott!"

"Reiß dich zusammen", antwortete Jack.

Dr. Meaning atmete aus und füllte eine Spritze mit Methylphenidat, um sie wieder aufzuwecken. "15 Milligramm sollten ausreichen."

Sybil war die Erste, die zur Vernunft kam.

"Zombie-Angriff", erklärte Jack.

"Okay, ich bin gleich da", antwortete Sybil etwas taumelig. "Herr Doktor, bitte informiert mich über McKennas Zustand."

"Er ist stabilisiert, Sybil, aber ..." Dr. Meaning wurde von Frank und Catherine unterbrochen, die wieder zur Besinnung kamen.

Sybil warf einen Blick auf das Duo.

"Wir werden von Zombies angegriffen."

"Oh nein, nicht schon wieder", klagte Catherine.

"Ich fürchte ja", sagte Jack.

Sybil zog eine Grimasse. "Igitt. Zombies. Keine Sorge, wir werden sie aufhalten", erklärte Sybil. "Und bald, nachdem das Buch zerstört ist, wird jede Höllenbestie in ihre eigene Höllendimension zurückkehren. Doktor, bitte sagt Felicity, dass sie Harry auf eine Traumsitzung vorbereiten muss, damit er Richard im Jenseits bewachen kann."

"Das werde ich", hat Dr. Carl Meaning versprochen. Sybil nickte und stand auf. Begleitet von Jack, Frank und Catherine gingen sie zur Waffenkammer, wo Sybil sich mit zwei Schwertern bewaffnete, so wie Catherine und Frank.

"Ist eine Uzi nicht besser?" schlug Jack vor.

"Nein, Süße. Eine Kugel durch ihr Hirn wird Zombies nicht aufhalten. Ihr Gehirn ist schon in dem Moment weg, in dem sie starben", erklärte Sybil.

"Aber ich habe einen Zombie mit einem Kopfschuss getötet", protestierte Jack.

"Vielleicht hast du das", stimmte Sybil zu. "Aber ich vermute, du hast deine Waffe gegen den Kopf des Zombies gedrückt?"

"Ja, aber ..."

"Glaubt mir, ein Schwert ist wirksamer", unterbrach Sybil ihn.

106

Draußen entdeckte Jack eine Gruppe Zombies, als sie zum Parkplatz schlenderten. Die Zombies sahen verwittert und ausgetrocknet aus. Ihre Schädel waren zum größten Teil sichtbar und hier und da bemerkte er einen Hautfleck.

Einer von ihnen kam extrem nahe mit seinem Arm zu Jack ausgestreckt. Der Zombie knurrte wie eine Bestie. Sofort feuerte Jack seine Waffe ab, aber die Kugel stoppte ihn nicht. Jack feuerte wiederholt, aber trotz der Einschusslöcher im Schädel kam der Zombie immer wieder.

Im Hintergrund schrie jemand. Jack blickte über die Schulter. Vier Zombies umzingelten Agent Wulff und zogen an seinen Haaren. Einer der Zombies kaute an seinem Hals. Wulffs Waffe klapperte zu Boden. Es fielen ein paar Schüsse.

Knochige Finger berührten Jacks Gesicht. Ein kalter Schauer erfasste ihn für eine Sekunde, bevor Jack den Zombie wegstieß. Er schlug auf den Unterleib. Die Knochen wurden unter der schwammigen Haut zerquetscht.

Jack presste den Kiefer zusammen, während sein Herz in seiner Brust schlug. Er trat wiederholt zu. Dann verlor er das Gleichgewicht, als sich sein Fuß im Bauch des Zombies verfangen hatte. Ein übler Geruch brachte ihn zum Kotzen, während er sich auf den knurrenden Zombie legte. Sein Kiefer kam nahe an Jacks Gesicht.

"Keine Bewegung", warnte Catherine.

Bevor Jack merkte, was los war, schnitt Catherine dem Zombie den Kopf ab. Er rollte ein paar Meter weit, bevor er auseinanderfiel. Der Kadaver unter Jack löste sich in einer schmierigen Substanz auf. Ein fauliger Gestank erreichte seine Nasenlöcher. Catherine half ihm aufzustehen. Jack nickte Catherine ein Dankeschön zu. Sie bot ihm ein Schwert an.

"Du brauchst das", schlug Catherine vor.

Sybil stand neben Catherine, als sie in die Luft sprang. Mit ihrem Schwert enthauptete sie fast gleichzeitig zwei Zombies; ihre Köpfe fielen wie saure Äpfel auf den Boden und lösten sich dann auf, genau wie der Zombie, der Jack angegriffen hatte, die dunklen Substanzen vermischten sich miteinander.

Ein Grunzen von hinten erregte seine Aufmerksamkeit und er bemerkte, dass ein Zombie hinter ihm her war. Dieser ekelte ihn noch mehr an, denn es war einst ATU Agent Thomas Wulff.

Jack schwang sein Schwert. Wulff fiel hin, während seine Arme und Beine krampften. Jack blieb nicht in der Nähe; er rannte zu einem seiner Männer, der von einem Rudel Zombies angegriffen wurde. Adrenalin schoss durch Jack, als er die Zombies einen nach dem anderen mit seinem Schwert niederstreckte. Catherine half ihm und löschte zwei Zombies aus, die Jack von hinten angreifen wollten.

Nach dem Angriff erkannte Jack, dass es für einen seiner Männer zu spät war, weil die Zombies ihn zerrissen hatten. Eine frische Gruppe von Zombies tauchte auf und grunzte ihn wie Hunde an, während sie begannen, an dem unglücklichen ATU-Agenten zu knabbern, dessen Gesicht nicht mehr zu erkennen war. Von einer blinden Wut ergriffen, mähte sich Jack durch und schwang sein Schwert. Die Zombies sahen es nicht kommen, aber es war nicht genug. Eine neue Gruppe von Zombies erschien. Jack zählte über ein Dutzend und es kamen noch mehr.

"Verdammter Schweinehund!" rief Jack.

Es waren einfach zu viel Zombies, um diese Schlacht zu gewinnen. Trotzdem wollte er nicht so schnell aufgeben. Wenn er sterben musste, dann würde er ein paar Dutzend mitnehmen, beschloss er. Etwas stieß ihn auf den Rücken. Er drehte sich um und starrte Catherine direkt in die Augen. Sie enthauptete einen Zombie, der sich ihm in einer Entfernung von höchstens zwei Metern näherte, schätzte er, als der Zombie sich auflöste. Sybil und Frank schlossen sich ihnen an.

"Es sind zu viele von ihnen!" sagte Sybil besorgt. Es war das erste Mal, dass Jack Stress in ihrem Gesicht bemerkte.

"Ich habe sie gesehen", antwortete Frank.

"Hast du einen Vorschlag?" fragte Sybil.

"Feuer kann sie in sicherer Entfernung halten", sagte Frank, als er sich eine Zigarette anzündete.

"Wenn Feuer sie töten kann, dann auch das C-4 in meinem Kofferraum", sagte Jack.

107

Das Geräusch von zerbrechendem Glas erregte Sybils Aufmerksamkeit. Sie blickte über ihre Schulter. Drei oder vielleicht vier Zombies hatten es geschafft, Nachtvogel zu betreten. Hitze durchströmte ihren Körper. Sie schloss ihre Augen. Im Hintergrund erschütterte eine Explosion den Boden. Es regnet Schmutz herunter, gefolgt von einer Hitze. Jack, hat gerade ein Auto mit C-4 in die Luft gejagt. Sechs Zombies standen in Flammen.

Sie beschloss, nicht mehr hier zu bleiben. Sie vertraute darauf, dass Catherine, Frank und Jack die Zombies aufhalten konnten und eilte ins Hotel. Zerbrochenes Glas knirschte unter ihren Füßen, als sie durchs Fenster einstieg. Schüsse wurden abgefeuert. Ihre Augen tränten wegen des Rauchs, als sie den inneren Teil des Gebäudes erreichte. Es ertönten neue Schüsse. Kugeln pfiffen an ihr vorbei. Sybil ging aus dem Weg, als sechs bewaffnete ATU-Agenten auf sie zu gerannt kamen und ihre Waffen abfeuerten. Die Geräusche der Geschosseinschläge hallen mit einem ohrenbetäubenden Knall gegen die Wand wider.

Sybil, die sich nun auf die schwarz-weißen Bodenfliesen legte, erkannte, dass die Agenten auf die Zombies zielten, die gerade den Essbereich betreten wollten. Sie stand auf und wollte eine Warnung aussprechen, dass Kugeln die Zombies nicht aufhalten würden, wenn der Schrei einer Frau ihre Meinung änderte. Sofort drehte sie sich um und eilte, um die Frau in Not zu retten, aber alle Hilfe kam zu spät, als sie die aufgebrochene Holztür erreichte, um das Restaurant zu betreten. Ein Zombie biss in das Gesicht der armen Frau. *Die arme Frau Sobczak in ihrem grünen Kleid,* dachte Sybil.

Ein Wutanfall ging durch sie hindurch, während sie ihr Schwert erhob, um dem Zombie und dem Leiden von Frau Sobczak ein Ende zu bereiten. Der faule Geruch war überwältigend und Sybil trat von dem schmutzigen Ausfluss weg, den der Zombie verursacht hatte. Dann erreichten die ATU-Agenten den Ort.

Die Schreie der überlebenden Gäste ließen Sybil aufblicken. Ein Zombie kaute auf dem Fleisch eines Gastes herum. Sein Blut wurde auf dem Boden vergossen und er bewegte sich nicht mehr, während der Zombie noch einen Biss nahm. Sybil benutzte ihr Schwert und bewegte sich zu einer Gruppe von zehn Überlebenden, die von zwei Zombies gejagt wurden. Dann drei Gäste, die teilweise gebissen wurden - und vor Ort von den Toten auferstanden sind. Die Kugeln flogen herum.

"Bleib da!" Sybil warnte die verbliebenen Überlebenden, als sie ihr Schwert schwang und einen verwesenden Zombie traf. Seine Knochen brachen unter dem Aufprall. Wieder schlug Sybil zum zweiten Mal zu. Der Zombie fiel und verwandelte sich in eine klebrige, faulige Substanz - das waren seine einzigen Überreste ...

108

Es wurden Schüsse abgefeuert. Sofort stand Harry vom Bett auf und ging zum Fenster, um zu sehen, was los war. Neue Schüsse erklangen, als er aus dem Fenster blickte. Etwas ging da unten auf dem Parkplatz vor sich. Er öffnete das Fenster, um besser hinsehen zu können. Obwohl die Sonne unterging, sah er draußen Jacks Männer. Die Lichter auf dem Parkplatz gingen an. Harry blinzelte, als er bemerkte, dass die ATU-Agenten schossen ... Was zum Teufel? Zombies?

Hinter einem Pickup bemerkte Harry, dass Jack seine Waffe auf einen Zombie abfeuerte, der unter dem Aufprall der Kugeln zitterte. Er lief langsam, wie ein Schlafwandler, auf Jack zu. Sogar aus sicherer Entfernung bemerkte Harry die rissige Haut des Zombies, die mit schwarzen Flecken bemalt war.

Er zog eine Grimasse und wusste, dass dies etwas mit dem Fluch - dem Necronomicon - zu tun hatte. Er wollte nicht drinnen bleiben und darauf warten, dass Zombies ins Gebäude kommen und Leute umbringen. Ja, er hatte ein paar Folgen von *The Walking Dead* gesehen, und er wollte nicht hilflos bleiben.

Harry zog sich aus dem Fenster zurück, um seine Waffe vom Nachttisch zu holen und überprüfte sie auf Munition. Der Revolver war vollständig geladen und einsatzbereit. Er zog seine Jacke an und zündete sich eine frische Zigarette an. Dann ging er zur Tür. Seine Augen weiteten sich, als er Felicity ins Gesicht starrte. Sie stand mit den Händen auf der Hüfte in der Tür. Im selben Moment ertönte eine Explosion.

"Wir werden von Zombies angegriffen!" sagte Harry und paffte etwas Rauch.

Felicity schielte auf ihn.

"Ich hoffe, du weißt, dass dies ein Nichtraucherzimmer ist?"

"Ach, wirklich?" kicherte Harry.

Felicity blickte ihm über die Schulter und runzelte die Stirn. Er folgte ihrem Blick und beobachtete den Rauchmelder, den er zuvor durch einen Schuss zerstört hatte.

"Ich wusste nicht, dass es ein Nichtraucherzimmer war", kicherte Harry. "Weißt du, du brauchst anständige Rauchmelder. Dieser war kaputt, als ich den Raum betrat."

"Ist das so?" bemerkte Felicity und schmollte mit dem Mund.

"Jedenfalls", fügte Harry hinzu, "war ich auf dem Weg nach unten, um meine Hilfe im Kampf gegen Zombies anzubieten. Ich wollte mich nur nützlich machen."

Felicity hat sich auf die Unterlippe gebissen.

"Sybil bat mich, dich zu holen. Wir können deine Hilfe jetzt sofort gebrauchen."

"Das dachte ich schon", antwortete Harry.

"Nein, es ist nicht so, wie du denkst", bemerkte Felicity. "Du musst McKenna im Jenseits beschützen."

Harry hob die Augenbrauen.

"Wie bitte? Das Leben nach dem Tod?"

Er war sich nicht sicher, was sie meinte. Das Leben nach dem Tod. Wollten sie ihn töten? Harry war entschlossen, nicht so einfach aufzugeben.

"Komm schon", sagte Felicity, offensichtlich ungeduldig, als sie an seinem Ärmel zog.

"Ich gehe nirgendwohin, wenn du dich nicht erklärst", sagte Harry entschieden.

Felicity atmete aus.

"Hört zu. Wir haben nicht viel Zeit. Du musst einen Ausflug ins Jenseits machen und McKenna beschützen. Es ist fast so wie bei deinem Gastauftritt heute Morgen in McKennas Zimmer."

Harry nickte und gemeinsam gingen sie den Flur hinunter zum Aufzug. Die Lichter flackerten.

"Komm, wir müssen uns beeilen", drängte Felicity und beendete ihren Satz nicht, da etwas Gips herunter klapperte. Harry fluchte und warf den Rauch weg, als er die Kreide aus seinem Anzug entfernte. Felicity kicherte.

"Was?" murmelte er.

"Du solltest dich sehen", grinste sie. "Dein Kopf ist jetzt teilweise weiß, wegen der Kreide. Es gibt dir das Aussehen eines Clowns. Es fehlt nur noch roter Lippenstift?" schnaubte sie, bevor sie sein Gesicht mit den Fingern reinigte.

Ohne weitere Zwischenfälle gingen sie in den Bienenstock hinunter. Auf der Krankenstation warf Harry einen Blick auf McKenna, die auf einer Bahre lag, und spendete sein Blut, das mit einem zischenden Geräusch auf das Buch tropfte.

"Ich sehe, der Prozess hat begonnen."

Felicity nickte, als sie auf ihrem Weg weitergingen. Sie hielten in dem Raum mit der Computerausrüstung an. Sie schnappte sich den MRT-Helm aus dem Ständer, während Harry sich auf die Trage neben einem riesigen Monitor setzte. Felicity befestigte ein Kabel an dem Helm.

"Bist du bereit für die Fahrt?"

"Ja, ich bin bereit. Anstatt McKenna zu erschrecken, muss ich ihn also beschützen?" fragte Harry, ob sie wirklich wollten, dass er McKenna schützt. Immerhin musste er McKenna bisher Angst einjagen, um ihn zur Kooperation zu zwingen.

Als Antwort nickte Felicity und ging, um ihm den Helm zu geben, aber Harry hielt seine Hände hoch.

"Ich hoffe, es macht dir nichts aus, dass ich auf die Toilette gehe, bevor ich einen Ausflug nach Disney World mache?"

"Disney World?" wiederholte Felicity.

"Ja. Als ich das letzte Mal ging, hatte ich eine tolle Zeit", grinste Harry.

"Verstehe", gab Felicity zu, ging zur Seite und zeigte eine Geste auf der Toilette.

Harry stand auf und ging hinein. Er betrachtete sich im Spiegel. *Sie hat recht. Ich sehe wirklich wie ein Clown aus.* Mit einem Grinsen spritzte er sich kaltes Wasser ins Gesicht. Zufrieden lächelte er sein Spiegelbild an und ging zurück zu Felicity.

"Weißt du, Harry? Du würdest dich gut im Fernsehen als Moderator einer Talkshow machen", sagte Felicity, als er ihr den Helm abnahm. Sie drückte den Einschaltknopf.

"Glaubst du das? Meine Mutter nannte mich immer Lucky Lips", antwortete Harry. Er klemmte seine Kiefer zusammen, als Felicity ihm ein Serum injizierte, um ihn in den Schlaf zu versetzen.

109

Er war ein wenig desorientiert, als er sich umsah; die ganze Gegend um ihn herum war weiß. Es war nichts drin. Wenn dies das Jenseits war, dann fragte er sich, was das war. Dann erinnerte sich Harry an Felicitys Erklärung. Es hatte etwas mit dem Leben nach dem Tod zu tun. Wenn das Jenseits wie dieser weiße Raum ist, dann war er noch nicht bereit zu sterben.

Als Kind wurde ihm gesagt, dass man in den Himmel kommt, wenn man nicht mehr da ist, aber das war nicht der Himmel. Zumindest nicht für ihn. Vielleicht würden sich einige Leute über eine leere, weiße Welt freuen. Aber er gehörte nicht dazu. Oder vielleicht war der weiße Raum nur hier, weil er sich etwas ganz anderes nicht vorstellte. Genau wie die Leinwand eines Malers musste sie gemalt werden. Die einzige Farbe, die er hatte, war seine Fantasie. Eine neue Welt wartete darauf, von ihm erforscht zu werden. Das letzte Mal war es viel einfacher gewesen, weil Felicity ihm eine Reihe von Anweisungen gab, die er befolgen musste.

Jetzt war er auf sich allein gestellt und das einzige, was ihm gesagt wurde, war, dass er McKenna beschützen müsse - *aber wo ist er?*

Da er nichts Besseres zu tun wusste, schloss er die Augen und rief nach McKenna. Harry öffnete die Augen, weil er viele Geräusche hörte. Er stand jetzt draußen in der Sonne. Ein paar Meter weiter sah er Richard, der dort mit Sybil stand. Beide trugen altmodische Kleidung.

"Natürlich, die Mottoparty", murmelte er laut.

Richard starrte ihn mit weit aufgerissenen Augen an, hob einen Stock vom Boden auf und rannte zu ihm. Mit dem Stock über dem Kopf schrie er eine Art Kriegsschrei. Harry wartete nur auf ihn und trat den Stock aus Richards Händen.

"Hey, beruhige dich ein bisschen, ja? Immer mit der Ruhe, ich bin nicht hier, um mit dir zu kämpfen. Ich bin hier, um euch vor den Monstern zu beschützen."

"Wer ist das?" fragte Sybil.

Harry sah sie an und bemerkte, dass sie anders aussah als die Sybil, die er kannte. Hier sah sie so verwundbar aus und voller Leben. In einem Augenblick erkannte er, dass dies eine andere Sybil war als die aus dem Hotel. Das war Sybil, bevor sie ein Vampir wurde.

"Harry Brown ist der Name, gnädige Frau", stellte er sich vor und verbeugte sich vor ihr. Sybil streckte ihre Hand für einen Kuss aus. Mit einem Lächeln tat er das gerne. Danach wurde er ernst und sah sich um.

"Wo sind wir?"

"Im Garten des Hotels", antwortete sie, und dann ließ sie einen Schrei los.

Harry schaute ihr über die Schulter, um zu sehen, warum sie so schockiert war, und bemerkte einen Zombie, der sich bereits in einem ernsten Zustand der Verwesung befand. Er zwinkerte Sybil zu und schnappte nach seiner Magnum. Mit einem Schuss schoss er dem Zombie eine Kugel in den Kopf. Die Kugel brannte ihm ein Loch in die Stirn und er erwartete, dass er ein zweites Mal sterben würde. Doch der Zombie war immer noch auf den Beinen. Sein Blick glitt zu dem Stock, mit dem Richard ihn angegriffen hatte. Er hob ihn auf und ging auf den Zombie zu.

"Geh zurück ins Hotel, dort ist es sicherer", sagte er zu Richard und Sybil, während er dem Zombie den Stock ins Gesicht schlug. Sein Gesicht wurde durch den Aufprall mit einem ekelhaften Knirschen eingedellt. Der Zombie sank auf die Beine und bewegte sich nicht mehr. Trotzdem traute Harry ihm nicht und schlug ihm auf den Hals. Der Kopf löste sich ab und der Zombie löste sich auf und hinterließ nur eine schlammartige Substanz. *So kann man sie töten.*

Ein Knurren brachte ihn dazu, sich umzudrehen, und er stand einem Dutzend Zombies gegenüber, die in verschiedenen Stadien der Verwesung variierten. Er zündete sich eine Zigarette an und kam auf eine Idee, als er die Flamme seines Feuerzeuges ansah, und benutzte sie, um den Stock anzuzünden. Es war ein ausgetrockneter Stock und brannte ziemlich schnell, zu seiner Erleichterung, denn die Zombies waren nun sehr nahe. Er schätzte die Entfernung auf höchstens sechs Meter. Es war gut, dass sie sich langsam bewegten. Aber das bedeutete nicht, dass sie nicht gefährlich waren.

Harry atmete den Rauch seiner Zigarette ein, dann trat er in Aktion und griff sie mit dem Holz in der Hand fest an. Ein Zombie wurde getroffen und sofort in Brand gesteckt. Anscheinend war er so ausgetrocknet, dass es ein Kinderspiel war, ihn zu verbrennen. Das erleichterte die Arbeit und er schlug ein paar andere Zombies ins Gesicht und einige in den Bauch. Bald war er von wandelnden Fackeln umgeben. Knurrend verfolgten sie ihn, obwohl sie zusammenbrachen, als sie nach vorne kamen. Nur um sicher zu gehen, trat er zurück. Ein Riss unter seinen Füßen erregte seine Aufmerksamkeit; es war eine knochige Hand, die er unter seinem Fuß zerquetscht hatte. Da die Zombies keine Bedrohung mehr darstellten, ging er zum Hotel.

110

Richard McKenna warf einen letzten Blick auf Harry, der auf den Zombie zuging. Obwohl er ihm nicht vertraute, schien es eine gute Entscheidung zu sein, sich ins Hotel zurückzuziehen.

"Lasst uns tun, was er gesagt hat und zurück zum Hotel gehen."

"Es ist nicht sicher", wies Sybil zurück.

"Überall ist es besser als hier", antwortete Richard und zeigte auf die Zombies, die näher kamen. Er ergriff Sybils Hand, um sie mitzunehmen, und rannte den Flur hinunter zur Treppe. Es erschienen Risse in der Wand. Das Blut tropfte durch die Risse. Es war ein schrecklicher Anblick und er wünschte, er wäre irgendwo anders, irgendwo in Sicherheit. Dies zu überleben war eine unmögliche Mission, sagte sein Instinkt ihm.

Beunruhigt sah er sich um, um zu sehen, ob es einen Platz zum Verstecken gab. Es gab jedoch keinen solchen Ort. Draußen umzingelten die Zombies Harry. *Bald werden sie ihn haben.* Er konnte sich nur vorstellen, was sie mit ihm machen würden. *Vielleicht würden sie ihn lebendig auffressen. Das ist es, was ein Zombie tut,* dachte er.

Ein kalter Schauer lief ihm über den Rücken, während die Verwesung überall war. Sybil schrie, als mehr Blut von der Wand tropfte, und er schaute nach oben. Es tropfte auch von der Decke.

Trümmerstücke fielen mit einem klappernden Geräusch auf den Boden, begleitet von einem riesigen Blutstrom. Richard hielt Sybils Hand fest, als sie überflutet wurden. Er verlor seinen Griff nach ihr und Richard wurde von der Treppe weggefegt; er versuchte so verzweifelt, den Weg zurück zur Treppe zu finden. Mit einem Schlag fiel er auf den Boden, während das Hotel zitterte, als gäbe es ein Erdbeben. Die schwere Kristalllampe, die in der Halle hing, zitterte wie ein Schiff bei stürmischem Wetter auf dem Meer. Sie fiel von der Decke auf Sybil. Richard sah es kommen und versuchte, nach Sybils Hand zu greifen, die sich auf den Boden legte, aber das Blut floss wie Wasser die Treppe hinunter und spülte ihn weg.

Harry kam rein und half ihm wieder auf die Beine.

"Habe ich etwas verpasst?"

Richard sah ihn an und dann bemerkte er, dass das Hotel unbeschädigt war. Nirgendwo gab es ein Anzeichen von Verwesung und es war keine Spur von Blut zu sehen. Dann hörte er Sybil husten, es ging ihr gut! Er runzelte die Stirn und verstand nicht, was gerade passiert war. Die Kristalllampe, die auf den Boden fiel, hing immer noch an der Decke, als ob nichts passiert wäre.

Harry nickte. "es ist das Buch. Das Necronomicon wehrt sich, während dein Blut es verzehrt."

"Wie lange wird es dauern, bis alles wieder normal ist?"

"Ich habe keine Ahnung. Vielleicht ist es doch sicherer draußen. Zombies sind leicht zu handhaben", grinste er. Der Dreier ging am Schalter vorbei zum Ausgang, als sich die Tür mit einem lauten Aufprall vor ihren Gesichtern schloss. Sadistisches Gelächter erfüllte das Hotel.

"Eure armen, zurückgebliebenen Seelen werden niemals Frieden finden. Ihr werdet in der Hölle brennen!" erklang eine Männerstimme laut genug, um die Toten zu wecken. Die Stille kehrte zurück, aber es war die vertraute Ruhe vor dem Sturm, das wussten alle. Sybil riss vergeblich an der Türklinke.

"Es ist sinnlos, Sybil. Der Fluch hat uns erwischt", sagte Harry. "Einer nach dem anderen werden wir sterben. Der Fluch wird unsere Seelen absorbieren. Dies ist das Hotel der Toten!"

Richard sah ihn an, als sei er verrückt.

"Solange das Necronomicon nicht zerstört ist, sind wir in Gefahr", erinnerte Harry ihn. Sybil sank vor der Tür auf die Knie und weinte. Hilflos ballte sie ihre Fäuste.

"Ich will nicht sterben!"

Dann erschreckte sie ein Schrei, der den Knochen durchtrennte. Sie alle bemerkten eine Frau, die die Treppe hinunterlief. Ein Mann jagte sie mit einem Schwert. Er hatte eindeutig die Absicht, die arme Frau zu töten. Harry zog seine Waffe und feuerte eine Kugel ab, die ihn traf. Der Mann sah wütend aus, als er sein Schwert nach der Frau warf. Sie landete in ihrer Wirbelsäule, als sie den unteren Teil der Treppe überquerte. Ihre Augen waren weit geöffnet, als sie das Trio anstarrte; sie verlor das Gleichgewicht und fiel mit einem Schlag die Treppe hinunter, das Schwert steckte tief in ihrem Rücken. Harry schoss noch einmal auf den Mann, der schließlich tot umfiel. Sein Körper fiel in die Nähe der armen Frau.

"Das ist mindestens ein Arschloch weniger, um das man sich Sorgen machen muss", sagte Harry, als er seine Waffe wieder in sein Schulterholster steckte.

Die anderen beiden standen einfach nur wie versteinert hinter ihm und nach einer Weile bewegte sich Sybil und ging zu der Frau hinüber, trotz Richard, der versuchte, sie aufzuhalten. Ekelhaft zog Sybil das Schwert aus dem Rücken der sterbenden Frau. Mit ihrem letzten Atemzug übergab sie Sybil einen Schlüssel.

"Gib ihm den Schlüssel …" und sie zeigte auf Richard. "Beende den Fluch und lass uns in Frieden ruhen. Bitte, Sybil …" Dann schloss sie für immer ihre Augen. Ihr Körper verschwand, als wäre sie nur Teil eines Albtraums gewesen.

In der Stille gab Sybil Richard den Schlüssel. Er wog ihn in seiner Hand. "Was habe ich damit zu tun?"

"Vielleicht kannst du damit eine Tür öffnen?" schlug Harry vor, während er seine Waffe weglegte und zum Schwert blickte. Er hob es auf. "Das könnte sich als nützlich erweisen, auch wenn es etwas rostig ist. Es ist immer noch rasiermesserscharf", bemerkte Harry, während seine Finger über die Seite der Klinge glitten.

Die Kristalllampe flackerte kurz auf und sie hörten einen Schrei. Die Tür des Eingangs blies sich mit einem Krachen weit auf und ein schreckliches Monster, das direkt aus der Hölle kommen muss, stand vor ihnen. Sein scharfer, armlanger, hakenförmiger Schnabel triefte vor Blut. Hautreste klebten an seinen Krallen, als es auf den Dreier zuschlug. Mit einer seiner Krallen zeigte er direkt auf Sybil.

"Deine Seele gehört mir! Nachdem ich deine Seele verschluckt habe, komme ich zurück und hole die anderen." Seine Stimme klang, als käme sie direkt aus den dunkelsten Gruben der Hölle.

Harry schoss auf das Monster, aber es hatte keine Folge. Dann griff er es mit seinem Schwert an und stieß es in die Mitte seiner Brust. Aber das Monster lachte nur: "Man kann nicht töten, was bereits tot ist!" Er zog das Schwert aus der Brust und warf es unachtsam auf den Boden. "Es ist nur eine Fleischwunde."

Dann starrte es Sybil an: "Ich sagte, dass deine Seele mir gehört. "

Es schlug Harry, der zwischen ihnen stand. Mit einem Aufprall fiel Harry zu Boden. Als er aufstand, war er zu spät. Das Monster benutzte seinen Schnabel, um auf Sybils Kopf zu picken. In einem Augenblick war sie tot; das Ungeheuer benutzte seine Krallen, um ihren Körper auseinander zu reißen. Sie lag leblos in einer Lache ihres eigenen Blutes.

"Ich komme später für dich zurück", sagte das Monster, als es in einem dunklen, schwefelhaltigen Rauch verschwand. Nachdem sich der Rauch aufgelöst hatte, stand Sybil ihnen gegenüber. Nicht wie ein verdammter Zombie. Sie war noch am Leben und unverletzt. Als ob nichts geschehen wäre.

"Ist alles, was hier passiert, eine Fälschung, oder was?" sagte Harry zu niemandem Bestimmten, während er aufstand. "Aber das ist natürlich das Leben nach dem Tod."

"Was sagst du da, das Jenseits? Wovon redest du?" Sybil sah ihn mit finsterer Miene an.

"Das ist die Welt, in die wir nach unserem Tod gehen werden", erklärte Harry.

"Ich fühle mich ziemlich lebendig", widersprach Sybil.

"Nun, im wirklichen Leben bist du ein Vampir, Sybil. Im Jahr 2013 bist du ein Vampir und dieses Hotel ist in der Nähe eines Friedhofs. Ich weiß, dass der Friedhof 1775 noch nicht da war. Trotzdem vermute ich, dass die Zombies und andere seltsame Kreaturen vom Friedhof kommen. Es müssen unruhige Seelen sein", sagte Harry und wischte den Staub von seinen Kleidern.

"Ich glaube, wir müssen nach der Tür suchen, zu der dieser Schlüssel passt", sagte Richard.

Sybil sah ihn an. "Darf ich den Schlüssel sehen?" und streckte ihre Hand aus. Ohne zu zögern, übergab er ihn und Sybil hielt ihn ins Licht. "Das ist der Schlüssel zum Dachboden."

"Oh nein, auf keinen Fall, vergiss es. Ich gehe da nicht wieder hin!" Richard beschwerte sich und hob die Hände. Er erschrak, als er auf den Dachboden zurückging.

"Sei nicht so ein Feigling", sagte Harry zu Richard. "Du bist nicht allein."

"Harry, was meinst du damit, dass ich ein Vampir bin?" hat Sybil gefragt.

"Du bist jetzt kein Vampir, aber 2013 bist du wirklich ein Vampir", sagte Harry. "Ein guter Vampir jedoch. Du bekämpfst das Böse."

111

Richard öffnete die Tür des Dachbodens, als Harry ihn grob von der Türöffnung wegzog. Verärgert wollte er ihm etwas sagen, aber er schloss seinen Mund, als er sah, dass Harry gegen ein Skelett kämpfte, dessen Haut wie eine alte Lederjacke um ihn gewickelt war. Er machte schnell ein paar Schritte zurück, bis er gegen Sybil stieß. Mit einem entschuldigenden Gesichtsausdruck sah er sie an und dann schaute er durch die Tür. Das Skelett hielt ein Messer und wollte auf Harry einschlagen. Richard schrie eine Warnung, und das Skelett bemerkte seine Stimme. Sein Schädel mit zwei leeren Augenhöhlen starrte ihm direkt in die Augen und Richard fühlte die Gänsehaut am ganzen Körper.

Das Skelett ließ Harry gehen und ging, ziemlich langsam, auf Richard zu, der vor Angst gelähmt war, aber trotzdem versuchte er, einen Schritt zu machen. Das führte dazu, dass er das Gleichgewicht verlor. Mit einem Aufprall fiel er rückwärts. Bevor das Skelett die Hand nach ihm ausstreckte, hackte Harry ihm den Schädel ab und das Skelett explodierte, so dass nur noch ein weißes Pulver auf dem Boden des Dachbodens zurückblieb.

112

"Nun, das war seltsam", sagte Harry Brown. "Verdammter Zombie." Mit seinen Händen staubte er etwas von dem weißen Pulver aus seinem Anzug ab und sah Richard an, der sich wie eine Schildkröte auf den Boden legte.

"Geht es dir gut?" fragte Sybil besorgt, als sie Richard wieder auf die Beine half.

"Toll, er bekommt alle Hilfe der Welt, während ich mit weißem Pulver belohnt werde, das wirklich nicht gesund sein kann", lächelte Harry, als Sybil zu ihm aufblickte.

"Es tut mir leid, aber ..."

"Es ist ein Witz, achte nicht darauf", sagte er.

Sybil nickte, während sie mit Richard Händchen hielt und ging auf den Dachboden, obwohl Richard zögerte.

"Du willst, dass dieser Fluch endet, nicht wahr?" Sybils Stimme klang wütend. Zu seinem Vergnügen bemerkte Harry, dass diese ziemlich lebendige Sybil genau so war wie der Vampir Sybil im Jahr 2013. Die Art und Weise, wie sie mit Richard umging, erinnerte ihn sehr an die Art und Weise, wie Vampir Sybil mit Situationen wie dieser umgehen würde. Nur dann wäre sie es, die das Skelett bekämpft ... trotzdem hat er einen guten Job gemacht. Es hat eine Weile gedauert, aber jetzt wusste er, dass die Enthauptung ein effektiver Weg war, die Monster zu töten.

Außer dem weißen Pulver auf dem Boden schien alles in Ordnung zu sein. Der Dachboden war unordentlich, aber in gutem Zustand. In der Ecke, auf einem Schreibtisch, lag ein Buch. Sybil ging hinüber, aber Harry hielt sie auf.

"Das ist das Necronomicon, das Buch der Toten", warnte Harry sie. Sybil seufzte leise, als sie es fast berührte.

"Es ist in perfektem Zustand", hörten sie eine freundliche Stimme sagen. Mit einem dumpfen Schlag schloss sich die Dachbodentür. Sie drehten sich alle um und bemerkten einen älteren Mann.

"Vater, bist du das wirklich?" sagte Sybil, überrascht und lachte. Sie streckte ihre Arme aus, um ihn zu umarmen, als sie auf ihn zuging. "Oh, Vati, ich habe dich so lange nicht gesehen."

Sie stand nun ihrem Vater nahe und er lächelte sie an.

"Da ist mein Augapfel", sagte er. Seine Stimme war aufgeregt und er war dabei, sie zu umarmen, aber Harry, der Sybils Vater nicht ganz vertraute, stand zwischen ihnen. Über die Schulter sah er Sybil an.

"Ich glaube nicht, dass das dein Vater ist, Sybil. Nicht wirklich, jedenfalls. Er ist ein Vampir", warnte er sie und sah den alten Mann an. "Seine Augen verraten ihn. Es gibt kein Funkeln in ihnen, kein Spiegelbild, keine Gefühle."

"Sehr gut?" sagte ihr Vater mit böser Stimme und fletschte die Zähne. "Sybil hat weise entschieden dich als Leibwächter auszuwählen, Harry Brown. Du bist so praktisch. In ein paar Sekunden bist du mausetot und du auch, Richard McKenna. Du willst Sybil unbedingt helfen, das Necronomicon, das Buch des Lebens, zu zerstören. Deshalb wirst du der Erste sein und dann du, Harry. Du bist mein Bonus! Und ja, das Necronomicon ist das Buch des Lebens für mich. Ich lebe, um es zu schützen!"

Der Vampir wollte Richard angreifen, aber Harry reagierte schnell und drängte Richard weg, damit er in Sicherheit war.

"Öffne die Tür und nimm Richard mit ..."

Harry wollte noch etwas hinzufügen, aber der Vampir trat ihn in den Bauch und er verlor das Gleichgewicht. Der Vampir nutzte seinen Vorteil und sprang auf ihn drauf. Seine Zähne kamen ihm gefährlich nahe und Harry konnte seinen fauligen Atem riechen. Er hatte den unverwechselbaren Geruch einer Leiche im fortgeschrittenen Stadium der Verwesung.

"Hast du schon mal was vom Zähneputzen gehört? Ich nehme an, du musst auch nie zum Zahnarzt gehen?" Harry verspottete vor Ekel, während er versuchte, seinen Kopf mit beiden Händen wegzuschieben.

Aus den Augenwinkeln bemerkte er Sybil, die mit dem Necronomicon nach vorne trat. Sie benutzte das Buch, um den Kopf des Vampirs zu treffen. Das überraschte ihn und verschaffte Harry genug Zeit, die Verwirrung des Vampirs zu nutzen, um ihn wegzustoßen. Harry stand auf und sah sich um. Dort, auf dem Boden, lag sein Schwert. Er wollte es aufheben, aber der Vampir trat ihm die Beine unter ihm weg und Harry verlor das Gleichgewicht. Verärgert blickte er zu seinem Schwert, das neben ihm lag. Blind griff er mit den Fingern danach, aber der Vampir griff seine Beine und zog ihn weg.

Er hörte Sybil schreien, gefolgt von Richard. Ein lautes Klatschen ertönte und Harry versuchte, sich auf den Rücken zu drehen. Der Vampir sprang auf ihn drauf, aber Harry hatte sich darauf vorbereitet. Er erwischte ihn mit beiden Beinen und warf ihn herunter. Der Vampir knallte gegen das Fenster. Sein Kopf zerbrach das Fenster. Zerbrochenes Glas regnete herunter. Bevor der Vampir sich erholen und ihn erneut angreifen konnte, stand Harry schnell auf und griff das Schwert vom Holzboden, um es in dem Moment in den Bauch des Vampirs zu stechen, als der Vampir sich ihm zuwandte. Der Vampir lächelte nur und sah ihn mit einem teuflischen Blick an. Er schlängelte sich vorwärts, wodurch das Schwert ihn völlig durchdrang, während sein Mund sabbernd wie ein tollwütiger Hund mit den Zähnen klaffte. Seine Reißzähne tropften von seinem eigenen Blut.

"Jetzt kannst du mir nicht mehr entkommen, Harry Brown!"

Seine Stimme klang heiser, als er Harry am Hals packte und ihn näher an sich zog. Harry fühlte, wie die scharfen Zähne in seinen Nacken sanken.

Mit einer letzten Anstrengung ließ sich Harry auf den Boden fallen und zog den Vampir mit sich. Trotz der Schwäche, die er durch den Blutverlust fühlte, drehte er sich um, so dass er auf dem Vampir lag. Ein lautes Knacken ertönte. Es war ein Zeichen, dass das Schwert zerbrochen war. Der Vampir lächelte sadistisch. Harry fühlte es, als das Leben in ihm verebbte. Es war nur noch eine Frage von Minuten, bis er das Bewusstsein verlor. *Der Biss eines Vampirs ist höchstwahrscheinlich giftig!* dachte Harry.

Er zog den Rest des Schwertes aus dem Bauch des blutsaugenden Monsters und drückte die Klinge des Schwertes - zumindest das, was davon übrig war - mit aller Kraft an die Kehle des Vampirs. Der Vampir, mit einem Gesicht voller Hass, schnappte nach ihm: "Warum gibst du es nicht auf, Harry? Dann gewähre ich dir das ewige Leben."

Das Blut spritzte in alle Richtungen. Harry schloss die Augen, um sich zu schützen, während das Schwert tiefer in den Hals des Vampirs schnitt. Harry fühlte, wie die scharfe Klinge in seine Hände schnitt, als er mit seinem Gewicht mehr Druck auf den harten Hals des Vampirs ausübte. Er ignorierte den scharfen Schmerz und klemmte seine Kiefer zusammen. Der Vampir versuchte, ihn wegzustoßen, als Harry schwarze Flecken vor seinen Augen sah. *Es ist nur eine Frage von Sekunden, bis ich das Bewusstsein verliere ...*

Ein ekelhaftes Knacken ertönte und der Vampir ließ einen ohrenbetäubenden Schrei los. Sein Kopf löste sich von seinem Hals. Aus den Augenwinkeln sah Harry Arme, die wie ein Fisch auf dem Trockenen taumelten. Seine Ohren summten ein wenig, aber der Vampir war endlich verschwunden.

"Ich habe Männer mit Koteletten und komischen Schnurrbärten schon immer gehasst", sagte er trocken. Müde stand er auf und schaute dem Vampir auf den Kopf. So bösartig wie er konnte, kickte er den Kopf des Vampirs gegen die Wand, wo er einen fiesen Blutfleck hinterließ. Erschöpft suchte er die Stütze des Dachstuhls und atmete schwer. Sybil rannte zu ihm, während er seine Hände an seinen Hals drückte und das Blut zwischen seinen Fingern spürte.

113

Felicity Walker schaute sich die MRT-Scans an und bemerkte, dass das Bild immer stumpfer wurde. Erschrocken schaute sie zu Harry auf und bemerkte, dass sein Hals mit Blut bedeckt war. Schnell nahm sie den Helm ab und versuchte mit einem Tuch die Blutung zu stoppen, während sie den Alarmknopf drückte.

Harry öffnete die Augen und sah sie zufrieden an.

"Es hat geklappt", murmelte er und hustete etwas Blut aus. Seine Augen verdunkelten sich, als er seinen letzten taumelnden Atemzug tat. Felicity fühlte ein verdrehtes Gefühl im Bauch. Das verdrehte Gefühl, das nicht verschwinden wollte, und sie hatte Mühe, ihre Tränen zurückzuhalten, während sie seine Augen schloss. Sie hatte Harry nie gemocht, aber die Tatsache, dass er sein Leben für die Sache gab, berührte sie tief, mehr als sie gedacht hätte.

"Ruhe in Frieden", sagte sie leise, bevor sie ihn zärtlich auf den Mund küsste, "Lucky Lips", lächelte sie, während sie sich die Tränen vom Gesicht wischte.

Dr. Meaning kam in den Raum und beugte sich über sie und berührte ihre Schultern, um sie zu trösten, während sie zu ihm aufblickte.

"Er ist tot", sagte Felicity und wischte sich ein paar neue Tränen von ihren Augen. "Wie geht es Richard?"

"Er erholt sich", sagte der Arzt. "Das Buch wurde zerstört."

"Harry beschützte ihn im Jenseits." Felicitys Stimme zitterte, als sie mit dicker Stimme sprach.

114

Sybil Crewes sah Felicity an, die gerade in die Krankenstation gegangen war. Sie sah traurig aus, als sie versuchte, zu erklären: "Harry ist tot."

"Dann starb er als Held", sagte Sybil. Sie zeigte auf Richard, der mit Narben übersät war. "Wird er überleben?"

Dr. Meaning nickte.

Sie atmete tief ein und schaute auf den Altar, in den sie das Buch gelegt hatte. Das Einzige, was noch übrig war, war eine dreckige, schlammähnliche Substanz, die nach verbranntem Fleisch roch. Sybil hatte Mitleid mit Harry; sie hatte ihm ein glückliches Ende gewünscht, aber das Schicksal hatte sich anders entschieden. Ihr Arm juckte ein wenig wegen der Injektion, die Jack ihr verabreicht hatte. Frank bekam ebenfalls eine Spritze, aber Catherine hatte sich in letzter Minute geweigert, weil sie kein Vampir mehr sein wollte, und erklärte, dass Sybil und Frank stark genug seien, um Sally zu bekämpfen. Alle drei, Frank, Jack und sie selbst eingeschlossen, versuchten, ihre Meinung zu ändern, aber es war, als ob man einem toten Mann ins Ohr reden würde. Ein typischer Charakterzug der Familie, die Sturheit. Sybil wusste das nur zu gut.

115

Jack Hunter war sich nicht sicher, ob er erleichtert oder traurig sein sollte. Ja, das Buch wurde vernichtet, und seine Leute erholten sich von dem Vampir-Virus. Aber sie hatten einen hohen Zoll bezahlt; keiner der Gäste, die Sybil eingeladen hatte, hatte die Nacht überlebt, und zwölf seiner Leute wurden ebenfalls während des Kampfes gegen die Zombies, Dämonen und Vampire, die das Hotel angriffen, getötet. Die Zombies rissen einige seiner Männer auseinander, eine schreckliche Art zu sterben. Die Hölle hatte alle Monster eingeladen, das Necronomicon zu beschützen, und sie waren so nahe daran, in der Schlacht getötet zu werden. Sybil, Frank, Catherine und er waren erschöpft, und wenn der Kampf eine Minute länger gedauert hätte, wäre für sie alles vorbei gewesen.

Er ging nach draußen in den Garten und sah sich die Verwüstung an. Die Hecke war abgebrannt. Sie hatten die Autos als letzte Verteidigung zwischen ihnen und den Monstern benutzt. Er hatte kein anderes Wort für die Kreaturen, denen sie gegenüberstanden. Einige sahen sogar aus wie fleischfressende Dinosaurier. Es war ein echter Krieg gewesen und während des Kampfes hatte er fast vergessen, Sybil und Frank zu injizieren. Catherine weigerte sich. Die Liebe seines Lebens hatte die Injektion verweigert und er wusste, dass er sie nie wiedersehen würde. Tränen flossen ihm über die Wangen, als er an ihr hübsches Gesicht dachte. Obwohl sie ein Vampir war und obwohl er wusste, dass Vampire gefährlich sind, liebte er sie immer noch so sehr. Nach der letzten Nacht hatte er das Gefühl, sie schon sein ganzes Leben lang zu kennen, und so hatte er noch nie zuvor mit einer Frau gefühlt; und jetzt würde er es nie wieder tun. Nie wieder würde er ihr weiches, rötliches Haar berühren, ihrer lieblichen Stimme lauschen und ihr schönes Lächeln genießen. Sie war weg, weil sie kein Vampir mehr sein wollte. Wütend schaute er auf die Spritze, die für Catherine bestimmt war; sie hatte sich geweigert und sich irgendwo in die Büsche zurückgezogen, bereit, ihren Tod zu begrüßen. Er wollte für sie da sein, aber sie hatte ihn weggestoßen.

"Ich werde dich immer lieben", waren ihre letzten Worte. Ihr Gesicht war mit schwarzen Adern bedeckt, ihre Augen völlig rot. Es war schrecklich für ihn, sie so zu sehen, und sie war sich dessen bewusst, als sie ihn wegstieß und irgendwo in der Nähe von Sybils Hotel in die Büsche rannte.

Kurz darauf erschien Sally und rannte weg, als Sybil und Frank sie verfolgten. In dieser Hinsicht hatte Sybil recht. Sally überlebte die Zerstörung des Buches mit ihren Voodoo-Tricks und er war sich sicher, dass sich ihre Wege irgendwann wieder kreuzen würden. Er ließ die Spritze auf den Bürgersteig fallen und zertrampelte sie unter seinen Füßen.

"Ein Penny für Ihre Gedanken."

Jack drehte seinen Kopf und sah in Catherines lächelndes Gesicht. Irgendwie hatte sie die Vernichtung des Necronomicon überlebt, vielleicht, weil sie vor kurzem zum Vampir wurde, so wurde ihm gesagt. Jack vermutete, dass sie kein Vampir mehr war. Er umarmte und küsste sie. Jetzt zweifelte er nicht mehr daran; er war in sie verliebt. Wieder küsste er sie leidenschaftlich und zu seiner Überraschung spürte er ihre scharfen Zähne.

Mit weit aufgerissenen Augen sagte er: "Ich dachte, dass du ..."

Catherine zwinkerte und streichelte seine Wange.

"Bitte", sagte sie. "Das ist unser kleines Geheimnis!"

~ Das Ende ~

ÜBER DIE AUTORIN

Soweit ich mich erinnern kann, habe ich schon immer spannende Geschichten meiner Mutter gehört. Ihre Geschichten waren alles für mich. Ich wuchs mit Büchern von Edgar Allan Poe, H.P. Lovecraft, Philip K. Dick auf.

Es war meine Mutter, die mich inspirierte, meine eigenen Geschichten zu schreiben und zu erzählen.

Meine Schreibkarriere begann nach einer Behinderung im Jahr 2014 – ich habe einen Tremor in der rechten Hand, Taubheit in den Fingern und Schmerzen im Handgelenk.

Neben dem Schreiben spiele ich ab und zu Gitarre, im Stil von Jimi Hendrix.

Ich lebe mit meinem Mann und meinem Haushäschen Max in Amsterdam.

Andere Bücher dieser Autorin

Geister Geschichten
Nachtvogel – das Buch der Toten

Bitte besuchen Sie Ihren Lieblingshändler, um andere Bücher von Cynthia Fridsma zu entdecken.

Bitte sagen Sie mir, was Sie von meinem Buch halten

Danke, dass Sie mein Buch gelesen haben! Bitte lassen Sie mich wissen, was Sie von diesem Buch halten.

Hier sind meine Sozial-Media-Koordinaten:

Besuchen Sie meine Website:
http://www.cynthiafridsma.com/de

Goodreads:

https://www.goodreads.com/cynthia_fridsma

Facebook: https://www.facebook.com/cynthia.fridsma

Amazon:
https://www.amazon.de/s?k=cynthia+fridsma

Printed in Great Britain
by Amazon